RAYWEN WHITE

STONE BEASTS

DÄMMERGLANZ

IMPRESS

© privat

Raywen White lebt gemeinsam mit ihrem Mann im Raum Frankfurt am Main. Erst 2014 entdeckte sie ihre Leidenschaft für das Schreiben und erzählt nun Geschichten, in denen Liebe und Magie der Fantasie keine Grenzen setzen. Jedoch haben in ihrem Leben Bücher schon immer eine wichtige Rolle gespielt. Es gibt nichts Schöneres, als in eine Geschichte einzutauchen und den Alltag vergessen zu können. Dieses Gefühl möchte sie auch ihren Lesern ermöglichen.

1

Schon seit fünf Minuten starrte er auf eine Gruppe junger Leute, die vor einem Kino standen, lachten und sich mit ausladenden Gesten unterhielten. Die Reklametafeln des Gebäudes sowie das einer Fastfoodkette warfen ein farbiges Spiel aus Licht und Schatten auf ihre Gesichter.

Von seinem Versteck hoch über den Dächern Prags aus konnte er nicht verstehen, was sie sich erzählten. Die Stadt wirkte trotz der späten Stunde wie ein geschäftiger Bienenschwarm. Das Dröhnen der Fahrzeuge hallte in den Straßenschluchten wider, murmelnde Menschenmassen drängten sich über die Bürgersteige auf dem Weg zu ihren Vergnügungen. Nichts ahnend, welche Schrecken sich mitten unter ihnen bewegten.

Normalerweise interessierte sich Damian nicht für Menschen. Warum die Gruppe, bestehend aus zwei Männern und drei Frauen, seine Aufmerksamkeit erregt hatte, war ihm ein Rätsel, dennoch konnte er seinen Blick nicht abwenden. Vor allem nicht von der jungen Frau, die mit dem Rücken zu ihm stand. Ihr blondes Haar trug sie in einem lockeren Knoten, aus dem sich einzelne Strähnen stahlen und die zarte Linie ihres Halses umspielten. Ein blutrotes Kleid schmiegte sich eng an ihren Oberkörper und fiel in weichen Bahnen bis zur Mitte ihrer Schenkel, wo es einen Blick auf schlanke, lange Beine in schwarzen Strumpfhosen gewährte.

Der Mann, der bisher dicht neben ihr gestanden hatte, legte plötzlich seine Hand auf ihren Rücken und Damians Instinkt schlug Alarm. Seine Muskeln spannten sich kampfbereit an. Irgendetwas missfiel ihm. Er verstand nur nicht was.

Die junge Frau drehte den Kopf in die Richtung ihres Begleiters und zum ersten Mal konnte Damian ihr Profil sehen. Hohe Wangenknochen. Große, mit dunklem Makeup betonte Augen, deren Farbe er aus dieser Entfernung nicht ausmachen konnte, da sich das bunte Licht der Reklametafeln in ihnen spiegelte. Eine kleine Stupsnase und sanft geschwungene Lippen, die überrascht einen Spalt offenstanden.

Offenbar gefiel ihr die Annährung genauso wenig wie ihm, denn sie trat einen Schritt zur Seite, was die Hand des Typen jedoch nur ein Stück tiefer rutschen ließ, genau auf ihren Po.

Erbost stieß Damian den angehaltenen Atem aus und ein tiefes Knurren entrang sich seiner Kehle. Seine Klauen gruben sich geräuschvoll in die Ziegel des Daches, auf dem er hockte.

»Damian? Hast du etwas entdeckt?«

Pavels Frage ließ ihn zu den drei Nocs zurückblicken, die sie nun schon seit Einbruch der Nacht jagten. Sie standen unweit der Gruppe von Menschen, die er beobachtet hatte, und unterschieden sich rein äußerlich kaum von ihnen. Eine nächtliche Brise trug ihre Witterung zu ihm.

Er schüttelte verneinend den Kopf. Es gab weiterhin keine Hinweise auf den Grund ihrer Anwesenheit oder was ihre nächsten Schritte sein würden.

Allerdings lag auch etwas anderes in der Luft, das er nicht einordnen konnte. Nichts Bedrohliches. Es erinnerte an den Geruch der aufgehenden Sonne im Frühling. An die Wärme des herannahenden Morgens, wenn der Frost noch kühl auf den sprießenden Trieben lag. Dabei war es Ende Oktober und noch nicht einmal Mitternacht. Wie eine Motte zum Licht wanderte sein Blick zurück zu ihr. Auch wenn er wusste, dass es ein Fehler war und er sich besser auf seine Aufgabe konzentrieren sollte.

Sie hakte sich bei einer Brünetten ein, die sie um einen Kopf überragte. Lachend verabschiedeten sich die beiden Frauen und schlenderten in Richtung der Moldau davon. Ein unangenehmes Ziehen machte sich in seiner Brust breit.

»Damian, du übernimmst den, der hinkt. Tomek, du den Großen«, befahl Pavel plötzlich. Die Nocs hatten sich ebenfalls in Bewegung gesetzt und teilten sich auf.

Damian nickte und konnte sich einen letzten Blick zu der jungen Frau nicht verkneifen. Zu seinem Bedauern war sie schon längst in der Masse verschwunden.

Es spielte keine Rolle. Er würde sie nie wiedersehen. Als letzter zog er sich von der Dachkante zurück, nahm Anlauf und sprang die drei Meter über die Straßenschlucht auf das nächste Gebäude. Er musste nicht mal seine Schwingen benutzen. Ohne einen Ton zu verursachen, landete er auf dem Giebel und folgte dem Noc mit sicherem Abstand.

Als sein Opfer irgendwann in einer dunklen Seitengasse verschwand und mit den Schatten verschmolz, begann Damian zu rennen. Nur Sekunden später glitt er ebenfalls in den Schutz der Dunkelheit.

Unrat türmte sich neben rostigen Müllcontainern. Eine einsame Straßenlampe flackerte in einiger Entfernung und schaffte es nicht, die Finsternis zu durchdringen. Dennoch konnte Damian alles problemlos erkennen. Von dem Noc war keine Spur zu sehen. Allerdings würde Damian seine Beute nicht entkommen lassen. Erwartungsvoll spreizte er seine Finger, an deren Spitzen Klauen scharf wie Rasierklingen saßen. Sollte der Noc ihn angreifen, in einem verzweifelten Versuch, sein Leben doch noch zu verlängern, würde er ihn schlicht zerfetzen.

Witternd sog er die Luft durch seine Nase. Ein fauliger Geruch vermischte sich mit dem des Noc und verdeckte ihn beinahe. Angewidert bleckte Damian seine Fänge und folgte der immer schwächer werdenden Spur durch einen finsteren Hinterhof, bis er wieder auf eine belebte Straße stieß und sich die ekligen Aromen verflüchtigten. Suchend sah er sich um, bis etwas Blutrotes in seinem Augenwinkel aufblitze. *Die Farbe ihres Kleides.* Sein Herzschlag beschleunigte sich wie vor einem Kampf.

Da. Sie war es tatsächlich. Stand mit ihrer Begleiterin an einer Ampel und wartete auf Grün, um die Straße überqueren zu können.

Nachdenklich legte Damian den Kopf schräg. Was war mit ihr? Warum reagierte er auf sie?

Es wurde Grün. Der Wind spielte mit dem Stoff ihres Kleides und ließ ihn um ihre Beine tanzen. Die klobigen Schnürstiefel an ihren Füßen gaben ihr etwas Kämpferisches.

Auf der anderen Straßenseite angekommen hüpfte sie lachend den Bordstein empor, als wäre er ein größeres Hindernis und nicht nur fünf Zentimeter hoch. Irritiert runzelte er die Stirn. Kurz darauf bogen die beiden Frauen in einen kleinen Park ein. Sobald sie aus seinem Blickfeld verschwunden waren, hatte er das Gefühl, wieder frei atmen zu können.

Verwirrt sah er sich um. Weswegen war er noch mal hier?

Verdammt, der Noc. Pavel würde ihm eine gehörige Standpauke halten, weil er ihre Beute aus den Augen verloren hatte. Mit einem Fluch auf den Lippen wollte er sich abwenden, als er den Noc im Schatten der Mauer entdeckte, die den Park umgab. Dieser Mistkerl wusste genau, dass ihm ein Jäger auf der Spur war und er die Straße nicht ungesehen überqueren konnte.

Frustriert rannte er zurück in die Gasse, sprang aus dem Stand zwei Meter in die Höhe und grub seine Klauen knirschend in das verputzte Mauerwerk, an dem er sich bis zum Dachfirst hinaufarbeitete. Oben angekommen breitete er seine gewaltigen Schwingen aus, stieß sich kräftig ab und segelte einige Meter über die belebte Straße hinweg, bis er in einer der dichtbelaubten Baumkronen landete, die sich unter seinem Gewicht bog. Der Ast, auf dem er balancierte, knackte warnend. Schnell ließ er sich zu Boden gleiten und versuchte die Witterung des Nocs wieder aufzunehmen. Stattdessen nahm er erneut diesen frischen Frühlingsduft wahr, der ihm schon vor dem Kino aufgefallen war.

Sein Instinkt drängte ihn ihm zu folgen, doch er hatte eine Aufgabe. Lautlos huschte Damian durch die Nacht, vermied jeden Lichtkegel der Laternen, auf der Suche nach dem Noc.

Da! Er entdeckte sein Opfer, wie es humpelnd von Schatten zu Schatten schlich. Immer wieder blieb der Noc stehen, da etwas seine Aufmerksamkeit forderte, sodass es Damian ein Leichtes war, ihn einzuholen.

Eiskalt lief es ihm den Rücken runter, als er den blutroten Farbton eines Kleides im Schein der künstlichen Beleuchtung aufblitzen sah. *Sie.* Der Noc verfolgte sie.

***

»Hast du das gehört?« Unsicher sah sich Phee um, konnte aber nicht weiter als bis zum Rand des festgetretenen Kiesweges sehen, der sich durch den düsteren Park schlängelte. Von den farbenprächtigen Asternbeeten, an denen sie kurz vor der Dämmerung noch vorbeigekommen waren, war nichts mehr zu erkennen.

Caroline blieb stehen und lauschte in die Dunkelheit. »Ich hör nichts.«

Phee wurde ganz mulmig. »Lass uns schnell weiter«, bat sie und beschleunigte ihre Schritte.

Kichernd hakte sich Caroline bei ihr unter. »Hast du etwa Angst im Dunkeln?«

»Natürlich nicht«, erklärte Phee selbstsicher. Dennoch wäre es ihr lieber gewesen, wenn Milos, Caros aktuelle Flamme, sie begleitet hätte, statt sich noch mit einem Kumpel zu treffen. Auch wenn sie dadurch die Gelegenheit bekam, mit ihrer Freundin den Abend allein zu verbringen und mit ihr über ihre Probleme zu sprechen.

Ein leises Summen direkt in ihrer Nähe ließ sie erschrocken zusammenzucken.

»Meine Güte, bist du schreckhaft. Das ist nur mein Handy.« Kopfschüttelnd wühlte Caro in ihrer riesigen Handtasche nach dem Telefon. Sie wurde langsamer beim Lesen der Nachricht und blieb mit einem verschmitzten Grinsen stehen, das Phee nichts Gutes erahnen ließ.

»Anscheinend hast du bei Daniel Eindruck hinterlassen. Er fragt, ob du morgen Lust hast, mit ins *Balis* zu gehen. Das ist der angesagteste Club momentan.« Triumphierend hielt sie das Handy wie eine Trophäe in die Höhe.

Phee gab einen genervten Ton von sich. Sie hatte schon keine Lust zu diesem getarnten Doppeldate gehabt, bei dem alibimäßig die kleine Schwester von Milos mitgekommen war. Als ob sie nicht wüsste, was ihre Freundin in Wahrheit damit bezweckte. »Hör auf mich zu verkuppeln.«

»Nachdem du dich von Ben getrennt hast, dachte ich, du bist wieder offen für etwas Neues.«

»Das ist gerade mal drei Wochen her«, wütete Phee. »Außerdem hat dieser Arsch sich von mir getrennt.« Und es tat immer noch weh. Vor allem der Teil, bei dem er ihr gestanden hatte, dass er längst eine andere hatte. Sie war sich so dumm vorgekommen.

»Noch ein Grund mehr, jetzt Spaß zu haben.«

In diesem Moment erklangen das Knacken eines Astes und das Rascheln von Laub in ihrer Nähe. Phee erstarrte. Ein eisiges Schaudern lief ihr über den Rücken. Es kam ihr vor, als würde sie beobachtet.

War das ein Knurren hinter ihr gewesen? Schnell wandte sie sich um, doch in den düsteren Schatten konnte sie nichts erkennen.

Caro lachte. »Du siehst aus wie ein verschrecktes Huhn.«

»Wer weiß, was das ist«, flüsterte Phee.

»Hier gibt es wilde Hunde«, winkte Caro gelassen ab und zog Phee mit sich. »Da vorne ist außerdem schon der Ausgang.«

Erleichtert entdeckte Phee die roten Rücklichter der fahrenden Autos durch die Bäume.

»So, ich habe ihm zugesagt«, erklärte Caro in diesem Moment mit einem zufriedenen Lächeln und steckte ihr Handy weg.

»Was? Warum? Ich hab doch gerade noch gesagt, dass du mich nicht verkuppeln sollst!« Manchmal brachte Caro sie echt zur Weißglut.

»Entspann dich. Du hast Urlaub.«

Das war einfacher gesagt als getan. Ihr ganzer Körper stand unter Hochspannung. Allerdings hatte das auch andere Gründe. »Na ja, Urlaub würde ich das nicht nennen. Eher eine Flucht.« Nachdem ihr Arbeitgeber sie nach der Ausbildung nicht übernommen hatte, drängte ihre Mutter sie nun sich bei Hinz und Kunz zu bewerben. Außerdem lief sie die ganze Zeit mit diesem vorwurfsvollen Gesicht herum, als wäre das ihre Schuld – dabei hatte von Anfang an festgestanden, dass sie im Anschluss nicht übernommen werden konnte. Gut, sie hatte sich deswegen auch nicht wirklich angestrengt und ihre Noten ließen zu wünschen übrig, wie ihre Mutter ihr gern vorwarf. Wobei Phee ihr auch schon vorher nie etwas hatte recht machen können. Und dann war da noch Ben mit seiner neuen Tussi, denen sie dummerweise ständig über den Weg lief. Es war ihr einfach alles zu viel geworden.

»Du wirst schon noch etwas Neues finden.«

»Klar, bei uns im Kaff gibt es auch so viele Anwälte, die eine Rechtsanwaltsgehilfin brauchen«, erwiderte Phee sarkastisch. Seufzend dachte sie an all die Stunden, in denen sie immer wieder dieselbe stupide Arbeit erledigen musste. Wieder und wieder. Es war, als würde ihr die Luft abgeschnürt werden. »Eigentlich möchte ich das auch gar nicht mehr.«

»Was? Einen Job finden?« Caro blieb stehen und sah sie mit großen Augen an.

»Natürlich möchte ich einen neuen Job finden.« Immerhin war das ihre einzige Möglichkeit, endgültig von zu Hause wegzukommen. »Nur halt nicht als Rechtsanwaltsgehilfin.«

»Und was möchtest du dann machen?« Irritiert hob Caro eine Augenbraue.

Phee zuckte mit den Schultern und verschränkte die Arme vor der Brust. »Keine Ahnung.« Im Endeffekt stand sie wieder an demselben Punkt wie vor ihrer Ausbildung, die sie nur ihrem Vater zuliebe absolviert hatte.

»Hol doch dein Abi nach und studiere, so wie ich«, schlug Caro vor.

Wie oft hatte Phee schon von ihrer Mutter hören müssen: *Nimm dir ein Beispiel an Caroline. Sie ist so ein liebes Mädchen.*

Dabei war Caro für die meisten Eskapaden verantwortlich, die ihre Mutter ihr vorwarf.

»Meine Mutter wäre begeistert«, murrte Phee. Allerdings hatte sie auch schon selbst darüber nachgedacht. Ihren Realschulabschluss hatte sie jedoch nur mit Ach und Krach geschafft. »Ich weiß nicht.« Sie stand vor einer Weggablung und konnte sich nicht entscheiden, welchen Pfad sie für ihre Zukunft einschlagen sollte. Es gab so viele Möglichkeiten, keine davon fühlte sich richtig an. Eher als würde eine Falle zuschnappen.

»Irgendetwas musst du aber machen«, bemerkte Caro. »Oder willst du dein Leben lang bei deinen Eltern und deiner Oma in dem alten, zugigen Bauernhaus wohnen, das bereits deinen Ururgroßeltern gehört hat?«

»Natürlich nicht!« Die Vorstellung war erschreckend, schnürte ihr die Kehle zu. Sie hatte bereits darüber nachgedacht, nach Hamburg oder Berlin zuziehen. Nur brauchte sie dann auch einen Job, mit dem sie ihre Miete finanzieren konnte. Hauptsache nicht wieder so etwas Ödes wie ihre Ausbildung. Irgendetwas, das ihr genügend Freiräume gab.

Normalerweise war sie nicht so unentschlossen, sondern spontan und furchtlos. So wie nach dem letzten Streit mit ihrer Mutter. Sie hatte ihre

Sachen gepackt und Caro vom Bahnhof angerufen, dass sie vorbeikommen würde.

Die schmerzliche Erinnerung, wie ihre Mutter ihr sagte, dass sie nur eine Last sei, blitzte auf. Schnell verdrängte Phee sie und kickte einen Kiesel in die Dunkelheit. »Vielleicht nehm ich mir ein Sabbatjahr und reise erst mal ein wenig«, murmelte sie nachdenklich.

»Und wovon willst du das bezahlen?« Caro war schon immer die praktisch Veranlagte von ihnen gewesen.

»Das weiß ich noch nicht. Die Idee ist mir gerade erst gekommen.« Wobei das nicht ganz stimmte. Sie hatte schon öfter mit dem Gedanken gespielt, ihn jedoch immer sofort verworfen. Außerdem hatte Ben sie für verrückt erklärt, allerdings konnte der sie nun kreuzweise. »Ich bin nicht die Erste, die das macht. Andere haben das doch auch geschafft.«

»Die hatten im Gegensatz zu dir einen Plan.« Sie schnaufte, dann fing sie an zu kichern. »Aber es passt zu dir. Du warst noch nie der Typ, der jeden Tag seine acht Stunden im Büro sitzen konnte. Ich habe eh nie verstanden, warum du ausgerechnet Rechtsanwaltsgehilfin werden wolltest.«

»Weil mein Vater mir die Ausbildungsstelle besorgt hat«, erinnerte Phee sie. Besser als weiterhin zu Hause herumzuhängen und von ihrer Mutter drangsaliert zu werden.

Mittlerweile hatten sie den Park verlassen und waren nur noch zwei Querstraßen von dem Haus entfernt, in dem Caro in einer WG wohnte.

Unsicher drehte sich Phee noch einmal um und warf einen Blick in die absolute Finsternis. Für den Bruchteil einer Sekunde tauchten zwei leuchtende grüne Punkte auf, die wie die Augen eines nachtaktiven Tieres wirkten. Sie schienen sie direkt anzusehen, bevor sie verschwanden.

Ihr Herzschlag beschleunigte sich. Schnell wandte sie sich ab.

2

Der Geruch von frischem Kaffee und das Klappern von Geschirr weckten Phee am nächsten Morgen. Wobei man schon von Mittag sprechen konnte. Ihr Kopf dröhnte und pochte. Ein pelzig-scharfer Geschmack ließ sie angewidert das Gesicht verziehen. Sie fühlte sich, als hätte sie zu viel gesoffen.

Na ja, hatte sie auch. Nachdem sie und Caro am gestrigen Abend nach dem Kino in die WG zurückgekehrt waren, hatten sie auf alte Zeiten und einer hoffentlich glorreichen Zukunft mit irgendeinem tschechischen Schnaps, dessen Namen sie nicht einmal aussprechen konnte, angestoßen.

Die Badezimmertür war abgeschlossen. Frustriert schlurfte Phee in die Küche. »Morgen. Warum hast du mich nicht geweckt?« Müde rieb sie sich über das zerknautschte Gesicht.

»Guten Morgen«, begrüßte Caro sie ekelhaft gutgelaunt. »Weil du dir eine Auszeit verdient und gestern viel zu viel getrunken hast.«

»Du hast genauso viel getrunken wie ich«, murrte Phee.

»Du bist halt aus der Übung.« Caro räumte ein paar bunte Plastikdosen aus dem Kühlschrank, deren Inhalt verdächtig nach Wurst und Käse aussah. »Soll das auf den Tisch?«

Caro nickte und Phee stellte die Sachen auf den wackeligen Küchentisch, an dem bis zu zehn Leute Platz fanden. Die Altbauwohnung in der Innenstadt teilten sich insgesamt sechs Leute, von denen die meisten studierten. Gedeckt war für drei. Bis auf Milos war der Rest wahrscheinlich bereits ausgeflogen.

»Ist es wirklich okay, dass ich hier bin? Ich mein … müsstet ihr nicht eigentlich in die Uni?« Es war nicht das erste Mal, dass sie Caro das fragte, auch wenn sie so wie jetzt jedes Mal nur einen bösen Blick statt einer Antwort kassierte.

»Ich will diese Frage nicht mehr hören. Setz dich«, befahl Caroline und

Phee ließ sich auf einen der bunt zusammengewürfelten Stühle fallen. Ihre Freundin goss ihr Kaffee in eine Tasse, auf der chemische Formeln abgebildet waren, und nahm ihr gegenüber Platz.

Die Spülung der Toilette erklang, dann das Klappen der Badezimmertür. Kurz darauf erschien Caros Mitbewohner und Lover oben ohne in der Tür. Netter Anblick. »*Dobré ráno*«, sagte er, was so viel wie *Guten Morgen* auf Tschechisch bedeutete.

»Morgen.« Gähnend stützte Phee ihren viel zu schweren Kopf mit der Hand ab.

Milos setzte sich neben Caro und zog sie auf seinen Schoß. Auf das Geknutsche der beiden hätte Phee verzichten können. »Nehmt euch ein Zimmer.«

»Du bist ja nur neidisch«, erklärte Caro und rutschte von Milos Schoss zurück auf ihren Stuhl.

»Gib es zu. Du hast mich gestern nur abgefüllt, damit ihr heute Nacht unanständige Dinge tun könnt, ohne dass ich was mitbekomme.«

»Wer weiß.« Caro zwinkerte ihr zu.

Der Vorteil an der Beziehung der beiden war, dass Caro Phee ihr Bett überließ und bei Milos übernachtete, sodass sie nicht auf dem Boden schlafen musste. Es gab nur ein Problem. »Eure Wände sind nicht gerade dick«, klärte Phee sie auf.

Während Caro rot anlief, lehnte sich Milos mit einem selbstzufriedenen Grinsen zurück. Zu Recht, musste Phee neidisch eingestehen. Er sah verdammt gut aus. Langes dunkelbraunes Haar, das er in einem Knoten zusammengebunden trug, und ein verwegener Dreitagebart schmückten sein schmales Gesicht und die Muskeln waren nicht von schlechten Eltern. Ein wenig erinnerte er an einen gutaussehenden Piraten. *Ahrrr.*

Das Toastbrot sprang geräuschvoll aus dem Toaster. Caro holte die vier Scheiben raus, legte sie in einen Brotkorb und tat direkt neue rein.

Als Caro sich und Milos je eine Scheibe auf den Teller legte, küsste dieser ihren Hals, woraufhin sie anfing zu kichern. Die beiden waren so ekelhaft frisch verliebt. Natürlich war sie neidisch. Wehmütig dachte sie an Ben. Die Zeit, als sie noch so herumgeturtelt hatten, schien ewig her zu sein.

»Woher ihr beiden kennt euch, Stephanie?«, fragte Milos mit schwerem tschechischem Akzent, bei dem S und K deutlicher hervortraten. Sehr sexy.

»Nenn mich Phee. Das tun alle.« Sie schnappte sich eine Scheibe Toastbrot und schmierte Butter darauf. »Wir kennen uns schon, seit ich denken kann. Unsere Mütter waren beste Freundinnen. Außerdem wohnten wir direkt nebeneinander.« Sie konnte wetten, dass Caro ihm das längst erzählt hatte, aber sie begrüßte seinen Versuch, Small Talk zu halten und Caro nicht länger vor ihren Augen abzuschlecken.

Nach dem Frühstück – oder eher Mittagessen – und einer ausgiebigen Dusche zogen sie los. Zum Glück spielte das Wetter mit, sodass sie ihren geplanten Sightseeingtrip durch Prag mit Milos als Reiseleiter nicht mit einem Regenschirm bewaffnet antreten mussten. Wenigstens einen Tag wollte Phee den typischen Touri geben.

Ihr erster Anlaufpunkt war Petrin. Mit einer alten Seilbahn, die schräg gebaut war und sich ächzend den steilen, bewaldeten Berg hochkämpfte, fuhren sie zu einem Aussichtsturm. Von dem Stahlkoloss, der dem Pariser Eifelturm ähnelte, hatte man eine großartige Sicht auf Prag.

»Der Wahnsinn. Caro, das musst du sehen!«, rief Phee und streckte die Arme in die Luft, die sofort von einer kühlen Brise umspielt wurden.

»Bist du verrückt?«, fragte ihre Freundin mit deutlicher Panik in der Stimme. Sie hatte sich nicht einmal einen Schritt weit auf die Aussichtplattform gewagt und klammerte sich an den Stahlträger wie an einen Rettungsring. »Wieso habe ich mich nur von euch dazu überreden lassen, hier hochzukommen?«

»Du halten dich an mir fest, *Brouček*«, ermutigte Milos sie, während Phee Caros Kampf mit der Höhenangst mit ihrem Handy filmte.

»Untersteh dich«, drohte Caro.

»Ihr seid so süß!« Phee ignorierte ihren Protest und hielt weiter drauf. »Was bedeutet eigentlich Bruscheck?«

»*Brouček* heißt Käferchen«, erklärte Milos.

»Käferchen?« Ob Milos wusste, dass Caro als Kleinkind ein Faible für Marienkäfer gehabt hatte, das so weit gegangen war, dass sie monatelang im Kindergarten nur ein rotschwarzes Kostüm getragen hatte?

Caro lief rot an, als Phee bei der Erinnerung losprustete. »Halt die Klappe. Los, ich will wieder runter«, jammerte sie und zeigte auf Milos, als dieser etwas erwidern wollte. »Das gilt auch für dich.«

Phee lachte und machte noch ein paar Selfies mit der Altstadt von Prag im Hintergrund, bevor sie den anderen nach unten folgte. Seit Langem hatte sie nicht mehr so frei durchatmen können.

»Wenn du das irgendwem zeigst, verrat ich deiner Mutter, wo du deine Tagebücher versteckst.« Die gesamte Fahrt zurück mit dem technischen Museumsstück versuchte Caro ihr das Handy abzunehmen und gab erst auf, als sie ausstiegen und Phee ihr versprochen hatte das Video wie einen Schatz zu hüten.

Sie überquerten die Moldau über eine breite, befahrene Straße, von der man die Karlsbrücke sehen konnte, und gingen in die Altstadt. Die engen, gepflasterten Straßen und hohen Gebäude mit den bunten Fassaden und den Verzierungen erinnerten Phee ein wenig an Leipzig, wo sie in der siebten auf Klassenfahrt gewesen war. Allerdings wirkte alles noch pompöser und verspielter. Pflichtbewusst besorgte Phee für ihre Mutter und Großmutter ein Souvenir von den vielen Ständen, die an den beliebtesten Touristenplätzen auf ihre Opfer warteten.

Am späten Nachmittag führte Milos sie in ein traditionelles Lokal. Der Geruch nach gebratenem Fleisch, Sauerkraut und Bier hing in der Luft.

Dankbar rutschte Phee auf die Bank und lehnte sich seufzend zurück. »Meine Füße bringen mich um.«

»Das heißt, wir gehen heute nicht ins *Balis?*«, fragte Milos und gab der Bedienung ein Zeichen.

»Quark. Natürlich gehen wir hin. Phee braucht nur eine kurze Pause und dann ist sie wieder topfit«, erklärte Caro im Brustton der Überzeugung.

»Offenbar kennst du meine Füße besser als ich«, bemerkte Phee spitz und vertiefte sich in die Menükarte, in der alle Speisen auf Deutsch standen.

»Was mechtet ihr trinken?«, fragte Milos.

Erst in diesem Moment fiel Phee die neben dem Tisch wartende Kellnerin auf. Bewaffnet mit einem Notizblock und Stift.

»Nimmst du auch ein Bier?«, fragte Caro.

»Seit wann trinkst du Bier?« Irritiert starrte Phee ihre Freundin an, die unschuldig mit den Schultern zuckte. Jedoch wanderte ihr Blick zu Milos, der sich mit der Bedienung auf Tschechisch unterhielt.

»Es schmeckt gar nicht mal so schlecht.«

»Ah ja.« Vielsagend zog Phee die Augenbraue hoch, bestellte sich dann aber auch ein Bier und als Hauptgericht Gulasch.

Die Sonne ging gerade unter, als sie das Lokal wieder verließen, und verwandelte das trübe Wasser der Moldau in flüssiges Gold. Sie schlenderten über die Karlsbrücke und versuchten den vielen Karikaturisten und Verkäufern auszuweichen, die ihre Waren feilboten. Die Prager Burg erhob sich leuchtend über den roten Dächern der Stadt und in der Nähe spielte ein Künstler Geige. Atmosphärisch. Tief atmete Phee die modrige Luft ein und stützte sich auf die Mauer, während ihr Blick über das Wasser glitt. Der Druck der letzten Zeit fiel Stück für Stück von ihr ab.

»Phee!«, rief Caroline, umarmte sie und richtete ihr Handy auf sie beide. Gemeinsam streckten sie der Kamera die Zunge raus.

Langsam senkte sich die Dunkelheit über die Stadt. Das Gedränge auf der Karlsbrücke wurde immer dichter. Die Touristen schoben sie weiter. Manchmal ärgerte sich Phee, dass sie nur eins fünfundsechzig maß. Als sie sich umblickte, konnte sie Caro oder Milos nicht entdecken.

Die Brücke schien kein Ende zu nehmen. Verdammt, wo waren die beiden?

Ein Kribbeln im Nacken ließ sie frösteln. Druck breitete sich in ihrer Brust aus und ihr Atem wurde flacher. Ihre Sinne warnten sie. Nervös sah sie sich um, ob jemand sie beobachtete.

Da. Sie war überzeugt Milos' taubengraues T-Shirt im Augenwinkel gesehen zu haben und eilte erleichtert in die Richtung. Die Menschenmassen strebten immer weiter runter von der Brücke. Sie versuchte dem Strom zu entkommen. Die Gassen wurden schmaler und unheimlicher. Ein paar zwielichtige Typen unterbrachen ihre Unterhaltung, als sie sie bemerkten, und musterten sie aufmerksam. Einer von ihnen kam auf sie zu. Mittlerweile schlugen ihre Sinne lautstark Alarm. Phee eilte weiter, bis sie vollkommen allein war. Im Laufen drehte sie sich einmal um die Achse und entdeckte keine Menschenseele mehr. Ihre Schritte hallten von den Gebäuden wider.

Toll, jetzt hatte sie sich auch noch verirrt. Sie kramte nach ihrem Handy in der Hosentasche.

Ein Scheppern erklang. Knurren und Fauchen. Etwas raschelte in ihrer Nähe. Der gequälte Schrei eines Lebewesens ließ ihr das Blut in den Adern gefrieren. Ein dunkler Schatten huschte über ihre Füße. Mit einem Schrei sprang Phee zurück und ließ das Telefon fallen. Sie stieß gegen eine Mauer, an die sie sich schutzsuchend presste.

Plötzlich hüpfte etwas mit einem Kreischen zwischen zwei Mülltonnen hervor. Im fahlen Licht erkannte sie erst auf den zweiten Blick die braungetigerte Katze, die misstrauisch an ihr vorbeimarschierte.

Heilfroh fasste sie sich an die Brust und versuchte wieder zu Atem zu kommen. »Verdammt, hast du mich erschreckt.«

»Entschuldige, das war nicht meine Absicht.« Bei der leisen Stimme, die direkt neben ihr erklang, blieb ihr Herz stehen. Das dunkle Timbre gehörte eindeutig einem Mann.

Ihre Beine begannen zu zittern. Alles in ihr schrie Gefahr. Langsam drehte sie ihren Kopf in die Richtung, aus der die Worte gekommen waren. In der Dunkelheit war nur schemenhaft eine Gestalt zu erkennen.

»Zeig dich!« Sie hatte auf Angst schon immer mit einer großen Klappe reagiert, was sie meistens jedoch nur in noch mehr Schwierigkeiten gebracht hatte.

»Ich rieche deine Furcht.« Seine Stimme besaß einen zufriedenen Unterton und verursachte Phee eine Gänsehaut.

»Na toll, soll das jetzt heißen, ich stinke, du Spinner?«

Er trat einen Schritt vor, blieb aber außerhalb des Lichtes. Sie legte ihren Kopf in den Nacken, um zu ihm aufzusehen.

Ein weiteres Geräusch erklang in der Nähe. Schnelle Schritte. Jemand kam ihr zur Hilfe.

Als der Fremde sich mit einem Knurren von ihr abwandte, hätten ihre Beine fast vor Erleichterung nachgegeben.

Doch das Gefühl währte nur kurz. Jemand ... etwas, das nur noch entfernt Ähnlichkeiten mit einem Menschen hatte, stürzte mit einem grässlichen Heulen auf sie zu. Klauen streckten sich ihr entgegen. In der dämonischen Fratze leuchteten die Augen in der Dunkelheit wie zwei glühende Kohlen. Scharfe Reißzähne blitzen im schwachen Laternenlicht weiß auf, als das Monster sein Maul gefräßig aufriss. Ihr Gehirn wollte nicht begreifen, was sie sah. In ihrem Kopf hallte ihr eigener Schrei, aber kein Ton kam über ihre Lippen. Ihre Muskeln gehorchten ihr nicht.

Jemand rief etwas. Wahrscheinlich der Mann neben ihr, jedoch gingen seine Worte im Rauschen ihres eigenen Blutes unter. Sie konnte nicht mal unterscheiden, ob er sie auf Tschechisch oder Deutsch angesprochen hatte, geschweige denn was er gesagt hatte.

»Ich sagte, du sollst weglaufen!« Seine Stimme war nur noch ein undeutliches Knurren. Der Mann riss sie im letzten Moment zur Seite, bevor sich das dämonische Wesen auf sie stürzen konnte. Für einen flüchtigen Augenblick erhaschte sie einen Blick in sein Gesicht. Seine Augen schienen ebenfalls zu leuchten wie die einer Katze. Lange spitze Eckzähne lugten zwischen seinen Lippen hervor.

Wie aus weiter Ferne hörte sie abermals das Wort »Lauf«. Erst jetzt setzen sich ihre Füße in Bewegung. Sie rannte. Die Umgebung verschwamm zu diffusen Grautönen. Sie schürfte sich ihre Hände an dem rauen Mauerwerk auf, als sie, ohne langsamer zu werden, um die Ecke sprintete und dagegen prallte. Gehetzt sah sie pausenlos über ihre Schultern. Jede schattenhafte Gestalt wirkte verdächtig. Ihre Lungen brannten, ihr fliegender Puls dröhnte in den Ohren und übertönte jedes Geräusch.

Ihre Flucht wurde verlangsamt, als sie mit jemandem zusammenstieß. Sie wollte sich entschuldigen, aber ihr fehlte die Stimme. Ihre Muskeln protestierten vor Schmerzen und ihre Beine drohten unter ihr nachzugeben. Schwer atmend stützte sie sich gegen eine Hauswand. Ihre Augen huschten panisch hin und her.

Die warme Beleuchtung tauchte ihre Umgebung in goldene Töne. Passanten schauten misstrauisch zu ihr. Ihr Gehirn war wie in Watte gepackt. Sie konnte kaum begreifen, was sie gesehen hatte. Das konnte nicht real gewesen sein.

Nur langsam drangen die Motorengeräusche der vorbeifahrenden Fahrzeuge zu ihr durch. Ein Lachen erklang in der Nähe und wirkte surreal. Stück für Stück formten sich Gedanken aus dem Chaos, das in ihrem Kopf herrschte.

Der Typ musste eine Maske getragen haben.

Vielleicht ein Filmset. Oder ein Streich.

Wo war Caro?

Ihre Finger tasteten nach dem Handy in ihrer Hosentasche. Scheiße! Sie hatte es fallen lassen. Ihre Handtasche war auch weg. Ihre Ausweispapiere, ihr Geld.

Wie Schuppen fiel es ihr von den Augen. Diese verdammten Duckssäcke hatten sie ausgeraubt!

Erneut sah sie dieses dämonische Wesen vor ihrem inneren Auge auf sich zurennen. Sah die unheimlichen Züge des Mannes, der sie beschützt hatte. Natürlich hatten sie Masken getragen, damit sie sie nicht identifizieren konnte.

Sie war so sauer, dass sie auf diesen billigen Trick reingefallen war.

Verzweifelt biss sie sich auf die Unterlippe und versuchte sich zu orientieren. Sie musste die anderen finden. Teile der beleuchteten Burg waren zwischen den Häusern zu erkennen. Sie wandte sich ab und fragte einen Passanten: »Können Sie mir sagen, wo die Karlsbrücke liegt?« Sie erntete einen verwirrten Blick, irgendwelches Kauderwelsch und versuchte es bei zwei weiteren, die sie in eine grobe Richtung schickten.

»Phee!«

Caros Stimme hätte sie überall erkannt. Erleichtert eilte sie ihr entgegen.

»Verdammt, wo warst du? Wir haben dich überall gesucht«, rief ihre Freundin aufgebracht. »Warum gehst du nicht an dein … Handy?« Die letzten Worte kamen nur noch stockend. Ihr vorwurfsvoller Blick wurde besorgt. »Was ist passiert? Du zitterst ja wie Espenlaub.«

»Ich wurde überfallen«, erklärte Phee atemlos und strich sich fluchend durchs Haar. Sie hatte keine Ahnung, was sie jetzt machen sollte.

»Scheiße. Nicht dein Ernst?«

In dem Moment eilte Milos auf sie zu. »Was los?«, fragte er atemlos.

Fassungslos schnappte Caro nach Luft. »Sie wurde ausgeraubt.«

»*Ty vole!* Bist du verletzt?«, fragte Milos besorgt.

Phee schüttelte den Kopf. Tränen sammelten sich in ihren Augen und sie biss sich auf die Lippe, damit sie nicht losheulte.

»Fehlt etwas Wichtiges?« Mitfühlend legte Caro eine Hand auf Phees Unterarm, doch die trat einen Schritt zurück. Sie war kurz davor zu zerspringen und jedes nette Wort könnte sie in ein Häuflein Elend verwandeln.

»Handy, Geld, Bankkarte, Ausweis, Führerschein.« Wenn sie daran dachte, wie viele Behörden und Geschäfte sie nun abklappern musste, wurde ihr schlecht. Und was das alles kosten würde. Stöhnend raufte sie sich die Haare. »Verdammt, in der Tasche waren auch meine Schlüssel.« Ihre Mutter würde ihr den Arsch aufreißen.

»Wofür nimmst du die überhaupt mit?«, fragte Caro.

»Hinterher ist man immer schlauer«, bemerkte Phee spitz und ärgerte sich über sich selbst. Kräftig stieß sie die Luft aus. »Was mach ich denn jetzt?« Ihre Gedanken waren das reinste Chaos. »Ich … wir …« So konnte sie nicht denken.

»Lasst uns hinsetzen, dann kennen wir die nechsten Schritte iberlegen«, schlug Milos vor.

Seine ruhige und bedachte Art erdete Phee. »Ein Kaffee wäre jetzt tatsächlich hilfreich.« Ihre Beine fühlten sich wie wackelige Stelzen an.

»Gute Idee.« Caro zog sie mit sich zu einer Gruppe vollbesetzter Tische, die vor einem ockerfarbenen Haus standen. Zwischen den farblich passenden Sonnenschirmen spannten sich Lichterketten. Die meisten Leute saßen beisammen und tranken Bier. Ausgelassenes Gelächter erklang, das Phees überstrapazierte Nerven quälte wie das Kratzen von Fingernägeln auf einer Tafel.

»Das sieht voll aus.« Hinter Caro quetschte sie sich durch die dicht beisammenstehenden Tischreihen. »Sollte ich nicht besser zur Polizei gehen?«, fragte sie unsicher, auch wenn sie Angst davor hatte. Wahrscheinlich würden die Beamten sie auslachen.

»Die wird Anzeige aufnehmen. Mehr nicht«, erklärte Milos. »Wichtiger du sperrst erst deine Bankkarte.«

»Richtig.« Automatisch griff Phee nach ihrem Handy, um bei der Bank anzurufen. Aber das war ja auch weg. Erschöpft schloss sie die Augen. Ihre Wut war mittlerweile verflogen und zurück blieb pure Verzweiflung.

»Wir haben Glück, da will jemand gehen«, bemerkte Caro und drängte sich in Richtung eines Pärchens, das gerade vom Tisch aufstand. Sie hatten noch nicht einmal all ihre Sachen zusammengesammelt, als Caro sich die Plätze bereits unter den Nagel riss.

Niedergeschlagen ließ sich Phee auf den Stuhl sinken, während ihre Freundin ihr wortlos ihr entsperrtes Handy reichte.

»Bestellt ihr für mich einen Eiskaffee mit?«, bat Phee und gab in der Suchleiste *Bankkarte sperren* und den Namen ihrer Bank ein. Sie rief die angegebene Nummer an und folgte den Anweisungen der elektronischen Stimme.

»Sperr am besten auch noch direkt deine Sim-Karte«, erinnerte Caro sie und Phee nickte. Ihr ganzer Körper fühlte sich mittlerweile taub an. Auch hier führte sie wieder eine weibliche Ansage durch das Prozedere, bis diese die IMEI-Nummer wissen wollte.

»Keine Ahnung, was das sein soll.«

Ich habe Sie nicht verstanden. Bitte geben Sie Ihre IMEI-Nummer ein. »Verdammt, ich habe keine!«

»Streitest du dich ernsthaft mit der Bandansage?«, fragte Caro amüsiert und Phee zog eine Grimasse. Also das Ganze noch mal von vorn.

Mittlerweile war ihr Eiskaffee gekommen und sie nippte trübsinnig an dem Strohhalm. Dieses Mal schaffte sie es, bis zu einem realen Menschen durchzukommen, der ihr genau erklärte, wie sie vorgehen musste. Nachdem das erledigt war, sackte sie erschöpft auf dem Stuhl zusammen.

»Und was hat er gesagt?«, fragte Caro neugierig.

»Dass ich auf jeden Fall noch zur Polizei gehen soll, um Anzeige zu erstatten.«

Caro nickte. »Machen wir, sobald es dir besser geht. Du bist immer noch kalkweiß.«

Phee zitterte nach wie vor am ganzen Körper und sie war sich unsicher, ob sie ihre Beine tragen würden, sobald sie aufstand.

»Möchtest du darüber reden, was passiert ist?«

Unsicher biss Phee auf die Innenseite ihrer Wange und rührte mit dem Strohhalm ihren Eiskaffee um, von dem eigentlich nur noch ein paar Schaumreste am Boden übrig waren. Die Worte fielen ihr teilweise schwer. Vor allem als sie ihre Angreifer beschrieb. Es hatte so echt ausgesehen. Diese Zähne und diese Augen. Das tierische Fauchen. Ein Schaudern erfasste Phees Nacken und sie sah sich verunsichert um. Es fühlte sich erneut an, als würde jemand sie beobachten. Wahrscheinlich wurde sie paranoid.

»Das klingt nach einem *Chrliče*«, bemerkte Milos.

»Was ist das denn?«, fragte Caro. Es klang, als hätte er geniest.

Er schnippte mit den Fingern, als er nach einem passenden Begriff suchte. »Ein Gargoyle.«

»Ein Gargoyle?«, wiederholte Phee ungläubig. »Der eine war also ein Vampir und der andere ein Gargoyle.« Sie hätte eher auf einen Dämon getippt, aber das spielte auch keine Rolle. »Die Polizei wird mich für verrückt erklären.«

»Vielleicht kamen sie gerade von einer Kostümparty und haben sich nur einen Spaß mit dir erlaubt«, versuchte Caro sie zu beruhigen. »Dein Handy könnte noch immer dort liegen. Vielleicht haben sie deine Handtasche beim Fundbüro abgegeben.«

Phee nickte stumpf. Irgendwie glaubte sie nicht daran. Milos wirkte auch nicht so, als könnte er sich das vorstellen.

»Wir können dein Handy orten«, schlug Caro vor und tippte bereits aufgeregt etwas in ihr Smartphone.

»Lass. Das bringt doch nichts«, versuchte Phee sie davon abzuhalten, doch es war zu spät. Caros eben noch fröhliche Miene versteinerte und sie schluckte nervös.

»Was ist?«, fragte Phee. In ihrem Magen bildete sich ein harter Knoten.

»Es ist hier«, flüsterte Caro.

Phees Hals war wie zugeschnürt. »Okay, das reicht. Wir gehen jetzt zur Polizei«, beschloss sie und stand auf.

3

Es war noch stockfinster, als sie endlich wieder in die WG zurückkehrten, dennoch brannte in der Wohnküche bereits Licht und das Röstaroma von Kaffee lag in der Luft. Phee fühlte sich emotional völlig ausgebrannt. Sie war nur froh wieder hier zu sein.

Louis, der halb Deutscher und halb Portugiese war und irgendetwas mit Kunst studierte, saß am Küchentisch. Verschlafen schaute er von seinem Handy auf, als sie eintraten, und gähnte herzhaft. »Moin. Und wie war es im *Balis*?«

Caro schnaubt entrüstet. »Wir waren nicht dort, sondern fast die ganze Nacht auf dem Polizeirevier.«

»Was? Warum?«

»Phee ist überfallen worden.« Sie warf genervt ihre Handtasche auf das Sofa, das in einer Ecke des geräumigen Gemeinschaftsraumes stand.

»Scheiße! Und was sagt die Polizei?« Sein Blick huschte von ihr zu Milos.

»Wahrscheinlich bekommt sie die Sachen nicht wieder«, erklärte dieser und ließ sich erledigt auf einen der Stühle fallen.

»Und jetzt?«, fragte er an Phee gewandt.

»Ich geh duschen«, erklärte sie erschöpft. Ihr Körper schrie nach Schlaf. Wichtiger war nur ein Schwall heißes Wasser, der den Dreck und Schweiß der letzten Stunden von ihr abwusch. Sie holte sich aus Caros Zimmer frische Sachen und schlurfte wie ein Zombie ins Bad.

Keine Ahnung, was sie jetzt machen sollte. Auch wenn ihre Freundin gesagt hatte, dass sie ihr Geld leihen würde und sie noch bleiben konnte, solange sie wollte, fühlte sich Phee bei dem Gedanken nicht wirklich wohl.

Allerdings wollte sie ihrer Mutter ungern gegenübertreten. Sie war immer noch verletzt und wütend. Vor allem wütend. Es war nicht das erste Mal, dass ihre Mutter ihr das Gefühl gegeben hatte, ungewollt zu sein. Zu nichts zu gebrauchen.

Verzweifelt lehnte Phee die Stirn an die kühlen Fliesen. Der Zorn war nur noch ein leises Wispern, das in der Leere verhallte, die in ihr herrschte. Sie war nicht ganz unschuldig an diesem Streit.

Nach der Dusche fiel sie todmüde ins Bett und schlief sofort ein, obwohl der Morgen bereits graute. In ihren Träumen verfolgte sie das Monster. Dieser Gargoyle, wie er seine Reißzähne fletschte, von denen Geifer tropfte. Seine Gestalt war riesig. Seine aufgespannten fledermausartigen Flügel versperrten ihr den Weg. Sie wollte fliehen. Wollte rennen, aber sie bewegte sich keinen Millimeter.

»Hey, wach auf.«

Atemlos schreckte Phee hoch. »Was ist los?« Panisch rieb sie sich die Augen und schaute sich orientierungslos um. Kein Dämon. Nicht real.

»Du hast schlecht geträumt«, erklärte Caro mitfühlend. »Außerdem ist da ein Polizist, der dich sprechen will.«

»Mich?«, fragte Phee verwirrt und versuchte ihre verschlafenen Gedanken einzusammeln.

Hatte die Polizei etwa bereits etwas herausfinden können? Eigentlich fühlte sie sich nicht in der Lage, sich dem zu stellen.

Kurz schwankte sie, weil sie zu schnell aufgestanden war, und wäre fast wieder zurück aufs Bett gefallen, hätte Caro sie nicht aufgefangen. »Mach langsam.«

»Mir geht's gut«, erklärte Phee, auch wenn das nicht stimmte. Die Ereignisse des gestrigen Abends saßen ihr in den Knochen und hatten sie mehr mitgenommen, als sie gedacht hatte.

Sie beeilte sich etwas anzuziehen. Leise schloss sie die Tür hinter sich, als sie Caros Zimmer verließ. Milos lehnte wartend an der Wand und folgte ihr wie ein Schatten in die große Wohnküche, wo ein Herr mittleren Alters wartete und die für eine Studentenbude typisch zusammengewürfelte Einrichtung neugierig musterte. Sein dunkles Haar war an den Schläfen bereits graumeliert und er trug klischeehafterweise einen Trenchcoat. Mit seinem

Schnauzbart wirkte er wie ein Inspektor aus einem alten Kriminalfilm der Achtzigerjahre, die ihre Mutter immer so gern schaute.

Als er sie bemerkte, trat er einen Schritt vor und zeigte seine Marke. »Ich bin Kommissar Novák. Sie sind Stephanie Arndt?« Er sprach fast akzentfrei.

Milos betrachtete die Marke und nickte ihr zu.

Phee kam sich vor wie in einem Krimi. Unsicher befeuchtete sie sich die Lippen. »Das bin ich.«

»Können wir unter vier Augen sprechen?«, fragte er und sah bedeutungsschwer in Carolines Richtung, die auf der Couch lümmelte und alles beobachtete.

Der Gedanke, dem Ganzen plötzlich allein gegenüberzustehen, bereitete Phee Herzrasen. »Das sind meine Freunde, sie bleiben. Haben Sie die Angreifer bereits gefasst?«

Einen Moment musterte er unschlüssig Caro und Milos, bevor er verneinend den Kopf schüttelte und seinen altmodischen Notizblock hervorholte. »Leider nicht. Ich gehöre zu einer Sondereinheit, die mehrere ähnliche Fälle untersucht. Es tut mir leid, dass ich Sie unter diesen Umständen aufsuchen muss, aber ich befürchte, Sie befinden sich in Gefahr.«

Caro richtete sich auf und sah beunruhigt von ihm zu ihr, während Phee noch die Bedeutung seiner Worte zu erfassen versuchte. Eine böse Vorahnung beschlich sie. »Was genau meinen Sie mit ›in Gefahr‹?«

»Sie sind aktuell unsere einzige Überlebende.«

Verwirrt runzelte Phee die Stirn. »Wie bitte?« Hatte sie ihn richtig verstanden?

»In den letzten Monaten gab es bereits drei ähnliche Überfälle auf jungen Frauen in ihrem Alter. Bei einem davon beschrieb ein Augenzeuge, dass er eine dämonische Gestalt in der Nähe des Tatorts gesehen hat. Kommt Ihnen das bekannt vor?«

Phees Magen schrumpfte auf Erbsengröße zusammen. Die düstere Vorahnung nahm Gestalt an, aber sie musste es aus seinem Mund hören, um es wirklich begreifen zu können. »Und was ist mit den jungen Frauen passiert?«

Er atmete tief durch und blickte verlegen auf seinen Notizblock. »Sie sind tot.«

Ihr wurde heiß und kalt.

»Wie?«

Der Kommissar sah sie nur ausdruckslos an. Unsicher blickte sie zu ihren Freunden, in der Hoffnung, dass sie sich vielleicht doch geirrt hatte, aber die sahen genauso ungläubig und verstört aus, wie sie sich fühlte.

»Sie meinen, in Prag sind Serienmörder unterwegs?« Caros Stimme hörte sich unnatürlich schrill an.

Phee musste sich erst einmal setzen.

»Ich verstehe, dass das ein Schock sein muss, aber ich muss wissen, was genau Sie gesehen haben«, erklärte Novák und schaute von seinem kleinen Notizblock auf, als sie nicht sofort loslegte. »Im Bericht steht, Sie haben sich schon den Tag vorher beobachtet gefühlt und auch danach?« Seine Stimme war so neutral, als würde er sie nach dem Weg fragen.

Phee nickte stumpf. Sie kam sich vor wie eine unbeteiligte Zuschauerin. Das geschah gerade nicht wirklich.

»Wir vermuten, dass sie ihre Opfer gezielt auswählen«, murmelte er und machte sich neue Notizen. »Da Sie noch leben ...«, begann er und sah sie direkt an.

Eine eiskalte Hand schien über Phees Rücken zu streichen. »Denken Sie, dass sie es noch einmal versuchen.«

Dieses Mal war er es, der nur nickte, auch wenn es keine Frage gewesen war.

Phee schüttelte ungläubig den Kopf. »Warum ausgerechnet ich? Ich bin erst vor vier Tagen nach Prag gekommen und habe niemandem etwas getan. Weder ich noch meine Eltern sind wohlhabend.«

Er zuckte mit den Schultern. »Wer weiß. Bisher konnten wir keine Gemeinsamkeiten bei den jungen Frauen feststellen.«

Das war eine rhetorische Frage gewesen, auf die sie keine Antwort erwartet hatte. Auch wenn ihr Unterbewusstsein ihr eine lieferte: Schlechtes Karma. Verdammt, das konnte einfach nicht wahr sein. Verzweifelt raufte sie sich die Haare.

»Vielleicht ist es doch besser, du fährst wieder nach Hause«, schlug Caro unsicher vor.

»Die haben meinen Ausweis und wissen, wo ich wohne.« Die Vorstellung, wie dieses Monster irgendwann nachts neben ihrem Bett stand, bereitete Phee eine Gänsehaut, auch wenn sie wusste, dass dies nur ein Mann mit einer Maske war.

»Ich muss Sie leider bitten die Stadt vorerst nicht zu verlassen«, erklärte Novák bedauernd.

»Ihr Ernst?« Ungläubig schüttelte Phee den Kopf.

»Was passiert jetzt?«, fragte Milos.

Phee schnaufte. »Ich kann es mir denken.« Sie hatte genug Krimis mit ihrer Mutter gesehen, um zu wissen, wie das ablief. Wahrscheinlich sollte sie hier wie auf dem Präsentierteller auf diese beiden kranken Wichser warten, damit sie sie erwischten. »Er postiert zwei Beamte in Zivil zu meinem Schutz vor der Tür. Die sind kurz abgelenkt und ich mausetot.«

Novák räusperte sich. »Ich verstehe, dass Sie Angst haben, daher ...«

»Am Arsch. Sie verstehen gar nichts.« Sie hatte keine Angst. Sie war stinksauer. Warum passierte ihr das? Nur weil sie sich mit ihrer Mutter gestritten hatte? Mal wieder. Das war nur das schlechte Gewissen, das sie hatte. Sie konnte das alles immer noch nicht glauben. Fühlte sich überfordert. Tränen begannen ihren Blick zu verschleiern. Eine ganze Bandbreite von unterschiedlichen Emotionen überkam sie. Nur keine Angst.

»Ich weiß, dass das eine schwierige Situation für Sie ist«, begann der Kommissar noch mal von vorn. Phee biss sich auf die Unterlippe, damit sie ihm nicht erneut ins Wort fiel. Sie hatte das Gefühl zu ersticken. »Ich würde Sie gerne an einem sichereren Ort als diesem unterbringen.«

»Wollen Sie mich ins Gefängnis stecken?«

»Es ist eine Art weiterführende Schule. Ein Internat, dessen Grundstück sehr gut abgesichert ist.«

»Ein Internat?« Ungläubig sah sie zu Caro und Milos, die mittlerweile dicht beieinander auf der Couch saßen und Händchen hielten.

»Sie wären dort sicher.«

Wirklich glauben konnte sie das nicht.

Novák wühlte in den Taschen seines Mantels und zog zwei zerknüllte Zettel heraus. »Hier ist die Adresse, falls Sie Ihre Freundin besuchen möchten.

Und hier ist auch meine Nummer, falls Ihnen noch etwas einfallen sollte.« Er reichte Caroline die beiden Visitenkarten. Sie zückte sofort ihr Handy und stieß nach einigen Sekunden einen anerkennenden Pfiff aus.

»Was ist?«

»Das ist eine teure Privatschule«, erklärte sie ihr.

»Und was soll ich da?«, fragte Phee überrumpelt. Nicht nur, dass Schule auf der Liste Was-tue-ich-als-Nächstes ganz weit unten stand, die Adjektive *teuer* und *privat* passten überhaupt nicht zu ihrem Leben.

»Nicht umgebracht werden«, erwiderte Caro trocken.

Das war tatsächlich ein wichtiges Argument. »Wäre es nicht sinnvoller, mich in ein Zeugenschutzprogramm aufzunehmen?«

»So einfach ist das nicht. Wir sind hier nicht in Amerika«, erklärte der Kommissar mit zusammengekniffenen Augen. Offensichtlich fühlte er sich auf den Schlips getreten.

Beunruhigt sah Phee zu Caro und Milos. Das Echo ihrer eigenen unterdrückten Ängste und Zweifel war ihnen deutlich anzusehen.

Auch wenn Phee nicht wusste, was sie von dem Angebot halten sollte, es war besser, als hier zu bleiben und die beiden in Gefahr zu bringen. Sie war nicht mehr als ein Eindringling, der ihr Leben schon genug durcheinandergebracht hatte. »Okay. Und wann können wir los?«

»Sobald Sie Ihre Sachen zusammengepackt haben.« Novák steckte seinen Notizblock weg und lächelte mitfühlend. »Es ist ja nur vorübergehend, bis wir die Täter gefasst haben«, versicherte er ihr.

Wie lange das wohl dauern würde? Tief atmete Phee durch und stand auf. »Na, dann werde ich wohl mal packen gehen«, erklärte sie und ging zur Tür. Ihre Beine fühlten sich schwer wie Blei an.

Caro folgte ihr in das kleine Zimmer. Einerseits war Phee dankbar, dass ihre Freundin sie unterstützen wollte, andererseits wusste sie immer noch nicht, wie sie mit dieser Situation umgehen sollte, und wäre viel lieber kurz allein gewesen, um einfach zusammenzubrechen. Es war alles so surreal. Zum Glück hatte sie noch nicht viel ausgepackt, sodass sie innerhalb kürzester Zeit ihre wenigen Habseligkeiten zusammengesammelt hatte.

»Wir können mitkommen, wenn du das möchtest«, schlug Caro leise vor.

»Das braucht ihr nicht.« Phee schulterte den großen Rucksack und wandte sich zur Tür.

»Sicher?«

»Ich habe euch schon genügend Ärger gemacht. Aber danke, dass du für mich da warst.«

Milos stand neben Kommissar Novák und beobachtete alles mit Argusaugen. Er nickte ihr aufmunternd zu. Bereits auf dem Revier hatte er ihr mit seiner ruhigen Art Kraft gegeben, während sie kurz vorm Durchdrehen gewesen war.

»Den solltest du auf jeden Fall behalten«, raunte Phee und Caro wurde rot.

»Habe ich vor.«

Vor der Tür zog Caro sie noch mal in die Arme. »Pass auf dich auf und meld dich.«

»Mach ich.«

***

Die ganze Fahrt über schwieg Novák. Phee starrte aus dem Fenster des zerbeulten Audis, der seine besten Tage schon längst hinter sich hatte. Die Häuser, an denen sie vorbeifuhren, verschwammen vor ihren Augen. Die Menschen drängelten sich durch die Straßen, lachten. Eigentlich war alles normal. So wie immer. Jedoch hatte Phee das Gefühl, dass ihr diese Welt plötzlich völlig fremd geworden war.

»Wir sind gleich da«, erklärte Novák und bog in eine mit Linden gesäumte Allee ein.

Phee konzentrierte sich auf die Umgebung, die einem Park glich. Zwischen den Büschen und Bäumen entdeckte sie gepflegte Gärten, gepflasterte Zufahrten und prachtvolle Villen. Offenbar fuhren sie durch eine wohlhabendere Wohngegend. Auf der anderen Straßenseite erstreckte sich eine an die zwei Meter hohe Ziegelsteinmauer mit Stacheldraht auf dem Kopf. In regelmäßigen Abständen waren Kameras angebracht. Sie verstand nun, warum Novák sie herbrachte.

Er wurde langsamer, bog die Auffahrt zu dem Grundstück ein und blieb vor einem riesigen schmiedeeisernen Tor stehen. Offensichtlich wurden sie bereits erwartet, denn nur Sekunden später öffnete es sich wie von Zauberhand und er fuhr auf das abgesicherte Gelände.

Phee wurde ganz mulmig zumute, als sich am Ende der Zufahrt ein langgestrecktes, viergeschossiges Herrenhaus aus dem letzten Jahrhundert in den Himmel erhob. Wobei, mit den Türmen und Erkern konnte man es ohne Weiteres auch als Schloss bezeichnen. Die Zinnen wurden von geflügelten dämonischen Wesen aus Stein bevölkert, die an ihren Angreifer erinnerten. Nervös befeuchtete sie sich die Lippen.

Vor dem Eingang des Gebäudes stand eine Gruppe von Jugendlichen. Alle trugen sie ähnliche Kleidung, weinrote Jacketts und Hosen oder Faltenröcke mit einem kleinen weißen Wappen auf der rechten Brust. Abschätzig musterten sie den Wagen, den Novák direkt vor den Stufen parkte, die zu dem großen Eingangstor hinaufführten, das aus zwei massiven Türen mit Eisenbeschlägen bestand.

»Wir sind da«, erklärte Novák.

»Das hab ich befürchtet«, bemerkte Phee und erntete einen irritierten Blick. Mit einem mulmigen Gefühl stieg sie aus und straffte ihren Rücken, als sie dem Kommissar die Treppe hinauf folgte, vorbei an den gaffenden Schülern. Aus der Nähe erkannte sie, dass das Wappen ein verschnörkeltes D mit vier Flügeln darstellte.

Im Inneren wirkte alles elegant, alt und somit verdammt teuer. Wahrscheinlich gingen hier die Kids irgendwelcher ausländischen Diplomanten zur Schule. Kein Wunder, dass dieses Anwesen abgesichert war wie ein Hochsicherheitsgefängnis. Schon jetzt hatte sie das Gefühl, eingesperrt zu sein.

Das Atmen fiel ihr schwer, doch sie versuchte sich nicht anmerken zu lassen, wie sehr der ganze Tand ihr das Gefühl gab, unbedeutend und wertlos zu sein. Vor allem in dem Zwanzig-Euro-Kleid, das bereits am Saum ausfranste, und den schwarzen Stiefeln, die nicht feminin, dafür aber bequem waren. Dabei gab ihr ihr Lieblingsoutfit normalerweise das Gefühl, eine schützende Rüstung zu tragen.

Eine geschwungene Treppe, wie Phee sie nur aus Filmen kannte, führte ein Stockwerk höher. Auf halber Höhe teilte sich der breite Aufgang und ein riesiges Fenster eröffnete den Blick auf einen weitläufigen Park. Weitere Schüler kamen ihr entgegen, warfen ihr verstohlene Blicke zu und tuschelten miteinander.

Ein Junge mit strubbeligen blonden Haaren führte seine Faust zum Mund und machte eine anzügliche Bewegung. Offensichtlich der Klassenclown. Ohne sich zu ihm umzudrehen, hob sie die Hand über die Schulter und zeigte ihm den Mittelfinger.

Das Gemurmel in ihrem Rücken wurde intensiver und Gelächter mischte sich darunter. Erster Tag hier und schon Eindruck gemacht. Prima.

Sie durchquerte ein schmales Durchgangszimmer mit hohen Decken, das eine kleine Bibliothek beherbergte, deren Inneneinrichtung eher in ein Museum gehört hätte. Auch im Raum dahinter nahm ein Bücherregal die gesamte Wand ein, vor dem ein altertümlicher Schreibtisch mit zwei Stühlen stand. Fehl am Platz wirkte der zusammengeklappte silbrige Laptop, an den ein zusätzlicher Monitor und eine Maus angeklemmt waren.

»Setzen Sie sich«, sagte Novák, stellte sich ans Fenster und zog die weißen Stoffschals, die für ein diffuses Licht im Raum sorgten, zur Seite. Über den Baumkronen eines nahegelegenen Wäldchens färbte sich der Abendhimmel langsam rot. Sie hatte gar nicht bemerkt, wie spät es bereits war. Die Nacht auf dem Polizeirevier und die Tatsache, dass sie bis zum Nachmittag geschlafen hatte, hatten ihr Zeitgefühl völlig durcheinandergebracht.

Die abgewetzten Holzdielen, auf denen ein Teppich mit floralen Mustern lag, knarzten, als sie den Raum durchschritt, um Nováks Aufforderung nachzukommen. Im Regal standen nicht nur Bücher, deren Rücken teilweise alte kyrillische Buchstaben zierten, sondern auch kleine Kunstschätze aus den verschiedensten Ländern. Eine afrikanisch anmutende Maske. Juwelenbesetzte Dolche. Faustgroße Quarzsteine. Ein chinesisches Teeservice. Alles wirkte teuer, selten oder beides und schrie förmlich: Nicht anfassen!

Als sich endlich Schritte näherten, schluckte Phee und zupfte ihr Kleid zurecht. Im Türrahmen erschien ein Mann, dessen Alter nur schwer abzuschätzen war. Mit seinem rabenschwarzen Haar, das penibel nach hinten gekämmt war, der makellosen Haut und dem perfekt passenden Anzug könnte er jedes Cover eines beliebigen Hochglanzmagazins schmücken. Seine Augen besaßen ein stechendes Blau, das noch intensiver war als das von Chris Pine. Eingeschüchtert rutschte sie auf dem Stuhl hin und her. Es war eindeutig: Dieser Mann hatte in dem Laden hier das Sagen.

Seine Schritte waren raumgreifend, als er zu ihr trat und ihr die Hand entgegenstreckte. »Entschuldige, dass ich dich habe warten lassen. Ich bin Kasimir Anděl. Der Leiter dieses Instituts. Schön dich kennenzulernen, Stephanie.« Seine nasale Aussprache unterstrich seine vornehme Art. »Oder möchtest du anders angesprochen werden?«, fragte er sanft und überraschte sie damit.

Zwei Sekunden starrte sie ihn irritiert an, bevor sie aufsprang und seine Hand drückte. »Phee«, antwortete sie automatisch und merkte, wie ihre Wangen brannten.

»Dann Phee. Das passt zu dir. Möchtest du etwas trinken?«

Erst jetzt wurde ihr bewusst, wie trocken ihr Mund war. Unsicher nickte sie.

Er lächelte auf väterliche Weise, schüttete ihr Wasser aus einer Karaffe in ein Glas, stellte es vor sie und nahm hinter dem wuchtigen Schreibtisch Platz. »Ich hoffe, du wirst dich hier wohlfühlen.«

»Klar«, erwiderte sie und biss sich auf die Zunge, denn es klang, als würde sie nicht daran glauben. Na ja, tat sie auch nicht, aber das musste sie ihm ja nicht auf die Nase binden. Zittrig nahm sie das Glas und trank es vollständig aus.

Verwundert hob sich eine seiner Augenbrauen. Er verschränkte die Finger miteinander, stützte die Ellenbogen auf das polierte Holz und musterte sie durchdringend. Ein wenig erinnerte sie der Blick an den von Frau Bernbrock, wenn sie im Englischunterricht mal wieder nicht aufgepasst hatte. Innerlich schrumpfte sie zusammen.

»Hier bist du sicher«, sagte er jedoch nur.

»Es ist ja nur vorrübergehend«, erklärte sie verlegen und stellt das leere Glas zurück auf den Schreibtisch.

Seine kompromisslose Miene sagte etwas komplett anderes.

»Du hast wirklich keine Ahnung, wie besonders du bist?« Ungläubig lachte er.

»Hältst du es für eine gute Idee, sie damit zu konfrontieren? Du kannst dir nicht sicher sein, dass sie wirklich eine von uns ist«, bemerkte Novák gereizt, allerdings beachtete Anděl ihn überhaupt nicht und starrte sie weiterhin an, als würde er tief in ihrer Seele nach etwas suchen. Die feinen Härchen auf Phees Armen richteten sich auf.

»Wir sind wie du.«

»Wie ich?« Obwohl er bisher ohne jeglichen Akzent gesprochen hatte, fragte sie sich in diesem Moment, ob es nicht doch ein Verständigungsproblem gab.

»Was meinen Sie?« Beunruhigt verlagerte sie ihr Gewicht.

»Wir nennen uns Den. Das ist das tschechische Wort für *Tag*.«

»Äh … okay?« Irgendwie wurde es gerade seltsam. »Ich glaube, Sie verwechseln mich. Ich bin ein normales, langweiliges Mädchen aus Mecklenburg-Vorpommern.«

Hilfesuchend sah sie zu Novák, doch der Kommissar presste nur missmutig die Lippen aufeinander.

»Jetzt nicht mehr. Jetzt bist du eine von uns. Beziehungsweise warst du das schon dein Leben lang, du wusstest es nur nicht«, erklärte Anděl.

Die Tür stand noch sperrangelweit offen. Vorsichtig stand Phee auf. »Was ist das hier? Eine Art Sekte?«

Anděl wandte sich an Novák und begann in einer schnellen Folge von Worten in einer Sprache zu sprechen, die sich ähnlich, aber auch anders anhörte als das Tschechisch, das sie die letzten Tage mehrfach gehört hatte. Als Anděl verstummte, musterte Novák sie einen Moment, bevor er dem Schulleiter zunickte und den Raum verließ.

Die Tür schloss sich und Phees Magen formte sich zu einem harten Klumpen. Unsicher sah sie zurück zu Anděl, der ihr ein gewinnendes Lächeln schenkte. »Möchtest du noch etwas trinken oder essen?«, bot er ihr an, doch sie schüttelte nur den Kopf. »Was wollen Sie von mir?«

»Wir wollen dich nur beschützen, da du eine von uns bist«, erklärte er geduldig.

»Und was seid ihr?«

»*Wir* sind die Den. Höhere Wesen. Unsere Vorfahren wurden von den Menschen als Gottheiten, Naturgeister oder auch als Engel verehrt«, erklärte Anděl.

»Engel?« Sie blinzelte und überlegte, ob sie sich verhört hatte, aber das hatte sie nicht. Er meinte das ernst. Eindeutig ein Spinner. »Ich denke, ich bin hier falsch.«

»Ich denke nicht. Nicht, nachdem die Noc dich bereits seit mehreren Nächten verfolgen.«

Erneut lief ein eisiger Schauder über Phees Rücken, als sie sich an das Gefühl erinnerte ständig beobachtet zu werden.

»Und wer sind die Noc?« Auch irgendwelche Spinner?

»Sie sind das Gegenteil von uns. Geschöpfe der Dunkelheit. Eine Vampirrasse, die …«

»Vampire?«, unterbrach Phee ihn. Okay, jetzt war endgültig der Zeitpunkt gekommen, von hier zu verschwinden. Das war doch verrückt.

Sie drehte sich blitzartig um und hechtete zur Tür. Noch bevor sie die Klinke berühren und herunterdrücken konnte, bewegte sich diese von allein.

Ihr Herz setzte einen Schlag aus, als sie erkannte, wer im Türrahmen erschien und diesen komplett ausfüllte. Sie war so fassungslos, dass sie sogar vergaß zu atmen. Das konnte nicht wahr sein. Kleine Hörner traten aus seiner Stirn direkt unterhalb des Haaransatzes hervor und bogen sich nach hinten. Das letzte Mal hatte sie diese gar nicht wahrgenommen, da sie nahtlos in sein rabenschwarzes Haar übergingen, das ihm bis auf die Schultern fiel. Verwirrt überlegte sie, ob er in dieser Gasse ebenfalls nur diesen hässlichen, zerfledderten Umhang und das hautenge dunkle Top getragen hatte. Sie konnte sich nicht erinnern. Genauso wenig wie an die Farbe seiner Haut, die an reife Pflaumen erinnerte, oder an die seltsam verformten Beine und die kurze schwarze Stoffhose, die tief auf seinen Hüften hing. Er lief auf seinen Zehenballen, der Fuß war langgestreckt wie bei einem Tier.

Als er eintrat, musste er den Kopf einziehen. Seine dunkle Gegenwart füllte sofort den ganzen Raum aus, ließ sie erzittern. Seine raubtierhaften Augen richteten sich auf sie. Sie war ihm so nah, dass sie dieses Mal erkennen konnte, dass sie die Farbe von dunklem Nussbaumholz besaßen, mit goldenen Splittern darin.

Als sich seine Mundwinkel hoben, zeigten sich die spitzen Fangzähne eines Raubtiers. An diese erinnerte sie sich nur zu gut.

Ihr Herz begann zu rasen – alles in ihr schrie: Flieh!

4

Damian konnte seine Augen nicht von ihr abwenden. Sie war wirklich hier. Trug sogar dasselbe blutrote Kleid, das sie bereits an dem Abend getragen hatte, als er ihr das erste Mal begegnet war. Jegliche Farbe war aus ihrem Gesicht gewichen und sie sah ihn mit weit aufgerissenen Augen an. Unsicher verharrte er, um sie nicht noch mehr zu erschrecken. Pavel hatte ihm mehrfach erklärt, dass ihre Existenz die Menschen überforderte, weswegen sie sich ihnen nicht offenbaren durften. Niemals. Also warum war sie hier? Warum hatte sein Herr ihn herbefohlen?

»Ist das irgendein kranker Scherz?«, fragte sie aufgebracht.

Deutlich konnte Damian Abscheu in den blassblauen Augen erkennen, wie sie ihm gewöhnlich von den Den entgegenschlug. Was hatte er auch anderes erwartet? In ihren Pupillen spiegelte sich das Bild eines Ungeheuers.

»Darf ich dir Damian vorstellen? Vielleicht erkennst du ihn. Er hat dich gestern vor dem Noc gerettet, der dich angegriffen hat«, erklärte Kasimir.

Damian verbeugte sich, wie es üblich war, ging auf ein Knie, senkte den Kopf und presste die Faust auf das Herz zum Zeichen seiner Ergebenheit. Seine Flügel hatte er dicht an den Körper gelegt, sodass diese wie Stoff über seinen Rücken fielen. Auch wenn Damian nun ihre Angst nicht mehr vor Augen hatte, so konnte er noch immer ihren rasenden Herzschlag vernehmen und den säuerlichen Geruch ihrer Furcht wittern. Fest presste er seine Zähne zusammen. Sein Instinkt drängte ihn etwas zu tun, sich um sie zu kümmern und jegliche Bedrohung für sie zu eliminieren.

»Er hat mich gerettet? Er hat mich angegriffen.« Ihre Stimme war schrill und überschlug sich panisch. »Was soll das?« »Das sind unsere Wächter. Wir nennen sie Soumrak. Vielleicht kennst du sie unter dem Begriff Gargoyles. Sie beschützen uns vor den Nocs.«

»Wo sind die versteckten Kameras?« Aufgebracht begann sie den Raum zu durchsuchen und beunruhigte damit die Anwesenden. Novák, der Damian im Flur bereits entgegengekommen war und kurz nach ihm das Zimmer betreten hatte, machte Anstalten, ihr Einhalt zu gebieten, jedoch hielt Kasimir ihn mit einer Handbewegung auf.

Verwirrt beobachtete Damian die junge Frau. Obwohl er ihre Angst deutlich wahrnahm, verhielt sie sich völlig furchtlos. Sie untersuchte die schweren Vorhänge, hob die kostbaren Gegenstände an, drehte sie und zog die Bücher aus dem Regal. Würde einer von ihnen ein solches Verhalten an den Tag legen, würde das eine schwere Bestrafung nach sich ziehen.

»Es gibt keine. Ich sage die Wahrheit.« Auch wenn die Stimme seines Herren gleichmütig klang, so erkannte Damian deutlich seine aufkommende Ungeduld. Sein Körper war angespannt und er stand von seinem Platz auf.

»Blödsinn!«, rief sie.

Unvermittelt trat sie auf Damian zu und griff nach seinen Hörnern. Er zuckte zurück, aber sie ließ sich nicht beirren, packte fest zu und zog wie eine Wilde daran. Auch an einigen seiner Haare, die sie erwischt hatte. Es schmerzte. Seine Muskeln spannten sich an und er biss fest die Zähne zusammen. Nicht bewegen. Nicht knurren. Er wollte sie auf keinen Fall erschrecken.

»Verdammt, sitzen die fest«, schimpfte sie und ging dazu über, ihm das Gesicht zu reiben. »Verdammt, das muss doch abgehen.«

Plötzlich erstarrte sie in der Bewegung und sah ihm in die Augen. Sie war so nah, dass er die faszinierenden Muster in ihren Iriden erkennen konnte, als würde der Wind über das Wasser peitschen. Ihr Atem wurde flach. Er konnte genau erkennen, wie ihr Gehirn versuchte die Informationen zu verarbeiten und in einen logischen Kontext zu setzen, der ihrem gewohnten Weltbild entsprach. Es schien eine Ewigkeit zu vergehen, während sie ihn einfach nur reglos anstarrte. Deutlich spürte er ihre warme Hand auf seiner Haut, die anfing an dieser Stelle zu kribbeln. Etwas kroch seine Kehle hinauf. Wie ein Knurren und dennoch anders. Sein ganzer Körper vibrierte vor Anspannung.

»Damian«, sagte Kasimir auffordernd.

Damian kam dem wortlosen Befehl nach und erhob sich. Sofort beschleunigte sich wieder ihr Puls. Verunsichert wich sie vor ihm zurück und ließ ihren Arm fallen. Er bedauerte, dass ihre Finger ihn nicht länger berührten.

Keinen Augenblick löste er den Blickkontakt mit ihr.

Plötzlich geriet sie ins Stolpern und wäre fast über den Stuhl gefallen. Reflexartig ergriff Damian ihren Arm und verhinderte ihren Sturz. Sie war so winzig und zerbrechlich.

Panisch richtete sich ihr Blick auf die Stelle, wo seine Hand auf ihrer Haut lag. »Das ist keine Theaterschminke«, sagte sie tonlos. Er konnte deutlich die Verzweiflung in ihrer Miene erkennen und seine Kehle zog sich mitfühlend zusammen.

»Nein, das ist echt«, erklärte Kasimir ungeduldig. »Ich hoffe, du glaubst mir jetzt.«

Damian war unsicher, ob er sie loslassen konnte. Ihr ganzer Körper bebte. Er befürchtete, sie könnte jeden Moment zusammenbrechen. Zumindest taten das die meisten Menschen, nachdem sie einem ausgewachsenen Soumrak begegnet waren. Oder sie wurden verrückt.

Jedoch überraschte sie ihn ein weiteres Mal. Sie riss sich von ihm los und wandte sich angriffslustig Kasimir zu. »Was wollen Sie von mir?«

»Das sagte ich bereits: dich bei uns willkommen heißen. Du bist eine von uns.«

Überrascht schnappte Damian nach Luft. Damit hatte er nicht gerechnet. Sie roch nicht wie die anderen Den. Andererseits erklärte das ihre Wirkung auf ihn. Sein Bedürfnis, sie zu beschützen. Einzig aus dem Grund, über ihre Art zu wachen, existierte sein Volk.

»Sie irren sich!«

Kasimir legte den Kopf schräg und musterte sie von oben bis unten. »Unwahrscheinlich. Aber wenn es dich beruhigt, können wir dein Blut testen, um ganz sicher zu sein.« Er wandte sich um und nahm einen der mit Juwelen besetzten Ritualdolche aus dem Bücherregal.

»Mein Blut?«, fragte sie entsetzt und presste ihre Hände schützend gegen ihre Brust.

»Deswegen waren die Nocs hinter dir her«, erklärte Kasimir und hob den Dolch in ihre Richtung.

Die Vorstellung, sie könnte verletzt werden, und sei es nur ein kleiner Schnitt, wühlte Damian auf. Unbewusst stieß er ein Knurren aus, woraufhin ihm sein Herr einen strengen Blick aus dem Augenwinkel zuwarf. »Ich erklärte dir doch bereits, dass wir höhere Wesen sind. Wesen des Lichts. Unsere Vorfahren wurden einst als Götter oder Engel verehrt. Ihr Blut fließt in deinen Adern.«

Damian zog sich wieder einen Schritt zurück und ballte die Hände zu Fäusten, um nicht doch noch etwas Dummes zu tun, das eine Bestrafung oder Schlimmeres nach sich ziehen könnte.

Die junge Frau begann zu lachen. »Das würde ja bedeuten, dass auch meine Eltern so etwas wie Engel sind. Glauben Sie mir, es gibt niemanden, der langweiliger und stinknormaler ist. Der Tatort am Sonntag ist für sie das Highlight der Woche.«

»Vielleicht sind sie nicht deine richtigen Eltern«, bemerkte Kasimir und hielt ihr auffordernd die geöffnete Hand entgegen, auf die sie nach kurzem Zögern ihre mit der Fläche nach oben legte.

Eins musste Damian ihr lassen: Sie war mutig. Nicht ansatzweise wich sie Kasimirs stechendem Blick aus, der schon einige Soumraks in die Knie gezwungen hatte, während er die scharfe Klinge an ihre Haut setzte. Stattdessen erwiderte sie ihn sogar. »Warum sollten sie es nicht sein?« In den Mundwinkeln seines Herrn zuckte ein Lächeln, als er sie schnitt.

Geräuschvoll zog sie die Luft zwischen ihre Zähne ein. Damian wandte den Blick ab. Obwohl er wusste, dass sein Herr niemals jemandem seiner eigenen Art etwas antun würde, hätte er am liebsten eingegriffen. Der Duft ihres Blutes füllte den Raum und ließ ihm das Wasser im Mund zusammenlaufen. Seine Fangzähne wuchsen.

Betroffen sah er zu ihr zurück. So hatte er noch nie empfunden. Als wäre er ein blutsüchtiger Noc.

»Mach eine Faust«, erklärte Kasimir und hielt ihr eine kleine hölzerne Schale unter die Hand, um die kostbaren Tropfen ihres Blutes aufzufangen. Als er genügend hatte, reichte er ihr ein weißes Taschentuch.

Mit verbissener Miene wickelte sie es um ihre Wunde. »Normalerweise entnimmt man Blut mit einer Spritze.«

»Leider habe ich so etwas nicht hier, außerdem wäre es nur halb so effektvoll.« Zog Kasimir sie etwa auf? Verwundert legte Damian den Kopf schräg. Mit zwei Fingern winkte sein Herr ihn zu sich und sein Herzschlag beschleunigte sich, als er ahnte, was als Nächstes folgen würde.

»Damian wird zukünftig für deinen persönlichen Schutz verantwortlich sein.«

Freude durchströmte ihn. Nie im Leben hatte er damit gerechnet, diese ehrenvolle Aufgabe übertragen zu bekommen, über einen Schützling zu wachen. »Wie Ihr wünscht, Herr.«

***

Es war das erste Mal, dass dieses monströse Wesen etwas sagte, seit es den Raum betreten hatte. Seine Stimme war volltönend und wurde von einem dunklen Grollen begleitet, das in ihr die Erinnerung an den gestrigen Abend aufleben ließ.

Ich sagte, du sollst weglaufen.

Er war es gewesen. Er hatte ihr das zugerufen. Nicht dieser unheimliche Mann, der direkt bei ihr gestanden hatte. Auch dieser hatte spitze Zähne gehabt. War er wirklich ein Vampir gewesen? Hatte dieses Monster sie tatsächlich vor ihm gerettet?

Sie konnte diese ganze Situation immer noch nicht glauben und suchte fieberhaft nach einer Erklärung für das alles. Ein groß angelegter Prank – allerdings würde das mittlerweile kaum noch jemand bezahlen können. Es war ein Albtraum, doch der Schmerz in ihrer Hand war so real, dass sie langsam anfing zu glauben, dass dies alles wirklich passierte.

Sie musste ruhig bleiben. Ihre beste Möglichkeit zur Flucht bestand darin, erst mal mitzuspielen. Außerdem konnte man mit Verrückten nicht diskutieren.

Wenn wirklich Vampire hinter ihr her waren …

Sie musste wahnsinnig sein, das auch nur in Erwägung zu ziehen, aber wenn, dann würde dieses Monster sie wahrscheinlich ohne Probleme zu Kleinholz verarbeiten können. Immerhin besaß es die Statur von Chris Hemsworth in Thor. Leider nur nicht auch dessen gutes Aussehen.

Im Gegensatz zu gestern, als er ihr wie eine reißende Bestie entgegengestürzt war, wirkte er heute regelrecht harmlos. Wenn man von seinen Hörnern, der ungewöhnlichen Hautfarbe ... na ja, einfach seinem ganzen dämonischem Aussehen absah.

Sie musste hier weg. Sofort.

Seit Anděl verkündet hatte, dass dieses Ungetüm ihren Bodyguard spielen musste, zeigte es ein gruseliges Lächeln, bei dem seine scharfen Fangzähne deutlich zu sehen waren. »Wie soll das funktionieren? Ich kann mich schlecht mit ihm auf der Straße zeigen.«

»Vorerst wirst du das Grundstück nicht verlassen«, erklärte Anděl, der immer noch das kleine Schälchen mit ihrem Blut in der Hand hielt und ihr in diesem Moment genauso gefährlich erschien wie sein überdimensionierter Wachhund, der auf den kleinsten Fingerzeig seines Meisters reagierte.

»Ich möchte eigentlich so schnell wie möglich wieder nach Hause.« Seltsam, vor ein paar Tagen hatte sie nicht schnell genug von dort verschwinden können.

»Du verstehst anscheinend immer noch nicht deine Situation. Du bist jetzt eine von uns und kannst nicht zurück. Nie mehr.«

Ihr Magen zog sich zusammen. »Also bin ich eine Gefangene.« Irgendwie hatte sie das schon geahnt. »Dieses Monster ist wohl eher mein Gefängniswärter statt mein Leibwächter.« Schöne Scheiße.

»Ich verstehe, dass du immer noch Angst hast, Phee. Es ist nur zu deinem Schutz und bis du dich bei uns eingelebt hast. Nicht für immer. Dies ist dein neues Zuhause.«

Das sagte er jetzt, aber wer wusste, was dieser Wahnsinnige in Wahrheit plante und wie es in einigen Wochen aussah? Verdrossen biss sie sich auf die Innenseite der Wange. Ihr Schweigen schien ihm Antwort genug zu sein und er konzentrierte sich auf die Schale mit ihrem Blut, die er sanft in seiner Hand schwenkte, als wäre es ein edler Tropfen Wein.

Was zum Teufel hatte er damit vor? Sie hoffte, dass er es nicht trinken würde. Ihr wurde übel. Dass er damit einen Gentest machen würde, bezweifelte sie hingegen.

Ihr stockte der Atem, als er anfing zu leuchten. Ein reinweißes Licht konzentrierte sich auf seiner Fingerspitze, die er in das Blut – *ihr Blut* – tauchte. Seine Lippen bewegten sich. Phee konnte von seinem Flüstern bis auf ein paar Zischlaute nichts verstehen. Als er die Hand wieder zurückzog, war das Licht etwas gedämpft durch die rote Flüssigkeit, die an der Haut klebte, erstrahlte jedoch in sämtlichen Farben des Regenbogens, als hielte er ein Prisma in den Händen. Wunderschön.

»Du hattest also wirklich recht«, bemerkte Novák und überraschte Phee. Sie hatte gar nicht bemerkt, dass der Kommissar zurückgekehrt war. Wobei dieser Mistkerl in Wahrheit wahrscheinlich gar kein Kommissar war und sie nur mit seinen Lügen hierhergelockt hatte. Jetzt saß sie in der Falle von lauter Verrückten, die behaupteten von Engeln oder Göttern abzustammen. »Womit?«

»Das du eine von uns bist.«

Am Arsch!

Anděl stellte die Schüssel weg und wandte sich dem Gargoyle zu. Das dämonische Wesen machte erneut einen Kniefall, wie es das bereits nach seinem Eintreten getan hatte, und senkte den Kopf. Erneut begann Anděl zu leuchten, murmelte unverständliche Worte – vielleicht einen Zauberspruch – und malte mit ihrem Blut ein verschlungenes Zeichen auf die Stirn von Damian, dessen Gesicht keine Regung zeigte.

»Was wird das?« Ein flaues Gefühl machte sich in ihr breit, als die rote Flüssigkeit kurz aufleuchtete und sofort von seiner Haut aufgesogen wurde.

»Jeder Den bekommt einen Wächter. Sobald Damian mit der Dämmerung erwacht, wird er wissen, ob du in Gefahr bist, und dich überall finden.«

Sie schluckte. Einfach so hier zu verschwinden, war somit unmöglich. Wenn es wirklich stimmte. Unsicher sah sie den Gargoyle an. Nein. Es konnte nicht stimmen. Das hier war nur ein Albtraum, aus dem sie jeden Moment aufschrecken würde.

»Du brauchst keine Angst zu haben. Er tut dir nichts«, erklärte Anděl aus dem Brustton der Überzeugung und in der Annahme, dass das ihr größtes Problem war.

War es auch. »Und woher wollen Sie das wissen?«, fragte sie misstrauisch.

»Es ist den Soumraks verboten, den Den in irgendeiner Form zu schaden.«

Verbote konnte man brechen. Das wusste sie nur zu gut. »Und was passiert, wenn er es dennoch tut?« Mit den dunklen Klauen an seinen Fingern könnte er sie ernsthaft verletzten.

»Er stirbt.« Anděls Lippen verzogen sich zu dem Lächeln eines Mannes, der genau wusste, dass er sämtliche Fäden in der Hand hielt. Der Gargoyle – oder Soumrak, wie er ihn nannte – schien für ihn nur Mittel zum Zweck zu sein. Unsicher sah sie noch einmal zu dem hochgewachsenen Wesen. Seine Miene drückte Gleichgültigkeit aus, obwohl es gerade mit dem Tod bedroht worden war.

»Und was passiert jetzt?«

»Es ist schon spät. Ich würde vorschlagen, dass du dich erst einmal von den ganzen Strapazen des heutigen Tages ausruhst. Wir können am Montag, wenn du dich etwas eingelebt hast, über deine Zukunft in unserem Clan sprechen. Damian, bring sie zu Alena. Sie weiß Bescheid.«

»Wie Ihr wünscht, Herr.« Ergeben neigte Damian seinen Kopf.

Die Vorstellung, mit ihm auch nur eine Sekunde allein zu sein, versetzte sie in Panik. »Meine Sachen liegen noch im Auto.«

»Die habe ich bereits geholt«, erklärte Novák und hielt den Rucksack in ihre Richtung. Sie blieb wie angewurzelt an Ort und Stelle stehen. Das alles überforderte sie.

Damian trat dicht an sie heran. Mit jeder Faser ihres Körpers war sie sich seiner Nähe bewusst, als er von hinten an ihrem Kopf vorbei nach der Tasche griff. Sie spürte mehr, dass er sich entfernte, als dass sie es hörte. Gänsehaut überzog ihre Arme.

»Phee. Du brauchst keine Angst vor ihm zu haben. Du hast mein Wort, dass er dir nichts tun wird«, erklärte Anděl und sah sie streng an. Das war dann wohl der Rauschmiss. Sie schluckte und folgte Damian ins Vorzimmer, wo er bereits auf sie wartete. Die Tür fiel geräuschvoll hinter ihr ins Schloss und sie war allein mit dem fremdartigen Wesen.

Es musterte sie neugierig. »Du heißt Phee? Das ist ein schöner Name.«

»Eigentlich Stephanie, aber alle nennen mich Phee. Damals in der Schule gab es noch zwei weitere Stephanies in meiner Klasse. Ich war die kleinste. Wobei eine mit f geschrieben wurde.« O Gott, sie plapperte sinnloses Zeug, was normalerweise gar nicht ihrer Art entsprach.

»Du brauchst keine Angst vor mir zu haben«, erklärte er in sanftem Ton. »Ich würde eher sterben, als dir ein Leid zuzufügen.« Er sagte das nicht nur so daher, sondern mit einer Ernsthaftigkeit, die etwas tief in ihr berührte. Seine hypnotische Stimme ließ sie ruhiger werden und ihm glauben. Er kannte sie nicht und dennoch wollte er für sie sein Leben aufs Spiel setzen? Es beschämte sie. Sie sah in ihm nicht mehr als ein Monster, dabei hatte er ihr nichts getan. Ganz im Gegenteil, er hatte sie gestern sogar beschützt.

»Ich versuche es«, sagte sie leise. Verdammt, hatte sie wirklich angefangen diesen ganzen Mist zu glauben?

Er nickte zufrieden und drehte sich um, um vorauszugehen. Erst jetzt, da er ihr den Rücken zukehrte und sich nur einen Meter vor ihr befand, erkannte sie, dass der zerfledderte Stoff um seine Schultern, den sie fälschlicherweise für einen Umhang gehalten hatte, gar keiner war.

Dort, wo seine Schulterblätter auf seine Wirbelsäule trafen, wuchsen Schwingen aus seinem Körper, wie die einer Fledermaus – oder eher eines Dämons. Statt in einem spitzen Bogen nach oben zu laufen, wenn er sie ausgestreckt hätte, lagen sie dicht an seinem Körper an und schlossen sich vor seiner Brust mit kleinen Klauen. Die ledrigen Bahnen reichten bis zum Boden. Wo sein Rücken in die Rundungen seines Pos übergingen, verlängerte sich seine Wirbelsäule zu einem Schwanz, der bis auf den Boden reichte. Ein Schwanz und Flügel. Sie hatte sie bereits in der Gasse bemerkt, aber verdrängt, dass er sie besaß.

Sie konnte immer noch nicht glauben, dass das alles real war. Wie von selbst streckte sie ihre Finger nach dem ungewohnten Gebilde auf seinem Rücken aus. Sie musste lebensmüde sein, sie berühren zu wollen. Kleine silberne Funken tanzten vor ihren Augen und die Ränder ihres Sichtfeldes schienen zu schmelzen.

»Dein Herz schlägt viel zu schnell.« Er sah besorgt über die Schulter zu ihr. »Was ist los?«

Das alles war Wahnsinn. »Nichts«, keuchte sie.

»Atme, Phee.«

»Das ... das ... tue ich doch.« Panisch knete sie ihre Hände, während sie versuchte Luft in ihre Lungen zu bekommen, bevor alles schwarz wurde.

5

Ein Ratsch erklang. Kurz darauf wurde es so hell, dass Phee ihre geschlossenen Augen murrend zusammenkniff und instinktiv versuchte sich schützend tiefer in die warmen Decken zurückzuziehen.

»Guten Morgen!«, rief eine junge Frau, deren Stimme sie nicht einordnen konnte. Es war jedenfalls nicht Caros.

Hatten sie gestern Abend etwa wieder zusammen getrunken? Sie konnte sich nicht daran erinnern. Ein Stöhnen erklang. Erst nach einigen Sekunden erkannte sie, dass es ihr eigenes war. Sie fühlte sich, als hätte sie ein Bus überrollt.

»Du bist wohl eher eine Langschläferin«, erklang die fremde Stimme erneut. »Wie gut, dass heute Sonntag ist, so konnte ich dich ein wenig länger schlafen lassen.«

»Wie spät ist es?« Phee rieb sich die schmerzenden Augen. Es war so verdammt grell.

»Acht Uhr.«

Das nannte die lange schlafen lassen? Murrend hob Phee ihre Lider und blinzelte irritiert, als ihr erster Blick nicht das Papierchaos auf Caros Schreibtisch erfasste, sondern auf ein ordentlich gemachtes Bett fiel, über dem ein paar Poster von unbekannten Musikern hingen. Auch Carolines rotgestrichener Kleiderschrank, dessen linke Tür ein Stück tiefer hing als die rechte, befand sich nicht an seinem Platz, stattdessen stand ein doppelt so großes, weißlasiertes, altmodisches Ungetüm im Raum.

Ein Teil von Phees Klamotten lag verstreut auf einem Stuhl und ihr Rucksack auf dem Boden. Ein frischer Luftzug kam durch das geöffnete Fenster und bauschte die Vorhänge.

Eine junge Frau, die in ihrem Alter sein musste, stand am Fußende ihres

Bettes und beobachtete sie neugierig. Das feingeschnittene Gesicht mit der Stupsnase, das an eine Porzellanpuppe erinnerte, und die hellblonde, freche Pixiefrisur waren Phee völlig fremd. »Wer bist du?«

»Hi. Ich bin Alena.«

»Alena?« Irgendetwas klingelte bei dem Namen, aber Phees Gehirn lag noch im Bett und döste vor sich hin.

Die Angesprochene lächelte. »Richtig. Und du bist meine neue Mitbewohnerin. Eigentlich sind wir uns schon gestern begegnet.« Alena kicherte und setzte sich auf das gegenüberliegende Bett. »Allerdings warst du bewusstlos.«

Verwirrt runzelte Phee die Stirn. »Bewusstlos?«

»Ich glaube, ich würde auch zusammenbrechen, wenn ich einem von ihnen begegnen würde und nicht mit ihnen aufgewachsen wäre. Sie sind schon echt gruselig.« Alena erschauderte.

»Wer?« Phee verstand immer noch nur Bahnhof.

»Na, die Soumraks.«

Das Wort schien wie ein Echo aus einem entfernten Traum. Verschwommen tauchte vor ihrem inneren Auge das Bild eines dämonischen Wesens auf. Phees Kehle schnürte sich zu. »Das war nur ein Albtraum«, erklärte sie bestimmt, doch im selben Moment öffneten sich die Schleusen zu ihren Erinnerungen und die Geschehnisse des vorherigen Abends prasselten wie ein Hagelschauer auf sie ein.

»Ich befürchte nicht«, erklärte Alena mit einem entschuldigenden Lächeln.

Ein Blick auf die Handinnenfläche zeigte Phee den kurzen Schnitt, den ihr der Leiter des Internats zugefügt hatte und über den sich bereits Schorf gebildet hatte.

Nein. Das konnte nicht real sein. »Wo ist dann dieses … dieses …?« Eine Gänsehaut breitete sich bei dem Gedanken an dieses Vieh über ihre Arme aus.

»Monster?«, beendete Alena ihre Frage und Phee nickte.

»Er schläft wie die anderen auf dem Dach und wird erst zur Dämmerung erwachen.«

Er schlief auf dem Dach? Das war verrückt. Irrsinn. »Dann bist du wohl ein Engel?«, fragte Phee spöttisch.

»Nicht wirklich. Ich glaube, heute würde uns kein Mensch mehr als Engel bezeichnen«, erklärte Alena mit einem Kopfschütteln. »Keine Ahnung, wie die überhaupt darauf kamen. Ich habe jedenfalls keine Flügel aus Federn, falls du das denkst. Bei uns gab es schon seit Generationen niemanden mehr mit Flügeln und die sahen auch nie so aus wie von einem Vogel.«

Offensichtlich hatte Alena den Sarkasmus in Phees Stimme nicht bemerkt. Die junge Frau schien tatsächlich an den ganzen Mist zu glauben. Sie musste verrückt sein.

»Na ja, ist ja auch egal.« Alena stand auf und ging zur Tür. »Zieh dir etwas an und komm mit.«

»Wohin?«, rief Phee ihr nach und wühlte sich aus den Laken.

»Lass dich überraschen«, antwortete Alena mit einem Lachen in der Stimme. In Phees Ohren klang es dennoch wie eine Drohung.

Im Gedanken sah sie sich bereits nackt auf einem Altar liegen, umringt von diesen Spinnern, die sie einem ihrer Götter opfern wollten.

Was zur Hölle mache ich hier?

Unsicher stand Phee auf und zog sich träge das Kleid vom gestrigen Tag über. Sie schindete Zeit. Versuchte zu überlegen, wie sie hier ganz schnell verschwinden konnte.

Während sie die Zimmertür hinter sich zuzog, sah sie sich beklommen in dem mit weißem Holz vertäfelten Flur um. Glitzernd tanzten Staubpartikel in den wenigen Sonnenstrahlen, die durch ein einzelnes Fenster am Ende hereinschienen. Ein weinroter Läufer dämpfte ihre Schritte. Phee kam sich wie auf einem Tagesausflug zum Schloss Ludwigslust vor, wo sie öfter mit der Schule gewesen waren. Eines der alten Ölgemälde an der Wand zeigte einen Engel und eine dämonische Kreatur, die große Ähnlichkeit mit der Gestalt aus ihrem Albtraum besaß. Ihre Brust fühlte sich mit einem Mal seltsam schwer an. »Ähm ... gibt es hier ein Badezimmer?«

»Sicher, wir haben normale Bedürfnisse wie Menschen«, erklärte Alena kichernd und zeigte auf eine Tür.

Witzig. »Danke.« Phee zwang sich zu einem Lächeln und drängte sich an Alena vorbei.

»Ich warte so lange hier auf dich.« Die Tür fiel mit einem Klick hinter Phee zu. Unschlüssig lehnte sie sich dagegen und ließ ihren Kopf in den Nacken fallen, um sich zu sammeln.

Sie musste hier weg. Egal wie. Tief atmete sie durch und sah sich in dem großen modernisierten Gemeinschaftsbad um. Das Fenster! Sie hechtete zu dem einzigen anderen Ausgang aus diesem Raum. Leider ließ das milchig trübe Glas sich nicht öffnen, sondern nur kippen. Durch den Spalt konnte sie Teile eines Tennisplatzes erkennen, passte jedoch leider nicht hindurch.

Genervt stieß sie die Tür zur ersten Kabine auf, die laut gegen die Wand knallte.

Egal. Phee zog ihre Sachen zurecht, setzte sich und ließ es laufen. Wie betäubt starrte sie auf die beigefarbene Tür, auf der mit schwarzem Edding ein Herz gemalt war, das drei Zeichen umrahmte: K & C. Es wirkte seltsam gewöhnlich, wenn man bedachte, was man ihr einzureden versuchte. Verzweifelt vergrub sie das Gesicht in den Händen und blieb sitzen, obwohl sie längst fertig war.

Verdammt, wo bin ich da nur hineingeraten?

Bestimmt war irgendetwas in dem Wasser gewesen, das ihr Anděl angeboten hatte. Wahrscheinlich waren alle hier auf Droge.

Was mach ich nur?

Die Tür öffnete sich mit einem Knarzen und sie erstarrte. Nicht mal allein aufs Klo gehen konnte sie.

»Phee, ist alles in Ordnung bei dir?«, fragte Alena besorgt.

»Natürlich. Bin gleich so weit.«

Als Antwort klappte die Tür zu und Phee war wieder allein im Raum. Vorerst blieb ihr wohl nichts anderes übrig, als mitzuspielen, bis sich ihr ein Fluchtweg eröffnete.

Als sie die Waschräume wieder verließ, unterhielt sich Alena mit einer jungen Frau mit langen braunen Locken, die von einem auffälligen dunkelroten Haarreif passend zur Farbe der Schuluniform gebändigt wurden. Mit eisigen Augen musterte sie Phee und kräuselte abschätzig die Lippen.

»Hi.« Sie gesellte sich zu den beiden, doch das Mädchen gab nur ein abwertendes Schnauben von sich und ging. Arrogante Zicke. »Sehr freundlich«, kommentierte Phee ihren Abgang ironisch.

»Das ist Johana.« Alena verzog ihren Mund zu einem entschuldigenden Lächeln. »Sie ist in unserer Klasse.«

Phee lachte. »Ich habe schon längst einen Abschluss und bin nicht hier, um noch mal die Schulbank zu drücken.« Wenn sie eines in dieser Situation nicht gebrauchen konnte, dann mathematische Formeln zu lernen.

»Aber, ich dachte, dass du am Unterricht teilnimmst. Zumindest hatte mir Kasimir gesagt, dass du zu mir in die Klasse kommst und ich mich um dich kümmern soll.«

»Kasimir?«

»Ich meine Herr Anděl«, verbesserte sich Alena sofort.

»Ihr nennt den Leiter eurer Schule beim Vornamen?«

Peinlich berührt lachte Alena und fasste sich in den Nacken. »Eigentlich sollte ich das nicht, aber es fühlt sich seltsam an, ihn beim Nachnamen zu nennen, da er mein Bruder ist.«

»Oh.« Überrascht öffnete Phee den Mund. Sie wusste nicht, ob sie Alena deswegen bedauern oder eher beglückwünschen sollte.

»Na ja, Halbbruder.«

»Das ist wahrscheinlich dennoch nicht leicht.«

»Es ist nicht so schlimm, wie es klingt.« Alena lächelte warm. »Manchmal hat es auch seine Vorteile. Außerdem kann ich so ein wenig Zeit mit ihm verbringen. Seit unsere Mutter bei meiner Geburt starb und kurz darauf auch mein Vater, ist er die einzige Familie, die ich besitze«, erklärte sie mit einem wehmütigen Lächeln.

»Das … das tut mir leid.« Betroffen presste Phee die Lippen aufeinander. »Ich wollte dir nicht zu nahetreten.« Irgendwie hatte sie allerdings ein Talent dafür.

»Es ist lange her«, winkte Alena ab. »Was möchtest du dann machen, während du hier bist?«

Irgendwie hatte Phee ein Déjà-vu. »Keine Ahnung.« Abhauen. Allerdings konnte sie das nicht laut sagen. Mutlos rieb sie sich über das Gesicht. Sie glaubte ja nicht einmal daran, dass Engel existierten, geschweige denn wie ihre berufliche Zukunft als deren Abkömmling dann aussehen sollte. Würde sie ein Todesengel, Erzengel oder vielleicht auch Schutzengel sein? Das war alles so lächerlich.

Der düstere Flur, den sie bisher gefolgt waren, gabelte sich und sie gingen nach rechts. Auf der einen Seite öffneten sich bodenhohe Fenster zwischen den grobbehauenen Steinen zu einem schattigen Innenhof. Eine gewaltige alte Eiche, dessen Stamm so breit war wie Phee lang und deren Krone bis ins dritte Stockwerk reichte, stand in seinem Zentrum. Neugierig sah sich Phee um, während sie Alena den breiten Kiesweg entlang folgte. Dieses Gebäude – oder besser Schloss – war riesig und sie hatte keine Ahnung, wie sie sich jemals allein zurechtfinden sollte.

Zwei jüngere Schüler saßen auf einer Bank und spielten mit ihren Handys. Ihr Gespräch verstummte, als sie an ihnen vorbeiliefen. Phee konnte ihre Blicke in ihrem Rücken spüren. »Wie viele Schüler sind auf dem Internat?«

»In unserem Jahrgang sind es zwölf. Insgesamt leben hier knapp sechzig Schüler.«

»Sind das alles …?« Phee zögerte, weil eine größere Gruppe aus einer Terrassentür trat und sich ihnen näherte. Abermals verstummten die Gespräche und die meisten glotzten sie an, als wäre sie ein sprechender Biber.

Ein bekanntes Gesicht stach heraus. Der Junge mit den strubbeligen blonden Haaren, der ihr bereits gestern negativ aufgefallen war. Einer seiner Mundwinkel wanderte süffisant nach oben. »Lassen sie jetzt etwa Gesindel rein?« Er baute sich mit verschränkten Armen vor ihnen auf und musterte Phee herablassend.

»Lass uns durch, Jaro«, sagte Alena.

»Sonst was? Holst du deinen großen Bruder?«

»Fick dich!« Erbost stieß sie ihn zur Seite, doch er lachte nur. Sein Gefolge wurde jedoch sichtlich nervös und trat zur Seite.

»Beachte ihn nicht. Er macht nur Ärger«, murmelte Alena entschuldigend in ihre Richtung und zog sie mit sich.

Er sprach wenigstens aus, was offensichtlich alle anderen dachten. »Ich habe das Gefühl, ich bin nicht willkommen.«

Alenas Schweigen war Antwort genug.

Eigentlich interessierte sie das auch nicht weiter, da sie eh bald verschwinden würde. Nachdenklich sah Phee über die Schulter zurück. Ob dieser Jaro ihr wohl helfen würde zu entkommen, damit er sie los war?

Sie betraten wieder das Gebäude und Alena führte sie durch einen größeren Raum mit mehreren Tischgruppen. Die großzügige Glasfront zum Innenhof ließ die ersten Strahlen der Morgensonne herein. Auch an diesem Ort glotzten sie alle an, als hätte sie irgendwelchen Dreck im Gesicht.

»Das ist einer der Aufenthaltsräume. Meist treffen sich hier die älteren Jahrgänge«, erklärte ihr Alena und führte sie durch die Reihen der Tische. In einer Ecke war ein Buffett aufgebaut, wie man es aus einem Hotelrestaurant kannte. Es sah so aus, als wäre gerade eine Horde Touristen darüber hergefallen und niemand hatte es bisher wieder aufgefüllt.

Zögernd legte sich Phee ein Brötchen und etwas Käse auf den Teller und folgte Alena zu einem der Tische. Zum Glück stand dieser so weit entfernt wie möglich von einer Gruppe Mädchen, die ihr immer wieder neugierige Blicke zuwarfen und leise tuschelten.

»Nimm es nicht persönlich«, bemerkte Alena verhalten, ohne den Blick von ihrem Roggenbrötchen abzuwenden, das sie sich schmierte. »Wir sind alle Den. Das war es doch, was du vorhin fragen wolltest, als Jaros Clique aufgetaucht ist.« Nachdenklich sah sie zu den anderen Mädchen. »Wir wachsen in dem Wissen auf, dass wir etwas Besonderes sind. Einzigartig. Wir sind eine eingeschworene Gemeinschaft und kennen uns, seit wir Kinder waren.« Ihr Blick richtete sich auf Phee. »Und dann kamst du. Eine Fremde, die weder unsere Sitten noch unsere Gebräuche kennt und die nicht so aussieht, als besäße sie irgendwelche unserer Fähigkeiten. Die meisten können nicht glauben, dass du wirklich eine von uns bist.«

Phees Schnauben mischte sich mit einem bitteren Lachen. Offenbar interessierte keinen, wie sie sich bei der ganzen Sache fühlte. »Ich wünschte auch, ich würde einfach aufwachen und alles wäre nur ein böser Traum.«

Bedrückt starrte Alena auf ihren Teller und schob mit einem Finger ihr Brötchen an den Rand. »So meine ich das nicht.« Gequält sah sie auf und seufzte. »Sie haben Angst zu hoffen, dass es dort draußen noch andere von uns gibt. Dass wir nicht die Letzten einer aussterbenden Art sind.«

Schockiert öffnete sich Phees Mund und ihr wurde ganz anders zumute. »Das … das tut mir leid.«

»Ist schon okay, du kannst ja nichts dafür.« Alena setzte wieder ihr Lächeln auf und biss ins Brötchen.

Unsicher presste Phee die Lippen zusammen und starrte auf ihren Teller. Fast hätte sie ihr geglaubt.

6

Nervös trommelte Phee mit den Fingern auf den Oberschenkeln und stieß den Atem aus. Gestern hatte sich Alena den ganzen Tag um sie gekümmert und sie durch das Ungetüm von Schloss geführt. Es gab sogar ein verdammtes Schwimmbad und einen protzigen Ballsaal.

Sie war nett, redete viel. Manchmal zu viel. Es war, als würde Alena sie einer Gehirnwäsche unterziehen. Immer wieder erwischte sich Phee dabei, wie sie anfing ihren Worten Glauben zu schenken. Obwohl nichts darauf hindeutete, dass Engel, Vampire oder Gargoyles wirklich existierten und ihre Begegnung mit letzterem mehr als Einbildung gewesen war.

Nichts!

Sie hatte allerdings auch nicht genauer nachgefragt.

Jetzt saß sie erneut im Büro des Schulleiters und wartete. »Er kommt sicher gleich«, meinte Alena entschuldigend und schaute auf die Uhr. »Ich muss leider los.«

Sobald die junge Frau die Tür hinter sich geschlossen hatte, stand Phee mit einem genervten Seufzen auf, ging zum Fenster und schob die Vorhänge zur Seite, um auf den Hof hinunterzusehen. Nováks verbeulter Audi parkte noch immer vor der Eingangstreppe. Ein paar Schüler standen in der Nähe des Wagens. Sie hatte schon überlegt sich zu dem Fahrzeug schleichen und im Kofferraum zu verstecken. Dummerweise hatte Alena sie bei ihrer Besichtigungstour nicht eine Sekunde aus den Augen gelassen.

»Entschuldige, dass ich dich habe warten lassen.«

Phee zuckte erschrocken zusammen und wandte sich Kasimir Anděl zu, der geräuschlos den Raum betreten hatte. Das Leder des Sessels knarzte, als er sich darauf niederließ. »Ein Streit zwischen zwei Schülern.«

Er stützte sich mit beiden Ellenbogen auf die Arbeitsfläche, legte die

Hände übereinander und beugte sich mit einem erschöpften Seufzen vor. »Als ich die Leitung hier übernommen habe, war mir nicht klar, wieviel Arbeit auf mich zukommt. Setz dich.« Mit einer auffordernden Handbewegung deutete er auf den Stuhl, auf dem sie zuvor ausgeharrt hatte.

»Als ich hierherkam, war mir auch noch nicht klar, was mich erwartet. Hinterher ist man immer schlauer.«

»Sarkasmus?« Seine Mundwinkel hoben sich leicht und er nickte, als hätte er damit gerechnet. Es war kaum zu glauben, dass er und Alena Geschwister sein sollten. Sie wirkten so unterschiedlich wie Tag und Nacht. »Du akzeptierst also immer noch nicht die Wahrheit.« Es war keine Frage. Er ging offensichtlich davon aus, dass sie die Geschehnisse verdrängte oder an Theaterschminke und Kostüme glaubte. Sie hoffte auch immer noch, dass es eine einfache Erklärung gab für diesen ganzen Mist. Aber selbst wenn, was würde das an ihrer Situation ändern? Dieser Mann hielt sie gegen ihren Willen gefangen und setzte sie vermutlich unter Drogen. *Oder er ist tatsächlich so etwas wie ein Engel.*

Sie hatte das Gefühl durchzudrehen.

Du musst ruhig bleiben. Spiel mit.

Nervös befeuchtete Phee die Lippen und nahm Platz. »Ich wäre schön blöd, wenn ich das tun würde. Der Soumrak war ein sehr eindrucksvoller Beweis für Ihre Behauptungen.« Wenn er real gewesen wäre.

Ihr Gegenüber lächelte verständnisvoll. »Das alles zu erfahren muss ein Schock für dich gewesen sein.«

Ernsthaft? »Was haben Sie gedacht, was passiert, wenn Sie mir erzählen, dass ich eine Art Engel bin, von Vampiren verfolgt werde und ein Dämon mein Leibwächter ist? Dass ich vor Freude in die Luft springe?« Wahrscheinlicher war doch, dass sie wie ein verängstigter Hase zitternd hier sitzen und die Ohren einziehen würde. Innerlich tat sie das auch, aber zeigen würde sie es niemandem.

Warum passiert das ausgerechnet mir?

Anděl strich die Akten vor sich glatt. »Ich sehe schon, du machst es mir nicht einfach. Du bist kein Engel, wie du ihn dir wahrscheinlich vorstellst, sondern ein Wesen des Lichts. Engel ist nur eine Bezeichnung der Menschen.« Beim letzten Wort färbte Abscheu seine Stimme dunkler. Geräuschvoll atmete er ein. »Es tut mir leid, dass ich dich damit so überfallen habe, aber ich wollte dich nicht belügen.« Er lächelte ihr aufmunternd zu. »Es ist mir wichtig, dass du bei uns in Sicherheit bist, weswegen sich Damians und deine Begegnung vorgestern nicht vermeiden ließ. Das Blut für den Bindezauber muss frisch sein. Die ganze Geschichte hätte man dir auch schonender beibringen können. Manchmal ist es jedoch besser, das Pflaster mit einem Ruck abzuziehen. Ich möchte, dass du mir vertraust. Das alles passiert zu deinem Wohl.«

Durchdringend musterte er sie. Erwartete er jetzt ernsthaft, dass sie ihm nach dem ganzen Mist, den er ihr erzählt hatte, noch irgendein Wort, das aus seinem Mund kam, glaubte?

Als sie weiter schwieg, verging sein Lächeln und er stieß den Atem aus. Plötzlich wirkte er älter und als würde eine Last auf seinen Schultern liegen. »Ich weiß. Die Begegnung mit einem ausgewachsenen Soumrak ist sehr verstörend. Deswegen habe ich Anweisungen gegeben, dass sie sich, vor allem Damian, dir vorerst nicht zeigen, damit du in Ruhe hier ankommen kannst, ohne dich fürchten zu müssen. Ich bin mir sicher, dass du dich irgendwann an deinen Wächter gewöhnen wirst. Er ist nicht mehr als dein Schatten. Du musst nicht einmal mit ihm sprechen.« Erneut taxierte er sie und lächelte verständnisvoll. Seine Geschichte und die Art, wie er sie erzählte, waren in sich so stimmig, dass ihr Zweifel kamen. Hatte sie sich dieses Wesen doch nicht eingebildet?

Allerdings war sich Phee sicher, dass sie sich niemals an Damian gewöhnen würde. *Sollte er tatsächlich existieren.* Allein bei der Erinnerung an dieses Monster begannen ihre Hände zu zittern und ihre Brust fühlte sich an, als würde ein Elefant darauf sitzen. Die Vorstellung, dass er ihr nicht von der Seite wich, versetzte sie in Panik. Nein! Er war nicht real! Punkt!

»Muss er mir denn die ganze Zeit auf Schritt und Tritt folgen? Sie sagten, ich bin auf dem Gelände vor den Nocs sicher.«

Anděl befeuchtete sich die Lippen. Er haderte eindeutig mit sich und dem, was er ihr sagen würde.

»Oder etwa nicht?« War Alena etwa die ganze Zeit bei ihr gewesen, um sie ebenfalls zu beschützen? Oder doch eher, um sie zu beobachten?

»Es ist korrekt, dass die Nocs das Gelände nicht betreten können.« Er stieß die Luft aus. »Ich möchte dennoch auf Nummer sicher gehen. Es ist nur zu deinem Besten.«

Beunruhigt biss sie sich auf die Innenseite ihrer Wange. »Sie denken, ich könnte abhauen.« Mist. Er hatte sie durchschaut.

Missmutig kräuselte er die Lippen, schlug die Akte auf, die obenauf lag, und studierte sie. »Ich hoffe, du bist nicht so unvernünftig. Aber wie gesagt, ich möchte nur auf Nummer sicher gehen. Immerhin bist du in der Vergangenheit schon öfter von zu Hause weggelaufen und hast die Schule geschwänzt.«

Woher wusste er das? »Haben Sie mit meiner Mutter telefoniert?«

Er ging nicht auf ihre Frage ein. »Es ist zu deinem eigenen Schutz, wenn du vorerst hierbleibst. Nicht nur, dass du nach Einbruch der Dunkelheit außerhalb des Schulgeländes von Nocs angegriffen werden könntest. Du beherrschst deine Fähigkeiten ebenfalls noch nicht.«

»Meine Fähigkeiten? Ich habe doch keine.«

»Natürlich hast du die. Du bist eine von uns. Ich weiß zwar nicht, über welche Kräfte du genau verfügst, aber wahrscheinlich können wir von Glück sprechen, dass sie sich bisher nicht gezeigt haben.«

Ihr Hals schnürte sich zu. Ein Teil von ihr glaubte ihm, auch wenn sich der Rest dagegen sträubte. »Das heißt, diese Fähigkeiten können gefährlich sein? Für mich oder andere?« Beunruhigt biss sie sich auf die Lippen.

»Beides.« Für den Bruchteil einer Sekunde huschte ein schmerzlicher Ausdruck über sein Gesicht. Er war so schnell verschwunden und das freundliche Lächeln wieder da, dass sie sich unsicher war, ob sie sich das nicht eventuell eingebildet hatte. »Keine Angst. Wir werden schon dafür sorgen, dass du diese Fähigkeiten zu beherrschen lernst, sobald sie sich zeigen. Du hast dir wahrscheinlich schon gedacht, dass dieses Institut mehr ist als eine gewöhnliche Schule. Auf dem Lehrplan steht also nicht nur Algebra, das Periodensystem oder die Auseinandersetzung mit Shakespeares Hamlet, sondern vor allem der Umgang mit deinen Kräften. Deswegen möchte ich, dass du ab Montag, wenn die Herbstferien enden, am Unterricht teilnimmst. Bis dahin wirst du ein Intensivtraining durchlaufen und ich hoffe, dass deine Kräfte bis dahin zumindest erwacht sind.«

Nur kein Druck. Erneut überrollten Phee Zweifel. Das alles klang so verrückt, dass es einfach nicht wahr sein konnte. Anderseits war das Ganze zu absurd, um ausgedacht zu sein. »Muss ich unbedingt noch mal zur Schule gehen, um diese Kräfte zu erlernen? Ich habe doch schon einen Abschluss.«

»Du könntest deine Matura, deine Hochschulreife, hier nachholen und dann studieren«, schlug Anděl vor, als würde ihr Leben normal weitergehen und nicht einem Trümmerhaufen gleichen.

»Ich hatte andere Pläne.«

»Aber du hast darüber nachgedacht.«

»Natürlich. Mit einem Studium hat man bessere Jobaussichten. Meine Noten waren allerdings ...« Unzufrieden stieß sie die Luft aus und wandte den Blick ab. Die Wahrheit war, dass ihre Interessenschwerpunkte damals noch woanders gelegen hatten. Sie hatte lieber ihren Spaß gehabt. War jedes Wochenende auf irgendeine Party gegangen, hatte dort mit Jungs rumgemacht und Alkohol getrunken. Auch wenn ihre Mutter es ihr verboten und stattdessen von ihr verlangt hatte, dass sie in der Pension half und auf Oma aufpasste, die unter Demenz litt. Manchmal war Phee sogar tagelang zu Freunden nach Hamburg geflüchtet, wenn sie sich mal wieder ganz schlimm mit ihrer Mutter gezofft hatte, weil sie sich von ihr eingesperrt gefühlt hatte.

Und jetzt war sie erneut eine Gefangene. Fühlte sich in die Ecke gedrängt. »Ich habe die Schnauze voll vom Lernen«, erwiderte sie angriffslustig, auch wenn sie sich innerlich wie ein verletztes Tier zusammenkauerte.

Durchdringend musterte Anděl sie und lächelte wissend. »Hör auf dich selbst zu belügen, Phee. Dafür bist du zu klug. Du hast nie wirklich lernen müssen. Du warst oft unkonzentriert, weil dir langweilig war. Oder weil es dir wichtiger war, mit deinen angeblichen Freunden Zeit zu verbringen. Du hast dir aus Trotz keine Mühe gegeben. Daher deine schlechten Noten.«

Das kam der Wahrheit verdammt nahe. Misstrauisch kniff Phee die Augen zusammen. Woher wusste er das? »Sie kennen mich überhaupt nicht.«

Anděl atmete tief aus. »Ich kenne dich besser als du dich selbst. Wir sind wie du. Höhere Wesen. *Wir* lernen sehr viel schneller als gewöhnliche Menschen. Es fällt uns leichter, komplexe Zusammenhänge zu erkennen. Unsere Sinne können mehr wahrnehmen.«

Das alles war bizarr. Sie stieß ein Schnauben aus, das eher einem Lachen ähnelte, aber nur Ausdruck ihrer puren Verzweiflung war. »Da haben Sie den Beweis. Ich kann das alles nicht. Ich bin keine von euch.«

»Hör endlich auf dich dagegen zu wehren!«, donnerte Anděl und Phee zuckte erschrocken zusammen. Er seufzte, strich sich mit den Fingern durchs Haar und fuhr mit sanfter Stimme fort: »Dein Leben lang spürst du, dass du anders bist. Dass in deinem Leben etwas fehlt. Du fühltest dich einsam und unverstanden. Gefangen in einem Käfig.« Eindringlich betrachtete er sie.

Seine Worte rüttelten an Gefühlen, die tief in ihr vergraben waren. Die sie seit Jahren zu ignorieren versuchte. Dieses Gefühl, nicht gesehen und gehört zu werden. Langsam zu ersticken. Ihre Augen begannen zu brennen und ihre Unterlippe zitterte. Fest biss sie darauf, damit die Tränen nicht über ihre Wangen flossen. Woher wusste er das?

»Du brauchst nicht länger gegen die Fesseln der menschlichen Gesellschaft rebellieren. Es ist verständlich, dass du das Bedürfnis verspürtest, dich auf gewisse Art zu integrieren und dich ihnen anzupassen. Bei uns musst du dein wahres Selbst nicht länger verleugnen. Du bist nicht mehr allein. Dies ist dein Zuhause, deine wahre Familie.«

Wie sehr wünschte sie, dass das wahr wäre. Eine tiefe Sehnsucht erfasste sie und zugleich wurde die Einsamkeit unerträglich. Verzweifelt wandte Phee sich ab und starrte auf die goldene Schreibtischlampe. Sie war mit zwei Gelenken versehen. Ein wenig Staub sammelte sich auf ihrem Fuß.

Egal, wie sehr sie versuchte seine Worte zu ignorieren, die Mauern in ihrem Inneren bröckelten. Resigniert ließ Phee ihren Atem durch die Lippen entweichen. Heiß lief eine Träne über ihre Wange und sie wischte sie schniefend weg. »Und was erzähl ich meinen Eltern, wo ich bin? Sie werden sich Sorgen machen.« Na ja, zumindest ihr Vater. Bei ihrer Mutter war sie sich da nicht so sicher. Wahrscheinlich war sie froh sie endlich loszuwerden.

Was, wenn sie tatsächlich gar nicht ihre Eltern waren? Ihr Herz wurde schwer.

»Erzähl Ihnen, dass du ein Stipendium erhalten hast.«

Als ob ihre Mutter ihr das abkaufen würde. Stattdessen nickte sie nur ermattet. Es war, als hätte ein Tsunami sie mitgerissen. Erst jetzt merkte sie, wie angespannt sie war. Beim Ausatmen sackten ihre Schultern nach unten. Emotional war sie ausgebrannt.

Wo bin ich da nur hineingeraten?

Verzweifelt schloss sie die Augen. Sie fühlte sich schwach und verletzlich. Sie hasste es, sich so zu fühlen. So verwundbar.

Was mache ich nur?

»Ich weiß, das ist alles sehr viel für dich. Leider habe ich nicht die nötige Zeit, mich entsprechend um dich zu kümmern. Deswegen habe ich dir einen Tutor gesucht, der dir helfen soll dich bei uns zurecht zu finden und mit deinen Kräften umzugehen.« Er stand auf.

»Einen Tutor?« Ihr Blick folgte ihm auf dem Weg zur Tür.

»Er ist ein Jahrgang über dir«, erklärte Anděl und öffnete die Tür. »Jaro, kommst du bitte!«, rief er und sofort betrat ein Junge mit strubbligen blonden Haaren und einem breiten Grinsen im Gesicht den Raum. Na toll. Der hatte ihr gerade noch gefehlt. Ihr ganzer Körper spannte sich an.

»Das ist Jaro«, stellte Anděl den jungen Mann vor, der ihr bereits zweimal negativ aufgefallen war. »Jaro, das ist Phee, von der ich dir erzählt habe.«

Sie konnte sich deutlich vorstellen, was das gewesen war. Dass sie ein ach so armes Geschöpf war, das einiges durchgemacht hatte und dringend Hilfe brauchte?

Schützend verschränkte sie ihre Arme vor der Brust. »Wir sind uns schon begegnet.«

»Prima. Ihr …«, begann Anděl, aber Phee fiel ihm ins Wort. Ihre Nerven lagen blank.

»Kann ich nicht einen anderen Tutor bekommen?«

Irritiert sah Anděl von einem zum anderen. »Ich bin mir sicher, dass ihr euch hervorragend verstehen werdet.«

Würden sie nicht. »Wie wäre es mit Alena?«

»Leider hat sie noch andere Verpflichtungen. Jaro hat netterweise seine Hilfe angeboten, außerdem beherrscht er seine Fähigkeiten hervorragend.«

»Ich freu mich schon darauf, dich näher kennenzulernen«, erklärte Jaro freundlich, während seine Augen hinterlistig blitzten, was Anděl natürlich nicht sah.

Toll, jetzt stand sie da wie ein trotziges Kleinkind, während er den strahlenden Helden mimte.

»Ich habe noch einige andere Dinge zu erledigen.« Anděl blickte ungeduldig auf die Uhr. »Jaro, begleite sie doch bitte zu ihrem Zimmer und auf dem Weg könnt ihr noch bei Frau Černá ihren Stundenplan und was sie sonst noch braucht abholen.« Er ging zum Schreibtisch und setzte sich.

»Natürlich. Das mache ich gerne«, erklärte Jaro, trat zur Seite und deutete mit einer galanten Bewegung an, dass sie vorgehen sollte.

»Schleimer«, raunte Phee ihm zu, als sie an ihm vorbeiging. Eine Schramme zierte sein Jochbein, das sich dunkel verfärbt hatte. Er lächelte nur siegesgewiss.

»Ach, Phee«, rief Anděl und sie erstarrte. Erwischt. Verärgert biss sie sich auf die Unterlippe und drehte sich auf der Stelle, um zum Leiter der Schule zurückzukehren. »Deine Sachen«, sagte er und schob etwas über den Schreibtisch in ihre Richtung, statt sie für ihr Verhalten zu rügen. Ihr Herz setzte einen Takt aus. Ungläubig starrte sie auf ihr Handy und ihre Handtasche, die sie bei dem Angriff des Nocs verloren hatte. Vor ihrem inneren Auge durchlebte sie noch einmal den Augenblick, in dem ihr Leben plötzlich eine vollkommen andere Richtung eingeschlagen hatte.

»Phee?«, fragte Anděl besorgt und riss sie aus ihrer Starre.

Sie zwang sich zu einem Lächeln, legte den Riemen der Tasche um ihre Schulter und griff zitternd nach dem Handy. Es hatte einen neuen Sprung im Display. »Du solltest deiner Freundin Bescheid geben, dass es dir gut geht, damit sie sich keine Sorgen macht.«

»Danke«, murmelte Phee und wandte sich zum Gehen. Sie wollte nur noch hier raus.

Jaro stand im Türrahmen und beobachtete sie neugierig. Phee hatte sich noch nie so verletzlich gefühlt wie in diesem Moment. Erneut sammelten sich verräterische Tränen in ihren Augen. Schnell steckte sie das Telefon weg, drängte sich an ihm vorbei und stürmte davon. Sie wollte nur noch allein sein.

»Hey, warte mal!«, rief Jaro und eilte ihr nach. Er erwischte sie am Ärmel und zwang sie stehen zu bleiben. Empört wirbelte sie herum, sodass er sie loslassen musste. »Ich brauch deine Hilfe nicht!«, fauchte sie ihn an. Wut war besser als dieser dumpfe Schmerz, der sie seit Anděls Worten wie ein Mantel einhüllte. Dieses Gefühl, sich hilflos und verloren zu fühlen.

»Du weißt also, wo Frau Černá sitzt, um deine Unterrichtsmaterialien zu holen?«

Natürlich nicht, auch wenn Alena ihr bereits alles gezeigt hatte, würde sie sich hoffnungslos in diesem altertümlichen Labyrinth verlaufen und das wusste dieser Arsch auch genau, wie sein überheblicher Gesichtsausdruck deutlich zeigte. Frustriert biss sich Phee auf die Lippe und wiederholte seine einladende Geste. »Dann geh vor.«

***

Genervt drehte sich Jaro um und ging in die entgegengesetzte Richtung, in die sie gezeigt hatte. »Ich bin auch nicht sehr scharf darauf, den Babysitter für dich zu spielen.«

»Warum tust du es dann?«

Mit ihrer patzigen Frage streute sie Salz in die Wunde. Als hätte er eine Wahl gehabt.

Mit gespieltem Desinteresse zuckte er mit den Schultern. »Mir war langweilig.« Sollte sie doch denken, was sie wollte.

»Lass mich raten. Du hast dich geprügelt und das hier ist deine Strafe.«

Frustriert biss er die Zähne aufeinander, als er an den Grund erinnert wurde, warum er sich jetzt um diese freche Göre kümmern musste, statt mit den anderen die wenigen freien Tage genießen zu können, die noch blieben.

Wobei er sich sicher war, dass er das so oder so hätte tun müssen. Immerhin war er stärker als die anderen – sogar als mancher Lehrer – und hatte sich bisher darum drücken können, einen der jüngeren Schüler unter seine Fittiche zu nehmen. »Du bist gar nicht so dumm, wie ich dachte«, erwiderte er und öffnete eine Tür. Phee folgte ihm in das großzügige Sekretariat, das durch die vielen Pflanzen, die überall standen, einem Dschungel ähnelte. Jedes Mal, wenn er hierherkam, spürte er einen Stich, denn es erinnerte ihn an seine Mutter, die Pflanzen über alles geliebt hatte.

Der Raum wurde von zwei Schreibtischen dominiert, von denen nur einer besetzt war. Früher hatte seine Mutter daran gesessen. Nun saß dort eine Frau mit Hornbrille, die sie älter machte, als sie in Wahrheit war, sah von ihrem Laptop auf und lächelte warm, als sie ihn erblickte.

Innerlich wurde er ruhiger. Der Schmerz des Verlustes ebbte ab.

Kathya stand auf, schob sich zwischen einer bis zur Decke reichenden Yucca und ihrem Tisch hindurch und reichte Stephanie die Hand. »Ich bin Kathya Černá. Du bist bestimmt Stephanie.«

Lässig lehnte Jaro sich mit verschränkten Armen gegen ein Regal, in dem mehrere Aktenordner standen. »Die gute Seele des Hauses.« Und eine gute Freundin seiner Mutter.

Irritiert ergriff Phee Frau Černás Hand. »Phee.«

»Wie bitte?«

»Alle nennen mich Phee.«

Was für ein bescheuerter Name.

»Dann Phee. Ich habe schon einiges von dir gehört.«

Sie war das Gesprächsthema des Tages. Er hoffte daher, dass seine Prügelei mit Emil Kathya nicht zu Ohren kommen würde. Auf die Standpauke konnte er verzichten.

»Ich hoffe nur Gutes.« Phee zwang sich zu einem Lächeln, konnte den Sarkasmus aber nicht ganz aus ihrer Stimme heraushalten.

Jaro schnaubte und stieß sich von dem Regal ab. »Wir sind hier, um Phees Stundenplan zu holen.«

»O ja, stimmt.« Frau Černá schob ihre Brille auf die Nase und durchsuchte fahrig auf ihrem Schreibtisch einen Papierstapel. Kurz darauf drückte sie

Phee einen Zettel in die Hand. »Hier. Dein vorläufiger Stundenplan. Dort findest du alle Informationen, die du für den Anfang brauchst.«

»Danke, Frau Černá.« Jaro nahm Phee das Blatt Papier ab, noch bevor diese einen Blick darauf werfen konnte, und schob sie zum Ausgang.

»Hoffentlich sehen wir uns bald wieder«, flötete ihnen Frau Černá noch nach, bevor er die Tür hinter sich schloss.

»Komm schon, *Malý*«, rief Jaro und studierte im Gehen ihren Stundenplan. Es war schlimmer, als er gedacht hatte.

Der Zettel wurde ihm plötzlich unsanft aus der Hand gerupft. Phee betrachtete fragend die sechs Spalten und zehn Zeilen. Verschiedene Farben gruppierten die einzelnen Unterrichtsfächer. Sie zog ihre Nase kraus und er ahnte bereits, was ihr Problem war. »Lass mich raten: Du kannst es nicht lesen.« Sie konnte echt nichts.

Ihre blauen Augen sprühten regelrecht Funken. »Ich hoffe, dass diese grün markierten Nachmittagsstunden bedeuten, dass ich dann frei habe.«

»Ich fürchte nicht.« Jaro klaute ihr erneut den Stundenplan. Als sie ihn dieses Mal zurückzuerobern versuchte, hielt er ihn hoch. Unerreichbar für sie, da er mehr als einen Kopf größer war. Allerdings tat sie ihm nicht den Gefallen, nach dem Stück Papier wie ein Beagle nach dem Ball zu springen, und wandte sich ab.

»Tja, zu schade, dass wir wohl nicht viel Zeit miteinander verbringen können.« Ihre Stimme triefte vor Ironie. Sie ging an ihm vorbei und lächelte süffisant.

Jaro verzog angewidert das Gesicht. »Grün markiert sind die Stunden, in denen wir zusammenarbeiten werden.«

»Du verarschst mich?« Ungläubig entriss sie ihm das Papier. Drei Nachmittage waren grün. Zusätzlich der Samstag- und Sonntagvormittag. »Scheiße.« Sie taumelte, als hätte er ihr einen kräftigen Schlag versetzt, sank gegen die Wand und rutschte wie ein nasser Sack zu Boden.

Er hatte zwar auch keine Lust auf diese Stunden, aber ... »So unerträglich bin ich nun auch wieder nicht.« Ihr Verhalten kratzte an seinem Ego.

Phee vergrub das Gesicht in die Hände. Ihre Verzweiflung war fast greifbar.

»Lass mich einfach in Ruhe und verpiss dich«, stieß sie gepresst aus. Weinte sie jetzt etwa?

Hilflos musterte er sie und hatte keine Ahnung, was er jetzt tun sollte.

»Das ist doch alles nicht wahr«, murmelte sie und er wollte sich gar nicht vorstellen wie verwirrend diese Welt, in der er hineingeboren war, auf sie wirken musste. Ein wenig plagte ihn auch das schlechte Gewissen. Immerhin konnte sie nichts dafür, dass heute mal wieder ein Scheißtag war.

Kräftig stieß er die Luft aus. »Komm, ich zeig dir etwas.«

7

Wie betäubt folgte Phee Jaro durch die Flure und achtete nicht auf den Weg. Falls er irgendetwas zu ihr sagte, bekam sie es jedenfalls nicht mit. Sie wurde von einem Sturm mitgerissen, der ihr Leben auf den Kopf stellte. Es war zu viel. Die ganze Situation überforderte sie.

Erst, als sich Jaro verstohlen umsah und einer Büste, die auf einer auf Hochglanz polierten Kommode stand, das Auge eindrückte, gewann er ihre Aufmerksamkeit wieder. Eine der Wände stellte sich als Tür heraus und schwang knarzend auf.

»Ein Geheimgang?« Phee konnte es nicht fassen.

Jaro trat in den freigelegten Tunnel und zwinkerte ihr zu. »Cool, oder?«

»Das ist der Wahnsinn.« Und eine Fluchtmöglichkeit. Neugierig und mit einer Prise Misstrauen betrat Phee hinter ihm den Raum, der nicht größer als eine Abstellkammer war. Die Tür klappte wieder zu.

Mit einer Taschenlampe leuchtete er nach vorn. Der staubige Gang aus gemauertem Stein war so schmal, dass sie nur hintereinander hindurch gehen konnten. »Vorsicht, hier ist die Decke sehr niedrig«, sagte er und zog den Kopf ein. Vielleicht war er doch nicht so übel, wie sie dachte.

»Wo bringst du mich eigentlich hin?«

»Du stehst wohl nicht auf Überraschungen?«

»Davon hatte ich in den letzten Tagen genug.«

Er lachte. »Das glaub ich dir. Ich bring dich aufs Dach.«

»Zu den Soumraks?«, entfuhr es ihr und sie blieb stehen.

»Keine Angst. Die schlafen wie ein Stein.« Abermals schüttelte ihn ein Lachen.

Unsicher setzte Phee ihren Weg fort. Es kam ihr so vor, als würde dieser stetig steigen, aber sicher war sie sich nicht. Nach kurzer Zeit trafen sie auf eine steinerne Wendeltreppe und ein frischer Luftzug begrüßte sie. Von oben schien Licht zu kommen, dessen Quelle sich als schmale Schießscharten in den Mauern herausstellte. Die Steinstufen waren ausgetreten und an einigen Stellen durch Beton ausgebessert worden. Offensichtlich war dies tatsächlich mal Teil einer alten Burganlange gewesen. Nervös biss sie sich auf die Lippen und versuchte die aufkommende Unruhe zu überspielen. »Habt ihr eigentlich spezielle Fächer?«

»Du meinst so was wie Verteidigung gegen die dunklen Künste, Pflege magischer Geschöpfe oder Zaubertränke?«

Sie war sich sicher, dass er sie auf den Arm nahm. »Lass mich raten, du bist ein Slytherin.«

Jaro lachte nur und legte ein Tempo vor, bei dem Phee Mühe hatte, ihm zu folgen.

»Aber mal im Ernst. Können wir etwa Zaubertränke brauen?«

»Hat dir Herr Anděl nichts über unsere Fähigkeiten erzählt?«

Als sie nicht antwortete, blieb er stehen und wandte sich genervt zu ihr um. »Dann bleibt das an mir hängen?«

Woher sollte sie das wissen? Als sie erneut kein Wort sagte, schnaubte er erbost. »Ich würde unsere Schule eher mit Xaviers Institut für begabte Jugendliche aus den X-Men vergleichen als mit Hogwarts.« Seine dunkelblauen Augen begannen intensiv zu leuchten. Im wahrsten Sinne des Wortes.

Beinahe wäre Phee vor Schreck die nächste Stufe hochgestolpert und konnte sich noch im letzten Moment fangen. »Deine Augen. Sie glühen.« Ihr Herz begann zu rasen. Allerdings nicht vor Anstrengung.

Es ist wahr.

»Und?«

»Mehr hast du dazu nicht zu sagen?« Wie sehr wünschte sie sich, er würde ihr erklären, wie der Trick funktionierte.

Jaro zuckte mit den Schultern und lief wieder die Stufen hoch. »Du gewöhnst dich schon dran.«

Er hörte sich an wie Anděl. Das Problem war nur, sie wollte sich nicht daran gewöhnen.

Verzweifelt blieb sie stehen, versuchte ruhig weiter zu atmen und sich nicht von Panik übermannen zu lassen. Sie hatte keine Kraft mehr, sich gegen diesen Blödsinn zu wehren. Ihr Blick fiel auf mehrere tiefe Furchen in der Mauer. Immer drei oder vier Linien, die parallel zueinander liefen. Beunruhigt folgte sie mit der Fingerspitze einer dieser Vertiefungen. Sie erinnerten an Klauenspuren.

Dassind Klauenspuren.

Ein Schaudern lief ihr über den Rücken. Unsicher sah sie nach oben, wo sie nur einige staubige Spinnenweben erkennen konnte. Eigentlich wollte sie nichts mit den dämonischen Gestalten zu tun haben, die auf dem Dach schliefen. Schlafende Drachen sollte man bekanntlich auch nicht wecken. Wie sah das wohl mit schlafenden Soumraks aus? »Dürfen wir überhaupt dort hoch?«, rief sie keuchend Jaro hinterher, der stehen blieb.

»Was ist? Hast du Angst oder machst du etwa schon schlapp, *Malý*?«, fragte Jaro arrogant und beobachtete sie mit vor der Brust verschränkten Armen.

Phee ahnte, dass *Malý* eine Beleidigung war, auch wenn es eher wie ein Kosename klang. Allerdings würde sie Jaro nicht die Genugtuung geben und fragen. Dabei hatte sie für einen winzigen Moment doch tatsächlich gedacht, er könnte nett sein.

»Ich bin eine Anhängerin des Slogans ›Sport ist Mord‹«, erwiderte sie mit demselben Tonfall und versuchte sich ihre Angst nicht anmerken zu lassen.

»Bei uns wird körperliche Fitness großgeschrieben. Wir haben fast jeden Tag Sport.« Allein bei dem Gedanken stöhnte Phee.

»Solltest du mal von einem Noc gejagt werden, bist du dankbar, wenn du nicht schon nach fünf Metern aus der Puste bist.«

Da war wohl etwas dran. Wenn es stimmte. Bei dem Gedanken, ihr restliches Leben vor Vampiren auf der Flucht zu sein, bäumte sich ihr Verstand auf.

»Komm, Schwächling, wir sind gleich da«, zog Jaro sie auf. Er öffnete eine schwere Tür aus dicken Holzbohlen, an denen der Zahn der Zeit kräftig genagt hatte. Für einen Moment war Phee geblendet von der tiefstehenden Sonne, bevor sich die Umrisse der geflügelten Dämonen aus dem Licht schälten. Ihr Magen wurde schwer. Hunderte von diesen Ungeheuern standen auf einer Terrasse, saßen auf den Brüstungen oder hockten auf den Giebeln. Sie waren überall.

Phees Körper vibrierte vor Anspannung, bereit jederzeit von einem dieser Monster angegriffen zu werden, doch keines bewegte sich auch nur einen Millimeter, als würde die Zeit stillstehen. Ihre Gesichter waren zu bedrohlichen Fratzen verzogen, die Mäuler weit aufgerissen und bereit zuzuschlagen.

»Sie sind aus Stein«, stellte sie atemlos fest. Hatte sie sich die Begegnung mit dem Gargoyle doch nur eingebildet?

Mit klopfendem Herzen stolperte Phee durch die Reihen der Statuen. Sie stieß mit dem Rücken gegen eine der Figuren, wirbelte herum und prallte gegen eine weitere.

»Sie schlafen.« Er klopfte gegen eine der Statuen. »Siehst du? Völlig ungefährlich. Du kannst sie ruhig anfassen.«

Wollte er sie verarschen? »Sie sind aus Stein«, wiederholte Phee.

»Natürlich. Es sind Soumraks. Was dachtest du? Dass sie wie Fledermäuse unter den Dachsparren hängen?« Die Vorstellung amüsierte ihn sichtlich.

Sein Lachen gab Phee das Gefühl, dumm zu sein, dabei hatte sie sich bisher schlicht nicht weiter mit diesem Thema auseinandergesetzt. Warum auch? Sie war davon überzeugt gewesen, dass Gargoyles nicht existierten. Und wirklich sicher war sie sich dessen auch immer noch nicht. Die Vorstellung, dass sich diese Wesen tagsüber in Stein verwandelten, war so surreal. Wie bitte sollte das funktionieren? Das verstieß gegen jedes Naturgesetz.

Vorsichtig berührte sie das raue Material. Es ähnelte Basalt. »Er ist ganz warm.«

Jaro kletterte die steinerne Brüstung empor und balancierte am Rand des Daches. »Du musst mal hier hochkommen, wenn dreißig Grad oder mehr herrschen. Dann kannst du auf ihnen Spiegeleier braten.«

Er wollte sie ganz sicher verarschen. Phee zog eine Grimasse und trat an den Rand des Daches. Erst jetzt bemerkte sie die faszinierende Aussicht, die man von hier oben besaß. Das weitläufige Gelände lag nicht weit von Prag entfernt. Ein dichter Mischwald umschloss das Gebäude und die Gärten. Man konnte sogar in der Ferne die Prager Burg erkennen.

Nováks verbeulter Audi, der immer noch vor der Eingangstreppe geparkt war, wirkte wie ein Spielzeugauto. Genauso wie das Bollwerk aus Stein, das sich unter den herbstlich gefärbten Blättern verlor. »Umschließt die Mauer das gesamte Areal?«

Jaro ließ seinen Blick in die Ferne gleiten und nickte. »Keine Angst. Die Nocs können uns nicht angreifen. In der Mauer ist ein unüberwindbarer Zauber gewebt und nachts patrouillieren zusätzlich die Soumraks. Solange du das Gelände nicht verlässt, bist du sicher.«

Als ob sie dazu die Gelegenheit bekommen würde.

Ihr Herz setzte einen Moment aus, als sie einen Gargoyle entdeckte, der dem aus ihrer Einbildung bis aufs Haar glich.

Er kniete auf einem Bein, hatte das andere angewinkelt, seine Arme darauf abgestützt und den Kopf demütig gesenkt. Mit seinem nachdenklichen Gesichtsausdruck erinnerte er an eine Statue von Atlas, der die Last der Welt auf seinen Schultern trug. Seine Flügel waren leicht vom Körper gespreizt, aber nicht vollständig ausgebreitet. Dennoch hatten sie bereits jetzt eine gewaltige Spannweite. Wie groß mussten sie erst sein, wenn er diese ausstreckte?

»Ist das deiner?«, fragte Jaro plötzlich direkt hinter ihr.

»Sieht wohl so aus«, sagte Phee leise. Als könnte sie nicht anders, streckte sie ihre Finger aus, um ihn zu berühren, zögerte dann aber. »Und wann wachen sie auf?« Sie konnte doch nicht ernsthaft in Erwägung ziehen, dass diese Statuen lebendig waren?

»Sobald die Sonne untergegangen ist.« Jaro tat es offensichtlich.

Phees Fingerspitze strich über den rauen Stein. Ein Kribbeln erfasste ihren Körper von der Scheitelspitze bis zu den Zehen. Dort, wo ihr Finger den grauen Basalt berührten, pochte es. Wie eine offene Wunde, in der man seinen eigenen Herzschlag spürte. Eine Welle der Erkenntnis traf sie mit voller Wucht und schwemmte alle Zweifel fort. Sie konnte es nicht länger leugnen. Er lebte. Sie fühlte es mit jeder Faser ihres Seins. Mit einem Keuchen zuckte sie zurück.

Er ist real.

Es ist alles real.

Ihr Herz raste und Panik schaltete ihr Denken aus. Sie musste hier weg. Sofort. Sie drehte sich auf dem Absatz um und rannte davon. Scheißegal wohin. Sie wollte nur noch weg.

Ihr rasender Herzschlag dröhnte in ihren Ohren und mischte sich mit ihren stolpernden Schritten die Treppe hinunter.

Erst als sie über einen Flur lief, der ihr bekannt vorkam, wurde sie langsamer und versuchte sich zu orientieren. Ein hoffnungsloses Unterfangen. Sie besaß keinerlei Orientierungssinn.

Stimmen wurden lauter. Irgendwer unterhielt sich angeregt und näherte sich ihrem Standort. Panisch öffnete Phee die erstbeste Tür, um sich zu verstecken. Zwischen mehreren Reihen von Bücherregalen standen Tische mit Leselampen. Ein Schüler grübelte konzentriert über einem Buch. Am Ende des Raums führten mehrere Terrassentüren in den Garten. Sie rannte darauf zu.

»Hallo?«, rief jemand, doch sie war längst draußen. Der Himmel färbte sich bereits dunkel, während der Wald in die goldenen Rottöne der untergehenden Sonne getaucht war.

Phee fackelte nicht lang. Sie rannte den Kiesweg hinunter und betete, dass keiner sie bemerken würde. Große Eichen säumten den Weg, den sie bei erster Gelegenheit verließ, um sich querfeldein durchs Gestrüpp zu schlagen. Es raschelte bei jedem Schritt. Moos und frischgefallenes Laub bedeckten den Boden. Brombeersträucher rissen an ihrer Kleidung. Dennoch lief sie weiter, denn sobald sie langsamer wurde, prasselten die Geschehnisse erneut auf sie ein. Sie wollte nur weg. Fort von den Monstern auf dem Dach. Von Anděl und seinem Gerede, dass sie nicht länger allein war. Von Jaro, der ihr das Gefühl gab, minderwertig zu sein.

Das Problem war nur, dass sie schon nach kurzer Zeit auf die Mauer stieß, die das Grundstück einschloss. Offenbar glaubten die Den nicht daran, dass irgendwer von hier fliehen wollte, denn auf dieser Seite gab es keine Kameras.

Wenn man direkt davorstand, war die Mauer gewaltig. Phee sprang hoch und erreichte mit den Fingerspitzen nicht ansatzweise die Krone. Dennoch versuchte sie sich an den schmalen Spalten zwischen den Ziegelsteinen hochzuziehen, rutschte ab und landete prompt auf ihrem Po.

Zornig raffte sie sich auf, zupfte ihr Kleid zurecht und versuchte es noch einmal. Und noch mal. Und noch mal. Wie ein wildes Tier, das mit aller Gewalt versuchte aus seinem Käfig auszubrechen. Sie fiel auf ihr Steißbein. Ihre Wirbelsäule schmerzte und für einen Moment sah sie Sternchen. Ihre bloßen Knie waren mittlerweile aufgeschürft. Ihre Fingerkuppen brannten. Es war kalt und feucht. Nicht einmal annähernd hatte sie die Mauerkrone erreicht. Eine Flucht war unmöglich.

Wohin hätte sie auch fliehen sollen? Dort draußen warteten Vampire, die sie wegen ihres Blutes jagen würden. Echte Vampire mit Fangzähnen.

Mittlerweile hatte sich Dunkelheit über den Wald gelegt und es war merklich kühler geworden. Der modrige Geruch des Bodens stieg ihr in die Nase. Resigniert rollte sie sich auf den Rücken, streckte die Arme zu beiden Seiten aus und starrte in das verwelkte Blätterdach, wo vereinzelt der dunkelviolette Abendhimmel hindurchschaute, der sie an Damians Haut erinnerte. Einer der Türme des alten Gemäuers überragte die Bäume. Vielleicht war es sogar der, auf dem sie mit Jaro gewesen war. Jedenfalls war sie nicht weit gekommen bei ihrer Flucht.

Deutlich konnte sie erkennen, wie die steinernen Figuren in der Dämmerung zum Leben erwachten und sich vom Dach stürzten. Wie ein Schwarm überdimensionaler Fledermäuse schwebten die Soumrak durch die Luft. Phee verstand nicht, wie das noch nie jemandem aufgefallen war. Diese unheimlichen Wesen waren eigentlich nicht zu übersehen. Sie richtete sich auf und lehnte sich an einen umgefallenen Baumstamm und zog die Beine dicht an ihren Körper.

Tränen traten in ihre Augen. Irgendwie hatte sie sich eingeredet, dass sie sich doch getäuscht hatte und alles nur eine Sinnestäuschung war. Das war es nicht. Es war alles real. Die letzten beiden Tage über hatte sie sich an die Hoffnung geklammert, dass sich irgendeine Erklärung für diesen ganzen Mist finden würde. Hatte gegen ihre Verzweiflung gekämpft. Jetzt brachen all diese Gefühle hervor. Sie konnte sich nicht länger weismachen, dass sie sich das alles nur einbildete.

Entmutigt schlang sie die Arme um ihre Beine, legte die Stirn auf die Knie und weinte. Sie fühlte sich verloren, wusste nicht, wie es weitergehen sollte.

Eigentlich ein Zustand, an den sie gewöhnt war. Bisher hatte sie jedoch die Freiheit besessen zu bestimmen, wie ihre Zukunft auszusehen hatte, während sie sich nun wie ein Spielball des Schicksals fühlte. Während sie zuvor daran gescheitert war, sich für einen Pfad, dem sie folgen wollte, zu entscheiden, war nun kein Weg mehr da, den sie beschreiten konnte.

Haltsuchend ertastete sie mit den Fingern die Umrisse des Handys in ihrer Tasche und schloss sie darum. Aber ihr altes Leben war zu Ende. Endgültig.

Ein Ast knackte in der Nähe. Sie hasste es, wenn jemand sie weinen sah. Schnell richtete sie sich auf und wischte sich mit dem Handrücken die Nase. »Komm raus.« Wahrscheinlich war es Jaro, der auch nur wie Alena auf sie aufpassen sollte, damit sie nicht abhaute. Hoffentlich bekam dieser Idiot wegen ihres Fluchtversuchs Ärger.

Es passierte gar nichts. Offensichtlich hatte sie sich getäuscht. Sie ließ ihre Stirn wieder auf die Knie sinken, als abermals ein Ast brach. Diesmal näher. Angespannt hielt sie die Luft an. Eine schattenhafte Gestalt löste sich aus der Dunkelheit. Die gewaltige Silhouette war eindeutig nicht menschlich. »Du solltest nicht allein hier draußen sein.« Das dunkle Timbre mit diesem leichten Grollen schien über ihre Haut zu kriechen und hinterließ eine Gänsehaut. Unter anderen Umständen hätte sie seine tiefe Stimme als sinnlich empfunden, doch so schrieb sie ihre körperliche Reaktion ihrer Angst zu, ihrem Instinkt, vor diesem Wesen zu fliehen. Allerdings war es ihr in diesem Moment egal, was mit ihr geschah. Es hätte sie nicht einmal interessiert, wenn ein Noc vor ihr aufgetaucht wäre.

»Jetzt bin ich ja nicht mehr allein.« Sie lachte bitter. Waren das nicht sogar Anděls Worte gewesen?

Er stand da, ohne sich zu bewegen oder zu rühren. Ein Schatten in der Finsternis. Sein Schweigen machte sie nervös. »Setz dich.«

Umgehend kam er ihrem Befehl nach. Das Laub raschelte leise, als er einen

Schritt vortrat und sich vor sie hockte. Seine Flügel waren dicht an seinen Körper gelegt und schleiften über den Boden. Er war immer noch riesig. »Du hast geweint.«

»War ja klar, dass du im Dunkeln hervorragend sehen kannst«, stellte Phee ernüchtert fest.

Er legte seinen Kopf schief. »Ich bin ein Geschöpf der Dunkelheit.«

»So wie die Vampire? Die Nocs?«

Ein Knurren entrang sich seiner Kehle. »Ist das der Grund, warum du vor mir Angst hast? Weil du denkst, ich bin wie sie?« In der Dunkelheit glommen seine Augen wie Kohlen auf und ließen Phees Puls in die Höhe schnellen. Sofort zog er sich zurück. Seine kräftigen Atemzüge verdrängten die Stille der hereinbrechenden Nacht. »Ich würde dich nie verletzten. Niemals.«

Als er ihr vor Andëls Büro gesagt hatte, dass er eher sterben würde, als ihr ein Leid zuzufügen, hatte die gleiche Ernsthaftigkeit in seinen Worten gelegen wie jetzt. Und genau wie an jenem Abend berührte er etwas in ihr. Ein fernes Echo von Verbundenheit, das den Wunsch in ihr auslöste, ihm zu glauben.

»Wir sollten gehen.« Damian richtete sich zu seiner vollen Größe auf und das bedrohliche Gefühl in seiner Gegenwart kehrte zurück. Als läge etwas schwer auf ihrer Brust.

»Wie kannst du dir so sicher sein, dass du mich nie verletzten wirst?« Sie war es jedenfalls nicht. In seiner Gegenwart fühlte sie sich verwundbar und befangen.

Er zögerte mit seiner Antwort, als würde er über ihre Frage nachdenken. Mittlerweile war es so finster, dass sie nicht einmal mehr die eigene Hand vor Augen erkennen konnte. Geschweige denn sein Gesicht.

»Weil ich dich beschütze. Das ist meine Aufgabe. Dafür wurde ich – mein gesamtes Volk – erschaffen.« Der entschlossene Ton, der in seiner vollen Stimme mitschwang, hatte etwas Vertrauensvolles an sich.

»Was meintest du mit ›erschaffen‹?«

»Wir Soumraks existieren nur, um den Den zu dienen und sie vor Gefahren zu beschützen.«

Seine Worte beunruhigten sie. Es klang wie auswendig gelernt und beantwortete nicht eine der tausend Fragen, die ihr durch den Kopf schwirrten. »Wie? Und von wem? Von den Den? Oder etwa von Gott?« Wenn die Den so etwas wie Engel waren, gab es dann Gott wirklich?

Wobei, hatte der Leiter der Schule nicht irgendetwas davon gesagt, dass die Den selbst Gottheiten waren? Nein, nur dass die Menschen sie als solche verehrt hatten. Theoretisch könnten sie also auch Außerirdische sein, die vor Jahrtausenden bereits auf der Erde gestrandet waren.

»Spielt das eine Rolle?«, fragte Damian plötzlich und riss sie aus ihrem Gedankenkarussell.

Für einen Moment dachte Phee, er hätte auf ihren absurden Einfall mit den Aliens geantwortet. Stattdessen war er ihrer Frage ausgewichen, indem er eine Gegenfrage stellte. »Du weißt es gar nicht.« Genauso wie sie nichts wusste über die Den, die Nocs oder die Soumraks. Sie wusste nichts. Nicht, wie ihr Leben weitergehen sollte. Wie ihre Kräfte aussehen würden. Ob sie jemals ihre Eltern wiedersehen würde. Ob diese überhaupt ihre Eltern waren. Es war alles zu viel.

Vor ihr lag ein bodenloser Abgrund. Sie hatte keine Ahnung, ob sie den Den vertrauen konnte, immerhin hatte man sie mit Lügen hierhergelockt. »Wenn du nicht einmal weißt, wer dich erschaffen hat, woher weißt du dann, dass du die Den beschützen sollst und sie dir nicht irgendwelchen Blödsinn auftischen?« Nur weil Damian existierte und Jaros Augen leuchteten wie die Scheinwerfer eines Autos, hieß das nicht, dass alles, was Anděl ihr erzählt hatte, stimmte. Sie wusste einfach gar nichts.

»Wir sollten gehen«, wiederholte Damian emotionslos, als wäre er ein Roboter. Vielleicht war er wirklich erschaffen worden. Eine seelenlose Waffe, die ihrem Herrn diente.

Abermals verschleierten Tränen ihren Blick und sie vergrub mutlos das Gesicht in den Händen. Mit ihm zu reden war sinnlos. Alles war sinnlos.

8

Damian musterte sie erneut. Ihr Kleid war schmutzig. Ihre Knie aufgeschürft, was auf einen Sturz hindeutete. Zum Glück lag nicht der Geruch von Blut in der Luft. »Hast du dich verletzt?«

Kaum merklich schüttelte sie den Kopf.

Damian hockte sich erneut neben sie und streckte seine Hand nach ihr aus, zögerte aber, bevor er sie berührte. Allein bei der Erinnerung des köstlichen Duftes ihres Blutes lief ihm das Wasser im Mund zusammen und er verkrampfte bei dem Gedanken. Dabei hatte er ihr kurz zuvor versichert, dass er nicht wie die Nocs war. Er beugte sich vor und berührte vorsichtig ihr Haar. Als sie zurückwich, verharrte er in der Bewegung und sah sie durchdringend an. Ihre Angst saß wie ein Stachel in seinem Fleisch. »Vertrau mir.«

Geduldig wartete er, bis sie kaum merklich nickte. Sanft zog er ein Blatt aus ihrem Haar, zeigte es ihr und warf es zur Seite. Danach näherte sich seine Hand erneut ihrem Gesicht. »Da ist eine Spinne«, erklärte er und wollte das verirrte Tier entfernen, doch Phee begann sich bei seinen Worten zu schütteln. »Wahhh!« Mit einem Schrei wischte sie sich mit beiden Händen über den Kopf. »Ist sie weg?«

Man könnte meinen, sie hätte mehr Angst vor der Spinne als vor ihm. Seine Mundwinkel zuckten. Dabei liefen ihr weiterhin Tränen über die Wange.

»Ja«, sagte er ruhig und wusste nicht, wie er sich ihr gegenüber verhalten sollte. »Du weinst immer noch.« Er wollte sie vor jeglichem Kummer und Schmerz beschützen, aber es gab keinen Gegner, den er bekämpfen konnte.

»Wenn du das jetzt nicht gesagt hättest, wäre mir das nicht aufgefallen.« Sie schniefte und wischte die feuchte Spur mit ihrem Handgelenk ab.

Irritiert musterte er sie. »Ich freue mich, wenn ich dir helfen konnte.«

Ihr kurzes Lachen war schmerzgetränkt und voller Verzweiflung. »Sarkasmus ist nicht deine Stärke, oder?«

Zögerlich schüttelte er den Kopf. Zwar war ihm die Bedeutung des Wortes bekannt, allerdings war ihm diese Art, sein Missfallen auszudrücken fremd.

Erneut zog sie die Nase hoch und blickte traurig auf den Boden. Er wollte ihr helfen, wusste aber nicht wie. Noch nie in seinem Leben hatte er sich so unnütz gefühlt. »Wir sollten zurück«, wiederholte er und dachte an seinen Herrn, der auf ihre Rückkehr wartete.

»Ich will nicht.« Abwehrend schlang sie die Arme um ihren Körper. Ihre Zähne klapperten. »Dir ist kalt«, stellte er fest. Als er erwacht war, hatte noch der Geruch der Sonne in der Luft gelegen, doch die Temperaturen fielen zu dieser Jahreszeit schnell. Ein kühler Wind strich durch die Baumkronen und zupfte weitere abgestorbene Blätter aus ihnen.

»Dir etwa nicht?«, fragte Phee und rieb ihre Oberarme.

»Meine Körpertemperatur ist niedriger als die der Menschen oder der Den. Mir macht die Kälte nichts aus.«

Obwohl er sah, dass sich ihre Finger seinem Arm näherten, war es dennoch ein Schock, als sie ihn berührten. Als würde ein Blitz einschlagen. Er zuckte zurück, sodass auch sie erschrocken zurückwich.

Reflexartig griff er nach ihrem Handgelenk. Sie keuchte und er lockerte seinen Griff. »Entschuldige. Ich wollte dich nicht erschrecken. Du hast mich überrascht.« Die Den vermieden jeglichen körperlichen Kontakt mit ihnen. Behutsam nahm er ihre Hand und führte sie, bis sie auf seiner bloßen Haut lag. Sein Herz schlug kräftiger und ein Prickeln ging von der Stelle aus, wo sie ihn berührte. Für einen Moment verlor er sich in ihren ausdrucksstarken blauen Augen, in denen Erstaunen lag.

»Du bist gar nicht kühl, sondern ganz warm«, flüsterte sie. Bedächtig begann sie mit den Fingern die Konturen seiner Brustmuskeln nachzuziehen. »Wow.«

Ihm stockte der Atem und für einen Moment schloss er die Augen, genoss ihre Berührung. Ihre Hand wanderte weiter. Ein Schauer lief über seinen Rücken. Lag es daran, dass er mit Blut an sie gebunden war? Jedoch hatte keiner der anderen Wächter je solche Empfindungen gegenüber seinem Schützling beschrieben.

Dass sie ihn als warm empfand, beunruhigte ihn allerdings, weswegen er nicht länger darüber nachdachte. Die Den kühlten ohne das lebensspendende Licht der Sonne zu schnell aus.

»Darf ich?«, fragte er und hob die Hand in Richtung ihres rechten Arms. Unsicher starrte sie ins Leere und er erkannte, dass sie ihn in dem Dämmerlicht gar nicht sah, während er sich an ihr nicht sattsehen konnte. Ein Anflug von Enttäuschung überkam ihn. Er schluckte, schob den Stoff ihrer Kleidung nach oben und strich über ihre Haut, die bereits eiskalt war. »Du bist ganz durchgefroren. Wir sollten zurück.«

»Das sollten wir«, murmelte sie geistesabwesend.

Ihr Verhalten ähnelte dem eines Menschen, der unter Schock stand. Besorgt stand er auf, allerdings machte sie keine Anstalten, sich ebenfalls zu erheben. Kurzerhand schob er seine Arme unter ihre Knie und ihren Rücken und hob sie hoch.

Sofort versteifte sie sich und fing an sich zu wehren. »Lass mich runter.«

»Der Boden ist sehr uneben und du könntest stürzen, da du in der Dunkelheit im Gegensatz zu mir nichts sehen kannst.«

Ihr Widerstand erlahmte. Erneut kullerten Tränen über ihre Wangen und Schluchzer drangen aus ihrer Kehle. Verzweifelt vergrub sie ihren Kopf an seine Schulter. Auch wenn ihr Leid ihn aufwühlte, war das Gefühl, sie in den Armen zu halten, unbeschreiblich.

»Du musst mich für eine Heulsuse halten.«

Damian musterte ihre unglückliche Miene. »Ganz im Gegenteil. Ich halte dich für sehr stark.«

»Klar«, murmelte sie. An ihrer Tonlage erkannte er deutlich, dass sie ihm nicht glaubte.

»Du bist dem Noc in dieser Gasse sehr mutig entgegengetreten.« Langsam schien sie auch ihre Furcht ihm gegenüber zu verlieren, was ihn sehr freute.

Kräftig stieß sie die Luft aus. Ihr Atem strich über seine Haut und hinterließ ein Prickeln, das durch seinen ganzen Körper wanderte. Hoffentlich merkte sie nicht, wie sehr jede Berührung ihrerseits ihn verwirrte. Durch die Bäume schimmerte warmes Licht, das das Haupthaus und den angrenzenden Garten beleuchtete, und er wurde langsamer, um den Augenblick, sie hinabzulassen, hinauszuzögern.

»Ich hatte Angst«, gestand sie leise.

»Das weiß ich. Aber das ist die Voraussetzung für Mut. Es tut mir leid, dass ich nicht früher bei dir war. Wenn du geflohen wärst, dann hättest du nur seinen Jagdinstinkt geweckt und ich wäre vielleicht nicht mehr rechtzeitig bei dir gewesen.« Sein Herz schlug wie wahnsinnig bei dem Gedanken, wie nah der Noc ihr gewesen war. Wie leicht er sie hätte verletzen können. Und nur weil er einen Fehler begangen hatte.

»Bist du ihm gefolgt oder mir?«, fragte sie.

Seine Muskeln spannten sich an. Er ahnte, dass ihr seine Antwort nicht gefallen würde. Außerdem wurde er ungern an seinen Irrtum erinnert, der sie das Leben hätte kosten können. »Dir. Allerdings verlor ich dich für einen kurzen Moment aus den Augen, als ich deinen Verfolger stellte. Er war jedoch nur ein Köder, um mich von dir fortzulocken.«

Er merkte, wie sie sich in seinen Armen verkrampfte. Vielleicht wäre es besser gewesen, ihr das nicht zu erzählen. Sie hatte schon genug zu verarbeiten. Andererseits war es wichtig, dass sie verstand, welche Gefahr von den Nocs ausging, damit sie nicht noch einmal die Sicherheit des *Hnízdo* verließ.

»Wusstest du etwa da schon, dass ich ... dass ich eine Den bin?«

Beunruhigt schluckte er. Er konnte ihr schlecht erklären, dass er sich vom ersten Augenblick von ihr angezogen gefühlt hatte und ihr gefolgt war, um diesem unbekannten Gefühl auf den Grund zu gehen. Etwas, das er nicht hätte tun dürfen. »Vielleicht wusste ich es instinktiv, als dir am Abend zuvor bereits ein Noc auflauerte.«

Ihre Atmung wurde flacher und ihr Herz schlug kräftiger. »In dem Park«, hauchte sie.

»Ich habe ihn ausgeschaltet und wollte sichergehen, dass dir kein weiterer folgt.«

»Warum ich?« Ein Schluchzer schüttelte ihren Körper durch.

»Wegen deines Blutes.«

»Aber warum ich?«

Was sollte er darauf erwidern? Er wollte sie trösten, wusste aber nicht wie. »Keine Angst. Ich beschütze dich.« Mehr konnte er nicht tun. Etwas anderes hatte er nie gelernt.

»Denkst du, dass ich Ärger bekomme?«, fragte sie unsicher, kaum dass sie die gepflegten Außenanlagen des *Hnízdo* betreten hatten.

»Weil du weggelaufen bist? Es war dumm. Ich würde dich überall finden.« Es war seltsam gewesen zu erwachen und sofort diese Verbindung zu ihr zu spüren. Ihren Schmerz.

»Lass mich runter. Hier ist der Pfad beleuchtet.« Ihre Stimme war plötzlich kühl und abweisend. Widerstrebend kam er ihrer Bitte nach. Das Gefühl von Kälte breitete sich in ihm aus, als sie einen Schritt von ihm wegtrat und ihn mit weit aufgerissenen Augen anstarrte. Der saure Geruch von Angst ging erneut von ihr aus.

***

Ihr Herz raste. Obwohl seine Gestalt mit den Schatten zu verschmelzen schien, konnte Phee deutlich seine dämonische Silhouette im Schein der Laternen erkennen, die den Kiesweg des Parks erhellten. Die Flügel. Die Hörner. Das Licht reflektierte in seinen Augen wie bei einer Katze. Sie war wie erstarrt, konnte ihren Blick nicht von seiner kräftigen Gestalt abwenden. Für einen Augenblick hatte sie vergessen, was er war, und angefangen sich in seiner Gegenwart wohlzufühlen. Sicher und geborgen, während die Welt, wie sie sie bisher gekannt hatte, in tausend Stücke zerbarst.

Zumindest bis er ihr gedroht hatte. Ihr Hals war wie zugeschnürt. Und dann hatte er sie auch noch dumm genannt.

Angst mischte sich mit Enttäuschung und Zorn und hinterließ ein wirres Chaos in ihrem Inneren. Schnell wandte sie sich von ihm ab und beschleunigte ihre Schritte, um Abstand zu gewinnen. Auch wenn sie diese zurück zu dieser Irrenanstalt führten. Alles war besser, als länger in seiner Gegenwart zu sein.

Eine der Türen zum Gebäude stand offen. Licht aus dem dahinterliegenden Raum warf unheimliche Schatten auf die Terrasse. Die rötliche Glut einer Zigarette verriet, dass dort jemand stand und rauchte.

Kaum waren sie nah genug, erlosch der rote Punkt und zwei Personen lösten sich aus der Dunkelheit. Offenbar hatte man sie bereits erwartet. Ihre Schritte wurden langsamer.

»Wo hast du sie gefunden?«, fragte Anděl autoritär. Novák war bei ihm und noch einer der Soumraks, den Phee erst jetzt bemerkte. Seine Arme hatte er vor der Brust verschränkt und sein kantiges Gesicht lag im Schatten. Von ihm ging etwas Bedrohliches aus, was sie unbewusst zurückweichen ließ. Näher an Damian. Leicht streifte er ihren Arm, als er neben sie trat und sich verneigte. »Sie ist gestürzt und hat sich verletzt.«

Auf eine gewisse Art stimmte das sogar. Die ganze Wahrheit war es aber auch nicht. Unsicher biss sie sich auf die Lippen und sah zu ihm auf. In seinem wie gemeißelten Gesicht konnte sie keine Regung entdecken.

»Bring sie auf ihr Zimmer und pass auf sie auf.«

»Wie ihr wünscht, Herr«, erwiderte Damian und legte seine Hand in ihren unteren Rücken.

Phee zuckte bei der unerwarteten Berührung zusammen. Es war, als hätte er ihr einen Stromschlag verpasst.

Sanft dirigierte er sie in Richtung des Eingangs, näher zu Anděl, der sie mit einer Mischung aus Strenge und Enttäuschung musterte, die sie von ihrer Mutter gewohnt war. »Wir sprechen uns morgen«, sagte er reserviert und Phee zog den Kopf ein, während Damian sie an ihm vorbeischob. Dort, wo er sie berührte, schien ihre Haut zu brennen.

Kaum waren sie außer Hör- und Sichtweite der anderen, drehte sie sich, sodass seine Hand von ihr abfiel.

»Du hast immer noch Angst vor mir«, bemerkte er bekümmert und blieb stehen.

Unsicher warf sie einen Blick über die Schulter zu ihm zurück. Jetzt im gelblichen Licht der Lampen war er wieder die Kreatur, die einem Albtraum entstammte. Ein Bild, das sich kaum mit seinem fürsorglichen Verhalten vereinen ließ. Es verwirrte sie noch mehr, als sie es sowieso schon war. Sie hatte keine Ahnung, wie sie ihr Gespräch im Wald einordnen sollte.

»Um ehrlich zu sein, macht mir meine ganze Zukunft Angst. Und du bist offensichtlich ein Teil davon.« Sie umriss seine Gestalt mit einer Handbewegung und blieb auf Höhe seiner muskulösen und nackten Brust hängen. Ihre Fingerspitzen begannen zu kribbeln, als würden sie immer noch über die definierten Muskeln gleiten. Ihr Puls beschleunigte sich. Sie schüttelte die Hände, als könnte sie so das seltsame Gefühl abschütteln.

»Verstehe«, sagte er mit diesem leichten Grollen in der Stimme, das an ein Tier erinnerte und ihr einen Schauer über den Rücken jagte – der allerdings auch von etwas anderem als Furcht stammen könnte. Sie schluckte und trat erneut die Flucht an. Offenbar direkt in die falsche Richtung.

»Wir müssen hier entlang«, bemerkte er.

Verdammt. Missmutig drehte sich Phee auf den Absatz um und ging mit klopfendem Herzen an ihm vorbei nach rechts. Lautlos wie ein Schatten folgte er ihr. »Hier sieht auch alles gleich aus.« Ihre Nerven lagen blank. Mit jeder Faser ihres Körpers konnte sie seine Gegenwart spüren. Seufzend fuhr sie sich mit kreisenden Bewegungen über die Stirn, hinter der es kräftig pochte.

»Hast du Kopfschmerzen?«, fragte er mit sorgenvollem Unterton.

»Es geht mir gut.« Sie konnte nicht damit umgehen, dass er wie ein zum Leben erwachter Albtraum aussah und sich zugleich anhörte, als wäre er ein Freund, der sich um sie sorgte.

Endlich war sie an der Tür ihres Zimmers angelangt und öffnete, ohne zu klopfen. Alena saß mit einem langen weißen Nachthemd bekleidet im Schneidersitz auf ihrem Bett und sah überrascht von dem Buch in ihrem Schoß auf. »Phee.«

»Äh … Sorry, dass ich hier einfach so reinplatze.« Sie hatte gar nicht mehr daran gedacht, dass sie dieses Zimmer mit Alena gemeinsam bewohnte. Eigentlich hatte sie gehofft allein sein zu können, denn ihre mühsam aufrechterhaltene Beherrschung könnte jeden Moment wieder in sich zusammenfallen wie in dem Waldstück.

Hastig wandte sie sich zur Tür. Er stand nicht einmal einen Schritt von der

Türschwelle entfernt und studierte wortlos jede ihrer Bewegungen. Einen Moment verfing sich ihr Blick mit seinem. Die Intensität gab ihr das Gefühl, er könnte bis in die Tiefen ihres Selbst sehen und Dinge entdecken, die sie selbst nicht wahrhaben wollte.

Ein Kloß bildete sich in ihrem Hals. Hastig drückte sie gegen das Türblatt. Ihre Finger, die auf dem Holz lagen, zitterten leicht.

»Kein Problem. Ich habe mir schon Sorgen gemacht, wo du bleibst«, bemerkte Alena. Geräuschvoll klappte sie das Buch zu. Das Bett knarzte, als sie aufstand. »Wo warst du? Kasimir war außer sich.«

Erschöpft ließ Phee die Stirn gegen die Tür sinken, um kurz durchzuatmen, bevor sie sich mit im Rücken verschränkten Armen zu Alena drehte und sich an die Tür lehnte.

»Na ja, ... ich ... Also, dieser Jaro ging mir tierisch auf den Sack, deswegen bin ich ... ich wollte einfach in Ruhe nachdenken.« Das klang eindeutig besser als: *Ich hatte eine Panikattacke, weil mir alles zu viel wurde, und bin abgehauen.* Wie sie es bisher immer in ihrem Leben getan hatte.

»Ich sagte dir doch, dass Jaro eine Nervensäge ist.«

Nicht nur der. Noch immer war sie sich mit jeder Faser ihres Körpers Damians Gegenwart bewusst. Es war, als würde er hinter ihr stehen und sein Atem über ihren Hals streifen. Nervös stieß sie sich von dem lackierten Holz ab und trat in das Zimmer.

»In nächster Zeit muss ich ihn wohl ständig ertragen.« Ihn und dieses Monster vor der Tür.

»Warum das denn?«

Verlegen biss Phee auf ihre Unterlippe und ließ sie durch die Zähne flutschen. »Hat dir dein Bruder nichts gesagt?« Alena schüttelte den Kopf. »Er hat Jaro zu meinem Tutor gemacht. Was auch immer das genau heißen soll.«

Zweifelnd musterte ihre Mitbewohnerin sie. »Jaro?«

Das Pochen hinter ihrer Stirn wurde stärker. Phee rieb sich mit Daumen und Zeigefinger darüber und nickte. »Er soll mir helfen mit meinen Kräften umzugehen.« Sie hatte keine Ahnung, ob sie überhaupt wissen wollte, welche übermenschlichen Kräfte in ihr schlummerten. Eigentlich wollte sie nur ihr scheißnormales Leben zurück. Ohne dämonische Wächter oder diesem Vollidioten.

»Du meinst wirklich Jaro?« Ungläubig hoben sich Alenas Augenbrauen, bevor sie anfing zu lachen. »Das ist ein Witz?«

»Schön wär's. Er hat sich wohl geprügelt und das ist seine Strafe.« Der Tag konnte eindeutig weg. »Kannst du nicht einfach meine Tutorin sein?«

Alena zog geräuschvoll die Luft zwischen ihre Zähne und wirkte, als hätte sie auf einen Kirschkern gebissen. »Ich würde gerne helfen, aber ich … ich kann meine Kräfte selbst kaum kontrollieren und habe eigentlich auch keine Zeit für so was. Wir üben gerade in der Theater-AG ein Stück ein.« Nachdenklich sah sie sich im Raum um und murmelte vor sich hin. »Vielleicht könnte … Nein, der muss …« Missmutig wandte sie sich wieder an Phee. »Eigentlich ist Jaro tatsächlich der Einzige, der nichts Besseres zu tun hat.«

Toll. Irgendwie fühlte sich Phee wie ein ungeliebtes Gepäckstück. Von wegen sie gehörte hierher. Sie seufzte erschöpft. »Ich bin müde.« Das stimmte sogar. Ihre Glieder fühlten sich schwer an. Sie sah sich in dem Raum um, konnte aber ihren Rucksack nicht entdecken. »Wo sind meine Sachen?«

»Im Schrank.« Alenas Hand zeigte zu einem altmodischen Ungetüm. »Deine Schuluniform hängt auch dort drin. Ich hoffe, sie passt, sonst musst du morgen früh noch mal zur Kleiderkammer.«

Phee riss die Türen auf und betrachtete ihre wenigen Habseligkeiten, die im Schrank neben Alenas Markenklamotten hingen. Sie verbiss sich jegliche abwertende Bemerkung darüber, dass Alena offensichtlich ihren Rucksack ausgeräumt hatte und damit in ihre Privatsphäre eingedrungen war. Es tat weh. Erneut fühlte sie sich verletzlich.

»Du hast nicht gerade viel Kleidung«, bemerkte Alena.

»Ich hatte mich auch nicht auf einen längeren Aufenthalt hier eingestellt«, konnte sie sich nicht verkneifen schnippisch zu erwidern. Sie nahm sich eines ihrer langen Shirts, das sie auch oft zum Schlafen nutzte. Auf der Vorderseite prangte das Logo einer ihrer Lieblingsbands: Imagine Dragons.

»Ich meinte das nicht böse«, sagte Alena leise und mit einem verletzten Unterton, sodass es Phee sofort leidtat.

Erschöpft schloss sie die Augen und zog sich hastig um, damit sie Zeit hatte, sich zu sammeln. »Ich … ich auch nicht.« Sie wollte es sich nicht mit einem der wenigen netten Menschen – beziehungsweise Den – in diesem Gebäude verscherzen. Manchmal war die Wahrheit doch besser. »Das heute ist alles etwas viel.« Ihre Gefühle stiegen nach oben und verliehen ihrer Stimme einen dumpfen Klang.

»Wir können ja demnächst in die Stadt fahren und dir alles besorgen, was du brauchst«, schlug Alena vor und ließ sich wieder auf ihr Bett fallen.

Als ob Phee sich das leisten könnte. »Nicht nötig. Ich komm schon klar.« Das war sie immer.

***

Als Damian an der Außenfassade aufs Dach kletterte, sangen bereits die ersten Vögel und die verblassenden Sterne kündigten den Morgen an. Pavel wartete bereits auf ihn. »Und? Was denkst du?« Obwohl der Anführer ihres Ordens seine Frage sehr allgemein formuliert hatte, war sofort klar, dass er sich auf Phee bezog.

Es war ungewöhnlich, dass Damian nach seiner Meinung gefragt wurde. Noch immer war er verwirrt von Phees ungewohntem Verhalten, das sich in einem Satz zusammenfassen ließ. »Sie ist nicht wie die anderen.«

Pavel sah ihn durchdringend an. »Erzähl mir heute Abend alles, was du über sie in Erfahrung bringen konntest.« Der alte Krieger verabschiedete sich mit einem Nicken.

Lucas, der ihre kurze Konversation mitbekommen hatte, sah ihm mit verschränkten Armen und einem bitteren Zug um die Lippen nach, bevor er sich zu Damian umwandte. »Du solltest vorsichtig sein, was deinen Schützling anbelangt«, sagte er mit einem kühlen Unterton, der Damian das Blut gefrieren ließ.

Warnend bleckte er seine Fänge. »Ist das eine Drohung?« Eigentlich war Lucas ein Freund. Einer der wenigen, dem Damians Herkunft egal war, doch sollte der andere Soumrak Phee auch nur zu nahe kommen, würde er ihn in Stücke reißen. Der Gedanken war irrational, da Lucas genauso ein Wächter war wie er selbst und nie einen Den verletzten würde. Aber allein bei der Vorstellung, irgendwer könnte Phee wehtun, stellten sich ihm sämtliche Nackenhaare auf und seine Klauen schärften sich angriffsbereit.

Mit einem Satz sprang Lucas auf die Brüstung, hockte sich hin, spannte seine Flügel auf und warf ihm einen abschätzigen Blick zu. »Nur eine Warnung. Du solltest darauf achten, wem du vertraust.«

»Pavel ist mein Mentor. Du hingegen hattest schon immer Probleme mit den Den.« Damian knurrte und nahm ebenfalls seine Position ein. Warmes Licht erstreckte sich über den Himmel im Osten. Sein Puls verlangsamte sich und seine Glieder wurden steif. Nur noch Sekunden, bis die Sonne als goldene Scheibe über den Horizont blinzeln würde. Er konnte sie spüren. Aufgewühlt sah er dem Ereignis entgegen, das er noch nie erblickt hatte. Und dass er auch nie sehen würde. Stück für Stück verwandelte sich sein gesamter Körper zu Stein.

9

Bereits nach dem ersten Ton von Alenas Wecker wusste Phee, dass sie dieses Ding aus der Hölle irgendwie loswerden musste. Gefühlt war sie erst vor fünf Minuten eingeschlafen wie auch schon die Nacht zuvor. Die Morgendämmerung tauchte den Raum in einen warmen Goldton. Der Wecker verstummte und das Knarzen des Bettrahmens verriet, das Alena aufstand. »Kommst du mit frühstücken?«

»Kann ich nicht ausschlafen?« Murrend zog sich Phee die Decke über den Kopf. Heute war der erste Tag der Herbstferien, die in Tschechien nur drei Tage dauerten.

»Steht bei dir nicht nachher dein erstes Training mit Jaro an?«

Nur der Gedanke an diesen Idioten, der ihr bei jeder sich bietenden Gelegenheit zeigte, wie ungern er sich um sie kümmern wollte, verhagelte ihr die Laune. »Der kann mich mal.« Mit einem Brummen drehte sich Phee mit dem Gesicht zur Wand. Allerdings ließ sie der Gedanke an Jaro nicht zurück in den traumlosen Schlummer gleiten, aus dem sie zuvor brutal gerissen worden war.

Verschlafen richtete sie sich auf und beobachtete Alena, die gerade ihre blütenweiße Bluse zuknöpfte, die Phee im Traum nicht angezogen hätte, weil sie niemals bis zum Abend sauber bleiben würde. »Sorry. Ich wollt dich nicht anmaulen. Ich hab die ganze Nacht einfach nur kein Auge zubekommen.« Gähnend streckte sie sich und rieb sich müde über das Gesicht.

»Das tut mir leid«, bemerkte Alena schuldbewusst.

»Weswegen? Ich war ja nicht wach, weil du einen halben Wald abgesägt hast.« Irgendwie klang das, als würde sie deswegen Alena Vorwürfe machen. »Also … du schnarchst nicht. Das wollte ich damit nicht sagen. Ich … Keine Ahnung, was ich sagen wollte.« Phee gab es auf und zog mit einer Hand das Gesicht lang. »Verdammt.« In dem Zustand sollte sie vielleicht lieber die

Klappe halten, bevor sie es sich mit Alena endgültig verscherzte. Allerdings lachte diese nur.

»Kann es sein, dass du ein totaler Morgenmuffel bist?«

Phee stieß die Luft aus und ließ sich zurück aufs Bett fallen. »Schuldig im Sinne der Anklage.« Sie hörte es rascheln. Ein Stuhl wurde über den Boden geschleift. Phee drehte sich auf die Seite, stützte sich auf ihren Ellenbogen ab und sah zu Alena, die sich an den kleinen Tisch vorm Fenster gesetzt hatte und auf ihr Handy starrte.

»Bist du dir sicher, dass ich heute Training mit Jaro habe?«

Überrascht sah Alena auf. »Warum nicht?«

»Ich hatte gehofft, ich habe noch ein wenig Schonfrist.« Nach den letzten Tagen fühlte sie sich wie durch den Fleischwolf gedreht. Sie balancierte atemlos am Abgrund. Ein falscher Schritt und sie würde in die Tiefe stürzen.

»Das kann ich nachvollziehen.« Alena legte ihr Handy auf den Tisch und presste missmutig die Lippen aufeinander, dann stieß sie die Luft aus. »Es ist aber wichtig, dass du lernst die Kräfte, die wir besitzen, zu beherrschen. Außerdem muss ich zu den Proben und kann daher heute nicht auf dich aufpassen.«

Am liebsten würde Phee im Bett liegen bleiben oder Binge-Watching auf der Couch absolvieren, so wie den gestrigen Tag. Da hatte Alena ihr jedoch Gesellschaft geleistet. »Das heißt wohl, ich stehe noch unter verschärfter Beobachtung.«

»Was hast du nach deinem Fluchtversuch erwartet?«, fragte Alena und legte damit den Finger genau in Phees Wunde. Seufzend setzte sie sich an die Bettkante und ließ die Schultern und den Kopf hängen. »Nichts.«

»Das soll keine Strafe sein.«

»Ach, nee?«, fragte Phee verstimmt. Sie erhob sich, schlurfte zum Kleiderschrank und öffnete die Türen. Wenn sie eines hasste, dann eingesperrt zu sein.

Alena stand ebenfalls auf, stellte sich zu Phee und verschränkte die Arme vor die Brust. »Mein Bruder möchte dich nur beschützen. Uns alle! Du hast keine Ahnung, wie schwer unser Leben ist.«

Diesen Schuh ließ sich Phee nicht anziehen. »Weil es mir niemand sagt. Ich weiß so gut wie nichts von euch. Ich weiß nicht einmal, welche Kräfte du besitzt. Warum soll ich euch vertrauen?«

Alena hatte sich bereits der Tür zugewandt und wollte gehen. Jetzt blieb sie stehen und sah sie verzweifelt an. »Und warum sollten wir dir vertrauen?«

Das überraschte Phee. »Denkt ihr etwa mich hätten die Nocs geschickt?« Eigentlich hatte sie die ganze Situation nur ins Lächerliche ziehen wollen, doch Alenas Gesicht sprach Bände. »Fassungslos schüttelte Phee den Kopf. »Dieser Blutsauger hat *mich* angegriffen.«

»Das könnte auch inszeniert gewesen sein.«

»Ernsthaft?« Ungläubig schnaufte Phee. Allerdings konnte sie sich Alenas Logik auch nicht entziehen. »Scheiße.« Sie raufte sich die Haare und begann auf- und abzulaufen.

»Ich denke nicht, dass du uns verraten möchtest, aber ...« Alena beendete ihren Satz nicht und presste die Lippen aufeinander.

»Du kannst dir nicht sicher sein.« Vielleicht waren einige der anderen ihr gegenüber deswegen so voreingenommen und nicht, weil sie aus ärmlichen Verhältnissen stammte, wie sie die ganze Zeit angenommen hatte.

»Wie konntest du all die Jahre dort draußen ohne den Schutz eines Soumraks überleben?«

Gute Frage. Hilflos zuckte Phee mit den Schultern. »Und was machen wir jetzt?«

»Ich würde vorschlagen, wir gehen erst mal etwas Essen. Mit leerem Magen lässt es sich schlecht denken.« Alena lächelte schief und Phee erwiderte es.

Als sie mit dem Frühstück fast fertig waren, baute sich Jaro breitbeinig vor ihrem Tisch auf und verschränkte die Arme vor der Brust. »Bereit für deine erste Nachhilfestunde?«

Sein angriffslustiger Unterton und das diabolische Grinsen reizten Phee. »Was machst du, wenn ich Nein sage?«, fragte sie herausfordernd und schob sich demonstrativ langsam den letzten Bissen ihres Brötchens in den Mund.

Alena kicherte und Jaro warf ihr einen wütenden Blick zu, der Alena sofort veranlasste zu verstummen und den Kopf zu senken. Phee beobachtete ihr

Verhalten verwundert, konnte aber nicht nachhaken, denn dieser arrogante Mistkerl wandte sich direkt wieder ihr zu. »Ehrlich gesagt interessiert mich deine Antwort nicht, *Malý*. Komm einfach mit.«

»Jaro, sei doch mal ein wenig netter. Sie hat dir nichts getan.« Phee war Alena dankbar, dass sie sie verteidigte, trotz ihrer offensichtlichen Probleme mit Jaro. Aber das war nicht nötig, sie konnte ihre eigenen Schlachten schlagen.

Der junge Mann beugte sich vor und stützte die Hände auf die Tischplatte. »Und wer, denkst du, hat den Ärger bekommen, weil sie heulend in den Wald gerannt ist?«

Schuldbewusst knirschte Phee mit den Zähnen, obwohl sie ihm genau das gewünscht hatte. Sie stand auf. »Lass Alena in Ruhe. Das geht nur uns was an.«

Überrascht musterte er sie und fuhr seine Aggressivität deutlich runter. Ein Lächeln legte sich auf seine Lippen, das an einen gefräßigen Hai erinnerte. »Du hast recht. Lass uns trainieren«, sagte er und marschierte zum Ausgang. Verängstig starrte sie hinter ihm her. Das Wort *trainieren* hatte sich eher wie dich quälen angehört.

»Sei vorsichtig«, bat Alena sie.

Jaro drehte sich zu ihnen um und signalisierte ihr ungeduldig, dass sie sich beeilen sollte.

»Bin ich. Wir sehen uns dann spätestens heute Nachmittag.«

Nachdem Jaro sah, dass sie ihm folgte, rannte er regelrecht durch das Gebäude, als wollte er nicht, dass sie gemeinsam gesehen wurden. »Hey, warte mal.«

»Was ist?« Er blieb stehen und sah ungeduldig zu ihr zurück.

»Ich verstehe, warum du sauer bist. Es tut mir leid, dass du wegen mir Ärger bekommen hast.«

Er winkte ab. »Halb so wild.«

»Das hörte sich vorhin noch anders an.« Mit weitausholenden Schritten ging er weiter, als hätte er sie nicht gehört. Er schien innerlich zu kochen. »Was habe ich dir dann getan?«

»Nichts.«

»Dann hör auf dich wie ein Arsch zu verhalten.«

»Vielleicht bin ich ein Arsch?«, erwiderte er sarkastisch.

Vielleicht war er auch gar nicht wegen ihr aufgebracht. »Wollte deine Angebetete etwa nichts mit dir zu tun haben, weil du dich wie der letzte Mensch verhältst?«

Jaro erstarrte. Mit einem tiefen Atemzug wandte er sich zu ihr um. Die Muskeln in seinen Wangen zuckten. »Das geht dich einen Scheiß an.«

Volltreffer. »Wow. Deine Laune ist scheinbar noch mieser als meine. Jetzt weiß ich, warum Anděl denkt, wir würden uns super verstehen.«

»Wie zwei aggressive Pitbulls«, erwiderte er und brachte Phee mit diesem treffenden Bild zum Lachen.

Einen Augenblick sah er sie verdattert an, bevor er mit einstimmte. Für einen Moment fühlte sich Phee mit ihm auf einer Ebene verbunden, die sie nicht erklären konnte.

Jaro schüttelte fassungslos den Kopf. »Okay. Waffenstillstand?« Er hielt ihr die Hand hin und sah sie durchdringend an. Sie schlug ein und er zog sie dicht an seine Brust, sodass sie seinen Atem auf ihrer Wange spürte, als er sich zu ihrem Ohr hinunterbeugte. »Sei nur gewarnt. Noch mal so ein Scheiß und ich mach dich fertig, *Malý*.«

Eine Gänsehaut überzog ihre Arme. Von wegen. Sie beide verband nichts. »Verstanden.«

Mit einem zufriedenen Lächeln machte sich Jaro wieder auf den Weg. Nicht überraschend führte er sie zum Nebengebäude, in dem sich neben dem Schwimmbad auch eine Sporthalle befand. Die Ostwand des altertümlichen Gebäudes war durch hohe Fenster ersetzt worden, in denen sich die Morgensonne spiegelte und die von innen beschlagen waren.

Jaro öffnete die Tür und Phee folgte ihm misstrauisch. Der charakteristische Geruch von Chlor schlug ihr entgegen. »Was wollen wir hier?«

»Sehen, was du draufhast. Oder besser was nicht.«

Genervt verdrehte sie die Augen. »War ja klar.«

»Warum fragst du dann?«

»Vergiss es einfach.« Phee war sich sicher, dass sie niemals Freunde werden würden. Seufzend blickte sie durch ein Fenster in die Schwimmhalle und beobachtete einen Jungen, der vom Startblock in das glitzernde Wasser sprang und seine Bahn schwamm.

»Kommst du endlich, *Malý*?«, erklang Jaros griesgrämige Stimme, die an ihren Nerven krattze. Sie biss sich auf die Zunge und folgte ihm durch eine Reihe von Spinden. Sein Blick huschte hin und her. Offensichtlich fand er, was er suchte, und zeigte auf eine angelehnte Tür. »Das ist deiner. Handtücher findest du dort drüben. Wir sehen uns gleich im Wasser.«

Perplex sah Phee ihm nach. »Im Wasser?«

»Wo sonst?«

»In der Sporthalle.«

»Wofür? Unsere Kräfte sind nicht körperlicher, sondern eher geistiger Natur«, erklärte er und ging in die Gruppenumkleide für Herren.

»Ich habe keine Badesachen«, rief sie, doch die Tür hatte sich längst hinter ihm geschlossen. Am liebsten hätte sie etwas dagegen geworfen. Der wollte sie doch verarschen. Gefrustet wandte sie sich ihrem Spind zu und öffnete ihn vorsichtig, als könnte ihr Jaros Rache in Form einer Ratte entgegenspringen. Stattdessen fand sie jedoch nur einen Badeanzug und einen Trainingsanzug in den Farben der Schule. Über dem Wappen war ihr Name auf die Kleidung gestickt worden.

Ungläubig strichen ihre Finger über das goldene Garn. Ihr Magen verknotete sich und ihr Mund wurde ganz trocken.

»Dies ist dein Zuhause.«

Eine Mischung aus Angst und Hoffnung schwappte über sie hinweg, als sie sich an Anděls Worte erinnerte. Keine Ahnung, warum der Anblick ihres eigenen Namens sie so aus dem Konzept brachte. Sie schniefte, verdrängte die aufschäumenden Gefühle, die sie nicht benennen wollte, und nahm die Sachen aus dem Spind.

Als sie angekleidet und abgeduscht in die Schwimmhalle kam, stand Jaro bereits wartend am Beckenrand. Phee stolperte bei seinem Anblick fast über ihre eigenen Füße. Unter Hemd und Sakko hatte sich ein heißer Body verborgen, der nicht zu verachten war. Wäre Phee in einer Teenie-Schmonzette, wäre das der Moment, in dem sexy Musik einsetzen und die Kamera einem der Tropfen, die über seine definierten Muskeln perlten, in Slow Motion folgen würde.

Schnell wandte sie den Blick ab und hoffte, dass sie nicht aussah wie eine leuchtende Tomate. Von dem Jungen, der zuvor noch hier seine Bahnen geschwommen hatte, war nichts mehr zu sehen. Ihr Blick blieb an einer Kamera hängen. »Sicher, dass wir hier trainieren dürfen?« Auch in den anderen Ecken hingen Kameras und erfassten jeden Winkel.

»Das Wasser ist eine Art Katalysator. Außerdem bricht es das Licht«, war sein rätselhafter Kommentar dazu.

»Ich dachte, wir trainieren meine Fähigkeiten und lernen nicht für die Physikprüfung.«

»Du hast echt keine Ahnung«, erklärte er mit herablassendem Ton und sprang ins Wasser.

Langsam hatte Phee wirklich die Nase voll. Sie verschränkte die Arme vor der Brust und wartete, bis Jaros Kopf wieder auftauchte. »Das könnte daran liegen, dass mir keiner was sagt. Ich bin überrascht, dass du mich überhaupt trainierst. Immerhin könnte ich auch eine Spionin sein und du mir irgendwelche Geheimnisse verraten.«

Seine Gesichtszüge entgleisten und er riss die Augen weit auf.

Sie legte den Kopf schräg. »Denkst du, ich bin dumm und weiß nicht, warum ich nicht mal allein aufs Klo gehen kann?«

»Alena hat also gequatscht«, stellte er fest und lachte. »Das wird ihrem Bruder aber nicht gefallen.«

»Das ich selbst draufgekommen bin, kommt dir wohl nicht in den Sinn?«

Er musterte sie zweifelnd. Offensichtlich nicht.

»Ist ja auch egal«, murmelte Phee verdrossen und nahm die Leiter am Kopf des Beckens. Das Wasser war verdammt kalt. Sie biss die Zähne zusammen, ließ sich ins Wasser gleiten und tauchte einmal ganz unter.

»Und bist du eine Spionin?«, fragte er, als sie prustend wieder hochkam. Sie erwiderte seinen eindringlichen Blick.

»Würdest du mir glauben, wenn ich es abstreite?« Wohl kaum. »Warte, das hier …« Sie umfasste mit einer Handbewegung das gesamte Schwimmbad. »Das ist ein Test.«

Er ging nicht auf ihre Vermutung ein – was für sie ein Beweis war – und musterte sie genervt. »Wir können nichts trainieren, was nicht da ist. Also müssen wir erst mal deine Kräfte wecken.«

Phee versuchte seinen herablassenden Tonfall zu ignorieren. »Okay. Was muss ich tun?«

»Du musst das Licht in dir finden.«

»Das Licht?«, hakte sie ungläubig nach.

»Wir sind Wesen des Lichts.« Jaro drehte seine Handfläche nach oben und ein rötliches Schimmern bildete sich unter seiner Haut, erfasste seinen ganzen Körper. Wurde stärker und stärker, bis es schien, als würde er von innen heraus leuchten.

»Oh, du meintest das mit dem Licht wörtlich.« Anděl hatte zwar etwas Ähnliches erwähnt, allerdings hatte sie gedacht, er meinte das metaphorisch.

»Stell dir das Licht als eine Art Kraftquelle vor. Wenn du es schaffst, sie zu aktivieren, verteilt sich das Licht in deinem ganzen Körper«, erklärte er.

»Wow. Wir sind also eine Art Glühwürmchen«, konnte sich Phee nicht verkneifen zu bemerken. »Das war vor zweihundert Jahren, als die Leute noch keine Lichtschalter kannten, wahrscheinlich eine beeindruckende Fähigkeit.« Irgendwie hatte sie mehr erwartet. »Kannst du auch verschiedene Farbtöne annehmen?«

Er war so sauer, dass sie richtig sehen konnte, wie seine Zähne mahlten. Hitze ging von seinem Körper aus und die feinen Wassertropfen verdampften auf seiner glühenden Haut.

»Mach dich nur lustig, aber es ist deine beste Verteidigung gegen die Nocs, da du so langsam bist wie eine Schildkröte.« Er stieß genervt die Luft aus, wandte sich ab und tauchte unter Wasser. Kräftig stieß er sich vom Beckenrand ab. Ihr Blick folgte der dunklen Silhouette seines Körpers, die durch das Wasser pflügte. Von einer zur anderen Sekunde war er verschwunden. Sie blinzelte. Nichts. Nur klares Wasser, durch das man bis zum Grund des blau gefliesten Beckens sehen konnte. »Jaro?« Unsicher drehte sie sich im Kreis.

Das Wasser war in Bewegung und schwappte über den Rand. Etwas schwamm dicht an ihrem Bein vorbei. »Jaro?!« Tief holte sie Luft, versank im kühlen Nass und blickte sich nach allen Seiten um. Er konnte sich ja nicht einfach in Luft aufgelöst haben. Oder doch?

Plötzlich stand er einfach vor ihr. Mit einem Schrei fuhr sie aus dem Wasser.

»Habe ich dich etwa erschreckt?«, fragte er mit einem zufriedenen Grinsen, während sie versuchte ihren Atem wieder unter Kontrolle zu bekommen.

»Was sollte das?«

»Ich wollte dir eine weitere unserer Fähigkeiten demonstrieren.« Ein überlegenes Schmunzeln legte sich auf seine Lippen.

Sie blinzelte nachdenklich. »Du kannst schnell schwimmen?«

Genervt stieß er die Luft aus. »Du raffst es nicht, oder?« Abwehrend verschränkte sie die Arme vor der Brust. »Offensichtlich bin ich nicht schlau genug dafür.« Ihre Stimme triefte vor Sarkasmus.

»Wenigstens siehst du es ein.«

Sie zeigte ihm den Mittelfinger, doch er lächelte nur.

»Ich habe mich unsichtbar gemacht.«

»Was?« Ihr klappte der Mund auf. »Du verarschst mich.«

Er streckte die Arme zu den Seiten aus und war plötzlich verschwunden. Na ja, nicht ganz. Er verdrängte immer noch das Wasser, wo er stand, und kleine Wassertropfen glitzerten in der Luft. Mit einem Finger pikste sie in seine Richtung. Traf auf nackte Haut.

»Lass das.« Er schlug gegen ihre Hand und wurde wieder sichtbar. Sein Blick war herausfordernd und zugleich erwartungsvoll. Wie bei einem Hund, der nach einem Trick ein Leckerli wollte. Sollte sie das jetzt etwa beeindrucken?

»Man hat genau gesehen, wo du standest.«

Erneut verschwand das Lächeln aus seinem Gesicht und machte einem genervten Ausdruck Platz.

»Natürlich, weil das Wasser mich verraten hat. Aber denkst du wirklich, ich könnte das nur hier anwenden?« Das war nicht sehr beruhigend. Sie würde nie wieder das Gefühl haben, unbeobachtet zu sein.

Offensichtlich ahnte er, in welche Richtung ihre Gedanken gingen. »Normalerweise funktioniert es nicht bei anderen Den, wenn sie ihre Fähigkeiten beherrschen, denn wir können mehr wahrnehmen als ein gewöhnlicher Mensch.« Die Betonung lag auf *wenn*.

Sie schluckte den Köder nicht. »Und über welche Fähigkeiten verfügen wir noch?«

***

Missmutig kniff Jaro die Augen zusammen. Dass sie so vollkommen unbeeindruckt war, ging ihm gehörig auf die Nerven. Dieses ganze Training war Zeitverschwendung. »Wenn ich dir alles, was wir können, aufzählen würde, würden wir hier noch nächstes Jahr stehen.«

»Entschuldige, dass ich gefragt habe«, erwiderte sie schnippisch.

Jaro knirschte mit den Zähnen. »Na ja, manche von uns können auch Menschen beeinflussen. Andere können heilen. Einige sich schneller bewegen. Mithilfe des Lichts können wir unter anderem auch Illusionen erschaffen. Es gibt auch einige, die das Licht bündeln können.« Er zählte einfach auf, was ihm einfiel.

»Wie ein Laser?«, fragte sie entsetzt. Endlich zeigte sie den nötigen Respekt. Zugleich deprimierte ihn ihr staunender und ehrfürchtiger Gesichtsausdruck, denn eigentlich waren die meisten Fähigkeiten nur noch latent vorhanden. In den letzten Jahrhunderten waren ihnen so viele wertvolle Kräfte verloren gegangen, dass sein Herz bei dem Gedanken blutete. Sein Volk war schwach geworden. Unfähig länger ihre Macht zu nutzen, um die Welt zu beherrschen. Stattdessen kämpften sie ums nackte Überleben, dabei hatte man sie einst als Götter oder Engel verehrt.

Jaro nickte. »Allerdings eignen sich viele dieser Kräfte nicht für den Kampf«, gestand er widerwillig. Er verkrampfte. Es gab auch Gaben, die gefährlich waren. »Es kommt selten vor, dass jemand die Energie des Lichts kontrollieren und sie als Waffe einsetzen kann.«

Phee kniff die Augen zusammen und er konnte richtig sehen, wie es in ihrem hübschen Kopf arbeitete. Die anderen Jungs fanden sie gar nicht so hübsch. Die Den waren alle auf ihre Art gutaussehend. Makellos. Perfekt.

Anders gesagt: Langweilig. Im Gegensatz zu ihren ebenmäßigen Zügen besaß Phee etwas Wildes. Lebendiges. Es erinnerte ihn an *sie*. Fest ballte er die Hände zu Fäusten.

»Etwa ein Blitz?«, fragte Phee und riss ihn aus seinen Gedanken.

»Was denkst du, worauf die Mythen von Zeus oder Thor basieren?« Er hatte sie damit offensichtlich schockiert und es bereitete ihm eine diebische Freude.

»Und dann trainieren wir im Wasser?«, fragte sie in einem Ton, der deutlich machte, dass sie an seinen Verstand zweifelte.

»Wie gesagt, es kommt selten vor. Außerdem ist dieses Wasser kein gewöhnliches Wasser und das Becken mit magischen Bannkreisen verstärkt.« Sie sah ihn immer noch an, als hätte er nicht alle Tassen im Schrank. Genervt stieß er die Luft aus. »Lass uns endlich anfangen.« Umso schneller war er sie wieder los.

10

Alena war noch nicht in ihrem gemeinsamen Zimmer. Erschöpft ließ sich Phee kopfüber auf ihr Bett fallen, vergrub das Gesicht in den Kissen und schloss niedergeschlagen die Augen. Wenn jedes Training mit Jaro so ablaufen würden wie heute, würde sie spätestens nächste Woche ein Fall für die Psychiatrie sein. Jedes Wort von ihm reizte sie bis aufs Blut. Sie kannte nur eine andere Person, die sie genauso auf die Palme bringen konnte: ihre Mutter.

Die Tür öffnete und schloss sich. »Oh, hier bist du. Ich habe dich schon gesucht. Wie war das Training mit Jaro?«

Phee rührte keinen Muskel. »Frag nicht«, brummte sie ins Kissen.

»Ich habe dich gewarnt.« Alenas Stimme klang näher und etwas raschelte auf Höhe ihres Bettes.

Phee drehte den Kopf zur Seite, damit sie wieder richtig atmen konnte. »Es ist ja nicht so, als hätte ich eine Wahl gehabt.«

»Tut mir leid. Er ... er ist ...« Sie brach ab.

»Ein Arsch?«, vervollständigte Phee Alenas Satz.

»Das war nicht das Wort, das ich gesucht habe. Er ...« Hörbar stieß sie die Luft aus. »Er hat es nicht einfach.«

Phee verrenkte sich den Nacken, um verwundert in Alenas Richtung zu schauen. In Alenas Stimme hatte ein Anflug von Verständnis und Sehnsucht gelegen. Ihre Wangen waren leicht gerötet und ihre Zunge huschte nachdenklich über ihre Lippen, während sie verträumt ins Nichts starrte.

»Wir reden immer noch von Jaro?«, fragte Phee sicherheitshalber nach und drehte sich auf den Rücken, um ihre Mitbewohnerin besser beobachten zu können. Bisher hatte sie den Eindruck gewonnen, dass diese Jaro nicht leiden konnte. Vielleicht hatte sie sich aber auch getäuscht und Alena stand auf ihn.

Keine Ahnung, wie sich jemand in einen Kerl verlieben konnte, der sich einem gegenüber total ätzend verhielt.

Obwohl, eigentlich wusste sie es. Den Fehler hatte sie bereits in der Vergangenheit gemacht und nicht vor ihn zu wiederholen.

Alena seufzte. »Er hat ebenfalls früh seine Eltern verloren.«

»Verstehe.« Ein ähnliches Schicksal verband die beiden.

»Reden wir nicht mehr drüber«, winkte Alena ab und zwang sich zu einem Lächeln. »Jaro wird auf jeden Fall mal den Platz meines Bruders einnehmen.«

Überrascht richtete sich Phee auf. Er wäre der Letzte, dem sie eine solche Verantwortung zutrauen würde. »Wieso?«

»Er besitzt spezielle Fähigkeiten, die ihn dazu qualifizieren, der nächste Anführer zu werden.«

Kein Wunder, dass er so arrogant war und sich aufführte, als würde ihm alles gehören. Sie erinnerte sich an seine Erklärung zu den Fähigkeiten am Anfang des Trainings. *Blitze.*

»Was hast du gesagt?«, fragte Alena.

Offensichtlich hatte Phee ihren Gedanken laut ausgesprochen. Zum Glück jedoch so leise, dass ihre Mitbewohnerin ihn nicht gehört hatte. Etwas an der verkrampften Art von Jaro, als er es ihr erzählt hatte, ließ sie ihre Vermutung hinunterschlucken. »Das heißt also ... dein Bruder ist nicht nur der Leiter dieser Schule, sondern führt die Den an.«

Alena verzog den Mund. »Eigentlich nur unseren Clan, aber da wir die letzten sind ...« Ihre Stimme brach und sie sah hilflos zu ihr hinüber.

Peinlich berührt presste Phee die Lippen aufeinander und wollte bereits zu einer Entschuldigung ansetzen. Alena kam ihr allerdings zuvor. Ein Lächeln wischte den Schmerz auf ihrem Gesicht fort. »Und? Weißt du schon, welche Kräfte du besitzt?«

Mit einem Stöhnen ließ sich Phee zurück aufs Bett fallen.

»Das heißt dann wohl nein«, lachte Alena.

Phee gab einen Ton von sich, der dem Knarzen einer Tür ähnelte.

»So schlimm?«

»Laut Jaro bin ich eine Vollversagerin. Wobei ich der festen Überzeugung bin, dass das nur zeigt, was für ein miserabler Lehrer er ist. Ständig sagt er mir, dass ich nichts kann und zu nichts fähig bin. Aber wirklich etwas erklärt hat er mir auch nicht. Nur dass ich das Licht in mir finden soll.« Das Einzige, das sie gefunden hatte, war pure Mordlust, die wahrscheinlich genau dem Gegenteil entsprach. Es nutzte jedoch nichts, darüber zu jammern, sie richtete sich wieder auf. »Was bedeutet eigentlich *Malý*?«

Alena wurde rot. »Das möchtest du nicht wissen.«

»Mir ist schon klar, dass es eine Beleidigung ist, ich wüsste nur gerne welche.«

»Es ist ein tschechisches Wort und bedeutet so viel wie minderwertig.«

»Oh. Okay.« Das war alles? »Ich hatte ihm ehrlich gesagt mehr Fantasie zugetraut und mit Schlimmerem gerechnet.«

»Er setzt dich damit auf eine Stufe mit den Soumraks«, entrüstete sie sich. Auch das fand Phee nicht tragisch. Egal. Sie wollte nicht länger ihre Gedanken mit diesem Idioten verpesten. »Gibt es hier einen Computer? Ich müsste mal ins Internet.«

»Was ist mit deinem Handy? Auf deinem Stundenplan steht das Passwort fürs WLAN.«

»Ich muss erst die Simkarte entsperren. Als ich von dem Noc angegriffen worden bin, habe ich es vor Schreck fallen lassen und dachte, ich hätte es verloren.«

»Du kannst meinen Laptop nehmen«, bot Alena an und holte eine Notebooktasche aus ihrem Nachttisch und reichte sie ihr. »Ich denke, du solltest deinen spätestens morgen bekommen.«

»Ich bekomme einen eigenen Laptop?«, fragte Phee erstaunt und packte das silbrige Gerät aus.

»Wie willst du sonst am Unterricht teilnehmen?«

Phee biss sich auf die Zunge und schluckte den Kommentar »Mit Zettel und Stift« hinunter. Zumindest hatten sie das in ihrer Schule noch benutzt.

Ihre Finger fuhren über das kühle Gehäuse aus Metall. Es war eindeutig ein hochwertiges Gerät, auch wenn sie sich nicht genauer damit auskannte. Auf jeden Fall war es sehr viel schneller als die lahme Krücke, die sie zu Hause benutzt hatte und bei der man nach jedem Klick fünf bange Minuten wartete, ob sie nicht doch endgültig den Geist aufgegeben hatte. Dummerweise war alles auf Tschechisch, weswegen sie ein Moment brauchte, sich zu orientieren. Danach war die Simkarte überraschend einfach zu entsperren.

Alena stand derweil am Fenster und tippte irgendetwas in ihr Handy. »Brauchst du lange? Ich bin mit den anderen zum Essen verabredet.«

»Ich bin eigentlich fertig. Ich will nur meiner Freundin, die ich hier in Prag besucht hatte, Bescheid geben, dass es mir gut geht und sie sich keine Sorgen machen muss.« Das hätte sie längst tun müssen. Entschuldigend lächelte Phee und klappte den Laptop zu. »Anweisung deines Bruders. Wenn du möchtest, kannst du vorgehen. Ich komm nach.«

»Du weißt, dass ich das nicht kann.«

Die leisen Worte versetzten Phee einen Dämpfer. Die Kanten ihres alten Handys drückten schmerzhaft in ihre Haut, als sie es fester packte.

Alena stieß geräuschvoll die Luft aus. »Lass dir Zeit. Ich warte vor der Tür«, erklärte sie und ging mit energischen Schritten hinaus.

Erschöpft ließ Phee die Schultern hängen, entsperrte ihr Display und schaute sich einem Impuls folgend die letzten Bilder in der Galerie an. Bei dem Video von Caro auf dem Turm lächelte sie wehmütig.

Erschreckend, dass es nicht einmal eine Woche her war, dass sie sich von ihrer Freundin verabschiedet hatte. Sie sehnte sich danach, mit ihr zu reden. Überall die verrückten Dinge, die seitdem passiert waren. Allerdings ging direkt die Mailbox dran, als sie anrief. Wahrscheinlich war das besser. Enttäuscht und zugleich erleichtert, weil sie ihr sowieso nichts von all dem Verrückten erzählen durfte, öffnete sie ihr Postfach. Löschte die Werbemails. Bei der Nachricht ihrer Mutter zögerte sie. Dumpf starrte sie auf die Betreffzeile: *Lass uns reden.*

Ihre inneren Organe zogen sich bei der Erinnerung an ihre letzten Worte zu einem festen Knäul zusammen. Sie war hin und hergerissen. Die tief in ihr verankerte Sehnsucht, von ihrer Mutter gesehen und akzeptiert zu werden, stand im Gegensatz zu den wütenden Schmerzen eines zurückgewiesenen Kindes. Wie sehr wünschte sie sich, dass ihre Streitigkeiten mit einem einfachen Gespräch aus der Welt geschaffen wären. Das waren sie nie. Am Ende würde ihre Mutter sie nur wieder missverstehen und ihr auch noch daran die Schuld geben.

Sie wechselte zu WhatsApp und schrieb Caro eine längst überfällige Nachricht.

Mir geht es gut. Hier ist es langweilig und ich muss ab Montag am Unterricht teilnehmen. Mach dir keine Sorgen, das Gebäude ist abgesichert wie das Hauptquartier der Avengers. Melde mich, sobald ich etwas Luft habe.

Grüß Milos von mir. LG Phee

Schwermütig drückte sie auf Senden und ging mit Alena zum Essen. Ihre Mitbewohnerin versuchte mehrfach ein Gespräch anzufangen, aber Phee war mit den Gedanken woanders.

Erst als etwas Metallenes neben ihr laut auf den Boden aufschlug, erwachte sie aus ihrer Trance und lautes Stimmengewirr schwoll an, als hätte jemand das Radio laut aufgedreht. Der Geruch von gerösteten Zwiebeln und anderen Aromen lag in der Luft.

Verwirrt sah sich Phee in dem großen Saal um, den sie, ohne es bewusst mitzubekommen, betreten hatte. An sechs langen Tischreihen saßen unterschiedliche Altersgruppen von Schülern und Schülerinnen, die sich lebhaft während ihrer Mahlzeit unterhielten.

Eine Hand wedelte vor ihrem Gesicht herum und lenkte ihre Aufmerksamkeit auf deren Besitzer. »Oh, gut, du bist wieder da. Ich dachte schon, da oben würde jetzt gähnende Leere herrschen. Obwohl, das wäre eigentlich kein großer Unterschied zu sonst.« Jaro musterte sie von Kopf bis Fuß.

Der hatte ihr gerade noch gefehlt. »Verfolgst du mich jetzt?«.

»Dasselbe wollte ich dich gerade fragen, immerhin bist du fast in mich hineingelaufen. Aber offensichtlich geht es dir gut, dann kann ich ja gehen. Wir sehen uns«, verabschiedete er sich und drängte sich zwischen einigen

Stühlen hindurch zu ein paar Jungs, die ihn lachend begrüßten. Die Blicke, die sie in ihre Richtung warfen, ließen vermuten, dass sie der Grund war, warum sie sich so amüsierten. Sie würde es jedenfalls nicht einfach an dieser Schule haben.

Von wegen, sie wäre hier zu Hause. Resigniert seufzte sie und ließ ihren Blick über die versammelten Schüler gleiten. Einige warfen ihr immer wieder verstohlene Blicke zu. In einer Ecke entdeckte sie ein paar Erwachsene, die nicht die Schuluniform trugen, allerdings für Lehrer ziemlich jung wirkten.

Erst auf den zweiten Blick entdeckte sie Alena, die bereits mit einem Tablett bewaffnet in der Schlange vor der Essensausgabe stand und sich angeregt mit einer anderen Schülerin unterhielt.

Phee schnappte sich ebenfalls ein Tablett und stellte sich an. Der Teller mit den Spaghetti Bolognese lachte sie an. Zumindest hoffte sie, dass es klassische Bolognese aus Rindfleisch war, denn den Aushang der Speisen konnte sie nicht lesen. Und sie hatte keine Lust zu fragen.

Zweimal wurde sie auf ihrem Weg zu Alena, die bereits an einem Tisch saß, angerempelt. Ob es Absicht war, konnte sie nicht feststellen. Sie fühlte sich innerlich wund. Alena rutschte mit ihrem Stuhl zur Seite, sodass Phee sich neben sie setzten konnte.

»Was wollte Jaro von dir?«, fragte sie neugierig.

»Nichts. Nur beweisen, dass er ein Idiot ist.« Verdrossen erstach Phee einige Nudeln, schwenkte sie in der Soße und führte sie zum Mund. Alena presste die Lippen aufeinander und wandte sich ihrer Freundin zu.

Das Essen schmeckte gut, aber sie nahm es nicht bewusst wahr. Überrascht stellte sie fest, dass ihr Teller irgendwann leer war.

Sie fühlte sich wie ein Fremdkörper. Alle schienen um sie herum zu lachen, ihren Spaß zu haben, während sie in einer Blase saß, in der die Zeit stehengeblieben war. Ihre Gedanken wanderten zu ihrem Training mit Jaro. *Du bist schwach. Unfähig.* Seine Worte vermischten sich mit denen ihrer Mutter. Sie fühlte sich mies. Hatte das Gefühl, niemals etwas erreichen zu können.

»Hey«, riss Alena sie aus ihren Gedanken. »Bist du fertig? Wir wollen los.«

Dankbar für die Ablenkung nickte Phee. Die Stuhlbeine schabten mit einem Quietschen über den Boden, als sie aufstanden.

»Das ist übrigens Darjana«, stellte Alena ihr das Mädchen vor, mit dem sie sich während des Essens unterhalten hatte. »Sie ist auch in unserer Klasse und in der Theater-AG.«

Phee war überrascht. Sie hätte Darjana, die sich schüchtern im Hintergrund hielt und nicht größer als sie selbst war, für jünger gehalten. »Hi«, sagte Phee und zwang sich zu einem Lächeln.

»Hallo«, erwiderte die andere und spielte nervös mit dem Ende ihres langen geflochtenen Zopfes.

Den Rest des Weges herrschte ein unangenehmes Schweigen zwischen ihnen und Phee kam sich wie das fünfte Rad am Wagen vor. Auch Alena schien erleichtert zu sein, als sie durch die offenstehende goldverzierte Tür in den Ballsaal traten, wo bereits die restliche Theatergruppe auf sie wartete.

Der große Saal, der sich über zwei Etagen zog, hatte Phee bereits bei der Führung an ihrem ersten Tag eingeschüchtert. Ein riesiger, glitzernder Kronleuchter hing von der Decke und zog wie magisch ihren Blick an. Eine der Längsseiten öffnete sich zu einer Terrasse. Auf der anderen Seite gaben Spiegel dem Raum noch mehr räumliche Tiefe. Nur die stapelbaren Stühle, die aus den Siebzigern zu stammen schienen, passten so gar nicht ins Bild.

»Der Wahnsinn, oder?«, fragte Alena mit kindlicher Begeisterung und stolzgeschwellter Brust.

»Der Wahnsinn«, wiederholte Phee, meinte dies aber wörtlich. Das alles war verrückt. Sie fühlte sich verloren in diesem riesigen Saal, der sogar eine Galerie besaß und als Kulisse für den Ball in Aschenputtel hätte dienen können.

Am Ende befand sich eine Bühne. Zwei Mädchen und drei Jungen wuselten darauf herum und ordneten Kostüme. Als sie sie bemerkten, begrüßten sie Alena und Darjana freudig und warfen Phee ein paar misstrauische Blicke zu.

»Das ist unsere Theater-AG.« Alena nahm Phee an die Hand und zog sie mit sich. Die anderen redeten Tschechisch und schlossen Phee aus. Da ihr Name und der des Schulleiters fielen, war dies offensichtlich Absicht. Alena verzog angewidert das Gesicht und antwortete in derselben Sprache.

Phee würde ganz dringend die Landessprache lernen müssen, damit das nicht immer so blieb. Aber worüber dachte sie da überhaupt nach? Sie würde gar nicht so lange hierbleiben.

»Darf ich vorstellen, dass sind Domek, Krystof, Ludmila, Emil und Savka«, erklärte Alena und lenkte die Aufmerksamkeit wieder auf Phee.

Diese verzog den Mund zu einem unsicheren Lächeln und hob ihre Hand. »Hi.«

Ein unangenehmes Schweigen breitete sich aus. Es war offensichtlich, dass zwischen ihnen Welten lagen.

Einer der Jungs räusperte sich. Wenn Phee die Namen noch richtig im Kopf hatte, war es Domek. »Wenn du möchtest, kannst du bei den Proben zusehen.«

Wie großzügig. Phee konnte sich gerade noch ihre sarkastische Bemerkung verkneifen und nickte.

»Wir führen zur Wintersonnenwende *Ein Sommernachtstraum* auf«, erklärte Alena, die sich sichtlich über ihre Zustimmung freute. Kein Wunder, sie würde gar nicht an den Proben teilnehmen können, wenn Phee nicht blieb. Aber was sollte sie auch sonst tun?

Seufzend nahm sich Phee einen der Stühle und stellte ihn neben die Bühne, während die anderen über die Aufstellung einer Szene diskutierten. Offensichtlich probten sie gerade die Stelle, an der sich Oberon und Titania stritten.

Sie waren gut, wirklich gut. Überraschenderweise spielten sie Shakespeares Stück im Original, was Phee einige Probleme bereitete, dem altenglischen Text zu folgen. Es könnte allerdings auch daran liegen, dass sie ständig wegdöste oder ihre Gedanken abdrifteten. Immer wieder schwirrten ihr Anděls Worte, dass dies ihr neues Zuhause sei, durch den Kopf, doch sie hatte sich noch nie in ihrem Leben so fehl am Platz gefühlt wie hier. Die hohen, stuckverzierten Decken, die vergoldeten Ornamente oder das edle Parkett waren eindeutig nicht ihre Welt.

Sehnsüchtig sah sie nach draußen. Eine breitangelegte Treppe führte von der Terrasse, auf der man im Sommer eine riesige Party feiern konnte, in einen gepflegten englischen Garten. Zwei Jugendliche schlenderten händchenhaltend zwischen den farbenfrohen Beeten. Phee musste grinsen, als sie sie dabei beobachtete, wie sie sich verstohlen umsahen und dann in das nahegelegene Wäldchen flüchteten. Manche Dinge waren doch überall gleich.

Herzhaft gähnte sie und konzentrierte sich wieder auf die Proben. Sie würde noch vor Langweile sterben. Dauernd fielen ihr die Lider zu und sie erwischte sich dabei, wie ihr das Kinn auf die Brust sank.

»Wir haben entschieden heute hier zu essen.« Alena stand wie aus dem Nichts vor ihr und hielt ihr ein Tablett mit Sandwiches entgegen. »Möchtest du auch was?«

Verwirrte starrte Phee auf die Brote. Etwas Feuchtes klebte an ihrem Mundwinkel. Mit dem Handrücken wischte sie sich den Sabber weg. »Sorry, ich muss eingepennt sein.«

»Ich dachte nicht, dass wir so langweilig sind«, rief einer der Jungs.

Phee richtete sich mühsam auf und streckte sich. Sämtliche Knochen taten ihr weh. Vor allem ihr Nacken. Der Schmerz zog bis in die Schläfen. Sie musste wie ein Schluck Wasser in der Kurve geschlafen haben. »Es liegt nicht an euch. Ihr seid großartig.« Ihre kratzige Stimme ähnelte der einer Betrunkenen.

Alena schmunzelte. »Vielleicht sollte ich mich bei dir entschuldigen. Du hast die ganze Nacht kaum ein Auge zubekommen und dann auch noch das Training mit Jaro.«

»Schon gut. Danke.« Phee nahm sich ein Sandwich, aus dessen Rand Schinken lugte. Die anderen unterhielten sich auf Tschechisch und lachten, während sie gemeinsam die Brote aßen. Sie kam sich vor wie das fünfte Rad am Wagen.

Als die anderen zur Bühne zurückkehrten und an den Kulissen arbeiteten, döste Phee weiter. Bis ein warnendes Kribbeln in ihrem Nacken sie weckte. Angespannt sah sie durch die großen Glastüren und stellte überrascht fest, dass es längst dunkel geworden war. Erneut überkam sie das beklemmende Gefühl, beobachtet zu werden, als wäre sie die Beute eines Raubtieres. Eines Gargoyles.

Ein Schauer lief ihr über den Rücken. Wiederholt wanderte ihr Blick unsicher ins nächtliche Schwarz. Aus Angst, aber auch aus Neugier. Diese Wesen durften ihr nichts zuleide tun. Ganz im Gegenteil, Damians Aufgabe war es, sie zu beschützen. Nervös schluckte sie. Noch beherrschten Zweifel sie. Der Gedanke an ihn ließ ihr dennoch keine Ruhe. Obwohl sie versucht hatte zu fliehen, war er mitfühlend und verständnisvoll gewesen. Für einen Augenblick hatte sie sich in seiner Gegenwart wohlgefühlt. Sicher. Akzeptiert.

Ihr Blick fiel auf die Gruppe ihrer Mitschüler und ihr Brustraum wurde enger. Ganz anders als hier.

Sie sehnte sich nach diesem Gefühl.

Niemand beachtete sie, als sie zur Balkontür ging und die Tür mit klopfendem Herzen öffnete.

Er hockte auf der steinernen Balustrade und sah ihr aufmerksam entgegen. Das Licht aus dem Ballsaal spiegelte sich in seinen Augen. Man konnte die dunklen Umrisse seiner dämonischen Gestalt nur undeutlich erkennen. Keine Ahnung, warum sie wusste, dass es Damian war und nicht irgendeiner der anderen Soumraks. Unsicher zögerte sie. Dann siegte der Wunsch, nicht länger allein zu sein. Sie trat auf die Terrasse. »Hi.«

11

Einen Moment herrschte Stille. Irgendwo erklang der Ruf einer Eule. »Hi«, antwortete Damian nach einer gefühlten Ewigkeit mit einem tiefen Grollen, das über ihre Haut wanderte, als würde jemand sachte darüberstreichen. »Du solltest wieder hineingehen.«

Phees Mund wurde ganz trocken und ihr Magen zog sich zusammen. Dennoch riss sie sich zusammen und ging auf ihn zu. »Da drin fällt mir die Decke auf den Kopf.« Sie lehnte sich neben ihm über die Balustrade, stützte ihre Unterarme darauf ab und sog tief die kühle Nachtluft in ihre Lungen, um sich zu beruhigen. Sie war sich Damians Gegenwart die ganze Zeit über bewusst. Ein Rascheln aus seiner Richtung ließ sie zu ihm hinsehen.

»Hier.« Eine winzige weiße Tablette lag auf seiner Handfläche, die er ihr entgegenstreckte.

»Was ist das?«, fragte sie misstrauisch und verunsichert. Die Möglichkeit, dass ihr Anděl irgendwelche Drogen verabreicht haben könnte, war immer noch nicht ganz vom Tisch.

»Eine Schmerztablette.« Bei seinem durchdringenden Blick wurde ihr ganz flau im Magen. Spannung lag in der Luft und ließ sie regelrecht knistern.

»Wofür? Mir geht's gut.«

»Das hast du das letzte Mal auch behauptet, obwohl es nicht stimmte«, sagte er mit einer Gewissheit, die ihr sämtlichen Wind aus den Segeln nahm.

»Woher willst du das wissen?«

»Ich beobachte dich.«

Sie schluckte. Das war nicht gerade beruhigend.

»Deine Pupillen sind jedes Mal, wenn du Kopfschmerzen hast, stecknadelkopfgroß und du kneifst die Augen zusammen, weil dich das Licht schmerzt. So wie vorhin, nachdem du aufgewacht bist.« Er sah zu viel. Viel zu viel. Entgeistert konnte sie ihn nur anstarren. Auffordernd hob er seine Hand noch ein Stück in ihre Richtung. »Sie wird dir helfen.«

Unsicher nahm sie ihm die Tablette aus der Hand und flüchtete zurück in den Ballsaal.

***

Der nächste Tag verlief ähnlich dem vorangegangenen und hinterließ einen bitteren Beigeschmack von Unzulänglichkeit. Beim Training kam sie keinen Schritt voran und bei den Proben saß sie nur stumpfsinnig daneben und unterdrückte ein Gähnen. Nebenher textete sie mit Caro, die ihr jedoch nur sporadisch antwortete. Es war frustrierend und langweilig.

Mittlerweile dämmerte es und Unruhe erfasste sie. Mehrfach veränderte sie ihre Sitzposition auf dem Stuhl. Einerseits war sie hundemüde, andererseits hellwach.

Bevor sie erneut auf dem unbequemen Stuhl einnickte, verließ Phee den großen Raum und ging auf die Terrasse. Feuchter Nebel überzog ihre Haut und ließ sie frösteln. Damian hockte abermals auf der Brüstung und sah ihr ausdruckslos entgegen. Bei seinem Anblick beschleunigte sich sofort ihr Puls. Er war ihr immer noch ein Rätsel. »Hi«, sagte sie heiser und lehnte sich wie auch schon am Abend zuvor an die Balustrade aus rotem Sandstein. An einigen Stellen überzogen Flechten den verwitterten Stein.

»Hi«, erwiderte Damian nach einer Weile, in der er sie emotionslos taxiert hatte. Man hätte ihn bis dahin tatsächlich für eine Statue halten können.

»Danke für die Tablette«, sagte sie unsicher und versuchte zu lächeln.

»Gern geschehen.« Er neigte den Kopf und deutete eine Verbeugung an. »Ich hoffe, sie hat dir geholfen?«

Phee nickte. Sie konnte den Blick nicht von ihm lösen.

»Du solltest besser hineingehen. Es ist kalt hier draußen.« Seine tiefe Stimme, in der immer ein leichtes Grollen mitschwang, löste eine Kribbeln aus, das ihren Körper von Kopf bis Fuß durchlief. Bisher hatte sie dieses Gefühl ihrer Angst ihm gegenüber zugeschrieben. Momentan fühlte sie sich jedoch nur unsicher in seiner Gegenwart.

Nervös befeuchtete sie sich die Lippen. »Ist das jetzt unser Ding?«

Er legte den Kopf schräg und musterte sie reglos.

»Na ja, dass du mir jedes Mal sagst, ich soll reingehen. Und ich dir sage, dass ich das nicht tun werde.«

Seine Stirn legte sich in Falten und er sah sie immer noch durchdringend an. Es wirkte, als wären seine Augen tiefschwarz. »Warum nicht?«

Es war offensichtlich, dass sie ihn verwirrte. Ein Teil von ihr, den sie oft selbst nicht verstand, amüsierte sich darüber.

»Weil ich nicht gerne eingesperrt bin und nie tue, was ich sollte.« Tief atmete sie die kühle Abendluft ein und merkte, wie Stück für Stück die Anspannung aus ihrem Körper wich.

»Du hast keine Angst mehr vor mir.« Es war nicht wirklich eine Frage, doch in seiner tiefen Stimme schwang die Andeutung von einer mit.

Unsicher musterte sie ihn aus dem Augenwinkel und begegnete seinem eindringlichen Blick, dem nichts zu entgehen schien. Schnell drehte sie sich wieder weg. Hitze breitete sich auf ihren Wangen aus. »Ich bin ehrlich gesagt im Moment viel zu müde, um vor irgendetwas Angst zu haben.« Dennoch schlug ihr Herz spürbar schneller als sonst.

»Verstehe.« Seine Enttäuschung war deutlich herauszuhören.

Überrascht sah sie zu ihm auf. Seine Aufmerksamkeit galt nicht länger ihr, sondern dem kleinen Waldstück, sodass sie seine Gestalt, die die Dunkelheit scharf umriss, in Ruhe betrachten konnte. Seine Knie hatte er an seine Brust gezogen und stützte die Arme darauf ab. Auch heute hatte er die Flügel um seinen Körper geschlungen, sodass sie wie Stoff über seinen Rücken flossen. Zwischen Knochenbögen spannte sich dünne Haut. Sie war so dunkel, dass sie das Licht aus dem Ballsaal zu schlucken schien. War sie weich, rau oder vielleicht schuppig? In ihr brannte der Wunsch, sie zu berühren.

»Du schläfst schlecht. Woher kommt das?« Sein Kopf wandte sich ihr zu und er musterte sie neugierig. Ertappt schaute sie erneut weg.

Nervös räusperte sie sich. »Woher weißt du, dass ich schlecht schlafe?« Sie hoffte, dass er sie nicht auch noch in ihrem Bett beobachtete. Es reichte, dass er ihr wie ein Schatten folgte.

Er legte seinen Kopf schräg. »Ich kann hören, wie du dich jede Nacht unruhig hin und her wälzt. Dein Herz schlägt ungleichmäßig.«

»Du hörst meinen Herzschlag?« Dieses verräterische Mistding in ihrer Brust musste natürlich gleich noch mal einen Zahn zulegen.

»Ich kann jeden Schlag deines Lebens wie ein Echo in mir spüren.« Seine Hand legte sich auf seine Brust.

Ihr Magen sackte ihr in die Kniekehle. »Wegen dem, was Anděl mit meinem Blut gemacht hat?«

Er nickte zögerlich. »Stört dich das?«

»Natürlich.« Es war, als könnte er ihre Gedanken lesen.

»Das tut mir leid.« Er wandte sich wieder dem Wald zu. »Sobald du dich eingelebt hast und nicht mehr bewacht werden musst, werde ich wieder auf Patrouille gehen.«

Seine Kiefermuskeln waren verräterisch angespannt. Wenn er ein Mensch wäre, hätten die langen Wimpern, das kräftige Kinn und diese Lippen, die weder zu voll noch zu schmal waren, einigen Frauen den Kopf verdreht. Unter anderem ihr.

Worüber dachte sie da überhaupt nach? Er war kein Mensch. Sie biss sich auf die Unterlippe und schaute ebenfalls in Richtung Wald. »Ist dann dieses magische Blutdingsbums weg, das mich an dich bindet?«

Den ganzen Tag über war der Himmel schon getrübt, auch jetzt konnte man keine Sterne sehen, nur in der Entfernung das diesige Licht der Stadt, das sich in den tiefhängenden Wolken fing.

Seine Brust hob und senkte sich, als er tief einatmete. »Das Blutsiegel kann man nicht lösen.«

Sie hatte seine Antwort bereits geahnt, noch bevor sie die Frage gestellt hatte. Entmutigt presste sie die Lippen aufeinander. Anděl hatte keinen Gedanken daran verschwendet, ob sie so was überhaupt wollte, geschweige denn sie überhaupt gefragt.

»Jeder Den besitzt einen Wächter, der mit Blut an ihn gebunden ist«, erklärte er, als könnte er ihre widerstrebenden Gedanken lesen. Mit einer fließenden Bewegung, der sie kaum mit den Augen folgen konnte, richtete sich Damian zu seiner vollen Größe auf, trat von der Brüstung herunter, als wäre diese nur eine Bordsteinkante, und stand plötzlich neben ihr.

Unwillkürlich trat sie einen Schritt zurück. Sein Gesicht war eine steinerne Maske, dennoch wirkte er traurig, als er sich gegen die Balustrade lehnte und in den Wald blickte. Ihr Inneres zog sich zusammen bei dem Gedanken, dass ihr Verhalten ihn verletzt haben könnte. Für die Den und die Soumraks schien diese Verbindung völlig natürlich zu sein, während es sie an eine Zwangsehe erinnerte und sich alles in ihr dagegen sträubte. Dabei hatte sie keine Ahnung von dem Leben der Den und betrachtete alles aus einem menschlichen Blickwinkel. Sie selbst regte sich darüber auf, dass die anderen sie verachteten, ohne sie zu kennen, aber selbst war sie genauso oberflächlich und voller Vorurteile. Sie hatte dem Ganzen nicht den Hauch einer Chance gegeben.

Im Endeffekt saßen Damian und sie im selben Boot. Vielleicht wusste er auch einfach nicht, wie man das Blutsiegel entfernte. Wahrscheinlich hatte auch noch nie jemand darüber nachgedacht. Unsicher sah sie Damian an. »Und? Was machst du heute noch so?«

Verständnislos runzelte er die Stirn. »Dich beschützen.«

»Ich meine, hast du nicht noch etwas anderes vor?«

Die Runzeln auf seiner Stirn wurden tiefer. »Meine Aufgabe ist, dich zu beschützen«, wiederholte er.

»Hast du keine anderen Hobbys?« Eigentlich hatte sie mit der nicht ganz ernst gemeinten Frage die Situation etwas auflockern wollen, doch er wirkte noch irritierter als zuvor. »Vergiss es.« Irgendwie kam sie so nicht weiter. Mit einem Seufzen stütze sie die Ellenbogen auf die Balustrade und den Kopf in die Hände. Sie hatte keine Ahnung, worüber sie sich mit ihm unterhalten sollte. Nachdenklich musterte sie den Soumrak. Auch heute trug er dunkle Kleidung. Lockere Drillichhosen, fingerlose Handschuhe und Stulpen, die bis über seinen Ellenbogen reichten. Das ärmellose Oberteil schmiegte sich an seinen Hals und die muskulöse Brust und ließ den Rücken frei. In den Schatten konnte man den ungewöhnlichen Farbton seiner Haut nicht erkennen. Ihre Fingerspitzen prickelten bei der Erinnerung daran, wie sie über die glatten Muskeln gestrichen waren. Ihr Mund war plötzlich ganz trocken.

»Phee!«, rief Alena von der Tür aus und sie zuckte schuldbewusst zusammen. Hastig wandte sie sich um. Hoffentlich war es dunkel genug, dass ihre Mitbewohnerin ihre brennenden Wangen nicht sehen konnte. »Ich bin hier.«

»Wir sollten langsam schlafen gehen«, erklärte Alena mit einem ungeduldigen Unterton und warf Damian einen misstrauischen Blick zu, der sich vor ihr verbeugte, bevor er mit einem Satz zurück auf die Balustrade sprang und sich dort hinhockte. Seine Flügel waren leicht gespreizt, als er sich von ihr entfernte. Ein wenig erinnerte die Bewegung an einen Vogel, der auf seiner Stange zur Seite tippelte.

»Bis dann«, verabschiedete sich Phee und ging zu Alena. Als er nicht antwortete, sah sie noch mal zurück, aber er war bereits weg.

»Du solltest nicht mit ihm reden«, bemerkte Alena mit einem strengen Unterton und schloss die Terrassentür hinter ihnen.

»Warum nicht?«, fragte Phee überrumpelt.

»Er ist ein Soumrak.« Alena sagte das, als würde das alles erklären. Tat es auf eine gewisse Weise auch. *Er war kein Mensch.* Vor ein paar Tagen noch hatten ihre Knie allein nur bei seinem Anblick geschlottert. Und heute? Heute hatte sie sich gefragt, ob sie seine Gefühle durch ihr Verhalten verletzt haben könnte. Noch einmal warf sie einen Blick durch die Glastür, doch sie sah nur ihr eigenes schwaches Abbild auf nachtschwarzem Grund. Wie sie es nicht leiden konnte, wenn ihr jemand sagte, was sie tun sollte und was nicht.

***

Am nächsten Abend konnte sie es kaum erwarten, dass es dunkel wurde. Alena war mit den Proben beschäftigt und achtete daher zum Glück nicht auf sie, als sie sich auf die Terrasse schlich. Ihr Herz pochte aufgeregt und freudig. Wie erwartet hockte Damian auf der Balustrade und starrte ihr emotionslos entgegen. »Hi«, begrüßte sie ihn und rieb sich nervös ihre feuchten Handflächen an der Hose ab.

»Hi«, erwiderte er. Sein Gesicht wirkte wie aus Stein gemeißelt, aber sie ahnte bereits, was er gleich sagen würde.

»Lass mich raten, ich soll ins Haus zurückkehren, da es kalt ist«, kam sie ihm zuvor und setzte sich keinen halben Meter entfernt auf die Brüstung.

Einen Moment starrte er sie unbewegt an. »Würdest du es tun?«

»Nein.«

Geschlagen seufzte er. »Das dachte ich mir. Daher habe ich dir eine Decke mitgebracht.« Vorsichtig legte er ein zusammengefaltetes Bündel neben sie und überraschte sie damit. Die Geste löste ein Gefühl von Wärme und Geborgenheit aus und zauberte ein Lächeln auf ihre Lippen. »Danke.«

Er deutete mit dem Kopf eine leichte Verbeugung an.

»Offenbar verstehen wir uns langsam.«

Für den Bruchteil einer Sekunde entgleisten seine Gesichtszüge und er sah sie so verdattert an, dass sie lachen musste. Ein frustriertes Grollen drang aus seiner Kehle.

Anscheinend war er nicht dieser Meinung.

Grinsend nahm Phee die weiche Wolle, kuschelte sich darin ein und sah hinauf zu den Sternen. Obwohl sie die ganze Zeit kein Wort miteinander sprachen, war es nicht unangenehm. Seine Nähe hatte etwas Beruhigendes.

Als jemand die Terrassentür öffnete, spürte sie einen leichten Lufthauch und er war fort. »Kommst du?«, rief Alena.

Später lag Phee trotz ihrer Müdigkeit noch geraume Zeit wach in ihrem Bett. Unruhig wälzte sie sich hin und her. Die Ereignisse der letzten Tage ließen sie nicht zur Ruhe kommen. Der Drang, mit jemanden darüber zu reden, loderte wie ein Waldbrand in ihr. Mehrfach hatte sie den Impuls verspürt, Caro anzurufen, aber es hatte sich nichts an ihrer Situation geändert und sie konnte ihr nichts darüber erzählen.

Mit einem Seufzen drehte sie sich in den Raum und starrte auf die Umrisse der Tür. Bis auf Alenas gleichmäßige Atemgeräusche war es still, doch sie wusste, dass Damian vor dem Zimmer Wache hielt.

Nur aufgrund seines Aussehens hatte sie in eine Schublade mit der Aufschrift *Monster* gesteckt, dabei war er völlig anders. Er war nett.

»Alena? Bist du wach?«, fragte sie im Flüsterton.

Der Atemrhythmus ihrer Mitbewohnerin änderte sich nicht im Geringsten. Gespannt wartete sie ein paar Minuten, während ihr Blick erneut zur Tür glitt. Sie hatte es noch nie gemocht, wenn man ihr sagte, was sie tun oder lassen sollte.

Entschlossen stand Phee auf, zog sich eine Jogginghose an und schlich zur Tür. Ihr Herz raste, als sie diese öffnete.

***

Er war nicht verwundert, als sie ihr Zimmer verließ, hatte ihm doch ihr Flüstern, das Knarzen des Bettes, als sie aufstand, und das Tappen ihrer bloßen Füße auf dem kühlen Parkett ihre Absicht verraten. Dennoch war er überrascht, sobald sie ihm mit zerzausten Haaren gegenüberstand. Das Shirt mit einer seltsamen fetten, grinsenden Katze war ihr etliche Nummern zu groß und entblößte eine ihrer Schultern.

Ihr Anblick verschlug ihm den Atem.

Seit Damian vor ihrer Tür seinen Posten bezogen hatte, fühlte er sich rastlos. Als hätte er nur darauf gewartet, dass sie zu ihm kam, dabei war dieser Gedanke völlig absurd. Dennoch hatte er es sich gewünscht. Hatte jeden Abend gehofft, dass sie erneut zu ihm auf die Terrasse trat.

Auch sie schien von ihrem eigenen Verhalten überrascht zu sein. Ihr Mund war leicht geöffnet. Sie starrte ihn einfach nur an und sagte kein Wort, was ihn unruhig werden ließ. Es wirkte, als erwartete sie etwas von ihm. Und er hatte keine Ahnung, was dies sein könnte. Jedes Mal, wenn er ihr begegnete, wusste er nicht, wie er sich ihr gegenüber verhalten sollte. Normalerweise ignorierten die Den seine Art und sprachen nur das Nötigste mit ihnen. Allerdings war Phee anders. Trotz ihrer Angst hatte sie jedes Mal ein Gespräch mit ihm begonnen. Er mochte ihre Stimme. Wollte mit ihr reden.

»Hi«, sagte er, wie sie es in den letzten Tagen getan hatte, wenn sie hinaus auf die Terrasse gekommen war und ihn entdeckt hatte, auch wenn es ihm nicht erlaubt war, eine Den von sich aus anzusprechen.

Ihre Mundwinkel hoben sich langsam, was seltsamerweise dazu führte, dass sich auch seine hoben. »Hi«, flüsterte sie.

Sein Hals schien rau und trocken. Er räusperte sich. »Kannst du wieder nicht schlafen?« Eigentlich eine unnötige Frage, da er mit jeder Faser seines Seins ihre Aufregung und Nervosität spürte.

Und sie wusste das. Sie wusste, dass er ihren Herzschlag in sich widerhallen hörte, dass ihre Emotionen ihn wie ein leises Flüstern begleiteten wegen einer Verbindung, die sie ablehnte.

»Du hast recht, ich kann nicht schlafen«, murmelte sie, trat auf den Flur und zog die Tür leise hinter sich zu.

Ein Hauch ihres Geruchs stieg ihm in die Nase und löste ein seltsames Ziehen in seiner Brust aus. Unwillkürlich trat er einen Schritt zurück und erinnerte sich, wie sie vor Kurzem ebenfalls vor ihm zurückgewichen war. Der Schmerz über ihre Ablehnung, der ihn wie Klingen durchschnitt, verwirrte ihn noch immer. Er war es gewohnt, dass die Den ihm aus dem Weg gingen.

»Das alles ist so überwältigend«, sagte sie hilflos, verschränkte die Hände hinter dem Rücken und lehnte sich rückwärts gegen das Türblatt.

Was erwartete sie jetzt von ihm? Was sollte er erwidern? Sein Herz schlug schneller. »Du gewöhnst dich daran.« Man konnte sich an vieles gewöhnen.

»Ich weiß nicht ... ich ... es ist einfach zu viel.« Sie sah zu Boden und unterbrach so den Blickkontakt. Eine Strähne fiel ihr ins Gesicht und er unterdrückte den Wunsch, sie hinter ihr Ohr zu streichen. Ob ihr Haar sich genauso seidig anfühlte, wie es aussah?

»Können wir irgendwo hingehen?«, fragte sie und sah ihn erwartungsvoll an.

»Wohin?«, fragte er überrumpelt.

Unsicher zuckte sie mit den Schultern. »Egal.«

»Du solltest dich schlafen legen.«

»Wie ich das leiden kann, wenn mir wer sagt, was ich soll und nicht soll«, murmelte sie leise vor sich hin, drückte sich von der Tür weg und lief den Flur hinunter. Ihm blieb nichts anderes übrig, als ihr zu folgen.

»Er hasst mich«, stieß Phee plötzlich erbittert aus.

»Wer?«, fragte er verwirrt.

»Jaro«, zischte sie und begann wie ein Wasserfall zu reden. Es wirkte, als würde sie Selbstgespräche führen. Verwundert hörte er zu. »Egal, was ich tue, es scheint nie genug zu sein. Er ist wie meine Mutter.« Sie wirkte verärgert und begann sich nun über ihre Mutter aufzuregen. Ihren verwirrenden Gedankensprüngen konnte er kaum folgen. So viel wurde ihm jedoch bewusst: Sie war verletzt. Und er mochte es nicht, wenn sie verletzt war. Wie gern würde er ihr helfen. Aber wie?

Kräftig stieß sie die Luft aus und blieb so abrupt stehen, dass er beinahe in sie hineingelaufen wäre. Sie warf ihm einen Blick über die Schulter zu. »Was stimmt nicht mit mir?«

Nicht nur die Frage verwirrte ihn. Er verstand nicht, warum sie das ausgerechnet ihn fragte. Jeder andere Den hätte es nicht getan. Aber sie war zu ihm gekommen, statt Alena zu wecken. Ein Gefühl von Euphorie erfüllte ihn.

»Du erinnerst mich an einen Igel. Voller Stacheln, damit dir niemand zu nah kommt und dich verletzen kann, dabei hast du einen ganz weichen Kern.«

Überrascht öffnete sie den Mund. Jeder Den hätte ihn für diese Unverfrorenheit gemaßregelt. »Es tut mir leid, dass hätte ich nicht sagen sollen.«

Ein zaghaftes Lächeln zeigte sich bei ihr und sie sah verlegen zur Seite. »Schon okay.« Sie seufzte. »Du hast ja recht. Ich habe dem Ganzen hier nie wirklich eine Chance gegeben.« Sie presste die Lippen aufeinander und schüttelte den Kopf. »Ich habe das Gefühl, nicht hierher zu gehören. Ich bezweifle, dass ich überhaupt Fähigkeiten besitze. Und selbst wenn, was bringt das? Ich werde nie so gut sein wie die anderen.« Verzweiflung und Einsamkeit klangen in jedem Wort mit.

Ohne nachzudenken, streckte er seine Hand nach ihr aus, damit sie spürte, dass sie nicht allein war. Doch er ließ sie fallen, bevor er ihre Schulter berührte. Ihr Gespräch änderte nichts. Sie war eine von ihnen.

»Du wirst irgendwann deine Kräfte beherrschen. Deine Fähigkeit entspringt dem Licht. Du bist ein Teil von diesem und es ist ein Teil von dir. Es liegt dir im Blut.« Er hingegen war ein Wesen der Dunkelheit.

»Ich fühle mich so …« Sie brach ab, aber er wusste auch so, was sie empfand. Sah es in ihren Augen. Fühlte sich oft genauso. Bei seiner Art gab es selten enge familiäre oder freundschaftliche Bindungen, denn sie wurden als Schwäche angesehen.

»Verloren«, ergänzte er.

Sie nickte überrascht.

»Willst du aufgeben?« Er mochte den Gedanken nicht. Es fühlte sich falsch an, passte nicht zu dem ungezähmten Feuer, das in ihr brannte.

»Ich weiß es nicht«, gestand sie ehrlich.

»Die meisten Dens sehen ihre Kräfte als selbstverständlich. Als etwas, das ihnen zusteht. Du hingegen wirst um sie kämpfen müssen.« Wenn sie sich dazu entschied, würde sie stark werden. Stärker als die meisten Den.

»Ich weiß nicht, ob ich das kann«, stieß sie müde aus.

»Du kannst das. Die Frage ist, ob du es willst.« Sie erstarrte und sah ihn entsetzt an, als hätte sie nicht damit gerechnet, dass er sie durchschaute. »Du willst nicht hier sein.« Es tröstete ihn, dass sie nicht nur ihn ablehnte, sondern schlicht alles, was die Den betraf. Zugleich verabscheute er den Gedanken, dass sie unglücklich war.

Seine Brust hob und senkte sich, als er tief einatmete. »Ich habe dich angelogen. Es gibt eine Möglichkeit, die Blutsverbindung zu trennen.«

»Und welche?«, fragte sie erwartungsvoll.

»Meinen Tod«, sagte er schlicht.

***

Phees Herz setze einen Schlag aus. Schockiert stand ihr der Mund offen, bis sie sich wieder fing. »Ich habe dir gerade mein Herz ausgeschüttet und du denkst darüber nach zu sterben?« Sollte sie jetzt beleidigt sein?

»Wenn ich sterbe, könntest du gehen, bevor dir Kasimir einen anderen Wächter zuteilt.«

»Du verarschst mich.« Es war keine Frage. Es konnte nichts anderes sein.

Damian sagte nichts, sah ihr nur durchdringend in die Augen. Ein eisiger Schauer kroch über ihre Arme und ließ die feinen Härchen zu Berge stehen. Er meinte das wirklich ernst. »Spinnst du? Wie um alles in der Welt kommst du nur auf so eine bescheuerte Idee?« Sie wollte ihn am liebsten schütteln.

»Es wäre die einzige Möglichkeit, dass ich nicht länger deinen Herzschlag spüre. Du hast Angst vor mir. Dein Herz rast.« Er sah aus, als würde ihm diese Tatsache körperliche Schmerzen verursachen.

»Im Moment bin ich nur rasend vor Wut«, sagte sie trocken.

»Warum?«

Ernsthaft? »Das ist doch keine Lösung!«, wütete sie. »Dass du überhaupt davon ausgehst, dass ich so was in Erwägung ziehe.« Für was für ein Monster hielt er sie? »Du kannst doch nicht einfach dein Leben wegwerfen. Wegen mir.« Vor allem nicht wegen ihr. Sie konnte es nicht fassen.

»Ich würde alles für dich tun. Mein Leben gehört dir seit dem Moment, in dem mich Kasimir mit deinem Blut gezeichnet hat.«

Das war ein Tiefschlag.

12

Mein Leben gehört dir.

Etwas stieß gegen ihre Rippen. »Hey. Pass auf«, flüsterte Alena und holte Phee zurück ins Hier und Jetzt. Gestenreich erklärte gerade der Lehrer, der aussah, als wäre er frisch von der Uni, worin ihre nächste Aufgabe bestand. Der Unterricht wurde wegen ihr extra auf Deutsch abgehalten, dennoch war es, als würde der schlanke Mann eine andere Sprache sprechen.

Bisher hatte Phee gedacht, sie wäre gut in Mathe, aber momentan verstand sie nur Bahnhof. Glücklicherweise kamen Alena und Darjana, die mit ihr in einer Gruppe waren, auch sehr gut ohne sie zurecht und versuchten ihr nebenbei noch zu erklären, worum es ging. Allerdings hörte Phee nur mit halbem Ohr zu. Unablässig wühlten sich Damians Worte durch ihre Eingeweide und lösten ein Summen aus, das ihren ganzen Körper erfasste. In einem anderen Kontext hätte sie sie vielleicht als romantisch empfunden, so waren sie jedoch nur beunruhigend und verwirrend. Machten sie zornig und traurig zugleich.

Sie war erleichtert, als der dumpfe Gong das Ende der Stunde verkündete. Sofort packte sie ihren Laptop in die Tasche und zog sie über die Schulter.

»Stephanie, warte mal«, sagte Herr Toman, und hielt Phee auf, bevor sie den Raum mit Alena und Darjana verlassen konnte.

»Ich warte draußen«, flüsterte ihre Mitbewohnerin.

Phee nickte, wandte sich um und lächelte unsicher den Lehrer an. Seine rechte Augenbraue durchschnitt eine Narbe, die das makellose Gesicht erst einzigartig machte und sie faszinierte. Er winkte sie mit einem Fingerzeig zu sich. Nervös schluckte sie und trat an das Lehrerpult. »Mich nennen alle Phee«, erklärte sie, aber er ignorierte diesen Einwurf.

»Du hast eine Menge aufzuholen, wenn du bis zum Schuljahresende an den Prüfungen teilnehmen willst.« Er betonte das letzte Wort.

*»Die Frage ist, ob du es willst.«*In ihrem Kopf hallte erneut das Echo von Damians dunklem Bass.

»Ich weiß«, murmelte sie. Allerdings war das keine Antwort auf Damians Frage.

»Du solltest besser im Unterricht achtgeben. Ich lasse es dir diese Woche noch durchgehen, ab nächste Wochen wird solch ein Betragen Konsequenzen nach sich ziehen.«

Sie presste die Lippen aufeinander und nickte.

Herr Toman seufzte. »Wir wollen dich damit nicht quälen. Wir wollen dich unterstützen, damit du deine Wissenslücken schnell schließen kannst. Es ist eine Chance. Nutze sie. Wenn du Fragen hast, frag mich.« Etwas in der Art hatte ihr bereits Frau Kašparová nach der vorherigen Doppelstunde angeboten. Allerdings in einem wesentlich freundlicheren Ton, was die junge Frau deutlich sympathischer gemacht hatte. »Morgen Nachmittag wirst du einen Test schreiben, damit ich mir einen Überblick über deinen Wissensstand machen kann. Keine Angst, er fließt nicht in deine Bewertung ein.«

Sie presste unwillig die Lippen aufeinander. So viel zu: Er würde ihr das diese Woche noch durchgehen lassen. »Morgen habe ich bei Jaro Nachhilfe.«

»Ich werde das mit ihm klären. Komm nach dem Mittagessen zum Lehrerzimmer.«

Phee verließ den Klassenraum und trat auf den Flur, wo Alena auf sie wartete. »Und?«

»Ich muss morgen Nachmittag einen Test schreiben«, erklärte Phee genervt. Der einzige Lichtblick war, dass sie auch heute keine Nachhilfe und somit ein paar Freistunden hatte. Allerdings machte ihr Alena einen Strich durch die Rechnung, als sie sie nach dem Mittagessen mit in die Bibliothek schleifte, um mit Savka, Darjana und ihr gemeinsam zu lernen.

Zwar hatte Alena ihr bereits auf ihrer Rundführung am ersten Tag den großen Raum gezeigt, in dem die Regale aus glänzendem, dunklem Holz bis zur Decke reichten und mehrere Arbeitsplätze standen, doch erst als Phee mit den anderen Mädchen durch die Regalreihen schritt und noch zwei weitere Räume mit Büchern durchquerte, wurde ihr bewusst, wie gewaltig die

Büchersammlung der Den war. Es führte sogar eine kleine Wendeltreppe zu einer schmalen Galerie, auf der gemütliche Sofas standen. Manche der Werke wirkten sehr alt, allerdings gab es auch viele moderne Bücher. Sie musste lächeln, als sie die Harry-Potter-Bücher auf Tschechisch entdeckte.

»*Musí tu být?*«, fragte Savka mit einem leicht gereizten Unterton, der deutlich machte, dass sie gegen Phees Anwesenheit war. Schon während der Theaterproben hatte die junge Frau nur Tschechisch geredet und ihr strafende Blicke zugeworfen. Es war offensichtlich, dass Savka sie nicht leiden konnte.

»Wenn du ein Problem mit mir hast, kannst du ja gehen«, erwiderte Phee schnippisch.

Alena seufzte. »Wir sind hier zum Arbeiten und nicht um zu streiten.« Sie wandte sich an Savka. »Ich habe dir schon mehrfach erklärt, dass mein Bruder möchte, dass ich ihr helfe sich einzuleben.« Die Worte klangen, als wäre es nicht das, was Alena wirklich wollte, und Phee spürte einen leichten Stich.

»Dein Bruder hat dich gebeten auf sie aufzupassen«, verbesserte Savka sie selbstgefällig. »Weil man ihr nicht trauen kann.« Statt Alena sah sie dabei Phee von oben herab an. Was nicht schwer war, da die schlaksige junge Frau einen Kopf größer war als sie.

Allerdings hatte sich Phee noch nie von so etwas einschüchtern lassen. Sie lächelte verächtlich. »Dachtest du wirklich, dass wüsste ich noch nicht?«

Savkas Augen blitzten verärgert auf. »Du gehörst nicht hierher.«

Alena atmete geräuschvoll ein und aus. »Savka ...«

Phee unterbrach sie. Sie konnte ihre Kämpfe allein austragen. »Da ist euer Schuldirektor wohl anderer Meinung.«

»Der hat keine Ahnung, was für eine Schande du bist.«

Der Hass, der Phee entgegenschlug, erschreckte sie. »Woher willst du das überhaupt wissen? Du kennst mich nicht.«

Nun lächelte Savka herablassend. »Jaro hat mir erzählt, was für eine Niete du bist.«

»Und weil Jaro das sagt, ist das natürlich auch so. Kannst du auch selbst denken, oder bist du nur einer dieser Lemminge, die diesem Idioten überallhin folgen?«, fragte sie angriffslustig.

Grimmige rote Flecken entstanden auf Savkas Wangen.

»Bist wohl neidisch, dass ich mit Jaro so viel Zeit verbringen darf und du nicht?«, setzte Phee noch zuckersüß oben drauf.

»*Ty hloupá kozo*«, schimpfte Savka. Licht strömte plötzlich aus ihren Händen.

»Savka. Du weißt, dass wir unsere Fähigkeiten nicht benutzen dürfen!«, rief Darjana entsetzt.

Savkas Blick blieb hasserfüllt auf Phee gerichtet. Ihre Wangenmuskeln zuckten vor Anspannung. Plötzlich schloss Savka ihre Hand und das grelle Leuchten erlosch. »Du bist es nicht wert. Jaro kann einem leidtun, dass er sich mit so etwas wie dir abgeben muss.« Hochmütig drehte sie sich auf dem Absatz um und stürmte davon.

»Das war unnötig«, bemerkte Alena vorsichtig, als hätte sie Angst, als Nächste Phees spitze Zunge zu spüren.

»Sie hat mich provoziert.«

»Und du hast dich provozieren lassen.« Seufzend nahm Alena an einer Tischgruppe in der Nähe der hohen Rundbogenfenster Platz, von wo aus man einen Blick auf das nahe Wäldchen hatte. »Du weißt so gut wie ich, dass sie das nur gesagt hat, weil sie eifersüchtig ist.«

»Ich muss mir doch nicht alles gefallen lassen?«

Alena gab nicht nach. »Savka ist zwar eine falsche Schlange, allerdings sehr beliebt, du solltest sie dir nicht zum Feind machen. Du schadest nur dir selbst.«

»Außerdem hat sie erst vor Kurzem ihre Mutter verloren.« Darjanas Worte waren eine verbale Ohrfeige.

Betroffen sah Phee aus dem Fenster und knabberte an den Resten ihres Fingernagels. Damians Worte hallten in ihr nach. *»Du erinnerst mich an einen Igel.«* Der Wind spielte mit den braunen Blättern der Bäume am strahlend blauen Himmel, während sich in der Ferne bereits drohend dunkle Wolken türmten. Es würde noch eine Weile dauern, bis er erwachte.

Sie verdrängte den Gedanken an den dämonischen Wächter. Unwirsch setzte sie sich zu den beiden, holte Laptop und Notizblock heraus. Manchmal mochte sie sich selbst nicht, wenn sie so schroff und abweisend war.

Gedankenverloren malte sie Kreise auf ihren Block. »Sorry. Ihr habt recht, ich habe überreagiert.«

»Kein Ding«, murmelte Alena abwesend. Ihr Blick war konzentriert auf den Monitor gerichtet und ihre Lippen bewegten sich, als würde sie gerade etwas lesen, das sie nur schwer begreifen konnte. Phee verstand von den Aufgaben nur Bahnhof. Laut Internet wurde so was erst an der Uni gelehrt.

»Warum dürfen wir eigentlich nicht unsere Kräfte einsetzen?«

»Was?«, fragte Alena und sah verwirrt auf.

»Hat dir das keiner erklärt?«, fragte Darjana überrascht.

»Wahrscheinlich hielt es niemand für nötig, da ich sowieso eine Vollversagerin bin«, bemerkte Phee sarkastisch.

»Hmm, das könnte sein«, stimmte Alena zu und Phee warf ihr einen gefrusteten Ich-sitze-direkt-neben-dir-und-habe-das-gehört-Blick zu.

Alena kicherte. »Ich meinte das nicht negativ. Wir müssen lernen ohne Fähigkeiten auszukommen, damit wir später, wenn wir mal unter den Menschen leben, nicht auffallen und uns unabsichtlich verraten. Das hast du nicht nötig.«

»Außerdem können unsere Kräfte auch gefährlich sein«, erklärte Darjana leise und knetete nervös ihre Hände.

»Wenn wir so mächtig sind, warum sterben dann so viele eurer Eltern?«, entschlüpfte Phee die Frage, bevor sie darüber nachdenken konnte, wie verletzend diese war.

»Was denkst du warum?« Alenas Augen blitzten gefährlich und machten Phee deutlich, dass sie einen Schritt zu weit gegangen war. »Wir befinden uns im Krieg, doch die wenigsten von uns besitzen genügend Macht, um sich gegen die Nocs zu verteidigen. Außerdem werden wir schwächer, sobald die Sonne untergeht. Unser Volk wäre längst ausgerottet worden, wären die Soumraks nicht unsere Wächter geworden.«

Dafür wurde ich erschaffen.

Auch eine Weile später ließen Alenas und Damians Worte Phee nicht los. Etwas störte sie, aber sie konnte nicht erfassen was. Sie kaute auf ihrem Stift herum und starrte auf die griechischen Buchstaben der mathematischen Formeln, die keinen Sinn ergaben und verschwammen.

»Mein Leben gehört dir seit dem Moment, in dem mich Kasimir mit deinem Blut gezeichnet hat.«

Genervt warf sie den Stift auf das Papier, da sie sich einfach nicht konzentrieren konnte. »Das ist doch alles Mist.«

Darjanas Miene drückte deutlich ihren Unmut über diese Störung aus. »Ich hol mir einen Tee, möchtet ihr auch was?«

»Das wäre großartig«, erklärte Alena und Phee lächelte entschuldigend für ihren Ausbruch. »Gern.«

Kaum war Darjana um die Ecke gegangen, wandte sie sich Alena zu. »Sag mal, du hast doch auch einen Soumrak?«

»Natürlich. Jeder von uns hat einen Wächter.« In dieser Hinsicht hatte Damian also die Wahrheit gesagt. Wobei Phee auch nicht davon ausgegangen war, dass er log. »Warum fragst du?«

Phee zuckte mit den Schultern. »Bin nur neugierig. Wie heißt deiner?«

Alena warf ihr aus dem Augenwinkel einen seltsamen Blick zu und zögerte, bevor sie ihr eine Antwort gab. »Dalibor.«

Phee musste grinsen. »Das klingt wie der Name eines Zwergs aus *Der Herr der Ringe*.«

Alena wirkte einen kurzen Augenblick überrascht, bevor sie anfing zu lachen. »Stimmt.« Das Lachen war so plötzlich verschwunden, wie es gekommen war, und ihr Blick verlor sich in der Ferne. »Allerdings hat er keinerlei Ähnlichkeit mit deinem. Er ist noch größer und gruseliger als Damian.« Sie erschauderte, bevor sie sich zusammenriss und sich wieder ihren Hausaufgaben widmete, als wäre nichts gewesen. Offensichtlich fürchtete sie sich vor dem Soumrak. Ob er ihr wehgetan hatte?

Beunruhigt kaute Phee auf ihrer Unterlippe. »Und wie ist er so?«

Alena kräuselte irritiert die Stirn. »Woher soll ich das wissen?«

Die Gegenfragte verwirrte Phee. »Ich dachte, du kennst ihn.«

»Warum sollte ich? Er ist mein Wächter.« Alenas Kopfschütteln signalisierte eindeutig: Was für eine dumme Frage. Dieselbe Reaktion hätte Phee wahrscheinlich auch bekommen, wenn sie gefragt hätte, ob Alena mit der Waschmaschine Tee trinkt.

»Und was würde passieren, wenn dein Wächter ... stirbt?«

»Dann bekomme ich einen neuen.«

»Einfach so? Würdest du nicht ... traurig sein?«

Alena stieß genervt die Luft aus und klappte ihren Laptop zu. »Warum interessierst du dich eigentlich so für die Soumraks?« Ihrem Unterton nach zu urteilen war das absolut unverständlich.

»Na ja, sie nehmen eine wichtige Rolle in unserem Leben ein. Ich möchte einfach mehr über sie erfahren.« Nachdenklich drehte Phee den Stift zwischen den Fingern und kritzelte unbewusst auf dem Block herum. »Dein Wächter würde für dich sterben. Möchtest du denjenigen nicht näher kennenlernen?«

Sie schüttelte verneinend den Kopf. »Er ist nur aus Stein, der durch unsere Macht zum Leben erwacht ist.«

Phees Magen zog sich zusammen. »Das heißt, ihr könnt jeder Zeit neue Soumraks erschaffen?«

»Natürlich. Sie sind ersetzbar.«

So wie Alena über die geflügelten Wesen sprach, könnte man meinen, sie wären nur Gegenstände und keine Lebenswesen. Dabei erinnerte sich Phee noch gut an Damians kräftigen Herzschlag unter ihren Fingern, die Wärme seiner Haut. Ein Prickeln lief von ihren Fingerspitzen ihre Arme hinauf.

Ein Klirren kündigte Darjanas Rückkehr an. »Ist etwas vorgefallen?« Verwirrt blickte sie zwischen ihnen hin und her.

Alena schüttelte den Kopf und nahm die ihr angebotene Tasse entgegen. »Ich habe Phee nur ein paar Sachen erklärt.«

Phee versuchte immer noch Alenas Gleichgültigkeit gegenüber den Soumraks zu verdauen und sagte nichts. Kein Wunder, dass Damian sein eigenes Leben so geringschätzte.

Die restliche Zeit ihrer Freistunden kam es ihr so vor, als würde die Kluft zwischen ihr und ihren neuen Freundinnen immer weiter aufreißen. Stumm folgte sie den beiden, als diese lachend zum Unterricht gingen.

Überraschenderweise kannte sie den Lehrer, der bereits hinter dem Pult saß und aufmerksam die eintretenden Schüler und Schülerinnen scannte.

Besonders lang blieb Nováks Blick an ihr hängen. Seit ihrer letzten Begegnung hatte er sich verändert. Auffällig war der fehlende Schnauzer, der Rest war subtilerer Art. Irgendwie wirkte er nun jünger und ordentlicher. Mehr wie ein Den. *Von wegen Kommissar.*

Sobald alle saßen, stand er auf und ging durch die Reihen. »Was haben wir in der letzten Stunde durchgenommen?«

Einige Hände schnellten nach oben, doch er blieb vor dem Pult eines Jungen stehen, der sich nicht gemeldet hatte.

»Bannkreise«, erklärte dieser nervös.

»Domek, wofür sind diese nützlich?«

Sofort setzte sich Domek gerader hin. »Ähm ... um Nocs daran zu hindern, uns zu folgen.«

»Bis du den Kreis gemalt hast, hat der Noc dich ausgesaugt«, erklärte Novák trocken und wandte sich einem anderen Schüler zu, der sofort die passende Antwort gab. »Um Orte vor den Nocs oder den Menschen zu schützen und uns zu verbergen.«

Zufrieden setzte Novák seinen Weg fort. »Worauf müssen wir bei einem Bannkreis achten? Johana?« Er tippte auf das Pult der jungen Frau, die Phee genauso herablassend behandelte, wie es Savka tat.

»Dass der Kreis geschlossen ist«, sagte diese unsicher.

»Was noch? Daniel?«

»Das Blut darf nicht zu stark verdünnt werden, weswegen man ihn nicht im Regen nutzen sollte.«

Phee erstarrte. *Blut?*

»Korrekt. Ein Punkt fehlt noch. Darjana?«

Verlegen sah Darjana auf die Holzoberfläche ihres Tisches und biss sich auf die Zunge.

»Wer weiß es?«, fragte Novák scharf und musterte die Schüler einen nach dem anderen. Er zeigte auf jemanden in Phees Rücken, der prompt antwortete.

»Wir dürfen den Kreis nicht zu groß machen.«

»Und warum?« Novák blieb vor Phees Tisch stehen und musterte sie durchdringend.

»Weil wir für einen großen Kreis zu viel unseres Blutes nutzen müssten.«

Unseres Blutes? Phee schluckte angespannt und hatte das Gefühl, jeder konnte das Geräusch in dem kurzen Moment der Stille hören, die sich ausbreitete. Nováks rechter Mundwinkel wanderte leicht nach oben. »Kann jemand unserem Neuzugang erklären, warum wir unser Blut benutzen?«

Diesmal schnellten keine Arme nach oben. Verstohlen drehten sich einige zu Phee um und sie konnte richtig die Blicke der hinter ihr sitzenden Mitschüler in ihrem Rücken spüren.

»Was sollen wir sonst benutzen?«, fragte eine Schülerin, als wäre die Frage vollkommen aus der Luft gegriffen.

»Vielleicht Salz«, schlug Phee vor und biss sich auf die Zunge.

»Da hat wohl jemand zu viel Supernatural geschaut«, kommentiert Savka herablassend und erntete einige verhaltene Lacher.

»Blut ist die Essenz unseres Lebens und somit auch unserer Macht«, erklärte Novák und ging zurück nach vorn, nahm die Fernbedienung von seinem Tisch und drückte auf einen Knopf. Auf dem digitalen Whiteboard erschienen drei Kreise aus verschlungenen Symbolen. »Ihr werdet jeweils zu zweit arbeiten. Ich möchte, dass ihr mit eurem Blut einen der drei hier gezeigten Bannkreise malt. Einmal vor und einmal nach Sonnenuntergang.« Aufgeregtes Gemurmel erklang, Stühle wurden über den Boden geschoben, während sich erneut Nováks kühler Blick auf sie richtete. »Phee, da du noch nicht auf deine Kräfte zugreifen kannst, kannst du an der Übung leider nicht teilnehmen. Nimm dir bitte das Geschichtsbuch und lies den Abschnitt über den Prager Frühling.«

Savka baute sich vor dem Tisch auf. »Och, will keiner mit dir spielen? Ich sagte doch, du bist eine Schande. Du gehörst nicht hierher.«

Kämpferisch spannte Phee ihre Wangenmuskeln an und hielt dem hasserfüllten Blick stand. Die anderen kicherten. Alena wandte sich mitleidig ab. Novák, der erneut durch die Tischreihen schlenderte, kam in ihre Richtung. Schnell wandte sich Savka ihrem Übungspartner zu.

»Ich müsste mal kurz auf Toilette. Darf ich gehen?«, fragte Phee durch zusammengebissene Zähne. Innerlich brodelte sie.

Novák taxierte sie streng, bevor er zustimmend nickte.

Statt aufs Klo zu gehen, schlug Phee die entgegengesetzte Richtung ein und nahm die erstbeste Tür, die nach draußen führte, und versetzte der Balustrade einen Fußtritt, bevor sie sich auf eine der Stufen fallen ließ. Graue Wolken trieben wie gehetzt über den düsteren Himmel und brachten einen leichten Nieselregen mit sich. Sie verspürte dennoch nicht den Wunsch, wieder hineinzugehen oder zum Unterricht zurückzukehren. Savka hatte recht: Sie gehörte nicht hierher.

Kaum war die Sonne untergangen, erklang ein Rauschen und etwas glitt neben ihr zu Boden. Es überraschte sie nicht, dass es Damian war, der über ihr aufragte und sie durchdringend musterte. Ein Flattern machte sich in ihrem Bauchraum breit.

»Solltest du nicht im Unterricht sein?«, fragte er und klappte seine gewaltigen Flügel zusammen.

Genervt stieß Phee die Luft aus. »Mir wurde es zu eng da drin.«

Er stutzte. »Das Gebäude ist riesig.«

»Und für manche Egos dennoch zu klein.«

Ein warmes Lachen erklang, dass sie überrascht aufsehen ließ. »Da könntest du recht haben«, erwiderte der Gargoyle verschmitzt, setzte sich in der Nähe auf den Boden und warf ihr einen verschwörerischen Blick zu, der sie lächeln ließ. Irgendwie hatte sich der Ton, der zwischen ihnen mitschwang, verändert. War weicher geworden.

13

Der Geruch der frischen Gemüsepuffer, die auf Jaros Tablett lagen, ließen seinen Magen knurren. Er hatte sowohl das Frühstück als auch das gestrige Abendbrot verpasst. Mal wieder.

»Jaro, warte mal!«, rief Emil und beschleunigte seine Schritte. Ungehalten stieß Jaro die Luft aus und blieb stehen, bis der schlaksige junge Mann bei ihm war, mit dem er sich das Zimmer teilte, seit sie zehn waren. Noch immer schillerte die rechte Augenhöhle in gelben Schattierungen von ihrer Prügelei vor ein paar Tagen wegen irgendeiner Kleinigkeit. Mittlerweile erinnerte er sich nicht einmal mehr, warum er so in die Luft gegangen war. Die Wut saß wie ein eingesperrtes Tier dicht unter seiner Haut. Bereit jederzeit zuzuschlagen.

Gemeinsam gingen sie zu den zusammengeschobenen Tischen, wo bereits seine restliche Clique auf ihn wartete. Wie jeden Tag.

Er war so fixiert auf die Gruppe, dass er erst im letzten Moment einen Zusammenstoß mit jemandem, der von links herbeieilte, verhindern konnte. Erst auf den zweiten Blick erkannte er Phee, die ihn verwirrt ansah und offensichtlich geträumt hatte. Das passiert ihr öfter. Sie presste die Lippen missmutig zusammen, drehte sich um und ging in die entgegengesetzte Richtung.

Sofort grölten die anderen am Tisch. Er grinste, auch wenn das Geräusch an seinen Nerven zerrte. »Eins zu Null für mich«, sagte er, weil die anderen es erwarteten. Allerdings fühlte es sich nicht wie ein Sieg an. Eigentlich fühlte es sich nach nichts an. Gereizt schob er das Tablett auf den Tisch und ließ sich freudlos auf den Stuhl fallen.

»Wo warst du denn gestern Abend?«, fragte Matej neugierig. Zu neugierig für seinen Geschmack.

»Das geht dich einen Scheiß an.«

Statt beleidigt zu sein grinste er nur und beugte sich vor. »Ein Mädchen? Wer ist es?«

Jaros Magen verknotete sich.

»Lass das nicht Savka hören«, bemerkte Emil und widmete sich seinem Essen.

»Du nervst«, erwiderte Jaro und hoffte, dass sie endlich aufhörten in seinen verborgenen Wunden zu bohren.

»Welche Laus ist dir denn über die Leber gelaufen?«

»Wahrscheinlich Stephanie«, warf irgendwer ein.

»Sie heißt doch Pheeeee«, erklärte Jelena mit einer übertriebenen quietschenden Stimme, die in den Ohren schmerzte. Das darauffolgende Lachen klang hohl, aber er stimmte mit ein. Jaro schnitt etwas von seinem Gemüsepuffer ab, steckte es sich in den Mund und kaute.

»Musst du ihr nicht heute Nachmittag wieder Nachhilfe geben?«, fragte Matej.

Jaro schluckte die Reste hinunter. »Fällt aus. Sie muss einen Test bei Herr Toman schreiben.«

»Ich weiß nicht, ob ich sie dafür nicht bedauern sollte«, bemerkte Emil.

»Lass es lieber«, erklärte Savka und stellte ihr Tablett vor Emil ab, dem sie einen warnenden Blick zuwarf. »Rutsch mal.« Sein Mitbewohner zog sich sofort zurück. Wahrscheinlich dachte er, er würde ihm einen Gefallen tun, da er selbst in Savka verschossen war. Zornig erstach Jaro seinen Gemüsepuffer.

Das Mädchen wandte sich ihm zu. »Gestern hat sie sich aufgeführt, als wäre sie etwas Besseres als wir. Dabei ist sie nur eine *Malý*. Wie die Soumraks.« Jaro zuckte innerlich bei der Beleidigung zusammen, zeigte es aber nicht nach außen.

»Ich habe dich übrigens verteidigt«, erklärte sie stolz.

»Danke«, sagte er nur und schenkte ihr ein Lächeln, das sie sofort erwiderte. Vielleicht sollte er sie nicht noch ermutigen, die Alternative wäre jedoch, seine wahren Gefühle zu offenbaren.

»Sie gehört nicht hierher. Schau dir mal ihre Klamotten an. Eindeutig Altkleidersammlung«, bemerkte Jelena abwertend.

Seine Hand schloss sich fester um die Gabel. Er war es, der in Wahrheit fehl am Platz war, auch wenn er mit ihnen gemeinsam lachte.

»Was machst du dann mit deinem freien Nachmittag, Jaro? Wir wollen eventuell ins Kino«, fragte Matej.

Begeistert lehnte sich Savka so weit zu ihm, dass ihre Brust seinen Arm streifte. »Genau, komm doch mit!«

Er ignorierte ihre Flirtversuche. »Ich muss leider für morgen noch ein Referat vorbereiten.« Das war nicht gelogen, entsprach jedoch nicht ganz der Wahrheit. Vor allem wollte er ungestört sein. Er würde zwar seine Lernkarten mit aufs Dach nehmen, und dort noch ein wenig üben, aber er plante vorwiegend zu zeichnen. Er war oft auf dem Dach. Zwischen den hochaufragenden Statuen der schlafenden Soumraks hatte er seine Ruhe.

Nach dem Essen fing ihn auf dem Weg zu seinem Zimmer eine jüngere Schülerin ab. »Der Rektor will dich sehen.«

»Was will er?«

Lara zuckte nur mit den Schultern und rannte zurück zu ihrer Freundin. Entnervt ließ Jaro den Kopf in den Nacken fallen, atmete tief ein und aus, bevor er umkehrte und stattdessen in das Büro seines Onkels ging.

Der Anführer ihres Volkes tippte mit fliegenden Fingern irgendetwas in seinen Computer und sah nicht auf, als Jaro eintrat. »Setz dich. Ich bin sofort bei dir.« Die verkniffene Miene ließ Böses erahnen.

»Was habe ich dieses Mal falsch gemacht?«

»Wieso heute so passiv aggressiv?«, fragte Kasimir und musterte ihn neugierig, nach jedem kleinsten Fehler suchend. Mit Alena war er nie so streng. Allerdings war diese auch keine Erbin der mächtigen Blutlinie, die in ihm floss und ihn zum Anführer ihres Clans machte – im Gegensatz zu Jaro.

»Bist du immer noch sauer, dass ich dich als Phees Tutor zugeteilt habe?«

Statt zu antworten, sah Jaro auf seine Hände und presste die Lippen aufeinander.

Mit einem Seufzen hörte Kasimir auf zu tippen und wandte sich ihm zu. »Erschwerst du Phee deswegen die Eingewöhnung bei uns?«

»Das tut sie selbst. Bin ich etwa deswegen hier?« Eigentlich wollte er nur seine Ruhe haben.

»Du weißt, warum du Phee unterrichten sollst.« Der durchdringende Blick, der ihn jedes Mal an seinen Vater erinnerte, ließ Jaro zur Seite sehen. »Weil ich der Stärkste in der Klasse bin.«

Anděl stieß die Luft aus. »Das ist nur einer von vielen Gründen. Es wird Zeit, dass du dich entsprechend deinem Status verhältst. Du wirst irgendwann meinen Platz einnehmen. Vergiss das nicht.« Als könnte er das jemals. Als würde er nicht täglich damit konfrontiert, was von ihm erwartet wurde. Zornig biss er die Zähne aufeinander. Er war ein Gefangener seines Schicksals.

»Sie ist nicht wie wir.« Irgendetwas war seltsam an ihr. Sie gehörte nicht hierher. Aber nicht aus denselben Gründen, die seine Mitschüler dachten. Alles in ihm sträubte sich, nur wenn er in ihrer Nähe kam. Warum, verstand er nicht.

Anděl lächelte. »Keiner der anderen hat es bisher bemerkt.«

Überrascht sah Jaro auf. Er hatte nicht mit Zustimmung gerechnet. Es war nur ein lächerliches Gefühl gewesen.

»Ich bin stolz auf dich.« Kasimir seufzte. »Und zugleich enttäuscht. Wenn sie das ist, was ich denke, wird sie uns sehr nützlich sein. Es ist daher wichtig, dass du ihr Vertrauen gewinnst und dafür sorgst, dass ihre Kräfte endlich erwachen.«

»Das hättest du mir vorher sagen müssen.« Im Gegensatz zu Kasimir konnte er immerhin keine Gedanken lesen. »Was ist sie?«

»Sie ist eine von uns. Mehr brauchst du nicht zu wissen.«

Das hörte er öfter. Ständig wurde von ihm erwartet, dass er sich seiner Stellung entsprechend verhielt, aber behandeln tat Kasimir ihn immer noch wie ein dummes Kind und behielt seine Geheimnisse für sich.

Fest ballte Jaro seine Hände zu Fäusten. »Es ist doch offensichtlich, dass sie zur Hälfte ein Mensch ist.«

Es erklärte ihre Probleme, das Licht in sich zu erwecken, und warum sie nicht wie alle anderen ihres Volkes hier aufgewachsen war. »Wie könnte uns jemand mit unreinem Blut nützlich sein?«

Statt ihm direkt zu antworten, musterte sein Onkel ihn ein paar Sekunden eindringlich, als wollte er in seinen Kopf sehen, doch Jaro hatte schon früh gelernt, wie er dies verhinderte. »Sei ein wenig netter zu ihr. Ich möchte, dass du mir regelmäßig berichtest und sofort zu mir kommst, wenn ihre Kräfte erwachen.«

Offenbar hielt ihn Kasimir immer noch nicht für würdig ihn in seine Pläne einzuweihen. »Jawohl.«

»Du kannst gehen«, sagte Kasimir kalt und wandte sich wieder seinem Computer zu.

Jaro unterdrückte ein Seufzen, stand auf und ging zur Tür. Kurz zögerte er, bevor er die Klinke herunterdrückte, und wandte sich noch mal um. »Warum hast du ihr eigentlich Damian gegeben?«

»Er ist schwach und somit entbehrlich.«

So wie sie.

Niedergeschlagen schloss Jaro die Tür.

***

Zu erwachen war eine Qual. Damian war abgeschnitten von seinen Sinnen. Nur das stetige Pochen seines im Stein gefangenen Lebens dröhnte ihm in den Ohren. Sein Herz nahm nur schwerfällig seine Arbeit auf, während er das Gefühl hatte zu ersticken. Der Stein verließ nur langsam seine Zellen bis nur noch eine dünne Schicht seinen Körper bedeckte. Mit aller Macht stemmte er sich dagegen, versuchte seine Flügel und Glieder zu bewegen. Feine Risse bildeten sich. Teile platzten und kühle Luft streichelte seine Haut. Stück für Stück fiel von ihm ab, bis er aus seinem steinernen Gefängnis befreit war und seinen ersten Atemzug nehmen konnte. Er schlug mit den Flügeln, damit auch der letzte Staubkrümel herabfiel.

Die Sonne war schon längst hinter dem Horizont verschwunden, aber ihre Wärme hing noch in der Luft. Es würde nicht mehr lange dauern, bis auch das letzte bisschen Licht, das über den Wipfeln der Bäume hing, verschwunden wäre.

Er stieg von der Brüstung hinunter und betrachtete seine Brüder und Schwestern. Die Krieger machten sich fertig für ihre Patrouille, während die Schwachen das Haus in Ordnung bringen würden. Einige schliefen noch und würden erst erwachen, wenn die Den ihre Dienste benötigten und sie erweckten.

Sein Blick blieb auf Pavel hängen, der ihm ein Zeichen gab, zu ihm zu kommen. Damian eilte durch das herrschende Durcheinander des Erwachens zu ihm und verneigte sich vor ihrem Alpha. Gemeinsam liefen sie weiter.

»Und wie läuft es mit deinem Schützling?«, fragte er und teilte mit einem Fingerzeig eine Gruppe von drei Kriegern für den Osten der Stadt ein. Sie nickten, liefen zur Brüstung und schwangen sich in die Lüfte.

»Ich denke ganz gut.« Immerhin wollte sie nicht seinen Tod. »Auch wenn sie immer noch Angst vor mir hat.« Wobei sie nach seinem Vorschlag eher aufgebracht gewesen war als ängstlich. Ihr schnell wechselndes Verhalten ihm gegenüber verwirrte ihn.

»Die meisten Den haben Angst vor uns. Das ist normal und auch gut«, erklärte Pavel und schickte mit wenigen Handzeichen eine weitere Gruppe auf Patrouille.

»Wieso sollte das gut sein?«, fragte Damian. Es gefiel ihm nicht. Sein Instinkt lief Amok bei dem Gedanken an ihre Furcht.

»Wir sind nicht dazu da, Freundschaft mit unseren Schützlingen zu schließen, sondern sie vor Monstern zu beschützen. Und wer könnte besser ein Monster bekämpfen als ein anderes?« Pavel blieb stehen und musterte ihn eindringlich. »Ich werde mit Kasimir sprechen, dass du bald wieder mit auf Patrouille gehen kannst. Es gibt genügend von uns, die die Grenzen bewachen und sie daran hindern werden, von hier zu entkommen, sollte sie es noch einmal versuchen. Geh jetzt.« Er wirkte zornig.

Mit gemischten Gefühlen sprang Damian vom Dach, breitete seine Flügel aus und segelte in einem Spiralflug bis auf den Boden. Der Kies knirschte unter seinen Zehen, als er zu den hell erstrahlten Fenstern tapste, hinter denen er Phee spürte. Sie saß an einem Tisch, hatte den Kopf in ihren verschränkten Armen vergraben und regte sich nicht. Ihr Herz schlug gleichmäßig im Schlaf. Vorsichtig stieß er die angelehnte Terrassentür auf und ging hinein, um ihr noch näher zu sein.

Alena bemerkte er erst, als sie aufstand und ihre Sachen zusammenpackte. Misstrauisch ließ sie ihn nicht eine Sekunde aus den Augen. »Was willst du hier?« Ihre Furcht war deutlich zu wittern, doch seltsamerweise machte ihm dies nichts aus. Er verneigte sich. »Soll ich sie ins Bett bringen?«

»Lass sie schlafen.« Ohne ein weiteres Wort ging sie. Einen Moment sah er ihr nach, bis ihre Schritte verhallt waren und Phees tiefe Atemzüge als Einziges die Stille der Bibliothek durchdrangen.

Geräuschlos schob er den Stuhl ihr gegenüber zur Seite, ging in die Hocke, sodass er die Arme wie sie auf dem Tisch abstützen konnte, und beobachtete sie. Er war es gewohnt, auf der Lauer zu liegen und zu warten. Allerdings wurde er nach einer Weile rastlos. Unbewusst trommelte er mit den Krallen auf den Tisch. Bei der unnatürlichen Haltung würde ihr Nacken schmerzen, sobald sie erwachte.

Er streckte die Finger vorsichtig nach ihr aus und berührte sie ganz sachte auf dem Handrücken, als ihm Alenas Befehl, sie schlafen zu lassen, wieder einfiel.

Missmutig zog er sich zurück, aber ihre Lider flatterten bereits und kurz darauf sah er in ihre blauen Augen, die vom Schlaf noch trüb waren. »Hi«, murmelte sie und richtete sich stöhnend auf.

»Hi«, antwortete er automatisch und spürte ein seltsames, sehnsüchtiges Ziehen in seinen Eingeweiden.

Verschlafen rieb sie sich die Augen. »Verdammt. Ich muss eingepennt sein.«

»Ich hätte dich nicht wecken sollen.«

»Schon okay.« Sie streckte die Arme zur Seite, wölbte ihren Rücken, sodass ihre Brüste ihm entgegenstrebten und seinen Blick regelrecht magisch anzogen. Sein Mund wurde trocken und das Fleisch um seine Reißzähne brannte. Sein Herzschlag erhöhte sich und er verspürte den Wunsch, sie zu beißen.

Erschrocken über seine Gedanken sprang er auf, stolperte und stieß gegen das Regal in seinem Rücken.

Irritiert musterte sie ihn. »Wie spät ist es?«

Er zuckte mit den Schultern. »Du solltest ins Bett gehen«, sagte er rau.

»Wahrscheinlich. Aber ich tue nie, was ich soll«, erwiderte Phee mit gereiztem Unterton, stand auf und streckte sich erneut lasziv wie eine Katze. »Ich muss eh mit dir reden.«

Sein Herz setzte einen Takt aus. »Über mein Angebot, das Blutssiegel zu lösen?«

Sofort verengten sich ihre Augen zu grimmigen Schlitzen und sie trat so dicht vor ihm, dass er die Wärme ihrer Haut spürte. »In Wahrheit willst du doch gar nicht sterben.« Mit dem Zeigefinger pikte sie ihn in die Brust. »Höre ich noch mal solchen Blödsinn von dir, bekommst du Ärger mit mir. Verstanden?« Angst hatte sie jedenfalls keine mehr vor ihm.

Er nickte verwirrt.

»Gut.« Ein Lächeln legte sich auf ihre Lippen und sofort entspannte er sich, nur um sofort wieder seine Habachtstellung einzunehmen. »Worüber möchtest du dann mit mir sprechen?«, fragte er zurückhaltend.

»Ich möchte mehr über das alles erfahren.« Mit einer kreisenden Handbewegung umfasste sie den ganzen Raum. Aber er war sich sicher, dass sie nicht nur die Bibliothek damit meinte.

Verwundert runzelte er die Stirn. »Und wieso möchtest du deswegen mit mir sprechen?«

»Ich dachte, du könntest mir dabei helfen.«

Er erstarrte. »Ich?«

»Wer sonst?«

»Jaro sollte dir das alles erklären. Er ist für dich verantwortlich.« Bei dem Gedanken an den jungen Den spannten sich seine Muskeln an und seine Klauen schärften sich.

»Ich dachte, das bist du?«, fragte sie verwundert.

»Ich beschütze dich nur.« Er konnte das unzufriedene Grollen aus seiner Stimme nicht heraushalten und bemerkte zu seinem Bedauern, wie eine

Gänsehaut ihre Arme überzog. Ihr Herz schlug auch schneller. Reglos verharrte er und wusste nicht, was das zu bedeuten hatte. Er konnte jedenfalls keine Angst wittern. Unergründlich sah sie ihn noch eine Weile an, bevor sie sich einem der Regale widmete und mit dem Finger über die Buchrücken strich. Der Gedanke, wie sie genauso über seine Haut strich, ließ ihn schlucken und nervös das Gewicht von einem Bein auf das andere verlagern.

»Wie alt bist du?«

Die Frage war seltsam. »Einundzwanzig.«

Mit zusammengekniffenen Augen musterte sie ihn. »Ist das alt für einen Soumrak?«

Eine noch seltsamere Frage. »Ich bin einer der Jüngeren.«

»Woher kannst du eigentlich so gut deutsch?« Noch eine Frage, deren Sinn er nicht verstand.

»Wir können alle Sprachen.«

Ihre Augen wurden groß. »Alle?«

»Um ehrlich zu sein, weiß ich das nicht genau. Aber bisher haben wir noch nie irgendwelche Probleme mit Sprachen gehabt. Ich höre eine Weile zu und dann kann ich sie.«

Phees Mund stand vor Staunen offen, bevor sie ihn zuklappte. »Das würde ich auch gerne können.«

»Warum? Du bist eine Den. Dir fällt es leicht, Dinge zu lernen.«

»Schön wäre es«, grummelte sie. »Hilfst du mir Tschechisch zu lernen?«

»Das kann doch Jaro ...«

Sie unterbrach ihn. »Ich vertrau ihm nicht.«

Irgendwie beruhigten ihn ihre Worte. Obwohl er wusste, dass ihr diese Aussage in Zukunft noch Probleme bereiten könnte und es besser wäre, sie würde sich mit dem zukünftigen Anführer der Den gutstellen. »Dann frag Alena.«

Phee starrte auf die Bücher auf den obersten Reihen. »Gibt es hier Bücher, in denen etwas über Soumraks, Den oder Nocs steht?«

»Das weiß ich nicht.«

Irritiert runzelte sie die Stirn. »Wir können gemeinsam danach suchen.

Wobei eher du, da ich ja leider kein Tschechisch kann.« Sie zog die Nase kraus, was sie scheinbar öfter machte, wenn ihr etwas nicht passte.

»Was ist?«, fragte sie, als er nicht reagierte. Er hatte keine Ahnung, was sie jetzt von ihm erwartete. Sie zeigte auf die obere Buchreihe. »Übersetz mir bitte, was da steht.«

Sein Blick glitt frustriert über die farbigen Lettern und altbekannter Schmerz griff nach seinem Herzen. Er war zugleich verärgert und verletzt. Auch wenn er keinen Grund dazu hatte. »Ich kann nicht lesen«, gestand er tonlos.

***

Ungläubig blinzelte Phee. »Wie bitte?« Sie musste sich verhört haben. »Du kannst nicht lesen?«

Er nickte.

»Dein Ernst?«, fragte sie entgeistert.

»Kein Wächter kann lesen, geschweige denn schreiben.«

»Keiner?« Das wurde ja immer besser.

»Warum sollten wir das können?«, fragte er hart.

»Warum?« Phees Stimme war einige Oktaven höher geworden, so entsetzt war sie über diese Tatsache. Allerdings passte das zu dem, was sie bisher erfahren hatte. Offenbar dachten die Den, dass die Soumraks nicht intelligenter als wilde Tiere waren – oder Steine. Kein Wunder, wenn man bedachte, dass keiner mit ihnen sprach. »Ich weiß gar nicht, wo ich da anfangen soll.« Mit zwei Fingern massierte sie sich die Nasenwurzel. Sie konnte es immer noch nicht fassen.

»Ich weiß alles, was ich wissen muss. Ich bin dein Wächter. Ich muss nicht lesen oder schreiben können, um dich zu beschützen«, verteidigte er sich.

»Ach, aber ein multilinguistisches Genie ist dabei natürlich sehr hilfreich.«

»Die meisten Den gehen irgendwann fort. Sind überall auf der Welt unterwegs. Es ist wichtig, dass wir schnell die Sprache vor Ort erlernen, um sie beschützen zu können«, erklärte er ihr mit finsterem Blick.

»Für mich klingt das nach einer Ausrede.«

Er tat einen Schritt auf sie zu, sodass sie den Kopf in den Nacken legen musste, um zu ihm aufzusehen. Die goldenen Splitter in dem dunklen Braun seiner Iris verwandelten sich in zornige Funken. Er war ihr viel zu nah. Nervös schluckte sie, als er sich noch weiter vorbeugte. »Wir haben Wichtigeres zu tun, als ein Buch zu lesen.«

Falls er dachte, sie würde vor ihm zurückweichen, hatte er sich getäuscht. »Zum Beispiel stundenlang vor meiner Schlafzimmertür zu hocken?«

Verärgert schnaubte er und seine Wangenmuskeln zuckten. Seine Hand streifte ihr empfindliches Ohr, als er hinter ihr im Regal ein Buch ergriff und es ihr vor die Nase hielt. Mit dem Daumen blätterte er das Papier im Schnelldurchlauf, sodass sie ein kühler Luftstrom traf. »Das meiste sind nur Geschichten. Nicht mehr«, sagte er laut und warf es zur Seite. Deutlich brodelte es in ihm. Offenbar hatte sie einen Nerv getroffen.

»Ist das deine Meinung?« Sie zögerte einen Moment. Die dunkle Ahnung, die schon die ganze Zeit in ihr keimte, ließ sich jedoch nicht länger zurückhalten. »Oder die der Den?«, fragte sie angriffslustig und versuchte in seinen ausdrucksstarken Augen die Wahrheit zu erkennen.

Fest erwiderte er ihren Blick und ein tiefes, drohendes Grollen drang aus seiner Kehle, allerdings erkannte sie deutlich seinen Schmerz, der sie ebenfalls erfasste.

Etwas zerbrach in ihr. In diesem Moment wurde ihr klar, wie sehr die Den diese stolzen Geschöpfe unterdrückten. Vielleicht waren sich die Den nicht einmal bewusst, was sie ihnen antaten. Und wenn, wäre es ihnen wahrscheinlich egal. Für sie waren die Gargoyles nur Mittel zum Zweck. Eine Waffe gegen die Nocs. Sie schluckte den Kloß in ihrem Hals hinunter. »Ich kann es dir beibringen.«

»Tu das nicht«, sagte er warnend.

»Was? Denkst du, sie werden etwas dagegen haben?«

Er sagte nichts, aber das musste er auch gar nicht.

»Sie können mir das nicht verbieten.« Ihr Entschluss stand fest.

Sein ganzer Körper war mittlerweile bis zum Zerreißen gespannt und die Sehnen an seinem Hals traten deutlich hervor. »Phee, du verstehst nicht …«, begann er, doch sie unterbrach ihn. »Ich verstehe mehr, als du denkst. Sie behandeln euch wie Sklaven.« Die Wut über diese Ungeheuerlichkeit fraß sich wie Säure durch ihre Adern.

»Wir sind keine Sklaven!« Drohend kam er ihr noch näher. Sein stoßweiser Atem vermischte sich mit ihrem.

»Ach ja? Wie würdest du das sonst nennen?«, zischte sie und versuchte ihre Stimme zu dämpfen, andernfalls würde sie wahrscheinlich das ganze Haus zusammenschreien, so zornig war sie über diese Ungerechtigkeit.

»Wir sind die Wächter der Den. Unsere einzige Aufgabe ist es, sie zu beschützen.«

Einen Moment schloss er die Augen, bevor er sie wieder öffnete und sie so voller Leidenschaft ansah, dass sie vergaß zu atmen. In den Tiefen seiner Augen drohte sie sich zu verlieren. Die Spannung in der Luft war regelrecht greifbar.

»Ich will nicht, dass dir etwas passiert, und dich nur beschützen«, sagte er leise und mit einer traurigen Note, die ihr das Herz brach.

»Das ist nicht richtig. Sie unterdrücken euch nur, weil sie Angst vor euch haben.«

»Natürlich.« Damian wandte den Blick ab und seine Wangenmuskeln spannten sich an. »Wir sind Monster. Nur ein Monster kann ein anderes bekämpfen.« Sie spürte das Grollen in seiner Stimme bis in ihre Zehenspitzen. Vielleicht hätte sie sich fürchten sollen. Stattdessen herrschte in ihrem Magen jedoch nur ein aufgeregtes Flattern.

Sanft legte sie ihre Hand an seine Wange und zwang ihn sie wieder anzusehen. Die goldenen Splitter in seinen Augen tanzten. Wunderschön. Es war ein Fehler gewesen, in ihm ein Monster zu sehen. »Ich habe keine Angst vor dir. Nicht mehr«, flüsterte sie.

Sein Gesicht wurde finster, als er sich leicht vorbeugte, bis sich ihre Nasenspitzen fast berührten. Ihr Herz schlug schneller, aber nicht aus Furcht. Zwischen ihnen schien die Luft elektrisch geladen. »Vielleicht solltest du besser Angst haben«, knurrte er.

Ein Lächeln legte sich auf ihre Lippen. »Tut mir leid, mein Großer, der Zug ist abgefahren. Außerdem sagte ich dir bereits: Ich tue nie, was ich soll.«

14

Kerzengerade saß Phee im Bett, als ein lauter Knall sie weckte. Ihr Herz hämmerte. Orientierungslos blinzelte sie und brauchte einige Sekunden, bevor sie erkannte, dass sie sich in dem Zimmer im Internat befand, das sie mit Alena teilte. Sie hatte nur kurz die Augen schließen wollen. Der heutige Schultag war genauso zermürbend gewesen wie der gestrige.

»Ausgeschlafen?«, bemerkte Alena neckend.

Mit einem Murren ließ sich Phee wieder zurück in die Kissen fallen. »Das hast du extra gemacht.«

»Was?«, fragte ihre Mitbewohnerin mit unschuldiger Süße, die ihre Worte Lügen straften.

»Die Tür so zu laut zuzuschlagen. Damit hättest du auch Tote wecken können.« Phee unterdrückte ein Gähnen und streckte sich. In der Nacht hatte sie kaum schlafen können und fühlte sich nun wie gerädert. Geistesabwesend griff sie nach ihrem Handy und betrachtete die Nachrichten. Caro wollte, dass sie anrief, allerdings hatte Phee sich noch immer nicht dazu durchringen können. Worüber sollten sie auch reden? *Hey, ich bin jetzt ein engel- oder gottähnliches Wesen.* Auch wenn sie sich nicht so fühlte.

»Du solltest jetzt aufstehen, sonst verpasst du noch das Abendbrot.«

»Ist es etwa schon so spät?«, fragte Phee schockiert und bemerkte erst jetzt, dass es draußen bereits stockdunkel war. Freudig schlug ihr Herz schneller. Sofort war sie putzmunter, legte das Smartphone zurück auf das Nachtschränkchen und schwang ihre Füße aus dem Bett. »Warum hast du mich nicht früher geweckt?« Damian war längst wach.

»Ich glaube, einen Soumrak hätte ich bei Tage leichter wach bekommen als dich«, bemerkte Alena trocken.

»Haha.« Phee schlurfte zum Kleiderschrank und inspizierte ihn kritisch.

Ihr Kleid war dummerweise in der Wäsche. Ihre bequeme Trainingsjacke mit den floralen Mustern war die einzige Alternative.

»Ich verstehe nicht, warum du tagsüber ständig so müde bist. Keiner bei uns ist so eine Schlafmütze wie du.«

Von ihnen unterhielt sich auch keiner bis weit nach Mitternacht mit einem Gargoyle. Ob sie den Push-up-BH tragen sollte? Phees Haut prickelte vor Aufregung. Man könnte meinen sie, würde zu einem Date gehen und sich nicht mit einem dämonischen Wächter treffen, um ihm das Lesen beizubringen. Zumindest hoffte sie, dass sie das tat, auch wenn ihr Vorschlag bei Damian nicht auf besonders große Gegenliebe gestoßen war.

»Phee? Hast du mir zugehört?«

»Was?« Als hätte sie sich verbrannt, ließ sie die durchsichtige Spitze fallen, wirbelte herum und versuchte ein unschuldiges Gesicht zu machen. »Sorry. Ich war mit den Gedanken woanders.«

»Das habe ich bemerkt.« Ein spitzbübisches Lächeln tauchte auf Alenas Gesicht auf. »Wer ist es?«

»Niemand.« Ihre Wangen wurden heiß.

»Deswegen stehst du auch seit zehn Minuten vor dem Schrank und kannst dich nicht entscheiden, was du anziehst, obwohl du nur drei Dinge besitzt.«

»Streu ruhig weiter Salz in die Wunde.« Verstimmt schnappte sie sich ihre Schuluniform und schlüpfte in den Rock. In den steifen Sachen kam sie sich wie eine Hochstaplerin vor.

»Bestell dir doch einfach was online«, schlug Alena vor.

Darüber hatte Phee auch schon nachgedacht, doch irgendwie sträubte sich noch alles in ihr dagegen, sich hier häuslich einzurichten. Vor allem nachdem sie hatte feststellen müssen, dass es einige Schatten im Leben der Lichtwesen gab. Sie war auf dem Sprung, bereit jederzeit von hier zu verschwinden. Außerdem herrschte auf ihrem Konto chronische Leere.

»Ah«, tönte plötzlich Alena, als wäre ihr ein Licht aufgegangen.

»Ah, was?«, fragte Phee gereizt und band sich die dämliche Krawatte um den Hals.

»Es geht um Geld«, stellte ihre Mitbewohnerin fest und Phee zuckte nur mit den Schultern.

»Könnte sein.«

»Eigentlich solltest du wie jeder von uns ein monatliches Taschengeld bekommen.« Phee riss erstaunt die Augen auf und wirbelte zu Alena herum.

Ihre Mitbewohnerin seufzte genervt. »Ich klär das mit Kasimir.«

Gemeinsam gingen sie zum Abendessen. Phee war die ganze Zeit hibbelig. Eine dunkle Ahnung beschlich sie, aber sie verdrängte sie. Als sie sich von Alena loseisen konnte, um hinauszuschleichen, ließ die innere Unruhe jedoch nicht nach. Ihr Herz schlug ihr bis zum Hals, als sie durch den nächtlichen Garten schlenderte.

Er kam nicht.

»Damian?«, fragte sie hoffnungsvoll, auch wenn sich bereits die Gewissheit in ihr ausbreitete, dass er nicht antworten würde. Sie hatte es befürchtet, aber nicht wahrhaben wollen. Er hatte Angst vor den Konsequenzen. Vor dem, was die Den mit ihm tun könnten, sobald er gegen ihre Regeln verstieß.

Die Enttäuschung riss ein tiefes Loch in ihr Inneres. »Feigling«, zischte Phee verärgert. Ihre Wut richtete sich nicht gegen ihn, sondern gegen ihre eigene Machtlosigkeit. Verzweifelt schloss sie die Augen und ließ ihren Kopf hängen. Kein Gargoyle löste sich aus den Schatten. Auch nicht am Abend darauf. Oder darauf.

***

Damians Klauen gruben sich in die Mauer. Blut füllte seinen Mundraum, als die Spitzen seiner scharfen Eckzähne die Innenseite seiner Wange ritze, weil er so sehr die Zähne zusammenbiss, um dem Bedürfnis, zu ihr zu gehen, nicht nachzugeben. Es war das einzig Vernünftige. Warum fühlte es sich dann aber so falsch an, von ihr getrennt zu sein?

Wie schon am vorherigen Abend stand sie auf der Terrasse an die Brüstung gelehnt und starrte unbewegt in die Nacht hinaus. Er müsste nur seine Schwingen öffnen und zu ihr hinabgleiten.

Vielleicht war es anmaßend von ihm, davon auszugehen, dass sie auf ihn wartete. Kein Den würde das tun. Aber sie war anders. Das hatte er vom ersten Augenblick an gewusst.

Der Wind spielte mit einigen losen Strähnen, die aus dem wilden Knoten ihrer Haare fielen.

Ihr Hals lag frei und selbst von seinem Aussichtspunkt konnte er die Venen blau durch die Haut schimmern sehen. Seine Reißzähne schärften sich. Es war seltsam – je mehr er versuchte sich von ihr fernzuhalten, desto intensiver verspürte er das Bedürfnis, sie zu beißen und ihr Blut zu trinken.

In dem Moment wandte sie den Kopf und sah in seine Richtung, als wüsste sie genau, dass er da war, auch wenn es für sie unmöglich war, ihn in den Schatten zu erkennen. Es war ein Fehler gewesen, ihr die Angst vor ihm nehmen zu wollen, denn er war ein Monster. Pavel hatte recht. Seine Pflicht war es, sie zu beschützten. Vor ihm, aber auch vor ihren eigenen Entscheidungen, denn er hatte keine Ahnung, was Kasimir tun würde, wenn er erfuhr, dass sie ihm das Lesen und Schreiben beibringen wollte.

Die Witterung eines anderen Soumraks stieg ihm in die Nase.

»Was willst du?«, fragte er Lucas mit einem drohenden Unterton.

Der andere Soumrak war wortlos neben ihn getreten und beobachtete Phee ebenfalls. »Du musst vorsichtiger sein.«

»Wenn du ihr etwas antust …«, knurrte Damian, doch Lucas unterbrach ihn.

»Ich? Sieh dich an. Du hättest dich besser von ihr fernhalten sollen.«

»Ich bin ihr Wächter«, sagte er tonlos.

Lucas sah ihn mitleidig an. »Aber nicht mehr als das, also hör auf sie so anzustarren. Am Ende wachst du in der Dämmerung nicht mehr auf, weil dein steinerner Körper in tausend Stücke zerschlagen wurde. Das ist sie nicht wert. Kein Mensch oder Den. Wir sind nicht wie sie.«

»Nein, das sind wir nicht«, stimmt er zu, auch wenn es ihn innerlich zerriss. Rüde knüllte er den Zettel zusammen, den er beim Erwachen gefunden hatte und der ihre Witterung trug. Er würde wohl niemals erfahren, was darauf geschrieben stand.

***

Ihre Lider waren geschlossen. Konzentriert atmete sie ein- und aus. Ließ sich im Wasser treiben. Licht. Wo zum Teufel war dieses verdammte Licht?

»Entspann dich«, erklärte Jaro, erreichte dadurch jedoch nur das Gegenteil.

»Was denkst du, was ich die ganze Zeit versuche?« Genervt richtete sich Phee wieder auf. Seit knapp zwei Wochen versuchte sie nun schon mit Jaro diese dämliche Lichtquelle in sich zu wecken.

»Die Frage ist, ob du es willst.«

Tja, da war sie sich nicht so sicher. Sobald diese Kräfte einmal erwacht waren, gab es kein Zurück mehr. Sie wäre unwiderruflich eine Den. Ein übermenschliches Wesen, das deswegen von Vampiren verfolgt wurde. Die Angst davor blockierte sie.

Bisher konnte sie keine erstrebenswerten Vorteile dieser Kräfte entdecken, die rechtfertigen würden dafür zu sterben. Die Den schienen ihre Macht nur dafür zu benutzen, Menschen zu manipulieren und sich hinter hohen Mauern zu verstecken. Und dann waren da noch die Soumraks. Ein ganzes Volk, das sie ausbeuteten und unterdrückten.

»Ich kann das nicht.« Frustriert schlug sie auf die Oberfläche des Wassers und Tropfen spritzten in alle Richtungen davon.

»Du darfst nicht aufgeben«, sagte Jaro. Seit einigen Tagen bemühte er sich nett zu sein. Zu nett. Man hörte ihn richtig mit den Zähnen knirschen, wenn er mal wieder versuchte sich einen fiesen Kommentar zu verkneifen. So wie jetzt.

»Wer hat dir eigentlich einen Maulkorb verpasst? Anděl?« Sein Blick schien sie zu erdolchen.

»Lass uns eine Pause machen«, schlug er vor und schwamm zum Rand. Er stützte seine Hände am Beckenrand ab und stemmte sich mit reiner Muskelkraft aus dem Wasser. Angeber.

Da sie dabei nicht so elegant aussehen würde wie er – eher wie eine Robbe, die versuchte auf eine Eisscholle zu hüpfen – nahm sie die Leiter am Ende des Beckens.

Es fröstelte sie, als sie aus dem Wasser kam. Schnell schnappte sie sich das bereitgelegte Handtuch, das auf einer Bank lag, auf der sich Jaro bereits niedergelassen hatte. Aus einem Korb, den er mitgebracht hatte, zog er zwei Trinkflaschen, von denen er ihr eine reichte.

»Was ist da drin?«, fragte sie misstrauisch. Sie vertraute ihm nicht. Auch keinem anderen. Es waren nicht mal zwei Wochen vergangen, seit ihr Leben eine solch drastische Kehrtwende erfahren hatte, und in diesen wenigen Tagen war sie bereits auf zu viele Ungereimtheiten im Handeln der Lichtwesen gestoßen. Für Engel hielt sie sie jedenfalls nicht.

»Wasser mit Spurenelementen«, antwortete Jaro gepresst. Seine Zähne knirschten schon wieder.

»Spuck es schon aus«, ermutigte sie ihn.

»Ich bemühe mich nett zu sein.«

Das war genau das Problem. »So sehr, dass du daran erstickst. Denkst du, ich merke nicht, wie du mir eigentlich lieber an den Kopf werfen würdest, was für eine Versagerin ich bin?« Sie konnte leichter damit umgehen als mit seiner aufgesetzten Nettigkeit, die sie nur noch mehr in Rage versetzte, als sie es eh schon war. Alles in diesem Anwesen wirkte so falsch wie die Zähne ihrer Großmutter.

»Du machst es einem nicht gerade leicht.«

»Was erwartest du von mir, dass ich eine Party schmeiße, weil ich nun eine Den bin und mein Leben auf den Kopf gestellt wurde?« Sie warf die Hände in die Luft und tat, als würde sie mit Pompons wedeln. Bei seinem Lachen nahm sie die Arme wieder runter, schnappte sich die angebotene Flasche und trank daraus.

»Eigentlich mag ich dich.«

Prompt verschluckte sie sich. »Mich?«, presste sie zwischen zwei Hustern ungläubig hinaus.

»Ich verstehe das auch nicht«, meinte er und verdrehte die Augen, sodass sie verhalten lachte.

Er lehnte sich zurück und sah nachdenklich über die Wasseroberfläche. »Herr Anděl bat mich darum, dass ich netter zu dir bin. Er findet, du hast es schon schwer genug. Und er hat recht. Es tut mir leid.«

Einen Moment schaute sie ihn fassungslos an. »Wow, diese Entschuldigung muss dir echt schwergefallen sein.« Sie war überrascht. Nicht nur, weil Jaro über seinen Schatten gesprungen war und sich entschuldigt hatte. Auch weil Anděl ihre Schwierigkeiten, sich hier zu integrieren, aufgefallen waren.

»Versau es nicht gleich wieder«, sagte er drohend, ohne sie eines Blickes zu würdigen. Allerdings zuckte sein Mundwinkel.

Schmunzelnd wandte sie ihre Aufmerksamkeit auf die funkelnde Wasseroberfläche. Eine ganze Weile saßen sie schweigend nebeneinander und eine entspannende Stille senkte sich über das Schwimmbad.

»Ich habe es dir auch nicht ganz einfach gemacht«, gestand sie schließlich.

»Ich bin nicht der Einzige, der mit dir Probleme hat.«

»Du bist aber der Rudelführer.«

Jaro stieß die Luft aus, beugte sich nach vorn und stützte sich auf seinen Oberschenkeln mit den Ellenbogen ab. Man könnte meinen, sie hätte ihm einen Fausthieb in den Magen verpasst.

»Alles in Ordnung?« Phee zog ein Bein unter sich und wandte sich ihm zu.

»Ich …« In diesem Moment betraten zwei andere Schüler die Schwimmhalle. »Ist nicht wichtig«, sagte er auf einmal mit finsterer Miene und stand auf. »Lass uns was anderes probieren.«

»Fangen wir jetzt mit den coolen Kampfsportmoves an und hören auf mit diesem Wasserplanschen?«, fragte sie halb im Spaß und halb hoffnungsvoll.

»Du schaffst morgens noch nicht mal das Lauftraining, ohne zusammenzubrechen. Ich würde mit dir den Boden aufwischen, *Malý*«, erklärte er in demselben Tonfall und grinste sie frech an. Es schien, als wäre ihm eine Last von den Schultern genommen worden.

Theatralisch tippte sie sich ans Kinn, als würde sie nachdenken. »Du hast recht. Ich würde einen miserablen Putzlappen abgeben. Eindeutig zu steif.«

Mit einem Lachen sprang er vom Beckenrand, sodass eine glitzernde Fontäne auf sie niederging. Mit einem Grinsen nahm Phee Anlauf und folgte ihm ins Wasser. Sofort schloss das kühle Nass sich um sie. Seufzend schloss sie die Augen und versuchte sich an der Oberfläche treiben zu lassen. Sich zu entspannen.

»Denk an jemanden, der dir alles bedeutet. Der ein Licht in deinem Leben ist«, erklärte ihr Jaro mit einem warmen Ton, den sie noch nie bei ihm vernommen hatte.

Sie war so erstaunt, dass sie glatt absoff. Prustend kam sie wieder hoch. Eine leichte Röte legte sich auf seine Wangen. »Probiere es einfach«, erklärte er missmutig.

Nachdenklich biss sie sich auf die Lippen. Ihr fiel niemand in ihrem Leben ein, auf den diese Beschreibung zutraf. Sie war immer von Menschen umgeben gewesen, dennoch hatte sie sich unaufhörlich einsam gefühlt. Selbst Caro gegenüber hatte sie sich nie ganz öffnen können, auch wenn sie wie Schwestern aufgewachsen waren.

Als sie die Trainingshalle verließ, zog sie die Kapuze über das noch feuchte Haar. Wind blies ihr ins Gesicht und zerrte an ihrer Kleidung. In den letzten beiden Tagen hatte es durchgängig geregnet. Typisches Novemberwetter.

Es war ein seltsames Gefühl, dieses Mal allein zurück zum Haupthaus zu gehen, da Alena mit einigen aus ihrem Jahrgang in die Stadt gefahren war, während Phee immer noch hier festsaß.

Des Öfteren sah sie sich misstrauisch um, aber mittlerweile wurde sie nicht mehr vierundzwanzig Stunden am Tag überwacht. Sobald die Dämmerung hereinbrach, änderte sich dies jedoch und sie fühlte sich beobachtet. Allerdings hatte sich Damian immer noch nicht blicken lassen.

Innerlich krümmte sie sich bei dem Gedanken, dass irgendwer ihre Unterhaltung in der Bibliothek belauscht haben könnte und er wegen ihren aufwieglerischen Worten bestraft worden war. So wie sie ihn einschätzte, war jedoch wahrscheinlicher, dass er seine Rolle als Wächter zu ernst nahm und nicht auftauchte, um sie vor möglichen Sanktionen zu schützen. Nur was sollten ihr die Den schon antun?

Eine ganze Menge.

Der Gedanke war beunruhigend und die einzige Person, die wusste, wo sie sich befand, war Caro.

In ihrem Zimmer holte sie ihr Handy heraus, warf sich bäuchlings aufs Bett und prüfte ihre Nachrichten. Ihre Mutter hatte ihr erneut geschrieben.

Für einen Moment starrte sie auf das Display und befeuchtete nachdenklich ihre Lippen. Es sah nicht so aus, als würde sie in nächster Zeit diesen Ort verlassen. Kapitulierend stieß sie die Luft aus und wählte die Nummer ihres Vaters.

»Kleines? Schön von dir zu hören. Wie geht es Caro?« Seine dunkle Stimme erinnerte sie an einen gemütlichen Bären, was auch zu seinem Temperament passte.

»Gut. Ist Mama auch da?«, fragte sie vorsichtig und rechnete bereits damit, dass ihre Mutter ihm jeden Moment den Telefonhörer aus der Hand reißen würde.

»Sie ist bei Ilona.«

Erleichtert atmete sie auf und drehte sich auf den Rücken.

»Soll ich ihr sagen, dass du angerufen hast?«

Sie zögerte einen Moment. »Mach, wie du denkst.«

»Sie macht sich Sorgen.« Was so viel hieß wie: Er machte sich Sorgen. »Ich hatte gehofft, du würdest dich bald wieder mit ihr versöhnen.« Was so viel hieß wie: *Entschuldige dich bei ihr.*

»Warum soll ich eigentlich immer diejenige sein, die sich entschuldigt, und nicht andersherum?« Entrüstet stand sie auf.

»Kleines, das habe ich doch gar nicht verlangt.« Er stieß hörbar den Atem aus. »Es tut ihr leid, was gesagt worden ist.«

»Und warum sagt sie mir das nicht selbst?«

»Du bist auch nicht ganz unschuldig an diesem Streit.« Das entsprach leider der Wahrheit. Abermals nagten die Schuldgefühle an ihr.

»Sie hat gesagt, dass sie ohne mich besser dran wäre.« Schmerzerfüllt biss sich Phee auf die Lippe und kämpfte gegen die Tränen.

»Das hat sie nicht so gemeint. Du weißt, wie sie ist. Das ändert nichts daran, dass sie dich liebt. Ihr ähnelt euch einfach zu sehr.«

Phee presste ihre Lippen aufeinander. Sie fühlte sich immer in der Defensive, wenn sie mit ihrem Vater sprach. Diese Diskussion hatten sie schon zu oft geführt und am Ende war sie jedes Mal eingeknickt. Dieses Mal würde sie es nicht tun. »Ich werde noch eine Weile hierbleiben«, erklärte sie entschlossen.

»Du kannst dich nicht ewig bei Caro verstecken. Sie muss für die Uni lernen und du lenkst sie nur ab.« Der Kommentar hätte von ihrer Mutter stammen können.

»Caros neuer Freund kennt jemanden, der mir ein Stipendium an ... einer Privatschule vermitteln konnte.« Warum war sie da nicht früher draufgekommen? Wenn Caro das Ganze angeleiert hatte, wäre ihr Mutter sicherlich begeistert.

»Ein Stipendium? So kurzfristig?«

»Ja, es ... waren noch ein paar Plätze frei, weil einige abgesagt hatten.« Sie hätte sich die Geschichte besser zurechtlegen sollen. »Er hat mitbekommen, dass ich noch keine Pläne für meine Zukunft hatte.« Nervös schritt sie auf und ab. »Das ist eine einmalige Chance für mich.« Verzweifelt kniff sie die Augen zusammen und betete, dass ihr Vater nicht noch mehr Fragen stellen würde. Natürlich wurde sie nicht erhört und einem ausgiebigen Verhör unterzogen.

Sobald sie sich von ihrem Vater verabschiedet, aufgelegt und tief durchgeatmet hatte, wählte sie die Nummer ihrer Freundin. Sie hatte dieses Gespräch schon viel zu lang hinausgezögert.

»Wie geht es dir?«, begrüßte Caro sie.

Ich bin wohl kein Mensch, aber sonst ganz gut. Phee zog eine Grimasse. »Ganz gut. Es ist nur stinklangweilig hier.«

»Wir wollen uns heute Abend auf ein Bier treffen. Du kannst mitkommen. Daniel hat schon nach dir gefragt.« Ihr Unterton verriet, wie begeistert sie von der Idee war.

»Ich würde ja gern, aber ich soll das Gelände noch nicht verlassen.« Mit den Fingerknöcheln schob Phee den Vorhangschal zur Seite und sah sehnsüchtig in den sturmgepeitschten Himmel. Bald würde die Dämmerung einsetzen und alle Bewohner dieses Internats mussten wieder zu Hause sein.

»Früher hat dich das nicht aufgehalten.«

»Früher wurde auch noch nicht mein Leben bedroht.« Den Zusatz *von Vampiren* verkniff sich Phee.

Am anderen Ende erklang ein verdrossener Laut. »Und wie lange musst du dort noch ausharren?«

Zischend sog Phee die Luft durch ihre Zähne. Das würde ein anstrengendes Gespräch werden. »Sie haben die Täter noch nicht gefasst.«

Wie oft hatte sie in der Vergangenheit schon gelogen? Unzählige Male. Doch noch nie war es ihr so schwergefallen wie in diesem Moment, wo sie schlicht die Wahrheit nicht erzählen durfte, um Caro nicht auch noch in Gefahr zu bringen.

»Ist jemand bei dir?«

»Ich bin allein, warum fragst du?« Phee setzte sich auf die Kante des Bettes und spielte mit einem Faden, der aus dem Kopfkissen herauslugte.

»Irgendwie bist du komisch.«

»Mir geht momentan einfach nur viel im Kopf herum.« Dass dieses Gespräch ein Desaster werden würde, hatte sie bereits geahnt, aber es war noch viel schlimmer als erwartet.

Erleichtert ließ sie den Kopf in den Nacken fallen, nachdem sie sich noch ein wenig unterhalten und anschließend aufgelegt hatten. Sie fühlte sich ausgelaugt. Ihre Augen brannten. Hilflos zog sie die Knie an die Brust und schlang die Arme um ihre Beine. Die Einsamkeit erdrückte sie.

In dem gesamten Anwesen gab es keine einzige Person, der sie vertraute. Wobei, einer schon – auch wenn man in ihrem Fall wohl nicht wirklich von einer Person sprechen konnte. Aber ausgerechnet diese weigerte sich ihr unter die Augen zu treten und langsam verlor sie die Geduld.

Wie eine Diebin schlich sie sich durch das düstere Anwesen. Noch einmal sah sie sich vorsichtig um, bevor sie der Statue das Auge ausstach, wie es damals Jaro getan hatte, und in den Geheimgang huschte, bevor sie noch jemand bemerken konnte.

Das tägliche Lauftraining schien Wirkung zu zeigen, denn sie war im Gegensatz zu ihrem ersten Aufstieg der ausgetretenen Treppen sehr viel weniger aus der Puste, als sie oben ankam. Vorsichtig öffnete sie die verwitterte Bohlentür, auch wenn sie in den letzten Tagen nie jemandem hier oben begegnet war, und trat auf das großzügige Dach, auf dem die Soumraks schliefen. Eine kräftige Böe ließ sie frösteln und sie beeilte sich zu Damian zu gelangen. Er stand meistens an derselben Stelle. Kurz strich sie über seine Wange und spürte das vertraute Pulsieren im kalten Stein.

Einen Moment verharrte sie so, bevor sie den Block aus ihrer Tasche zog und eine unverfängliche Zeile schrieb.

Du machst mich langsam wirklich wütend.

Es wurde Zeit, dass sie schwerere Geschütze auffuhr. Wenn der Berg nicht zum Propheten kam, dann musste halt der Prophet zum Berg. Sie riss die Seite heraus, beschwerte sie mit Steinen, bevor sie zurück ins Trockene flüchtete.

15

Damian hob den Kopf. Drohend türmten sich dunkle Sturmwolken am Himmel und dämpften das Licht der naheliegenden Stadt. Ein leichter Nieselregen vermengte sich mit den Steinsplittern und dem Staub des Erwachens auf seiner Haut.

Seit dem ersten Atemzug spürte er Phee in jeder Faser seines Körpers. Ihre Verärgerung, die bereits seit Tagen in ihr schwelte. Es war besser so. Für sie.

Etwas war jedoch anders als an den letzten Abenden. Sein Instinkt schlug Alarm. Erschüttert riss er die Augen auf, als ihm bewusst wurde, dass sie sich nicht innerhalb der schützenden Wände des *Hnízdo* befand.

»Bist du bereit?«, fragte Lucas, der mit Janek und ihm die südliche Stadtgrenze patrouillieren sollte.

Unbeherrscht knurrte Damian. »Wartet.« Für einen Moment schloss er die Augen, atmete tief ein und aus, konzentrierte sich nur auf sie. Es dauerte einen Moment, bevor er sie lokalisierte. Ein Licht, das in einiger Entfernung die Finsternis erhellte.

»Was ist los, Damian?« Janek trat neben ihn an den Rand des Daches und sah sich wachsam um.

»Mein Schützling befindet sich im Wald.« Er brauchte nicht zu erwähnen, dass sie das letzte Mal versucht hatte zu fliehen. Er hatte gedacht, sie hätte verstanden, dass es zu gefährlich war, das Anwesen zu verlassen. Besonders wenn ein drohender Sturm in der Luft lag.

Der andere Soumrak nickte ihm nur kurz zu.

»Sollen wir dich begleiten?«, bot Lucas an, aber Damian schüttelte den Kopf und stürzte sich vom Dach in die Tiefe. Der kalte Wind peitschte ihm die Regentropfen ins Gesicht.

Er öffnete seine Flügel und glitt über die Baumwipfel. Phee war irgendwo in der Nähe und so landete er auf einer nahegelegenen Lichtung. Es war leichter, sie vom Boden aus aufzuspüren, da er wiederholt die Augen schloss, um sich orientieren zu können.

Der feuchte Waldboden gab leicht unter seinen Zehen nach, als er sich in das dichte Unterholz schlug. Heulend zerrte der eisige Wind an den letzten Blättern, die in den Wipfeln der Laubbäume hingen.

Was dachte sie sich nur dabei, bei diesem unwirtlichen Wetter rauszugehen? Die einzige Erklärung, die ihm einfiel, war, dass sie den herannahenden Sturm nutzen wollte, um ihm zu entkommen. Dachte sie wirklich, dass ihn das aufhalten könnte?

Je näher er ihr kam, desto mehr wurde ihm jedoch bewusst, dass sie sich nicht von der Stelle rührte. Ein mulmiges Gefühl machte sich in seinem Magen breit und ließ ihn schneller laufen. Mittlerweile überwachten die Den nicht mehr jeden ihrer Schritte. Sie könnte spazieren gegangen und gestürzt sein.

Mit dem Anblick, der sich ihm bot, als er durch eine dichte Hecke trat, hatte er allerdings nicht gerechnet. Sanfter Lichtschein drang durch die tiefhängenden Äste einer Eiche, um die sich Efeu rankte und die so eine verhältnismäßig trockene Höhle bildeten. Auf dem laubbedeckten Waldboden lag eine blau-grau karierte Decke. Phee saß mit ausgestreckten Beinen darauf und lehnte sich mit dem Rücken gegen den knorrigen Stamm des alten Baumes. Neben ihr stand eine Packung mit Keksen und über ihr baumelte in einem abgestorbenen Ast eine Taschenlampe, die ihr Licht spendete.

Damian war vollkommen fassungslos, dass sie in aller Seelenruhe, während der Sturm an Stärke zunahm und pfeifend durch die Äste ihres Unterschlupfs zog, ein Buch las.

Zwei steile Falten bildeten sich auf ihrer Stirn, dann entspannte sie sich wieder. Ihre Mundwinkel zuckten kurz. Sie blätterte um und lachte leise. Ihre blonden Strähnen waren zerzaust, als wäre sie schon mehrfach mit der Hand hindurchgefahren.

Sie wirkte entspannt und so bezaubernd, dass er bei ihrem Anblick, der nicht von dieser Welt zu sein schien, verstand, warum manche Menschen in den Den einst Engel zu erkennen geglaubt hatten. An ihrem Hals flatterte die Haut dort, wo das Blut im Takt ihres Herzschlags durch ihre Venen rauschte.

Speichel sammelte sich in seinem Mund und seine Fänge schärften sich. Erschrocken wich er zurück und trat auf einen Ast, der knackend zerbrach. Ihr Kopf ruckte in seine Richtung und ein Lächeln legte sich auf ihre Lippen, das ihn beunruhigt schlucken ließ.

»Hi, mein Großer«, flüsterte sie mit einem berechnenden Unterton, der ihm das Gefühl gab, in eine Falle getappt zu sein.

»Was tust du hier?«

Mit einem herablassenden Lächeln hob sie das Buch an. »Lesen. Das sieht man doch. Ach, ich vergaß, kannst du ja nicht.«

Ihre Worte brannten wie Peitschenhiebe. Fest ballte er die Hände zu Fäusten und versuchte sich nichts anmerken zu lassen. »Ein Sturm zieht auf. Du solltest zurückkehren.«

Sie zog die Augenbrauen hoch und blickte wieder auf die Seiten. »Wie oft muss ich dir noch sagen, dass ich nicht das tue, was ich sollte?«

Ein Knurren löste sich aus seiner Kehle, aber sie ignorierte ihn und konzentrierte sich weiter auf die Schriftzeichen, die ihm für immer ein Rätsel bleiben würden. »Ich möchte dich ungern zwingen zum *Hnízdo* zurückzukehren, wo du in Sicherheit bist.«

Endlich löste sich ihr Blick von den Seiten. »*Hnízdo?*«, murmelte sie leise.

»So nennen wir das Anwesen. Es bedeutet Nest.«

Erneut wanderten ihre Augenbrauen nach oben und ihre Stirn kräuselte sich. Sie hielt das Buch mit einer Hand nach oben und klappte es geräuschvoll zu. »Hast du meine Nachricht bekommen?«

»Das hier?« Er zog den Zettel, den er heute beim Erwachen gefunden hatte und der ihren Geruch trug, aus seiner Hosentasche und drehte ihn frustriert von einer Seite auf die andere. »Was steht darauf?«

Sie setzte sich in den Schneidersitz, lehnte sich vor und studierte seine Gesichtszüge. »Wenn du lesen könntest, wüsstest du es.«

Offenbar wollte sie ihn reizen. »Du weißt, dass ich nicht lesen kann.« Auch wenn er versuchte seinen Zorn zu verbergen war seine Stimme ein tiefes

Grollen, sodass die Waldbewohner in der näheren Umgebung ängstlich vor dem Raubtier, das er war, flohen.

»Das kann man ändern«, erklärte sie mit einer Zuversicht, die er nicht besaß.

Die Vorstellung, wie sie neben ihm saß und ihm die Bedeutung der unterschiedlichen Zeichen und Worte beibrachte, war ein Wunschtraum, der niemals in Erfüllung gehen würde. Es wäre egoistisch von ihm. Es war seine Aufgabe, sie zu beschützen und nicht in Gefahr zu bringen. Und das wäre sie, wenn sie ihm die Fähigkeit vermitteln würde, die keinem Soumrak zustand.

»Ich habe dir bereits gesagt, dass ich nicht lesen und schreiben können muss, um dich zu beschützen.« Pavel hatte recht. Es war nicht die Aufgabe der Soumraks, Freundschaft mit ihren Schützlingen zu schließen. Es war ein Fehler gewesen, ihre Angst ihm gegenüber in andere Bahnen zu lenken. Allein bei der Erinnerung, wie ihre Augen sich vor Furcht weiteten, wurde ihm schlecht.

»Und wenn ich dir irgendwann noch mal eine Nachricht hinterlassen möchte?«

Diese Frage ließ ihn einen Moment wanken. Er freute sich über jeden kleinen Zettel, den er fand und der ihre Witterung trug. Aber er ärgerte sich auch jedes Mal, denn er hatte Angst davor, dass der Falsche ihre Nachrichten an ihn entdecken könnte. »Wofür?« Er sollte ihr sagen, dass sie sich damit nur in Gefahr begab, allerdings wurde er das Gefühl nicht los, dass sie dadurch nur vehementer auf ihre Meinung beharren würde.

Sie zuckte mit den Schultern. »Wenn du gelesen hättest, was auf dem Zettel steht, dann wüsstest du es.«

Das feine Papier zwischen seinen Fingern zerknitterte, als er es mit der Faust umschloss.

»Sag es mir einfach.« Er wollte wissen, was darauf stand.

In ihren Augen trat ein arglistiges und zufriedenes Glitzern, als sie den Kopf verneinend schüttelte.

Gereizt knurrte er. »Du willst mich absichtlich ärgern.« Kurz blitzte der Gedanke auf, dass sie sich über ihn lustig machen wollte, über seine Dummheit. Wie es bereits andere Den getan hatten. Doch er schob ihn schnell beiseite, denn so war sie nicht.

Ihr Lächeln wurde breiter. »Vielleicht.«

Sie war so verdammt dickköpfig. Verwirrend. Diesmal kam das Knurren tief und drohend aus seinem Brustkorb und mischte sich mit dem Donnergrollen in der Entfernung. Statt sich jedoch wie jedes vernünftige Lebewesen vor ihm zu fürchten, grinste sie über das ganze Gesicht. Er war versucht sie einfach zu packen, zum *Hnízdo* zu schleifen und dann in ihr Zimmer zu sperren.

»Es wäre falsch«, sagte er, auch wenn er selbst nicht daran glaubte.

»Aber du möchtest es lernen.« Es war keine Frage, in ihren Augen blitzte Gewissheit.

Er zögerte zu lange mit einer Antwort, denn es war die Wahrheit. Unzufrieden löste er den Blickkontakt und sah auf seine Faust. Seine Knöchel waren fast weiß, so fest umschloss er das Papier, von dem eine Ecke zwischen seinen Fingern hervorlugte. »Ich kann nicht.«

»Du kannst das. Die Frage ist, ob du es willst«, wiederholte sie die Worte, die er erst vor einigen Tagen zu ihr gesagt hatte. Sie machte ihn wahnsinnig.

»Sie werden es nicht erlauben!«, brüllte er und zuckte zusammen. Bisher hatte er noch nie seine Stimme gegenüber einer Den erhoben. Unsicher musterte er ihr Antlitz, aus dem jede Spur von Heiterkeit verschwunden war.

Sie schnaubte. »Wusste ich es doch! Aber ich habe nicht vor irgendwen von diesen arroganten Idioten zu fragen.«

»Du bist eine von ihnen. Es wäre besser, wenn du dich mit deinesgleichen umgibst.« *Und nicht mit mir.* Der Gedanke schmerzte.

»Das fasse ich als Beleidigung auf«, sagte sie kühl, auch wenn in ihren Augen der Zorn loderte.

»Sei bitte vernünftig. Es ist zu gefährlich.« Ein Blitz zuckte über den Himmel und unterstrich seine Worte. Nur Sekunden später erschütterte ein Donnerschlag den Wald und ließ sie zusammenzucken.

Was seine Wut noch mehr anstachelte. »Das ist verrückt. Und verantwortungslos. Nur weil du deinen Kopf durchsetzen willst, kommst du bei diesem Sturm hierher.« Wenn irgendwer mitbekam, wie respektlos er mit ihr redete, würde er bestraft werden. Aber was sollte er tun, sie einfach über die Schulter werfen und zum Anwesen zurückbringen?

Hilflos sah er nach oben, als würde ihm der Himmel eine Antwort geben können. Er hatte noch nie davon gehört, dass einer seiner Art solche Probleme mit seinem Schützling gehabt hatte.

»Du hast recht«, lenkte sie überraschend ein, stand auf und klopfte sich den Staub von der Jeanshose, die sich straff über ihren wohlgeformten Po spannte, als sie sich bückte, um die Decke aufzuheben.

»Habe ich das?« Jeglicher Gedanke, der ihm in diesem Moment durch den Kopf geisterte, verflüchtigte sich schlagartig. Sein Blick klebte regelrecht an den heißen Rundungen, während sein Mund trocken wurde. In seiner Leistengegend regte sich etwas, das sich nicht hätte regen dürfen.

»Ich habe ehrlich gesagt nicht mit so einem Scheißwetter gerechnet«, gestand sie genervt.

Atemlos wandte er sich ab, als sie sich wieder aufrichtete und den Bann brach. Schweiß bildete sich auf seiner Stirn und sein Herz raste. Das war auf jeden Fall keine normale Reaktion eines Wächters auf seinen Schützling. Noch nie in seinem Leben hatte ihn irgendetwas so aus dem Gleichgewicht gebracht wie die plötzliche Erkenntnis, dass er sich zu Phee hingezogen fühlte. Körperlich.

Er hatte es die ganze Zeit nicht wahrhaben wollen.

Sie war eine Den! Und er? Er war das Monster, das sie vor anderen Monstern beschützen sollte.

Sie werden mich töten.

In seinem Rücken schlug Phee die Decke aus. Blätter stoben auseinander. Ihr Geruch traf ihn wie eine Flutwelle und riss ihn mit sich. Seine Reißzähne schärften sich. Heiß und kalt lief es ihm den Rücken hinunter. Was sollte er tun? Wie sollte er sich verhalten?

Ich darf mir nichts anmerken lassen.

Ein weiterer Blitz zerriss die Finsternis und erinnerte ihn daran, wo sie sich befanden und dass er sie in die Sicherheit des *Hnízdo* zurückbringen musste. Tief atmete er ein und aus und fuhr sich mit zittrigen Fingern durch sein Haar, um sich zu beruhigen. »Wir sollten endlich zurück«, sagte er heiser und wandte sich zu ihr um. Bei ihrem Anblick zog sich alles in ihm zusammen.

Sie zog eine Grimasse. »Ich weiß.« Die gefaltete Picknickdecke hatte sie sich über den Unterarm gelegt und hielt das Buch in der Hand, mit der Taschenlampe beleuchtete sie den unebenen Waldboden vor ihren Füßen. Um sich gegen den eisigen Wind zu schützen, hatte sie die Schultern hochgezogen. »Aber wir treffen uns morgen hier«, sagte sie bestimmt und ihm fiel erst jetzt ein, worüber sie zuvor diskutiert hatten.

»Ich bin für die Patrouillen in der Stadt eingeteilt.«

»Das ist ja eine super Ausrede.« Lautstark stieß sie die Luft aus und stapfte los.

Er streckte seine Flügel, um sie vor dem beißendkalten Regen zu schützen. »Das ist keine Ausrede, sondern meine Pflicht als Wächter.« Der hochmütige Blick, den sie ihm über die Schulter zuwarf, sagte mehr als Worte. »Du denkst, ich lüge.«

»Ich denke, es passt dir ganz gut in den Kram, damit du dich nicht mit mir treffen musst.«

»Ich würde alles dafür tun, um bei dir zu sein«, sagte er und wurde sich erst in dem Augenblick, als sie abrupt stehen blieb und ihn erstaunt anstarrte, bewusst, was er da gesagt hatte. »Also, ich …«

Ihre Verwunderung wandelte sich in Entschlossenheit. »Prima, dann also morgen hier«, sagte sie und ging weiter.

»Moment, so …« Sie unterbrach ihn mit einem drohenden Blick, der ihn nervös schlucken ließ.

»Und wehe, du kommst nicht«, entgegnete sie kämpferisch.

Das war eigentlich nicht sein Plan gewesen. Ungehalten stieß er ein Knurren aus, was sie jedoch offensichtlich nur amüsierte.

Ihm blieb wohl nichts anderes übrig, als für den Moment zu kapitulieren. »Warum bestehst du so sehr darauf, mir das Lesen beizubringen? Du würdest dich dadurch in Gefahr bringen.« Statt zu antworten, senkte sie den Kopf.

Der Regen nahm zu und immer mehr Tropfen fanden ihren Weg durch die kahlen Äste zu ihnen. Das feuchte Moos und Laub machten den Boden an einigen Stellen gefährlich glitschig und Phee wirkte, als wäre sie mit dem Gedanken gerade weit weg.

Des Öfteren wollte er sie stützen, ließ seine Hand jedes Mal wieder sinken. Sie zu berühren würde seine Beherrschung weiter torpedieren. Erst als sie ihr Gleichgewicht verlor und drohte zu stürzen, ergriff er ihren Ellenbogen und hielt sie fest. Ihre Finger gruben sich haltsuchend in seine Arme und ihre Blicke trafen sich. Für einen Moment existierten nur sie auf dieser Welt.

»Danke«, sagte sie heiser, als sie wieder sicher stand und er sich zwang sie loszulassen. »Dafür nicht. Das ist meine Aufgabe.«

Ihre Finger lagen immer noch warm auf seinen Unterarmen. Ihr Mund wurde zu einer harten Linie. »Meine Mutter hatte recht. Ich bin egoistisch und denke nur an mich«, stieß sie erbittert aus.

»Das stimmt nicht. Du willst mir das Lesen und das Schreiben beibringen. Obwohl du dich damit in Gefahr begibst.«

Sie verzog das Gesicht. »Aber ich bringe dich dadurch auch in Gefahr, oder?«

Er konnte sie nicht belügen und nickte.

»Darüber habe ich vorher überhaupt nicht genau nachgedacht. Also, ich habe das gewusst, mir war das nur nicht wirklich klar.« Sie wirkte so niedergeschlagen, dass ihm das Herz blutete. Erneut zerriss ein Blitz das Firmament und kurz darauf rollte sein Grollen durch die Dunkelheit. »Ich will kein Teil davon sein«, stieß sie aus.

»Wovon?«, fragte er verwirrt. Noch bevor sie antworten konnte, öffneten sich endgültig die Schleusen des Himmels und die kahlen Äste konnten den reißenden Wassermassen, die sich ergossen, nichts mehr entgegensetzen. Vorsichtig legte er seine Schwingen um sie beiden, um den wütenden Sturm zurückzuhalten.

»Ich habe dich … vermisst.« Das Rauschen des Regens schluckte fast ihre Worte, die ein warmes Stechen in seiner Brust auslösten und die er dennoch nicht glauben konnte. »Warum? Ich bin ein Soumrak.«

»Das ist nicht zu übersehen«, sagte sie mit einem Blick auf seine Flügel, die einen schützenden Kokon um sie bildeten. »Du bist der Einzige, mit dem ich hier reden kann.«

»Normalerweise sprechen die Den nicht mit jemanden wie mir.«

»Und dennoch bist du menschlicher als sie alle zusammen. Ich möchte nicht zu ihnen gehören, wenn sie so jemanden wie dich wie Dreck behandeln.« Seufzend lehnte sie sich an ihn. Ihre Nähe versetzte sein Innenleben in Aufruhr. »Ich habe gestern meinen Vater angerufen.« In ihrer Stimme lag etwas Zerbrochenes.

»Hat er etwas zu dir gesagt, das dich verletzt hat?« Allein bei dem Gedanken, dass ihr jemand wehtat, spürte er die Bestie in sich erwachen. Wollte am liebsten alles in kleine Stücke schlagen, was sie nur ansatzweise bedrohen konnte.

Verneinend schüttelte sie den Kopf. »Ich wusste schon vorher, dass ich nicht mehr zurückkehren kann, aber erst in dem Moment, als ich seine Stimme hörte, ist es mir wirklich bewusst geworden. Ich ... ich habe mich noch nie so allein gefühlt wie in diesem Moment.«

Unwillkürlich legte er die Arme um sie. Er hätte sie sofort loslassen müssen, doch sie presste sich an ihn, vergrub ihr Gesicht an seiner Brust und ließ ihre Hände über seine Flanken zu seinem Rücken wandern. Einen kurzen Moment schloss er die Augen und schwelgte in ihrem Duft, doch schon dieser Augenblick reichte, um ihn an den Rand seiner Beherrschung zu bringen. »Wir müssen zurück, sonst werden sie dich suchen.« Nur zögerlich löste sie sich von ihm und nickte traurig.

»Ich werde morgen bei Einbruch der Dämmerung da sein«, versprach er, auch wenn er genau wusste, dass er es irgendwann bereuen würde. Aber sie brauchte ihn. Vielleicht sogar mehr, als er sie brauchte.

16

Den ganzen Tag über war Phee das reinste Nervenbündel. Schwankte zwischen Euphorie und Frustration. Sie freute sich auf das Treffen mit Damian – falls er überhaupt auftauchte. Auf dem Rückweg hatte er sie die ganze Zeit angesehen, als wüsste er nicht, was er von ihr halten sollte.

Vielleicht wäre es sogar besser, wenn er nicht kommen würde. Immerhin war ihr geplantes heimliches Treffen nicht ungefährlich. Allerdings übte das Verbotene seinen ganz eigenen Reiz auf sie aus.

Vor Aufregung und Nervosität ließ sie allein in Mathe drei Mal den Stift fallen, was ihr nicht nur von Herrn Toman verwunderte Blicke einbrachte.

»Was ist denn heute mit dir los?«, fragte Alena auf dem Weg zum Speisesaal, nachdem es zur Mittagspause geläutet hatte.

Darjana nickte zustimmend. »Man könnte meinen, du hättest irgendetwas angestellt.« Neugierig musterte sie Phee von Kopf bis Fuß.

Phees Wangen brannten.

»Was hast du getan?«, fragte Alena mit gespieltem Schock begierig und bereitete Phee damit Magenschmerzen. Sie konnte ihr schlecht erzählen, dass sie Damian gestern Abend getroffen hatte, statt zu lernen, während ihre Mitbewohnerin bei den Theaterproben gewesen war.

»Ich ... ähm ...« In ihrem Kopf herrschte das reinste Chaos.

»Lass mich raten, es geht um einen Jungen«, unterbrach Alena sie. »Oder ein Mädchen?«

»Wer ist es?«, fragte Darjana neugierig.

»Keiner. Wie kommt ihr denn auf dieses schmale Brett?« Entgeistert über diese unsinnige Frage schüttelte sie den Kopf. Wobei ihre Vermutung gar nicht so weit hergeholt war, wurde ihr in diesem Moment bewusst. Den

Gedanken schob sie allerdings weit von sich. Immerhin war Damian nicht menschlich. Er war ihr Freund und der Einzige, dem sie hier ansatzweise vertraute. Dass ihr Herz jedes Mal, wenn sie nur an ihn dachte, ins Stolpern geriet, lag schlicht daran, dass er aussah wie ein Dämon.

»Hallo? Wir leben in einem gemischten Internat mit hormongesteuerten Teenagern. Was denkst du, was passiert? Übrigens falls meine Schuhe mal vor der Tür stehen, solltest du nicht einfach reingestürmt kommen, wie du es sonst gerne tust.«

Darjana kicherte leise, während Phee Alena fassungslos anstarrte. »Das ist nicht dein Ernst?«

»Ich hätte dich eigentlich nicht für prüde gehalten.«

»Bin ich auch nicht. Ich habe allerdings andere Probleme als Jungs, seit ich hier bin«, erklärte Phee entrüstet. »Außer du zählst Jaro dazu. Allerdings nicht im romantischen Sinne, bevor du das falsch verstehst.«

»Kannst du das Licht immer noch nicht beherrschen?«, fragte Darjana, die sie das ganze Wochenende nicht gesehen hatte.

»Ich kann nichts beherrschen, was nicht da ist.« Phee gab einen gequälten Laut von sich. »Vielleicht bin ich doch keine Den.«

»Du wärst nicht hier, wenn es so wäre«, bemerkte Alena.

»Wie habt ihr denn das Licht in euch erweckt?«, fragte Phee und hoffte ihre Unterhaltung in unverfänglichere Bahnen lenken zu können.

»Da sich bei mir bis zu meinem zehnten Geburtstag noch keine Kräfte von selbst gezeigt hatten, bekam ich ähnlich wie du eine Tutorin, die mir dabei half.«

»Oh.« Zumindest war sie nicht die Einzige. »Und wie hast du es am Ende geschafft?«

»Das weiß ich nicht mehr«, sagte Darjana entschuldigend und biss sich auf die Unterlippe, während sie sich bei der Essensausgabe anstellte. »Heute ist es so, als würde ich einfach einen Schalter betätigen.«

Phee wandte sich Alena zu, die sich ebenfalls ein Tablett nahm und sich hinter ihr einreihte. »Sorry, ich war sehr viel jünger und kann mich gar nicht mehr daran erinnern. Kasimir erzählt immer, dass ich mit Jaro Verstecken gespielt und im Dunkeln wohl Angst bekommen habe und deswegen auf meine Fähigkeiten zurückgriff.« Ihre Wangen röteten sich.

»Du bist mit Jaro zusammen aufgewachsen?« Das erklärte, warum sie manchmal etwas seltsam auf ihn reagierte.

»Als meine Eltern gestorben sind, ging Kasimir noch zur Schule. Deswegen hat Jaros Vater Stanislav mich aufgenommen. Er war Kasimirs älterer Halbbruder und vor ihm Leiter des Internats.«

Phee kräuselte die Nase. »Das heißt, du und Jaro seid verwandt?«

Entsetzt riss sie die Augen auf. »Zum Glück nicht. Wie bereits erwähnt sind Kasimir und ich auch nur Halbgeschwister. Sein Vater war Jaros Großvater.« Traurig sah Alena in Richtung der Tische. »Früher war Jaro nicht so verbittert und mehr wie ein Bruder für mich.«

»Was hat sich verändert?«, fragte Phee und überlegte, ob sie lieber das Schnitzel mit Pommes oder die Hähnchenbrust auf dem undefinierbaren Gemüsepotpourri nehmen sollte.

»Seine Mutter starb«, erinnerte Alena sie.

Phee starrte sie mit offenem Mund an. »Oh. Ich ...« Peinlich berührt wandte sie sich wieder der Auslage zu und entschied sich doch für den Salat. Die Aussage war ihr auf den Magen geschlagen.

Auch wenn das Thema sie runtergezogen hatte, hoffte Phee, dass es Alena zumindest von der abwegigen Idee einer Romanze abgelenkt hatte. Das Letzte, was sie im Moment gebrauchen konnte, war, dass ihre Mitbewohnerin hinter ihr herumschnüffelte.

Dennoch war sie auf der Hut, als sie sich am Nachmittag mit der Ausrede, dass sie noch mit Caro telefonieren wollte, aus der Lerngruppe ausklinkte. Unaufhörlich sah sie misstrauisch über ihre Schulter, während sie durch den Wald stapfte, auf der Suche nach der Eiche, unter der sie es sich gestern gemütlich gemacht hatte.

Sie musste nur die Stelle finden, von der sie sich gestern jenseits des Weges ins Unterholz geschlagen hatte. Hier? Nein, der umgefallene Baum am Rand, den sie zur Orientierung benutzt hatte, war mit Moos überzogen gewesen. Oder war es dieser? Nein, der Stamm war länger gewesen.

Die Sonne verschwand und die Farben des Tages verblassten. Es war lächerlich, aber sie war nervös. Tief sog sie kühle Luft in ihre Lungen und wurde sofort ruhiger.

Ein Rauschen erklang und ein Schatten glitt über sie hinweg. Automatisch sah sie nach oben und entdeckte die dunkle Gestalt, die kurz darauf ihre Flügel dicht an den Körper legte, sodass es im nächsten Moment wirkte, als würde sie vom Himmel fallen.

Ihr Herz setzte einen Schlag aus.

Kurz bevor Damian auf den Boden krachte, breitete er erneut die gewaltigen Schwingen aus, die sie jedes Mal aufs Neue faszinierten. Einige Äste zerbrachen, als seine Flügel durch die Baumkronen schnitten. Um die Landung abzufedern, ging er in die Knie, bevor er sich wieder zu seiner vollen Größe aufrichtete. Er stand nicht einmal einen halben Meter vor ihr. »Willst du, dass ich einen Herzinfarkt bekomme?« Ihr Atem bildet kleine Wölkchen in der Luft.

Verwirrt legte er den Kopf schräg. »Warum sollte ich das wollen?«

»Das sah verdammt gefährlich aus.« Und zugegeben sehr eindrucksvoll.

»Du hattest Angst um mich?«, fragte er überrascht und seine Lippen verzogen sich zu einem angedeuteten Lächeln. »Das brauchst du nicht. Ich bin nicht so zerbrechlich wie deine Art.«

Auch wenn er diese Tatsache völlig emotionslos hervorgebracht hatte, reizten sie diese Worte. »Willst du damit andeuten, dass ich schwach bin?« Na ja, das war sie auch, wenn sie seinen muskulösen Körper genauer betrachtete. Ihr war bisher gar nicht aufgefallen, wie gut er auf seine Weise aussah. Breite Schultern, schmale Hüften und ein sehniger Körperbau, der von Kraft zeugte. Seine Bewegungen waren geschmeidig wie die eines Panthers. Wäre er ein Mensch, hätte sie ihn eindeutig angeschmachtet. Auch wenn ihm gerade die Hörner, Reißzähne und Flügel das gewisse Etwas gaben.

»Du besitzt andere Stärken.« Aufmerksam sah er sich um. »Ich dachte, wir treffen uns dort, wo du mich gestern bereits hingelockt und zu alldem überredet hast.« Seinem trockenen Tonfall war nichts anzumerken, aber in seinen Augen blitzte es amüsiert.

Hatte sie ihn jetzt richtig verstanden und ihn hatte ihr gestriges Manöver beeindruckt? Allerdings würde das nicht lange anhalten. »Um ehrlich zu sein, habe ich keine Ahnung mehr, wo das war«, gestand sie zähneknirschend.

Verdutzt zog er eine Augenbraue hoch, bevor er anfing zu lachen und in ihrem Magen ein ganzes Feuerwerk abfackelte.

»Dann hast du ja Glück, dass ich immer weiß, wo du bist, damit du nicht verloren gehst.«

Er wirkte ungewohnt entspannt und zeigte eine humorvolle Seite, die sie gar nicht an ihm kannte. Die ihr allerdings sehr gut gefiel. Zu gut. »Ich bin mir nicht sicher, ob das so eine gute Idee ist.«

Er lachte rau. »Erst versuchst du alles, damit ich zustimme, dass du mir das Lesen und Schreiben beibringen darfst, und sobald du dies erreicht hast, bist du dir nicht mehr sicher?«

»Ich möchte dich nicht in Gefahr bringen.«

Das amüsierte Funkeln machte einem wehmütigen Ausdruck Platz. Er atmete tief durch, hob seine Hand und strich zart mit der Rückseite seiner Klaue über ihre Wange. Das Prickeln zog über ihre Arme und die gesamte Wirbelsäule hinunter. »Ich befürchte, dafür ist es bereits zu spät«, sagte er leise und sah sie mit einer Intensität an, die ihr das Gefühl gab, ihr ganzer Körper würde in Brand gesetzt. Unsicher sah sie sich um, damit sie ihm nicht länger in die Augen sehen musste.

»Keine Angst, ich kann wittern und hören, falls sich uns jemand nähert. Allerdings kann ich nicht lange bleiben. Wir sollten also anfangen.«

Toll, sie war auch schon nervös genug, ohne dass er sie daran erinnern musste, dass er deutlich hörte, wie ihr Herz raste. Phee nickte und ging zu einem Baumstamm, der quer lag und halbwegs trocken wirkte. Sie holte das Notizbuch und den Stift heraus, die sie mitgebracht hatte.

Als Damian keine Anstalten machte, sich zu setzen, klopfte sie einladend neben sich und begann zu schreiben. »Das ist dein Name. D-A-M-I-A-N«, buchstabierte sie und reichte ihm die Schreibutensilien weiter. Sie wirkten in seinen großen Händen winzig. Vor allem bereitete es ihm mit seinen Klauen Probleme, den Stift zu halten. Er zuckte zurück und versteifte sich, als sie sich vorbeugte und seine Hand ergriff, um es ihm zu zeigen. Sein Atem streifte ihren Nacken. Ihr ganzer Körper summte. »Warte, so«, sagte sie atemlos, führte seine Finger in die richtige Position und nahm wieder Abstand zu ihm.

Den durchdringenden Blick, den er ihr zuwarf, konnte sie nicht deuten, spürte ihn aber bis in die Zehenspitzen und war froh, als er sich dem Block zuwandte. Er legte den Kopf schräg und starrte konzentriert auf das Papier. Es war süß, wie er beim Nachdenken die Augen zusammenkniff und die Zungenspitze leicht rausstreckte. Er besaß schöne Lippen. Sanft geschwungen. Nicht zu voll. Perfekt zum Küssen.

Verdammt, worüber dachte sie da überhaupt nach?

Zaghaft schenkte er ihr ein Lächeln, als er fertig war. »Sehr gut«, lobte sie und sofort breitete sich das Lächeln bis zu seinen Augen aus, die anfingen zu strahlen. Etwas in ihr rückte an die richtige Stelle. Als hätte sie etwas gefunden, dass sie schon lange suchte.

***

Den Rest der Woche stahl sich Phee so oft, wie sich ihr die Gelegenheit bot, in die hereinbrechende Nacht hinaus, die immer früher die Welt in ihren Bann zog. Damian wartete bereits auf sie. Ihr Herzschlag beschleunigte sich, sobald seine imposante Gestalt ihr lautlos aus den Schatten entgegentrat. Am Anfang war es noch aus Furcht und Nervosität. Doch mit jeder Begegnung machte sich mehr und mehr Vorfreude bemerkbar.

»Wie war dein Tag?« Jedes Mal fragte er sie, obwohl ihr Tagesablauf eigentlich nur daraus bestand, zum Unterricht zu gehen, mit Darjana und Alena zu lernen und sich mit Jaro herumzuärgern. Verlegen sah sie auf ihre Füße.

»Wir haben heute im Geschichtsunterricht den Prager Frühling durchgenommen und vorhin hatte ich Training mit Jaro.«

»Was erzählst du mir nicht?«

Sie hatte versucht ihre Stimme neutral klingen zu lassen, dennoch hatte er sofort bemerkt, dass sie etwas belastete. Das tat er immer.

»Es ist nichts. Jaro verhält sich nur mal wieder besonders idiotisch.«

»Erzähl es mir.« Das bedrohliche Knurren, das Damians Worte begleitete, beruhigte und ermutigte sie zugleich. Jeder normale Mensch hätte wahrscheinlich Angst, aber das hatte sie nicht. Dafür war Damian zu fürsorglich ihr gegenüber. Er brachte oft eine Kleinigkeit zu essen mit, einen Apfel, Trauben oder eine Tafel Schokolade. Sie mochte den leichten Druck seiner Hände, wenn er sie festhielt, damit sie nicht stolperte. Die Berührung war jedes Mal wie ein Stromschlag. In letzter Zeit stolperte sie öfter.

»Teilen wir?«, fragte sie und hielt ihm einen Riegel entgegen, den er erst nach einigem Zögern nahm. Sie war jedes Mal geknickt, wenn er gehen musste und sie zum Haus zurückbrachte.

Schlimmer war es nur, wenn sich keine Möglichkeit ergab, in der Dämmerung hinauszuschleichen. Das Abendessen war längst vorbei und Damian somit auf Patrouille in der Stadt. Missmutig biss sie sich auf die Unterlippe und versuchte sich ihre Enttäuschung nicht anmerken zu lassen. Die ganze Zeit musste sie an ihn denken und konnte sich kaum auf ihre Aufgaben konzentrieren.

»Phee, wo willst du hin?«, fragte Alena verwundert, als sie sich ihre Jacke schnappte und die Terrassentür der Bibliothek öffnete.

»Nur an die frische Luft. Mir raucht der Kopf.« Heute stand Tschechisch auf dem Lehrplan. Es fiel ihr ungewöhnlich schwer, sich die Vokabeln zu merken. Wenn Damian mit ihr lernte, war es viel einfacher.

»Soll ich mitkommen?«

»Bis du deinen Mantel geholt hast, bin ich längst wieder da«, winkte Phee ab und zog die Tür hinter sich zu. Trotz der dicken Jacke und der Handschuhe, die sie überzog, fror sie. Am Morgen hatte der Nebel die Bäume und Sträucher mit einem feinen Gespinst aus Raureif überzogen, welches sie noch immer zierte.

Tief sog sie die eisige Luft in ihre Lunge, stieß sie langsam wieder aus und lehnte sich an die Balustrade. Der Himmel war klar und übersät mit Sternen.

Irgendwie hatte sie das unbestimmte Gefühl, sie wäre nicht allein. Und tatsächlich entdeckte sie in der Dunkelheit einen Schatten. Keine Ahnung, warum sie wusste, dass er es war, noch bevor Damian aus der Finsternis heraustrat und ihr Herz einen Sprung machte. »Ich dachte, du wärst schon auf Patrouille.«

»Ich hatte gehofft dich zu sehen«, sagte er leise. Seine Worte lösten ein angenehmes Kribbeln aus, auch wenn sie sicher war, dass er es nicht so meinte, wie es klang. Der Ton zwischen ihnen beiden hatte sich in den letzten Tagen abermals verändert. War vertrauter geworden.

Sie schluckte nervös. »Tut mir leid, dass ich mich vorher nicht hinausschleichen konnte, sodass wir noch etwas üben konnten. Ich hoffe, du bekommst keinen Ärger, weil du noch hier bist.«

»Und wenn, war es das wert«, sagte er mit einem Lächeln, bei dem ihr ganz warm wurde und ein sehnsüchtiges Ziehen in ihrem Magen trat. Das klang schon eindeutiger. »Ich hoffe, wir sehen uns morgen.« Sein Blick suchte ihren. In der Luft lag eine knisternde Spannung.

»Hoffe ich auch.« Ihre Stimme war kratzig.

»Am besten du gehst wieder hinein, es ist eiskalt«, sagte er besorgt. Davon spürte sie jedoch gar nichts mehr. Allein bei seinem Anblick war ihr warm geworden. Wie so oft trug er ein hautenges Oberteil, das seine Schultern und Oberarme freiließ, und fingerlose Handschuhe mit Stulpen, die sich bis zu seinen Ellenbogen zogen.

Noch eine ganze Weile starrte sie in die Dunkelheit, in der er verschwunden war, und ließ ihr kurzes Gespräch Revue passieren. Wenn sie es nicht besser gewusst hätte, hätte man meinen können, er flirtete mit ihr. Der Gedanke zauberte ein Lächeln auf ihre Lippen.

Den nächsten Tag fühlte sich Phee, als könnte sie Bäume ausreißen. Selbst die Aussicht auf das Training mit Jaro konnte ihre Stimmung nicht trüben. Während ihr die Den genau wie ihre Mutter das Gefühl gaben, nicht genug zu sein, fühlte sie sich in Damians Nähe akzeptiert. Mehr noch. Als wäre sie etwas Besonderes, etwas Kostbares. Nicht nur eine Last. Es war seit langer Zeit das erste Mal, dass sie wieder das Gefühl hatte, ihr Leben in den eigenen Händen zu halten. Nicht mehr nur zu reagieren, sondern selbstbestimmt zu agieren. Erst jetzt wurde ihr bewusst, dass sie sich auch schon Monate, bevor ihre Beziehung mit Ben den Bach runtergegangen war, nicht mehr wie sie selbst gefühlt hatte.

Wie hatte es Andĕl ausgedrückt? Gefangen in einem Käfig. Es war noch schlimmer gewesen, sie hatte sich in ihrer eigenen Haut eingesperrt gefühlt und wie wild um sich geschlagen, um der erdrückenden Enge zu entkommen. Damians Worte kamen ihr in den Sinn: *»Du erinnerst mich an einen Igel. Voller Stacheln, damit niemand dir zu nah kommt und dich verletzen kann.«*

Sie hatte sich dadurch aber nur selbst verletzt.

Und auch ihre Mutter.

Einen Moment starrte sie auf das dunkle Display ihres Handys, bevor sie dem Impuls nachgab und eine Nachricht an sie schrieb.

Bin zu Friedensgesprächen bereit.

Bevor sie auf den Gedanken kommen konnte, die Nachricht wieder zu löschen, legte sie das Telefon auf das Nachttischchen neben ihrem Bett.

Sie konnte es kaum erwarten, dass die Sonne endlich unterging. Vorher musste sie nur das Training hinter sich bringen. Zwischen ihr und Jaro schien mittlerweile eine stumme Übereinkunft zu bestehen, diese Zeit so friedlich wie möglich einfach abzusitzen.

Sie gab sich auch keinerlei Mühe mehr, diese unbekannte Energie in ihrem Inneren freizusetzen. Stattdessen trieb sie in dem Wasser, das ihr heute ungewöhnlich warm erschien, und überlegte, wie sie sich dieses Mal unbemerkt hinausschleichen konnte, um Damian zu treffen. Kaum dachte sie an ihn, verspürte sie dieses warme Gefühl in ihrem Brustkorb, das sich bis in ihren Unterleib fortsetzte.

***

Was zum Teufel war das? Das Wasser um Phee fing regelrecht an zu glühen. Wären sie nicht im Schwimmbecken gewesen, das für diesen Fall extra magisch verstärkt war, hätte es schnell gefährlich werden können. Doch so verspürte Jaro nur ein leichtes Prickeln, als die Energie unkontrolliert aus Phee herausströmte und durch das Wasser abgeleitet wurde. Das Seltsame war, dass man ihr nichts ansah. Kein Leuchten ging von ihr aus, was normalerweise der Fall war, wenn ein Den seine Kräfte nutzte. Es fühlte sich auch anders an. Irgendwie gedämpft, als würde ein Schatten über ihrem Licht liegen.

»An was hast du gerade gedacht?«, fragte er argwöhnisch.

Erschrocken riss sie die Augen weit auf und begann mit den Armen wild zu paddeln, schaffte es dennoch nicht, sich an der Oberfläche zu halten, und kam Sekunden später prustend wieder hoch. Offensichtlich war sie im Gedanken gewesen – mal wieder.

»Musst du mich so erschrecken?«

»Du sollst hier nicht pennen.« Er sah zu einer der Kameras und überlegte, ob Kasimir zusah. Wahrscheinlich. In letzter Zeit wurde sein Onkel immer ungeduldiger, was Phees Fähigkeiten anbelangte. Als gäbe es nichts Wichtigeres, als dass ihre Kräfte endlich erwachten. »An was hast du gerade gedacht?«, hakte er noch mal nach.

»Das geht dich nichts an«, wehrte Phee ab, was ihn jedoch nur noch neugieriger machte.

»Ist irgendwas in den letzten Tagen vorgefallen?« Seit ihrer Ankunft hatte sie sich verändert. Bisher hatte er diesem schleichenden Prozess keine Aufmerksamkeit geschenkt, da er davon ausgegangen war, dass sie sich langsam an ihr neues Leben hier gewöhnte. Wenn er so darüber nachdachte, verhielt sie sich allerdings die ganze Woche schon merkwürdig.

»Wie kommst du darauf?«, fragte sie, wich seinem Blick aus, watete zur Leiter und stieg aus dem Becken.

Irgendwie wirkte sie nervös und noch misstrauischer, als sie es für gewöhnlich war. Als hätte sie etwas zu verbergen.

Jaro zog sich aus dem Wasser und nahm neben ihr auf der Bank Platz und setzte mehrfach zum Sprechen an, brach dann aber wieder ab. Ihm kamen Zweifel, ob es eine gute Idee war, ihr mittzuteilen, dass ihre Kräfte eventuell erwacht waren. Vor allem solange er noch nicht wusste, ob dies wirklich der Fall war und was dies ausgelöst haben könnte. »Ich wollte doch nur wissen, an was du eben gedacht hast. Warum wirst du deswegen gleich so pampig?«

Ein genervtes Stöhnen erklang. »Du kannst einem echt auf die Nerven gehen.« Sie nahm einen kräftigen Schluck aus der Flasche, blieb ihm die Antwort aber weithin schuldig.

Er atmete tief durch, warf noch mal einen vorsichtigen Blick zu den Kameras, bevor er sich vorbeugte, ein Ellenbogen auf dem Knie aufstützte und sich nachdenklich über den Mund rieb. »Ich bin mir nicht sicher, aber es könnte sein, dass du eben auf das Licht in dir zugegriffen hast.«

Irritiert starrte sie ihn an. »Was meinst du damit, du bist dir nicht sicher?«

Er zuckte die Schultern. »Du hast nicht geleuchtet.«

Beunruhigt biss sie sich auf die Unterlippe und schien nachzudenken. »Okay. Und was heißt das jetzt?«

»Nichts.« Zumindest hoffte er das. »Ich würde vorschlagen, wir probieren es noch mal und du denkst einfach an dasselbe wie vorhin.«

Sie schluckte, presste ihre Lippen zusammen und nickte. Die plötzliche Verunsicherung und Zustimmung überraschten ihn. Jedoch nicht, dass sie nicht erneut auf das Licht in sich zugreifen konnte, so verkrampft, wie sie war. »Vielleicht habe ich mich getäuscht«, erklärte er ihr. Sie wirkte nicht beruhigt. Ganz im Gegenteil. Sie sah ihn an, als könnte er jeden Moment beißen. »Ich würde sagen, wir machen heute früher Schluss«, schlug er daher vor.

Als er sich kurze Zeit später von Phee verabschiedete und auf direktem Wege zu seinem Onkel ging, fühlte er sich unwohl. Die Tür zu seinem Büro stand offen. Jaro klopfte kurz an den Rahmen und trat dann ein.

Kasimir sah ihn erwartungsvoll an. »Hast du mir etwas zu berichten?«, fragte er ohne Umschweife.

Jaro hatte schon Luft geholt, um die heutigen Geschehnisse zusammenzufassen, stattdessen schüttelte er aus einem Impuls heraus verneinend den Kopf. Kasimirs Verhalten ließ sämtliche Alarmglocken in ihm schrillen. Er wirkte gehetzt. Seine Haare waren zerzaust und sein Hemd zerknittert, was ihm überhaupt nicht ähnlichsah. Man könnte meinen, er hätte seit Tagen nicht geschlafen.

»Ist alles in Ordnung?«

»Nichts ist in Ordnung.« Kasimir stand auf, verschränkte die Hände hinter seinen Rücken und lief ungehalten auf und ab. »Ich verstehe nicht, wieso ihre

Fähigkeiten nicht längst erwacht sind. Hast du ihr auch wirklich alles erklärt?«

Natürlich war er jetzt daran schuld, dass sich das Erbe der Den bisher nicht bei ihr bemerkbar gemacht hatte, und nicht die Tatsache, dass Phee zur Hälfte ein Mensch war. Früher hatte man solche Kinder in die Obhut der Menschen gegeben und keinen Gedanken mehr an sie verschwendet. Wobei die Macht, die sie beim Training entfesselt hatte, alles andere als schwach gewesen war. »Bis ins kleinste Detail.« Er hätte vielleicht doch besser die Wahrheit erzählen sollen. Wenn er nun jedoch mit der Sprache rausrücken würde, würde sein Onkel ihm nie wieder vertrauen. Allerdings machte ihn Kasimirs Verhalten auch misstrauisch. Irgendetwas lief hier, von dem er keine Ahnung hatte. »Kann es nicht sein, dass sie einfach zu schwach ist, um das Licht zu nutzen?«

»Sie muss erwachen. Vorher nützt sie mir nichts«, blaffte Kasimir, schlug mit der flachen Hand auf den Tisch und stand auf.

Jaro wurde ganz still, versuchte keine Angriffsfläche zu bieten, als der Mann, der in diesem Moment seinem Vater so sehr ähnelte, nachdenklich durch den Raum schritt.

Statt ihn zu beachten, starrte sein Onkel ins Leere und verschränkte die Arme vor der Brust. »Unsere Macht zeigt sich unbewusst in Momenten, wo unser Leben ernsthaft bedroht wird.« Berechnend landete sein Blick auf ihn und Jaro brach der kalte Schweiß aus. »Du willst, dass ich sie in Lebensgefahr bringe?«, fragte er fassungslos. Er hatte mit einigem gerechnet, nur nicht damit.

»Ich denke, es wird reichen, wenn sie dies nur denkt.«

»Und wie soll ich das anstellen?«

»Lass dir was einfallen« Ein Lächeln deutete sich auf dem Gesicht seines Mentors an. »Lote ihre Grenzen aus.«

Jaro drehte sich der Magen um. »Das könnte gefährlich sein.«

»Ich bin bereit das Risiko einzugehen.«

Aber ich nicht.

17

Am Horizont türmten sich stahlgraue Wolkenberge, die einen kräftigen Kontrast zum kristallklaren Blau des Himmels bildeten. Die Sonne neigte sich bereits in Richtung des Horizontes. Statt nach dem Training ins Haus zurückzukehren, war Phee in den Wald gegangen. Ihr Haar war noch feucht und sie trug nur die dünnen Trainingssachen. Seit dem Frühstück hatte sie nichts gegessen und ihr Magen knurrte.

Aber das spielte alles keine Rolle. Sie spürte etwas in sich. Etwas Fremdes und zugleich so Vertrautes. Verunsichert betrachtete sie die Innenflächen ihrer Hände. Sie wirkten wie immer, doch langsam breitete sich die Energie in ihrem Körper aus. Ein zaghaftes Flüstern, das sie nicht verstand.

Verzweifelt ballte sie sie zu Fäusten.

Sie hatte gewusst, dass der Tag kommen würde, ab dem es kein Zurück mehr in ihr altes Leben gab. Noch immer sah sie Jaros misstrauischen Gesichtsausdruck vor sich.

»An was hast du gedacht?«

Die Frage hatte sie eiskalt erwischt.

Ihr Magen fuhr Achterbahn. Wahllos schlug sie den erstbesten Weg ein. Damian würde sie finden. Immer. Obwohl sie dieser Gedanke noch vor einigen Wochen abgeschreckt hatte, hatte er mittlerweile etwas Beruhigendes an sich.

»Denk an jemanden, der dir alles bedeutet. Der ein Licht in deinem Leben ist.«

Hoffentlich würde Jaro diesen Zusammenhang nie erkennen. Zwischen den kahlen Ästen der Bäume waren Teile der roten Ziegelsteinmauer, die das Gelände von der Außenwelt abschnitt, zu erkennen. Bei der nächsten Gelegenheit nahm sie daher einen Pfad, der von ihr wegführte.

Eine Schneeflocke landete auf dem Ärmel ihrer Jacke und sie entdeckte immer mehr von den zarten Gebilden, die wie Federn zu Boden schwebten, wo sie sofort schmolzen. Mittlerweile war der Himmel fast schwarz. Ein Schatten und das vertraute Rauschen, wenn Damian durch die Luft glitt, näherte sich. Instinktiv wusste sie, dass er es nicht war. Dicht presste sie sich an den Stamm eines Baumes und lugte vorsichtig durch die kahlen Äste in das herabfallende Schneegestöber. Der Gargoyle glitt über sie hinweg.

Kurz darauf durchschnitten erneut Flügel die Luft und ihr Herz machte einen Sprung noch bevor Damian in einer Superheldenpose in der Nähe landete. Schneeflocken wirbelten durch die Luft. Sie bewunderte seine ausgebreiteten, ledernden Schwingen, die er leider direkt nach der Landung wieder zusammenfaltete und wie einen Umhang um seine Schultern drapierte, während er auf sie zueilte.

»Was ist passiert?«, fragte er besorgt und blieb einen halben Meter vor ihr stehen.

»Ich musste dich sehen«, erwiderte sie heiser. Allein durch seinen Anblick fiel ein Teil der Anspannung von ihr ab. Er war da, nur das zählte. Erleichtert schlang sie ihre Arme um seine Hüften und ließ ihre Stirn gegen seine Brust sinken.

»Du zitterst ja«, bemerkte er. Sofort hüllten sie seine Arme und Flügel in einen schützenden Kokon ein. Er roch gut. Nach Wald und frisch gefallenem Schnee.

»Willst du es mir erzählen?«, fragte er sanft. Seine rauen Hände streichelten über ihren Rücken. Wahrscheinlich sollte es beruhigend sein, aber es löste andere sinnliche Empfindungen aus. Ihr Unterleib zog sich sehnsüchtig zusammen und ihre Haut prickelte, als würde sie in Flammen stehen.

»Ich ... ich bin jetzt eine Den«, platzte es aus ihr heraus. Atemlos sah sie zu ihm auf. Bis zu diesem Moment war ihr gar nicht bewusst gewesen, wie viel Angst sie davor hatte, wie er auf diese Veränderung reagieren würde.

Sein Adamsapfel bewegte sich, als er schluckte. »Das ändert nichts.«

»Das ändert alles«, sagte sie verstimmt und trat einen Schritt zurück. Sofort fielen seine Arme von ihr ab.

»Und was genau?«, fragte er ruhig.

»Ich kann nie wieder zurück in mein altes Leben.«

»Das konntest du nicht mehr, seit die Nocs von deiner Existenz erfahren haben.«

Er hatte recht, das wusste sie. Es war auch nicht ihre größte Sorge. »Und was ist … mit uns? Wirst du mich jetzt anders sehen?«

»Willst du etwa aufhören mir das Lesen und Schreiben beizubringen?« Das verstimmte Grollen in seiner Stimme wirkte, als würde er ihr Vorwürfe machen. Mittlerweile kannte sie ihn jedoch gut genug, um zu wissen, dass er sie aufzog.

»Natürlich nicht.«

»Das dachte ich auch nicht. Weil die Kräfte dich nicht definieren. Du bist immer noch du.«

»Noch. Aber was ist, wenn ich mich verändere?«

Seine Hände legten sich schwer auf ihre Schultern. Erdeten sie. »Du wirst nie so sein wie sie. Hörst du? Niemals.«

»Wie kannst du dir so sicher sein?« Sie war es nämlich nicht.

»Ich verstehe, dass du Angst davor hast. Aber lass nicht zu, dass diese dich bereits jetzt verändert.« Seine Worte trieben ihr die Tränen in die Augen. Sofort zog er sie zurück in seine Arme. »Hey. Es wird alles gut. Ich werde immer für dich da sein. Egal, was passiert. Ich bin dein Wächter.«

Länger konnte sie ihre Emotionen nicht zurückhalten. Die Anspannung, die seit Tagen in ihr gebrodelt hatte, bahnte sich nun in flüssiger Form einen Weg über ihre Wangen. Verzweifelt vergrub sie ihr Gesicht an seiner Brust. Sein gleichmäßiger Herzschlag war wie ein beruhigendes Metronom. Sein Duft stieg ihr in die Nase und sie atmete ihn sehnsüchtig ein.

Eine ganze Weile standen sie so da. Bis sein Körper unnatürlich verkrampft und sein Shirt feucht von ihren Tränen war. Peinlich berührt trat sie zurück und wischte hektisch über die Stelle, auch wenn es zwecklos war. »Entschuldige. Ich wollte dir nicht zu nahetreten.« Doch, das wollte sie. Am liebsten noch näher.

Er erwiderte nichts, sah sie nur durchdringend an. Plötzlich war da diese knisternde Spannung zwischen ihnen, die sie schon öfter bemerkt hatte, jedes Mal als Einbildung abgetan oder ihrer Angst vor ihm zugeschrieben hatte. »Du musst mich für eine Heulsuse halten«, sagte sie scheu und schluckte nervös.

»Ich halte dich für einen sehr leidenschaftlichen Menschen«, erklärte er mit dunkler Stimme, die ihr Inneres in Aufruhr versetzte. »Oder besser Den«, verbesserte er sich und sie entdeckte das amüsierte Funkeln in seinen Augen.

Sie gab ihm einen Klaps, aber er lachte nur. »Meistens zeigst du jedoch nur deine Stacheln und nicht deine weiche Seite, kleiner Igel.« Dass er sie neckte, löste auch die letzten Anspannungen in ihr. Er war ihr Freund. Der Einzige hier. Tief atmete sie ein. »Danke.«

Einen Moment lang sah er sie an, bevor er den Kopf abwandte und in den Himmel sah. »Wir müssen zurück.« Mittlerweile hatten sich die Schneeflocken durchgesetzt und eine leichte Puderzuckerschicht überzog das Areal.

Sie nickte bekümmert. »Jetzt haben wir die wenige Zeit, die wir haben, nur mit Reden verbracht statt mit Lernen.«

»Das macht nichts. Ich höre dich gerne reden«, erklärte er.

Sie war sich sicher, dass er keine Ahnung hatte, was seine Worte manchmal in ihr auslösten. Wenn er ein Mensch wäre, wäre sie ihm schon längst hoffnungslos verfallen. Sie ging los und er tapste lautlos neben ihr her, während er eine Schwinge schützend um sie legte wie einen Mantel. Unsicher warf sie ihm einen Blick zu und versuchte die aufsteigende Wärme, die sie in seiner Nähe spürte, zu unterdrücken. Diese kribbelnde Energie, die sie gefühlt hatte, als ihre Macht erwacht war.

Er wandte sich ihr zu und musterte sie. »Irgendetwas beschäftigt dich noch.« Er kannte sie mittlerweile gut.

Sie befeuchtete sich nervös die Lippen. »Offenbar sind meine Kräfte in dem Moment erwacht, als ich an dich gedacht habe.«

Er stutzte. »Was beunruhigt dich daran?«

Vielleicht machte sie sich gerade nur verrückt. »Wahrscheinlich ist es nichts. Ich habe nur so ein komisches Gefühl, weil Jaro so seltsam reagiert hat.«

»Inwiefern seltsam?«, fragte er ruhig, aber sie spürte, wie sich seine Muskeln anspannten.

»Er wollte unbedingt wissen, an was ich in dem Moment gedacht habe.«

Als hätte er gewusst, dass es etwas Verbotenes gewesen war. Etwas, das keiner der Den auch nur ansatzweise nachvollziehen konnte, denn für sie waren die Soumraks nicht mehr als Tiere. »Und dann war da noch der Punkt, dass er sich nicht sicher war, ob meine Kräfte überhaupt erwacht sind.«

Einen Augenblick blieb Damian stehen, bevor er sich wieder ihren Schritten anpasste. »Wieso sollte er daran zweifeln?«

»Ich habe nicht geleuchtet.«

Seine Stirn kräuselte sich.

»Weißt du, was das bedeuten könnte?«, fragte sie beunruhigt.

Nachdenklich senkte er den Kopf und schüttelte diesen verneinend. »Ich kenne mich mit den Kräften der Den nicht aus. Da musst du Jaro fragen.« Er wirkte darüber genauso unglücklich wie sie.

Am nächsten Tag konnte Phee es kaum erwarten, bis die Sonne unterging und die tiefhängenden Regenwolken am Himmel in Flammen setzte. Ihr Atem bildete kleine Wölkchen in der Luft, während sie zu dem verwitterten Pavillon eilte, der umrankt von knorrigen Rosenstöcken und vom Haupthaus nicht einsehbar in einer Ecke des Parks stand.

Von dem Schnee der gestrigen Nacht war bereits am Morgen nichts mehr zu sehen gewesen, als wäre ihr Treffen mit Damian im Wald nicht mehr als ein Traum.

Sie rieb sich die kalten Hände und packte das Kinderbuch aus, das sie aus der Bibliothek geschmuggelt hatte.

Damian traf kurz nach ihr ein. Er musste den Kopf einziehen, als er das achteckige Bauwerk aus Metall betrat. An drei Seiten waren Bänke aus Holz angebracht. Als er sich neben sie setzte, ertönte ein lautes Knirschen und er erstarrte.

Sein verstörter Gesichtsausdruck brachte sie zum Lachen.

»Ich mag es, wenn du lachst«, sagte er zärtlich und beugte sich näher zu ihr. Das morsche Holz bog sich, knackte und im nächsten Augenblick saßen sie beide auf dem Boden. Sie halb auf ihm. Verdutzt sahen sie sich an. Damian wirkte so fassungslos, dass sie nicht anders konnte, als erneut in lautes Lachen auszubrechen.

»Offensichtlich hast du dir nicht wehgetan«, grollte er und schob sie vorsichtig von seinem Schoß.

»Nein. Alles gut«, erklärte sie glucksend und versuchte sich zu beruhigen. Er warf den zersplitterten Resten des Sitzplatzes jedoch einen so bösen Blick zu, dass es vergebene Liebesmühe war. »Ich hoffe, du hast dich nicht verletzt«, japste sie und wischte sich ein paar Lachtränen aus den Augen.

Er schüttelte den Kopf, stemmte sich vom Boden hoch und wollte ihr die Hand reichen, doch er erstarrte mitten in der Bewegung. Seine Lippen öffneten sich erstaunt und seine Augen wurden groß.

»Was ist?«, fragte sie beunruhigt.

»Du leuchtest«, stieß er ehrfurchtsvoll aus.

Erschrocken hob sie ihre Hand und bemerkte das Glühen unter der Haut. Es verblasste bereits. Dennoch wollte sie dieses fremde Gefühl loswerden und schüttelte ihre Hand, als hätte sie in eine klebrige Substanz gepackt.

Damian ergriff mit beiden Händen ihre. »Es ist alles in Ordnung.« Er sah sie dabei eindringlich, aber auch so bewundernd an, dass die Panik, die sie zu übermannen drohte, verflog.

»Du hast recht«, erklärte sie und ließ sich von ihm aufhelfen.

»Vielleicht solltest du zu Jaro gehen«, schlug er unsicher vor.

Alles in ihr sträubte sich dagegen.

»Es ist noch recht hell. Lass uns lieber die Lichtverschmutzung für etwas Gutes nutzen und noch ein wenig lernen, bevor du wieder gehen musst.«

Bevor sie sich setzen konnte, stand Damian plötzlich vor ihr, legte seine Finger unter ihr Kinn und hob ihr Gesicht zu sich empor. Tief sah er ihr in die Augen. Seine Nähe raubte ihr die Luft zum Atmen.

»Deine Augen fangen an sich anzupassen. Bald wirst du genauso gut im Dunkeln sehen können wie ich«, erklärte er mit einem Mal, ließ sie los und trat wieder einen Schritt zurück.

Die ganze Situation wühlte sie auf. »Und du behauptest, es würde sich nichts ändern. Vor allem ich nicht.« Aufgebracht versetzte sie ihm einen kräftigen Stoß.

»Ich sagte, dass du nicht wie sie wirst. Dass deine Kräfte erwacht sind, ändert nichts daran, wer du bist.« Ein warmes Lächeln legte sich auf seine Lippen. »Lass uns noch ein wenig lernen, sonst ärgerst du dich wieder, dass wir es nicht getan haben.«

Missmutig setzte sie sich auf eine der verbleibenden Bänke. Damian misstraute offensichtlich der Konstruktion und setzte sich schräg vor sie, sodass sie ihm über die Schulter sehen konnte, während er das mitgebrachte Buch aufschlug und anfing zu lesen. Sie liebte seine dunkle Stimme. Diese tiefe Klangfarbe mit dem leichten Grollen, das ihren ganz Körper zum Klingen brachte. Sie hätte ihm stundenlang zuhören können, auch wenn er bei einigen Worten stockte. Er lernte schnell. Aus dem Augenwinkel musterte sie sein Gesicht. Konzentriert entzifferte er die Zeilen. Er war auf eine düstere Art schön. Die markanten Gesichtszüge hatten dennoch etwas Weiches. Durch die langen, dichten Wimpern – um die sie ihn wirklich beneidete – konnte sie seine Augen nicht erkennen. Sein seidiges Haar hatte er im Nacken zusammengebunden und sie hätte ihm gern das Haargummi geklaut, um mit beiden Händen hindurchzufahren. Seine Flügel lagen wie ein Mantel über seine Schultern.

Mehrfach streckte sie die Finger aus, um ihn zu berühren, und ließ im letzten Moment ihre Hand wieder fallen. Dicht lehnte sie sich an ihn.

»Darf ich sie berühren?«, platzte es aus ihr heraus.

»Was?«, fragte er verwirrt.

»Deine Flügel.«

Irritiert runzelte er die Stirn. »Warum solltest du das wollen?«

Das fragte sie sich manchmal auch. Dabei war es ihr schon seit dem ersten Tag ein Bedürfnis, die hauchdünnen Schwingen, die das Licht zu schlucken schienen, anzufassen. Was tat sie hier?

»Dann halt nicht«, erwiderte sie verdrossen.

***

Schon oft hatte Damian bemerkt, wie sie seine Schwingen mit gekräuselter Nase gemustert hatte. Auch seine Hörner oder die Reißzähne. Dinge, die sie unterschieden und sie immer daran erinnerten, was er war.

Ihr Erwachen machte ihr verständlicherweise Sorgen. Ihm ging es nicht anders. Aber er wollte nicht, dass sie deswegen litt. Dass ihre Angst sie beherrschte.

Deswegen suchte er die Stelle, die er eben vorgelesen hatte, um sie von ihrem Kummer abzulenken. Ihr Duft hüllte ihn ein. In ihrer Nähe fiel es ihm schwer, sich auf die Worte zu konzentrieren. Er bräuchte sich nur ein wenig weiter nach links drehen und würde sie berühren. Kurz verharrte er und versuchte den schwarzen Buchstaben einen Sinn zu geben.

»Kaninchen«, erklärte Phee und beugte sich noch dichter zu ihm. Ihre Brust streifte seine Schulter und er biss fest die Zähne zusammen, um nicht laut aufzustöhnen. Er war zugleich in der Hölle und im Himmel.

»Kaninchen«, wiederholte er, allerdings wollte sich ihm auch das nächste Wort nicht erschließen. Mit jeder Faser seines Selbst nahm er sie wie ein Leuchtfeuer wahr. Als würde die Blutsverbindung zwischen ihnen noch an Kraft gewinnen.

»Warum darf ich sie nicht berühren?«, fragte sie unvermittelt und er wusste im ersten Moment gar nicht, was sie meinte. »Was?«

»Deine Flügel«, wiederholte sie genervt und ein leichtes Echo ihres Gespräches hallte in ihm wider.

Er wurde einfach nicht schlau aus ihr. Warum wollte sie ausgerechnet einen Teil von ihm berühren, der ihr deutlich zeigte, was für ein Monster er war? »Ich habe es dir nicht verboten. Nur gefragt warum.« Wobei er hoffte, dass sie es nicht tat. Doch allein die Vorstellung, wie sie über die filigranen Knochenbögen strich, ließ ihn vor Wonne erschauern. Die Flügel eines Soumraks waren sehr empfindlich.

Ihr Herz schlug schneller. Genau wie seins.

Erschrocken zuckte er zusammen, als ihre Fingerspitzen ihn zaghaft berührten.

Sofort erstarrte sie. »Tut es weh?«, fragte sie beunruhigt.

»Nein.« Ganz im Gegenteil. »Mach weiter«, bat er, auch wenn er es nicht hätte tun sollen, und entfaltete die mitternachtsblauen Schwingen leicht, sodass sie besser an sie herankam. Von der Stelle, wo sie über die Haut strich, breiteten sich kribbelnde Kreise aus. Er erschauerte unter ihren forschen Erkundungen, die eher einer Liebkosung ähnelten. Verdammt, er hatte eine Erektion. Er begehrte seine Schutzbefohlene. Sollte das irgendwer jemals erfahren, würden sie ihn töten.

Ein zartes Lachen erklang.

»Was ist?«, fragte er. Seine Stimme klang seltsam fremd in seinen Ohren.

»Es fühlt sich ganz weich an. Außerdem schnurrst du.«

Er hätte diesem sinnlichen Verlangen nicht nachgeben dürfen, aber er wollte diesen gestohlenen Moment zugleich so lang wie möglich auskosten. Wie ein sinnliches Versprechen lag ihr Geruch in der Luft. Konzentriert atmete er flach ein und aus, um sich nicht einfach umzudrehen und sie in seine Arme zu ziehen. Sein Zahnfleisch schmerzte. Es war, als wären seine Reißzähne plötzlich riesig. Seine Klauen krallten sich in die Holzdielen, mit denen der Boden ausgelegt war, und er kämpfte dagegen an, nicht die Beherrschung zu verlieren und sich auf sie zu stürzen.

»Ich muss gehen«, stieß er rau hervor, sprang auf und entfernte sich so weit wie möglich von ihr. Er war schockiert über sich selbst, dass er es überhaupt so weit hatte kommen lassen.

Bestürzt starrte sie ihn an. Ihre Hand immer noch erhoben. Er ahnte, was sie sah. Seine Reißzähne, die er zu gern in ihren verletzlichen Hals geschlagen hätte. Seine Brust hob und senkte sich, als wäre er stundenlang gerannt. Das Bedürfnis, zu ihr zurückzukehren und zugleich von ihr und diesen Gefühlen, die sie in ihm auslöste, zu fliehen, zerriss ihn regelrecht. Verzweifelt ballte er die Hände zu Fäusten und ihr Blick fiel auf seinen Schritt. Ihr konnte nicht entgehen, wie erregt er war.

»Ich …«, begann er, aber die Worte entfielen ihm.

Der Kies des Weges, der zu ihrem abgelegenen Versteck führte, knirschte verräterisch. »Es kommt jemand«, sagte er und verschmolz im letzten Moment mit der Dunkelheit, bevor Jaro ihn bemerken konnte.

***

Phee konnte ihren Blick nicht von der Stelle lösen, an der Damian verschwunden war. Sie fühlte sich wie gelähmt. Sein abrupter Abgang hatten ihre ohnehin schon verwirrenden Gefühle in ein endgültiges Tohuwabohu gestürzt.

Er hatte anders gewirkt. Irgendwie hungrig. Seine Lippen hatten seine Reißzähne entblößt und das Schnurren, das er die ganze Zeit ausgestoßen hatte, als sie über seine Flügel gestrichen hatte, hatte sich in ein dunkles Knurren gewandelt. Seltsamerweise hatte sie dennoch keine Angst verspürt. Es war eher berauschend gewesen. Sie hatte die deutliche Beule in seiner Hose bemerkt. Dieser anatomische Teil schien sehr kompatibel mit ihrer menschlichen Physiologie zu sein.

Worüber dachte sie da überhaupt nach? Das war Wahnsinn.

»Vor wem versteckst du dich denn hier?«, fragte Jaro und ließ sie zusammenzucken.

Phee schüttelte den Kopf, um das Durcheinander aus ihrem Kopf zu vertreiben, und wandte sich dem Störenfried zu.

»Vielleicht vor dir«, erwiderte sie schnippisch und stand auf. Ihre Hand zitterte noch immer, so aufgewühlt war sie. Am liebsten wäre sie Damian hinterhergerannt, statt sich mit diesem Idioten zu unterhalten.

»Hast du dich mit jemandem hier getroffen?«, fragte er, lehnte sich mit dem Rücken gegen einen der Pfosten, steckte die Hände in die Hosentaschen und sah sich aufmerksam um. Sein Blick glitt zu dem Kinderbuch und er runzelte irritiert die Stirn.

Phee biss sich auf die Lippen und stand auf. »Ich wollte nur allein sein.«

»Wusstest du, dass das Teil hier auch den Namen Knutschbunker trägt?«

Das hatte sie nicht gewusst. Die Information ließ ein Bild von ihr und Damian in ihrem Kopf entstehen. Eines, bei dem er sie leidenschaftlich küsste. Ihr Unterleib zog sich sehnsüchtig zusammen und ihr wurde heiß und kalt. Feine Schweißtropfen bildeten sich auf ihrer Wirbelsäule. Nur mit Mühe konnte sie ein Stöhnen unterdrücken. »Was willst du von mir?«, fragte sie harsch.

»Vielleicht mit dir reden«, bemerkte er ungewöhnlich zurückhaltend. »Über gestern. Du ...« Geräuschvoll atmete er ein.

Abwartend sah sie ihn an, aber er schien Probleme zu haben, das, was er ihr sagen wollte, in Worte zu fassen. Die Angst lag ihr wie ein Stein im Magen. »Spuck es schon aus.«

»Du solltest niemandem erzählen, dass deine Kräfte womöglich erwacht sind.«

Phee erstarrte. »Warum das?«

Nervös sah sich Jaro um. »Das kann ich dir jetzt noch nicht sagen.«

18

Es ärgerte Damian, dass er Jaros Witterung erst so spät wahrgenommen hatte. Viel zu spät. Ein grimmiges Knurren stieg in seiner Kehle auf, aber er schluckte das Geräusch hinunter und bleckte stattdessen angriffslustig die Zähne, während er beobachtete, wie die beiden zurück zum Haus gingen. Am liebsten hätte er den Eindringling in Stücke gerissen. Dabei war Jaro ein Den.

Offensichtlich besaß er mehr von seinem Vater, als er bisher auch nur geahnt hatte. Verzweifelt kämpfte er gegen die animalische Bestie in seinem Inneren an, die den anderen Mann tot sehen wollte, der in Phees Nähe war, und riss sich mit purer Willenskraft von dem Anblick los.

Wie ein gehetztes Tier auf der Flucht sprintete er durchs Unterholz. In seinem Kopf herrschte ein diffuses Wirrwarr. Er fühlte sich schuldig wegen seines tiefen Verlangens gegenüber Phee. Diese Sehnsucht, die ihn irgendwann den Kopf kosten würde. Oder schlimmer, ihr. Statt sie zu beschützen, hatte er ihr Vertrauen missbraucht.

Erbost über seine eigene Dummheit, schlug er mit der Hand nach einem nahegelegenen Baum. Die Klauen schnitten wie durch Butter. Frustriert sah er die messerscharfen Krallen an, die den breiten Stamm ohne Probleme in zwei Teile spalteten. Er war eine Waffe. Mehr nicht. Verzweifelt setzte er seinen Weg fort. Erklomm die Mauer mit einem kräftigen Satz, stieß sich von der Krone ab und segelte über die Straße.

»Damian!« Der Ruf warnte ihn nur kurz vor, bevor der Körper eines anderen Soumraks mit ihm zusammenprallte und sie verkeilt ineinander zu Boden krachten. »Was zur Hölle ist in dich gefahren?«, brüllte ihm Lucas ins Ohr.

Mit einem Fauchen versuchte Damian seinen Gegner abzuwerfen. Trat und schlug um sich. Sich prügelnd rollten sie durch das Gras. In der Nähe bellte ein Hund. Er konnte Blut riechen. Keine Ahnung, ob es von ihm oder Lucas stammte.

»Komm wieder zu dir. Du kannst nicht mehr klar denken.«

Für gewöhnlich war Lucas der Ältere und somit der Stärkere, doch Damian war in seinem Zustand der Gefährlichere und schien eine ganze Weile die Oberhand zu behalten.

Lucas Nasenflügel bebten, als er witternd die Luft einsog. Fassungslosigkeit breitete sich auf seinem Gesicht aus. »Ihr Geruch haftet an dir.« Ein böswilliges Zischen erklang. »Was hast du getan?«

Damians Magen zog sich vor Angst zusammen. »Nichts. Wir haben uns nur kurz getroffen.«

Lucas schnaubte ungläubig, nutzte sein Unachtsamkeit und rammte ihm das Knie in den Brustkorb, sodass ihm die Luft wegblieb. »Das ist mehr als eine oberflächliche Übertragung. Diese Frau geht dir unter die Haut. Verdammt, Damian. Ich habe dich gewarnt.«

Wutschnaubend wandte sich Damian um, brachte Lucas aus dem Gleichgewicht und schlug ihm den Ellenbogen ins Gesicht. »Wenn du ihr auch nur ein Haar krümmst ...«, knurrte er drohend.

»Damit diese Bastarde meinen steinernen Körper zerschmettern? Das ist keiner von ihnen wert.«

»Du hasst sie. Du hast die Den schon immer gehasst.«

»Jeder Soumrak, der noch ein bisschen Stolz in sich hat, sollte sie hassen.« Lucas schaffte es, aus seinem Griff zu entkommen, den Spieß umzudrehen und ihn mit dem Gesicht in den Boden zu drücken. Mehrfach versuchte Damian sich zu befreien, doch Lucas war in der besseren Position. »Beruhige dich endlich.«

»Sag mir erst, warum du mich grundlos angegriffen hast?«

»Grundlos?« Lucas ließ los, stand auf und klopfte sich Erde und Gras von den Knien. »Du hast nicht ansatzweise auf meine Rufe reagiert. Wir waren heute gemeinsam für die Patrouille eingeteilt.«

Grunzend setzte sich Damian auf. »Ich habe dich einfach nicht gehört.«

»Seit sie hier ist, kannst du nicht mehr klar denken.« Lucas baute sich vor ihm auf und sah entrüstet auf ihn herab. »Und ich weiß auch warum.«

Damians Lippe war aufgeplatzt und er wischte sich das Blut mit dem Handrücken ab. »Ach ja? Und warum?«

»Du willst dich mit ihr paaren.«

Damian hatte das Gefühl, ihm würde der Boden unter den Füßen weggezogen. Eine Paarung war so viel mehr als eine körperliche Vereinigung. Ein Soumrak paarte sich im Leben nur einmal. Eine alles verzehrende Sehnsucht erfasste ihn bei der Vorstellung, mit Phee auf diese Art verbunden zu sein, und zugleich stürzte es ihn in einen bodenlosen Abgrund. Wenn Lucas irgendjemandem von seiner Vermutung erzählen würde, wäre sein Leben verwirkt. »Das will ich nicht.«

»Ich habe wirklich gehofft, ich irre mich. Aber alle Anzeichen sind da. Es erklärt vor allem dein ungewöhnlich aggressives Gebaren mir gegenüber in letzter Zeit. Oder Jaro. Du bist eifersüchtig, wenn sich ihr auch nur ein anderes männliches Wesen nähert, weil du sie bereits als die Deine erachtest. Lass mich raten, du würdest sie am liebsten beißen.«

Damian erstarrt. Ihm wurde eiskalt und heiß zugleich. »Woher ...?« Er verstummte und hätte sich am liebsten selbst eine reingehauen, weil er sich verraten hatte.

»Woher ich weiß, dass du sie beißen willst?« Der Schatten von Schmerz huschte über sein Gesicht. »Das gehört zu unserer Natur. Auch wenn keiner es hören will – oder zugeben, damit die Den ja nicht denken, wir seien gefährlich. Das ist ein Witz.« Lucas lachte bitter. »Genau deswegen halten sie uns doch wie ihre Wachhunde.«

Damians Zähne mahlten aufeinander. »Und was hast du jetzt vor?«

Lucas stieß erschöpft die Luft aus. »Ich will dir nur helfen. Ich habe deinem Vater versprochen auf dich achtzugeben.«

Überrascht öffnete Damian den Mund. »Meinem Vater?«

»Dein Vater und ich waren Freunde. Er war mein Mentor.«

Damian war drei gewesen, als sein Vater vor seinen Augen hingerichtet worden war. Er hatte ihn kaum gekannt. Hatte ihn nie verstanden. Niemand hatte je über ihn geredet.

Es gab diese Gerüchte. Das Flüstern hinter seinem Rücken. Wie sehr hatte er sich gewünscht, dass ihm irgendwer erklärte, warum sein Vater einen Den angegriffen hatte. »Warum hast du nie vorher mit mir darüber gesprochen?«

»Du bist mehr als der Sohn eines Verräters. Du bist ein geborener Soumrak. Unsere Hoffnung auf Leben, denn du wurdest aus mehr als Stein erschaffen. Jeder deiner Schritte wird argwöhnisch überwacht. Ich bin überrascht, dass sie dir überhaupt eine der Ihren anvertraut haben.«

Bisher hatte ihn diese Sache zu sehr gefreut, als dass er sie hinterfragt hätte. Doch Lucas' Worte ließen ihn einen Moment stutzen.

Lucas sprach weiter. »Du warst ein so folgsamer und vorbildlicher Wächter, dass wir es nicht wagten, dich anzusprechen. Seit diese Den aufgetaucht ist, hast du dich jedoch verändert.«

Das hatte er. Es war, als wäre mit Phee die Sonne in seinem Leben aufgegangen. »Wir?«

»Denkst du, dein Vater war der Einzige, der sich gegen unsere Meister auflehnte?«

Damian spannte die Muskeln an. »Indem er eines unserer Gesetze brach und dafür hingerichtet wurde?«

»Unseres? Wohl eher ihres.« Lucas schnaubte und verschränkte die Arme vor der Brust. »Zumindest hat er sein Leben nicht für einen dieser Bastarde weggeworfen wie so viele andere von unseren Brüdern und Schwestern. Oder du, wenn du so weitermachst. Ich befürchte, dass einige derer, die für Kasimir spionieren, dich genau beobachten. Du musst sehr vorsichtig sein.« Seine Kiefermuskeln spannten sich an, dann reichte er ihm die Hand, um ihm aufzuhelfen. »Komm mit. Du solltest ihren Geruch im See abwaschen, bevor einer der anderen, vor allem Pavel, ihn wittern kann.«

***

Ihr ganzer Körper schien unter Hochspannung zu stehen. Jaros warnende Worte ließen sie genauso wenig los wie die verwirrenden Emotionen gegenüber Damian. Es war, als hinge sie in einem Spinnennetz und verhedderte sich immer mehr darin. Mit zittrigen Fingern öffnete sie die Tür zu ihrem Zimmer. Alena sah überrascht von dem Laptop hoch, den sie auf ihre Beine platziert hatte und aus dem Stimmengewirr schallte. »Du bist ganz schön spät. Wo warst du?« Sie setzte sich im Schneidersitz auf, schaltete den Film aus.

»Spazieren.«

Alena verzog ihr Gesicht. »Bei dem Wetter hätten mich keine zehn Pferde rausbekommen. Kommst du mit essen? Ich wollte gerade runter gehen.« Sie stand auf und zog sich einen Cardigan über.

Phee schüttelte den Kopf und hob ihr Handy demonstrativ hoch. »Meine Mutter hat mehrfach versucht mich anzurufen. Ich sollte zurückrufen.« Eigentlich fühlte sie sich momentan nicht in der Lage zu diesem Gespräch, aber da ihre Mutter es in der letzten Stunde ganze vier Mal probiert hatte, sie zu erreichen, blieb ihr wohl nichts anderes übrig.

»Ich hoffe, es ist nichts passiert«, bemerkte Alena und ging zur Tür.

»Das hoffe ich auch.« In dem Moment vibrierte das Telefon erneut. »Da muss ich dran.«

Alena winkte zum Abschied und zog die Tür hinter sich zu.

Phee atmete tief ein und nahm den Anruf an. »Hi, Mom. Ist alles okay?«

»Ich dachte, du meldest dich mal.«

Offensichtlich war zu Hause alles in Ordnung. Ihre Mutter hatte nur die Geduld verloren. »Das hatte ich auch noch vor. In den letzten Tagen war es nur etwas stressig.«

»Wie kann es bei dir stressig sein? Du gehst doch gar nicht arbeiten.«

Phee verdrehte die Augen und zählte von zehn runter. »Es hat sich in den letzten Tagen einiges ... ergeben«, wich sie aus.

»Dein Vater sagte, du möchtest in Tschechien bleiben?« An der schiefen Tonlage in der Stimme ihrer Mutter konnte man deutlich erkennen, dass sie von dieser Tatsache nicht so begeistert war. Aber was hatte Phee schon für eine Wahl? Vor allem nachdem ihre Kräfte nun erwacht waren.

»Ich habe hier eine großartige Chance bekommen, meinen Abschluss zu machen. Das ist doch genau das, was du die ganze Zeit wolltest.« Ihre Stimme klang schärfer als beabsichtigt.

»Warum ausgerechnet Tschechien?«

»Warum nicht? Es gefällt mir hier«, erwiderte Phee und versuchte ruhig zu bleiben.

»Lass mich raten, es geht um einen Jungen.«

Hilflos ballte Phee die Hand zur Faust. »Du kannst dir also nicht vorstellen, dass deine Tochter einfach mal Glück und ein Stipendium angeboten bekommen hat?«

»Ich mache mir nur Sorgen um dich. Da muss ein Haken dran sein.«

Ja, blutrünstige Vampire und arrogante Wesen, die sich für Gott hielten. »Das ist lieb, Mama, aber ich bin erwachsen und komm schon allein zurecht.«

»Ich möchte doch nur, dass es dir gut geht. Ich wollte nicht mit dir streiten.« Ach, als ob sie das wollte? »Das machst du alles nur wegen Ben«, bemerkte ihre Mutter.

»Ben?« Für einen Moment musste Phee wirklich überlegen, über wen ihre Mutter da sprach. »Der ist doch Schnee von gestern.«

»Du musst nicht gleich laut werden«, beschwerte sich ihre Mutter.

»Tut mir leid. Ich bin wie gesagt etwas gestresst. Ich muss einiges nachholen und bin daher viel am Lernen.«

»Du? Lernen?«, erklang es ungläubig aus dem Lautsprecher und Phee knirschte mit den Zähnen. »Vielleicht sollte ich einmal mit dem Schulleiter reden.«

Es war eindeutig, dass ihre Mutter ihr immer noch nicht glaubte. »Das kannst du gerne tun. Herr Anděl freut sich sicher über deinen Anruf. Soll ich dir seine Nummer geben?«, fragte sie herausfordernd.

»Nicht nötig. Ich habe die Nummer der Schule schon von Caro bekommen. Allerdings will mir diese keine Auskunft geben, da du ja volljährig bist.« Sie klang deswegen mehr als verschnupft, während Phee sich ein Grinsen nicht verkneifen konnte.

»Was hast du denn erwartet? Dass die dir am Telefon alles über mich erzählen? Da könnte ja jeder kommen und behaupten meine Mutter zu sein.«

»Aber ich *bin* deine Mutter.« Ein Stoßseufzer erklang am anderen Ende. »Da hast du wahrscheinlich recht.« Einen Moment breitete sich Schweigen zwischen ihnen aus, bevor ihre Mutter erneut laut ausatmete. »Geht es dir wirklich gut, Kleines?«

»Ja, Mama.«

»Du hast auch wirklich alles, was du brauchst?«

»Ja«, wiederholte Phee genervt.

»Du würdest es mir auch sagen, wenn es nicht so ist?«

»Natürlich.« Sie stieß die Luft aus. »Es gibt da nur eine Sache, die mich aktuell beschäftigt.« Sie biss sich auf die Unterlippe.

»Was denn?«, fragte ihre Mutter.

»Vergiss es. Es war eine dumme Idee.« Sie hätte gar nicht davon anfangen sollen.

»Jetzt spuck es schon aus.«

»Bin ich adoptiert?«, fragte Phee leise und ihre Finger umschlossen das Handy fester.

»Wie kommst du auf so einen Blödsinn?«, fragte ihre Mutter energisch.

Weil Vampire es auf ihr magisches Blut abgesehen hatten, das sie ja von irgendwem geerbt haben musste. »Vergiss es einfach.«

»Als ob ich das jetzt könnte. Ich dachte, wir klären ein paar Dinge, stattdessen kommst du nur mit Vorhaltungen.«

»Das war doch keine Vorhaltung, nur eine Frage.«

»Das klang in meinen Ohren anders.«

»Das war nicht so gemeint.«

»Ich dachte, du wolltest dich bei mir entschuldigen, aber da man ja mal wieder nicht vernünftig mit dir reden kann, sollten wir ein andermal sprechen.«

Das Knacken in der Leitung und das anschließende Freizeichen unterstrichen die Worte ihrer Mutter.

Frustriert biss Phee die Zähne zusammen und schlug sich mit der flachen Hand gegen die Stirn. Sie wusste nicht, über wen sie sich mehr ärgern sollte. Über sich, dass sie überhaupt diese Frage gestellt, oder über ihre Mutter, die mal wieder alles in den falschen Hals bekommen hatte. Es war immer dasselbe. Ein Wort ergab das andere und am Ende stritten sie sich.

***

Es war das erste Mal, dass Jaro dem Training mit Phee entgegenfieberte. Seit dem Gespräch mit seinem Onkel standen seine Gedanken nicht mehr still.

Bei der Erinnerung, was Kasimir von ihm erwartete, drehte sich ihm der Magen um. Er hätte nie gedacht, dass er bereit war so weit zu gehen, um Phees Kräfte zu wecken. Kräfte, die bei einem Halbblut normalerweise nicht stark ausgeprägt waren. Allerdings war die Energie, die von Phee ausgegangen war, alles andere als schwach gewesen.

Es könnte sein, dass sich die Energie in ihr angestaut hatte. Das kam vor. Bei denjenigen von ihnen, bei denen sich die Kräfte erst später zeigten, fiel der erste Energieausstoß meist sehr viel heftiger aus. Es würde jedoch nicht das fehlende Leuchten erklären. Bisher hatte er noch nie von diesem Phänomen gehört.

Es wäre eine unglaubliche Macht damit verbunden. Gerade im Zeitalter der Überwachung mussten sie immer vorsichtiger mit ihren Fähigkeiten umgehen, um nicht entdeckt zu werden. Selbst die Soumraks agierten sehr viel umsichtiger auf ihren Patrouillen, während die Nocs sich ungeniert zwischen den Menschen bewegten.

Zum Glück hatten sie etliche Leute bei der Polizei und in den Behörden eingeschleust, die schnell reagieren konnten, sollte doch etwas über ihr Volk einmal in den Blick der Öffentlichkeit gelangen. Allerdings stellte sich die Frage, woher Kasimir wissen sollte, dass Phee eine solche Macht besaß. Und sollte er es nicht wissen, was wollte er dann von ihr?

Die Tür zu dem Klassenzimmer öffnete sich und nacheinander verließen die Schüler den Raum. Als er Phee entdeckte, die Alena und Darjana wie ein treudoofer Hund in Richtung Speisesaal folgte, zog er sich hinter eine Ecke zurück und wartete, bis die drei Mädchen an ihm vorbeiliefen.

Nachdenklich verschränkte er die Arme vor der Brust und musterte die junge Frau, deren plötzliches Auftauchen für ihn immer mehr ein Rätsel darstellte. Was verschwieg Kasimir ihm?

Als er sich sicher war, dass Phee ihn nicht bemerkte, folgte er ihr in einigem Abstand. Während die anderen beiden Mädchen sich unterhielten, schien sie in sich gekehrt. Am Büffet nahm sie sich die Lasagne. Er wählte dasselbe und ging an seinen Platz, an dem bereits Emil und die anderen saßen und ihn begrüßten. Jaro hob die rechten Finger zum Gruß vom Tablett, stellte es ab und setzte sich.

»Du siehst aus, als wolltest du jemanden in seine Einzelteile zerlegen«, bemerkte Emil.

»Mir geht nur einiges durch den Kopf«, bemerkte Jaro und richtete seine Aufmerksamkeit auf Phee, wofür er leicht den Kopf drehen musste.

Matej folgte seinem Blick und grinste schadenfroh. »Stimmt, du musst ja nachher wieder den Babysitter für die Neue spielen.«

Jaro atmete nur tief aus und schob sich einen Bissen der Lasagne in den Mund.

»Bist du dir überhaupt sicher, dass sie Fähigkeiten besitzt?«, fragte Jelena spitz, worauf er nur mit einem Schulterzucken reagierte und weiter sein Essen verspeiste.

Während sich die anderen über das bevorstehende Fest unterhielten, wer mit wem dorthin gehen würde, wer was anzog – als würden sie das das erste Mal feiern, dabei fand es jedes Jahr statt –, beobachtete er Phee weiter.

»Was starrst du diese dumme Kuh die ganze Zeit an?«, schimpfte Savka und stieß ihn gegen den Arm. Ihre vor Eifersucht zusammengekniffenen Augen hatten Phee im Visier.

»Wahrscheinlich steht er jetzt auf sie«, kommentierte Emil lachend und Savka sah aus, als würde sie einen Mord begehen wollen.

»Das war nur ein Scherz«, erklärte Jelena nachdrücklich.

»Natürlich«, stimmte Emil sofort ein. Seinem schmerzverzerrten Gesicht nach zu urteilen hatte sie ihm gerade einen kräftigen Tritt gegen das Schienbein verpasst. Allerdings begann Savka bereits zu leuchten. Sie hatte schon immer kaum Kontrolle über ihre Kräfte besessen.

Jaro hatte die Nase voll von diesem Kindergarten und ergriff ihren Arm. »Du machst dich lächerlich«, sagte er streng und die jüngere Schülerin sah überrascht zu ihm auf.

»Ich …«, begann sie, aber er unterbrach sie harsch.

»Du hast keinerlei Anspruch auf mich.«

Im Augenwinkel bemerkte er, dass Phee aufgesprungen war und plötzlich aus dem Raum stürmte, als hätte ihr jemand Abführmittel ins Essen getan. »Mist.« Er ließ Savka los und stand auf. »Wir sehen uns später.« Ohne sich noch einmal umzudrehen, eilte er Phee nach.

Als er den Speisesaal verließ, war sie schon weg. Fluchend blickte er in alle Richtungen. Auf der Treppe ins nächste Stockwerk hätte er sie noch erwischen müssen, also war sie dort nicht entlanggelaufen. Entweder war sie zurück in den Klassenraum, in einen der Gemeinschaftsräume oder nach draußen geflüchtet. Letzteres glaubte er nicht, da es wie aus Eimern schüttete.

Er entschied sich für die zweite Möglichkeit und wäre fast in sie hineingerannt, als sie gerade aus der Toilette kam. Sie zitterte unmerklich und ein schwaches Schimmern ging von ihr aus. Wenn er sie nicht die ganze Zeit genau beobachtet hätte, wäre es ihm gar nicht aufgefallen. Er würde nicht lang verbergen können, dass ihre Kräfte erwacht waren.

»Komm mit«, zischte Jaro, packte ihren Arm und zog sie hinter sich her.

Überrumpelt ließ sie es einige Sekunden zu, bevor sie sich gegen seinen Griff stemmte. »Wohin?«

»Komm einfach mit.«

»Was ist denn los?«

Unzufrieden sah er sich um. »Das kann ich dir hier nicht sagen.«

»Ist das ein Trick von dir und deinen Freunden?«

Er blieb stehen und starrte sie entgeistert mit offenem Mund an. »Das denkst du von mir?«

»Wundert dich das?«, fragte sie und riss sich los.

»Ich ...« Verdammt! Er stieß kapitulierend die Luft aus. »Du hast eben geleuchtet«, sagte er leise und ihre Augen wurden groß. Ihr Misstrauen war fast greifbar.

Diesmal wehrte sie sich nicht, als er sie mit sich in einen der Geheimgänge zog. Er war in diesen alten Gemäuern aufgewachsen und kannte jeden Winkel. »Was ist passiert?«, fragte er.

»Die Frage sollte ich eher dir stellen. Gestern sagst du mir, dass ich niemandem zeigen soll, dass meine Kräfte erwacht sind, und erklärst mir nicht einmal warum.«

Genervt zog er das Gesicht lang. »Eigentlich weiß ich das selbst nicht genau. Ich habe nur so ein komisches Gefühl.«

»Ich bin überrascht, dass du überhaupt Gefühle hast«, erwiderte sie angriffslustig, auch wenn man ihr deutlich ihre Angst ansah.

Er lehnte sich mit der Schulter gegen die Mauer und verschränkte die Arme vor der Brust. »Seit ein paar Wochen verhält sich Kasimir merkwürdig.«

»Und du denkst, es liegt an mir?«

»Ja.« Unzufrieden schüttelte er den Kopf. »Keine Ahnung. Eigentlich hat er sich schon vor einigen Monaten verändert. Seit er von seiner Reise in den Sommerferien zurückgekehrt ist, ist er noch geheimniskrämerischer als sonst. Aber er scheint regelrecht besessen davon, dass deine Kräfte erwachen. Dabei hat ihn so was eigentlich noch nie interessiert.«

Unsicher biss sie sich auf die Lippe. »Warum willst du mir helfen?«

»Vielleicht, weil ich nicht der Arsch bin, für den du mich offensichtlich hältst.«

19

Kaum schien sich Phees Leben halbwegs normalisiert zu haben – wobei es erschreckend war, dass sie ein Leben unter Wesen, die sich für Gott hielten, bereits als normal erachtete –, da geriet es erneut aus den Fugen.

Allerdings waren die Ereignisse der letzten Tage nicht wirklich überraschend. Sie hatte Anděl noch nie vertraut, genauso wenig wie Jaro. Wenigstens half er ihr mit den unbekannten Kräften umzugehen, die in ihr brodelten. Auch wenn sie jeden Moment damit rechnete, dass er ihr in den Rücken fiel, was dazu führte, dass sie sich fortwährend in Alarmbereitschaft befand, die ihr langsam an die Substanz ging.

Ihr Kopf dröhnte. Den ganzen Nachmittag über hatte sie bereits mit Jaro trainiert und war am Ende ihre Kräfte. Eigentlich sollte sie in diesem Augenblick mit Alena, Darjana und Johana in der Bibliothek sitzen und lernen. Stattdessen stand sie auf der großzügigen Terrasse vor dem Ballsaal und starrte in die Finsternis. *Er kommt nicht.* Erschöpft vergrub sie ihr Gesicht in den Händen.

»Hi.« Damians dunkle und warme Stimme ließ ihr Herz sofort schneller schlagen. Sie entdeckte ihn in dem Schatten eines Rhododendrons stehen.

»Hi«, antwortete sie und musste bei seinem Anblick lächeln. Sie vermisste die kurzen Momente mit ihm, die ihr mittlerweile wie eine Auszeit auf einer einsamen Insel erschienen.

»Du siehst müde aus«, bemerkte er besorgt.

»Das Training mit Jaro war heute anstrengend.«

Er schien bei dem Namen des Dens zu erstarren, aber verzog keine Miene. »Was hat er getan?« Ein tiefes Grollen begleitete seine Frage. Er traute Jaro offensichtlich auch nicht einen Millimeter über den Weg.

Sie öffnete ihre Hand, die anfing rötlich zu leuchten und ließ eine kleine

Sphäre aus Licht daraus emporsteigen. Vorsichtig trat er dichter an sie heran und das warme Licht erhellte seine wie gemeißelten Züge. »Du wirst immer besser.« Seine Bewunderung löste ein Schaudern bei ihr aus.

Sie schloss die Hand wieder. »Großartig«, murmelte sie, nicht ansatzweise so begeistert, wie er offensichtlich darüber war. »Ich kann eine Kugel aus Licht erzeugen. Ich bin eine Lampe.«

Er lachte heiser und ihr Herz ging bei dem Geräusch auf. »Du musst Geduld haben, du kannst nicht alles auf einmal lernen.«

Das hatte Jaro auch gesagt, sie aber auch gleichzeitig unter Druck gesetzt, denn über kurz oder lang würde Andĕl erfahren, dass ihre Kräfte erwacht waren. Und dann … ja, was dann? Sie hatte keine Ahnung und das war das Schlimmste.

Haltsuchend wollte sie sich an Damian lehnen, doch in dem Moment, wo sie sich zu ihm beugte, trat er zurück und sie hatte das Gefühl, ins Leere zu fallen.

»Ich kann leider heute nicht lange bleiben.« Das hatte er auch schon gestern gesagt und auch vorgestern.

»Langsam habe ich das Gefühl, du gehst mir aus dem Weg«, murrte sie. Seine ausdruckslose Miene sagte nichts, aber sie war sich sicher ins Schwarze getroffen zu haben. Ihr Magen ballte sich zusammen. »Du gehst mir doch nicht wirklich aus dem Weg, oder?«

Als er ihrem Blick auswich und den Kopf senkte, war es, als würde er mit den Klauen ihr Herz zerfetzen. »Wir sollten … müssen vorsichtiger sein.« Er schien eigentlich etwas anderes sagen zu wollen und Phee ahnte, worum es dabei ging.

Eigentlich hätte sie es wissen müssen. Seit dem Abend im Pavillon hatte sich etwas zwischen ihnen verändert. Die Leichtigkeit, mit der sie einander zuvor begegnet waren, war einer unsicheren Anspannung gewichen. Zwischen ihnen schien seitdem eine unsichtbare Wand zu stehen. Er machte sich selbst etwas vor, wenn er behauptete, dass ihre erwachten Kräfte nichts zwischen ihnen ändern würden. Deprimiert stützte sie wieder ihre Ellenbogen auf die Balustrade und vergrub ihr Gesicht in den Händen.

»Phee.« Ihr Name klang aus seinem Mund wie eine Bitte. Allerdings wusste sie nicht, um was er sie bat. Um Verständnis? Um mehr Abstand von ihr? Es machte sie wahnsinnig.

Er stieß geräuschvoll die Luft aus. »Ich muss los, bevor Lucas mich sucht.«

Sie konnte diesen Lucas jetzt schon nicht leiden. »Hast du nicht mal einen Tag frei?«

»Gerade jetzt, wo die Nächte immer länger werden, müssen wir besonders wachsam sein, damit keine Gefahr droht.«

»Haben die Nocs überhaupt jemals versucht dieses Anwesen anzugreifen?« Manchmal kam ihr die Gefahr surreal vor, die von den Vampiren ausgehen sollte. Bisher hatte sie nur einen Noc zu Gesicht bekommen und nur von ihrer Bösartigkeit gehört. Manchmal schien es ihr, als ob die Gargoyles, die entlang der Mauern patrouillierten oder sich in der Stadt umsahen, eher dazu dienten, die Schüler in diesen Mauern einzusperren.

»Vor knapp zwanzig Jahren gab es einen koordinierten Angriff, bei dem viele von uns starben.«

Verdammt. »Das tut mir leid.« Phee hätte sich auf die Zunge beißen können.

»Ich muss los«, sagte er, machte aber keine Anstalten zu gehen. Seine Brust hob und senkte sich. Seine angespannten Wangenmuskeln traten hervor. Gerade als sie tief Luft geholt hatte, um etwas zu sagen, drehte er sich abrupt um und war nur Sekunden später mit der Dunkelheit verschmolzen.

Missmutig stieß sie sich von dem Geländer ab und ging zurück ins Haus. Und lief direkt in Jaros Arme.

»Was wollte er von dir?«

»Wer?«, fragte Phee automatisch und ihr ganzes Inneres versteifte sich. Jaro bedachte sie mit einem Verkauf-mich-nicht-für-dumm-Blick, der sie zu einer anderen Strategie wechseln ließ. »Ich bin im Moment sehr aufgewühlt und ich denke, das spürt er.« Sie war sich sicher, dass er es fühlte, dass er deswegen kam, um nach ihr zu sehen, auch wenn er kaum Zeit hatte – oder ihr auswich – denn er war immer noch ihr Freund.

»Du solltest nicht mit ihm reden.«

Wie sie es hasste. Allerdings hatte ihr noch keiner gesagt, dass sie es nicht *durfte*. »Ist es denn verboten?«

Jaro versteifte sich und ballte seine Hände zu Fäusten. »Das nicht«, sagte er nach kurzem Zögern und mit einem erbosten Unterton, der ihr die Haare auf den Armen zu Berge stehen ließ. »Normalerweise begegnen wir ihnen kaum. Wir verlassen das Gelände nach Einbruch der Dunkelheit nicht mehr. Und wenn doch, dann folgen sie uns unbemerkt. Das ist ihre Aufgabe. Mehr nicht. Es ist besser, wenn du das endlich begreifst, sonst wirst du nie eine von uns.« Er bedachte sie noch einmal mit einem abschätzigen Blick, bevor er sich umdrehte und ging.

*Vielleicht will ich keine von euch werden.*Verärgert verbiss sich Phee die Worte, die ihr auf der Zunge lagen und die sie diesem eingebildeten Schnösel am liebsten um die Ohren gehauen hätte. Stattdessen ging sie zurück in die Bibliothek, wo sie die vorwurfsvollen Blicke von Alena, Darjana und Johana erwarteten. »Wo warst du denn?«

»Ich hatte noch etwas mit Jaro zu klären, wegen dem Training«, log sie und setzte sich an ihren Platz.

»Und wie läuft es?«

»Miserabel.« Frustriert klappte sie ihren Laptop zu und verstaute ihn in die Tasche.

»Willst du gehen?«, fragte Darjana überrascht.

»Mir geht es nicht so gut. Ich will ehrlich gesagt nur noch ins Bett.« Auch wenn sie wusste, dass sie, sobald sie darin lag, kein Auge zubekommen und sich nur hin und her wälzen würde.

»Ich dachte, wir wollten heute Abend besprechen, was wir zum Ball tragen werden«, sagte Alena enttäuscht.

Momentan hatte sie ehrlich gesagt andere Sorgen als die Farbe ihres Kleides auf diesem dämlichen Ball. Sie hatte auf dieses ganze Schulfest sowieso keine Lust. Den ganzen Tag über gab es Veranstaltungen, die meisten Eltern würden da sein und abends sollte dann getanzt werden. Seit Tagen schien nichts anderes mehr wichtig zu sein. »Können wir das morgen klären? Ich habe fürchterliche Kopfschmerzen.« Demonstrativ massierte sich Phee die Schläfe und verzog das Gesicht.

»Gute Besserung«, sagte Johana und wandte sich wieder ihren Unterlagen zu. Wirklich warm miteinander waren sie bisher nicht geworden. Alena warf ihr einen mitfühlenden Blick zu, bevor sie sich ebenfalls abwandte.

Allerdings griff sie das Thema, als sie am nächsten Tag gemeinsam zum Frühstück gingen, direkt auf. »Also, da du gestern nicht mehr dabei warst, haben wir jetzt entschieden, dass wir nächsten Samstag in die Stadt gehen werden.«

»Ist das nicht gefährlich?«

»Wieso?«

»Wegen den Nocs.«

»Wir müssen nur pünktlich wieder zu Hause sein, bevor es dunkel wird.«

»Und du bist dir sicher, dass ich mitkommen darf?«

»Ich habe mit Kasimir schon geredet und er hat nichts dagegen.«

»Ernsthaft?«, hakte Phee fassungslos nach. In ihrem Kopf formte sich bereits der Gedanke, die Möglichkeit zu nutzen, um sich mit Caroline zu treffen.

»Solange du bei uns bleibst«, bemerkte Alena und Phees Hoffnung zerplatzte wie eine Seifenblase.

»Was ist?«, fragte Alena.

»Ich hatte gehofft mich mit Caro treffen zu können«, erklärte sie niedergeschlagen.

Alena lächelte verschwörerisch. »Das bekommen wir hin. Wir wollten nachmittags ohnehin in ein Café gehen. Du kannst dich ja dann mit deiner Freundin an einen anderen Tisch setzen.«

Phee jauchzte begeistert auf und konnte sich nicht mehr zurückhalten Alena in die Arme zu ziehen. »Danke.«

Ihre Mitbewohnerin wirkte unangenehm berührt, weswegen Phee sie schnell wieder losließ.

Den restlichen Tag war Phee wie aufgeputscht. Sie hatte es wahrscheinlich nur Jaro zu verdanken, dass sie nicht leuchtete wie ein amerikanisches Vorstadthaus zu Weihnachten.

»Denkst du, Anděl findet es nicht seltsam, dass wir nicht mehr im Schwimmbad trainieren?«, fragte sie unsicher, als sie sich wie bereits die letzten Male an der großen Haupttreppe in der Nähe des Eingangs trafen.

»Er hat mich selbst darum gebeten, die Trainingsmethoden zu ändern.« Misstrauisch sah Jaro sich um, ob sie auch wirklich allein waren. Erst dann betätigte er einen unsichtbaren Mechanismus, sodass unterhalb der Stufen eine kleine Tür aufsprang und eine steinerne Treppe, die nach unten führte, enthüllte.

»Ich dachte, du bist dir wegen seiner Motive unsicher?«, fragte Phee, erschuf die kleine leuchtende Sphäre in ihrer Hand und beleuchtete so den Weg nach unten. Immerhin würde sie sich nie wieder über leere Batterien in einer Taschenlampe ärgern müssen.

Er wandte sich zu ihr um und warf ihr einen warnenden Blick zu. »Dir würde es nicht gefallen, wenn ich dich so unterrichten würde, wie er es mir vorgeschlagen hatte.«

Phee verspürte jedes Mal ein eisiges Schaudern, wenn sie die alten Gewölbe unterhalb des Gebäudes betraten. Es gab zwar Vorratsräume, einen Weinkeller und einige Lagerräume, in denen abgedeckte Möbel standen, doch der Teil, in den Jaro sie führte, unterschied sich davon deutlich und stammte aus einer anderen Epoche.

Auch hier entdeckte sie regelmäßig Kratzspuren im unverputzten Gestein wie bereits in dem alten Aufgang zum Dach. Jedes Mal überkam sie ein mulmiges Gefühl bei dem Anblick. »Wofür wurde das früher eigentlich genutzt?«

Jaro zuckte mit den Schultern. »Als unser Volk noch in verschiedene Clans aufgeteilt war, trafen sich ihre Anführer regelmäßig an solchen Orten. Früher trainierten wir auch hier unsere Kräfte. Siehst du die dunkleren Flecken dort drüben?«

Phee betrachtete die verblassten Ornamente. »Sie erinnern mich an die Bannkreise aus dem Unterricht.«

»Richtig. Das Blut, mit dem sie gezeichnet wurden, ist längst im Stein versickert, aber sie schützen uns immer noch vor der Entdeckung oder davor, dass das Gebäude über uns zusammenbrechen könnte.«

Phee erschauderte. »Gruselig.«

»Lass uns anfangen.« Er stellte sich gerade hin, breitete die Arme aus und begann leicht zu schimmern, bevor er verschwand. Mehr oder weniger, sie konnte die Konturen seiner Gestalt wie ein leichtes Flimmern in der Luft erkennen.

Tief atmete sie aus, nahm dieselbe Haltung ein und schloss ihre Augen. Spürte die Kraft in sich.

»Du musst das Licht in jede Faser deines Körpers lenken, sonst funktioniert es nicht«, erklärte Jaro leise.

Sie ließ die Augen geschlossen und versuchte sich nicht aus der Ruhe bringen zu lassen. »Das ist einfacher gesagt als getan.«

»Ich weiß. Ich habe monatelang trainiert, bevor ich das erste Mal richtig unsichtbar geworden bin.«

Phee riss die Augen auf und sah ihn ungläubig an. »Und ich soll das jetzt innerhalb von kürzester Zeit lernen?«

»Mach dich nicht lächerlich. Du wirst Jahre brauchen, falls du es überhaupt schaffst, diese Fähigkeit zu beherrschen.«

»Und du wunderst dich, warum ich dich für einen Arsch halte?« Manchmal würde sie ihm gern irgendetwas an den Kopf werfen. »Warum soll ich dann üben unsichtbar zu werden, wenn du mir das eh nicht zutraust?«

Er grinste hinterlistig. »Ich hatte gehofft, du siehst es als Herausforderung an, mir das Gegenteil zu beweisen.«

»Nur zu deiner Information, umgekehrte Psychologie funktioniert bei mir nicht. Das hat meine Mutter schon jahrelang probiert.« *Du kannst das nicht. Das ist zu anstrengend für dich.* Irgendwann hatte sie aufgehört ihr beweisen zu wollen, dass sie es dennoch schaffte.

Andere Eltern bauten ihre Kinder auf, ermutigten sie sich Ziele zu setzen und diese zu erreichen. Ihre Mutter hatte ihr nur immer das Gefühl gegeben, nicht genug zu sein.

Schwermütig ließ sie sich auf den staubigen Boden nieder und den Kopf hängen.

»Ich hätte nicht gedacht, dass du so schnell aufgibst.«

»Ich gebe nicht auf, ich hinterfrage nur den Sinn der ganzen Aktion«, erklärte sie.

Jaro seufzte kapitulierend und setzte sich im Schneidersitz ihr gegenüber. »Okay, ich traue es dir zu, dass du es irgendwann schaffst, unsichtbar zu werden. Du bist überraschend stark.«

Meinte er das jetzt ernst? »Aber?«

»Ich denke, wir werden lange vorher schon auffliegen.«

»Und warum zeigst du es mir dann?«

Unsicher sah er sie an und befeuchtete sich die Lippen. »Diese Art des Trainings ist verdammt schwer, weswegen wir normalerweise erst recht spät lernen uns unsichtbar zu machen. Wenn überhaupt. Zugleich ist es eine der effektivsten Trainingsmethoden, damit du lernst die Macht in dir vollständig zu kontrollieren.«

Eine Weile taxierte sie ihn und fragte sich, ob sie ihm wirklich vertrauen konnte. Vorerst besaß sie eigentlich keine andere Wahl.

Sie stieß die Luft aus, erhob sich vom schmutzigen Boden, klopfte sich den Staub von der Hose und bemühte sich Jaros Anweisungen genau zu befolgen. Schon nach kurzer Zeit perlten ihr Schweißtropfen über die Stirn und sie fühlte sich fiebrig, dennoch machte sie weiter. Konzentrierte sich auf die fremden Energieströme in sich.

»Mit wem gehst du eigentlich zum Ball?«

Jaros plötzliche Frage irritierte sie. Allerdings hatte Alena sie heute bereits dasselbe gefragt. »Keine Ahnung. Warum?«

Er verschränkte die Hände hinter dem Rücken und malte mit seiner Fußspitze einen Kreis in den Staub. »Würdest du mit mir hingehen?«

Mit der Frage brachte er sie endgültig aus dem Konzept. Sie blinzelte ungläubig. »Willst du, dass Savka mich umbringt?«

Er sah sie genervt an. »Du übertreibst. Das wird sie nicht tun.«

»Dir ist schon klar, dass sie total verschossen in dich ist?«

Genervt ließ er den Kopf in den Nacken fallen. »Natürlich. Ich bin nicht blöd, wie du scheinbar denkst. Deswegen frag ich ja dich.«

»Damit sie dich in Ruhe lässt? Warum mich? Du könntest fast jede haben.«

Die Vorstellung von ihnen beiden auf dem Schulfest war so absurd, dass sie sich nur vorstellen konnte, dass es ein Scherz sein musste. Es war, als wäre sie die seltsame Außenseiterin, die vom umschwärmten Quarterback in der Teenieromanze zum Abschlussball eingeladen wurde.

»Warum nicht du?«, fragte er verärgert und kickte einen Stein in die dunkle Ecke des Raums.

»Weil du mich nicht leiden kannst?«

»Du hast recht. Vergiss, dass ich gefragt habe«, murrte er. »Lass uns weitermachen.«

20

Erleichtert atmete Phee die kühle Nachtluft ein, als sie aus dem Haus flüchtete. Selbst beim Abendessen schien das Thema Schulfest – vor allem der Ball – sie zu verfolgen. Jeder redete darüber. Wer was anzog. Was noch alles zu tun war. Wer mit wem hinging.

Letzteres triggerte jedes Mal eine Gedankenkette, die mit der Frage, warum Jaro ausgerechnet mit ihr dorthin wollte, anfing und sie am Ende nur noch ratloser zurückließ.

Ihre gute Laune vom Vormittag war jedenfalls dahin.

Fröstelnd zog sie die Schultern hoch und kuschelte sich tiefer in den dicken Schal, den sie sich umgeschlungen hatte. Eiskristalle glitzerten bereits an Bäumen und Sträuchern.

Jaros seltsames Auftreten wollte ihr nicht mehr aus dem Kopf gehen. Als er die Frage stellte, hatte er traurig und verloren gewirkt. Allerdings nur für einen winzigen Augenblick, bevor er noch abweisender geworden war als sonst. Sie stieß frustriert die Luft aus ihren Lungen, die sich in einer kleinen weißen Wolke zeigte. Bereits sein Angebot, ihr zu helfen ihre neuen Fähigkeiten zu verbergen, gab ihr Rätsel auf. Wobei seine Aussage, dass er Anděl misstraute, der einzige Grund war, warum sie bei seiner Geheimniskrämerei mitspielte. Welchen Beweggrund sollte er nun haben, sie zum Ball einzuladen? Vielleicht hatte er sich in sie verliebt?

Am Arsch. Der Gedanke wanderte sofort in die Tonne.

»Worüber grübelst du nach?«

»Wah.« Sie war so sehr in Gedanken versunken, dass sie Damian im Gegensatz zu sonst gar nicht bemerkt hatte.

»Entschuldige. Ich wollte dich nicht erschrecken.«

Ihr Herz raste. Aber das hätte es so oder so getan in seiner Nähe. »Ich dachte, du bist längst auf Patrouille?«

Er schüttelte den Kopf. »Ich bin heute für die Wache des *Hnízdo* eingeteilt.«

»Und was ist mit Lucas?«

»Der ist in der Stadt.«

Sie blieb stehen und lächelte ihn hoffnungsvoll an. »Das heißt, du hast heute wieder etwas mehr Zeit für mich?«

Er sah sie an, als wollte er bereits ablehnen, und Phee wappnete sich gegen die Enttäuschung. Dann atmete er aber kapitulierend ein und aus. »Ein wenig.«

Sofort legte sich die Freude darüber als Lächeln auf ihre Lippen. Sie sah zurück zum großen Herrenhaus, dass halb verborgen hinter immergrünen Hecken lag, und schlug einen Pfad ein, der sie weiter davon wegführte.

Während der Kies unter ihren Schuhen knirschte, bewegte sich Damian vollkommen lautlos. »Wenn du dachtest, ich sei längst fort, warum bist du hier draußen?«

Sie setzte sich auf einen kleinen Mauervorsprung, der ein Beet einfasste. »Um nicht wahnsinnig zu werden.«

»Lass mich raten: Jaro.« Er verschluckte sich fast an dem Namen.

»Unter anderem.« Sie kickte einen Stein weg. »Eigentlich alle.«

Er lachte leise. Sie liebte dieses Geräusch. »Was ist passiert?«

Seine Nähe beruhigte sie, wie es nichts anderes vermochte. »Die drehen alle durch wegen dieses Schulfests. Dabei ist das erst in knapp einem Monat.«

»Eher in drei Wochen«, korrigierte er sie. »Das Fest zur Wintersonnenwende besitzt eine jahrtausendealte Tradition. Die Den feiern, dass die Tage wieder länger werden und ihre Kraft steigt. Der abendliche Ball ist das wichtigste Ereignis des Jahres.«

»Das weiß ich doch.« Seit sie hier angekommen war, wurde sie regelmäßig auf die Bedeutung hingewiesen. »Aber muss man deswegen so einen Aufriss machen?«

»Ich freue mich schon darauf, dich in deinem Kleid zu sehen.« Die

Funken in seinen Augen glühten auf, was ein leichtes Flattern in ihrem Magen auslöste.

»Du hast mich doch schon in einem Kleid gesehen«, erinnerte sie ihn an ihr Kennenlernen.

Er lehnte sich neben sie an die Mauer, streckte die Beine aus und sah in den Wald, der sich düster vor ihnen erhob. »Das ist nicht dasselbe und das weiß du auch.« Leicht senkte er den Kopf und schluckte hörbar. »Du wirst wunderschön sein.«

Auch wenn seine Worte einen Schwarm Schmetterlinge in ihrem Bauch aufscheuchten, gab Phee ein unwilliges Brummen von sich. »Warum? Nur weil ich ein schickes Kleid trage?«

»Da sind sie wieder, deine Stacheln, kleiner Igel. Du bist immer wunderschön, aber an dem Abend, wenn der Ballsaal erleuchtet ist, die Musik einsetzt und du dich zu ihr im Kreis drehst, wirst du alle verzaubern.«

Der Schwarm Schmetterlinge geriet völlig außer Rand und Band. Nervös schluckte sie. Mit Lob hatte sie noch nie umgehen können. »Das heißt, es wird getanzt?«

Erneut dieses warme Lachen. »Ich dachte, das ist ein wesentlicher Bestandteil eines Balls.«

Ihre Wangen fühlten sich heiß an. »Das weiß ich auch. Ich meine ... so richtig. So was wie ein Walzer?«

»Natürlich.«

Verdammt. »Ich kann nicht tanzen«, gestand sie mürrisch. »Ich sehe schon vor mir, wie sich deswegen die anderen, vor allem Savka, über mich lustig machen.«

»Es ist nicht schwer«, bemerkte er aufmunternd.

»Du kannst tanzen?« Ungläubig musterte sie ihn und er lächelte.

»Sehr gut sogar.«

»Ich bin überrascht, dass die Den euch erlauben tanzen zu lernen, wenn sie euch sonst nichts erlauben«, bemerkte sie spitz.

»Das haben sie auch nicht.« Verschwörerisch zwinkerte er ihr zu. »Als wir klein waren, haben wir immer heimlich zugeschaut. Cas war begeistert von den schönen Kleidern. In dieser besonderen Nacht mussten wir nie trainieren oder arbeiten und haben daher stundenlang versucht die Bewegungen nachzuahmen.«

Überrascht blinzelte Phee. Es fiel ihr schwer, ihn sich als Kind vorzustellen. »Ich dachte, die Den haben dich und alle anderen Soumraks aus Stein erschaffen?«

»Auf die meisten meines Volkes trifft das auch zu. Einige von uns haben … ähm …« Verlegen rieb er sich über den Nacken. »Na ja … einige haben sich gepaart und Junge bekommen.«

»Gepaart?«

Damian warf ihr einen undurchdringlichen Blick zu, bevor er zurück in den Wald sah. Die Luft schien sich elektrisch aufzuladen. »Wir haben genauso Bedürfnisse wie die Menschen, oder die Den«, sagte er rau und umfasste mit seinen Händen die Kanten der kleinen Mauer. Hände, die in ihren Gedanken fordernd über ihre Haut strichen.

Ihr Atem wurde flacher und ihr wurde heiß. Unsicher schlug sie die Beine übereinander und verschränkte die Arme vor der der Brust.

Bisher hatte Phee es wie ein Minenfeld vermieden, Damian mit Sex gedanklich auch nur in Verbindung zu bringen. Auch jetzt verbannte sie diese Vorstellung schnell in den Tiefen ihres Bewusstseins. Doch nun, wo die Büchse der Pandora einmal geöffnet war, ließ sie sich nicht einfach wieder schließen.

»Und deine Eltern?«, fragte sie heiser, um das Thema zu wechseln.

»Mein Vater wurde wegen des Verrats an den Den zum Tode verurteilt und meine Mutter starb kurz darauf an gebrochenem Herzen«, erklärte er leise.

Sie schluckte. »Das tut mir leid.« Mitfühlend wollte sie ihn berühren. Sein verschlossener Blick ließ sie zögern.

»Ich dachte lange Zeit, dass er es verdient hatte, weil er einen Den tödlich verletzt hat«, murmelte er mehr zu sich selbst.

»Und jetzt?« Phee legte die Hand neben seiner auf den kühlen Stein. Ihre kleinen Finger berührten sich. Sofort zog er die Hand weg, als hätte er sich verbrannt.

»Ich bin mir nicht mehr sicher. Ich weiß nicht, was ich glauben soll.« Er wirkte so niedergeschlagen und verloren, dass ihr Herz brach.

»Würdest du es mir zeigen?«, fragte sie.

»Was?« Irritiert sah er sie an. Er schien immer noch an diesem dunklen Ort zu sein, wo ihn die Erinnerungen hingeführt hatten.

»Wie man einen Walzer tanzt?« Sie lächelte ihn aufmunternd an, doch er sah sie so entsetzt an, als hätte sie ihn gebeten Glasscherben zu schlucken. Es tat weh. Verdammt weh. »Entschuldige, dass ich gefragt habe.« Seitdem sie sich im Pavillon so nah gekommen waren, schienen sie sich immer weiter voneinander zu entfernen. »Man könnte meinen, ich hätte plötzlich die Pest bekommen. Ach nein, es waren ja meine Kräfte, die erwacht sind.« Sie hatte geahnt, dass das etwas zwischen ihnen änderte.

»Phee, das hat damit nichts zu tun.«

»Ach, nein? Und warum willst du dann nicht mit mir tanzen?«

»Du weißt nicht, was du da von mir verlangst«, sagte er leise und mit einem Knurren, das ihr einen Schauer über den Rücken rieseln ließ.

»Ich wollte dich nur ein wenig aufheitern. Doch du behandelst mich wie eine Aussätzige.« Sein Verhalten schmerzte auf einer tiefen Ebene. Eingeschnappt schob sie ihr Kinn vor. »Wenn du es nicht einmal mehr erträgst, in meiner Nähe zu sein, sollte ich jetzt besser gehen.« Bevor sie es sich anders überlegen konnte, stand sie auf.

»Phee. Es ist nicht so, wie du denkst.« Der schmerzliche Ton in seiner Stimme hielt sie fest und ließ sie sich zu ihm umdrehen.

»Ach ja?«, fragte sie herausfordernd. »Dann verrat mir endlich, was los ist.«

»Ich wage es nicht, dich zu berühren«, erklärte er heiser.

»Nur weil ich nun eine Den bin?«

»Weil ich dann nie mehr damit aufhören könnte.« Seine Klauen gruben sich in den Sandstein des Mäuerchens, der knackend barst. In seinen dunklen Augen sah sie deutlich die Sehnsucht, die sie ebenfalls empfand. Zwischen ihnen war etwas.

»Es wäre falsch«, erklärte er, als könnte er ihre Gedanken lesen.

Mehrfach öffnete sie den Mund, um ihm zu sagen, dass …

Dass, was? Dass es richtig war? War es das? Er war nicht einmal ein Mensch.

»Ich sollte jetzt gehen«, erklärte er mit belegter Stimme und stand auf. Er konnte ihr nicht einmal mehr in die Augen sehen. »Wir sollten uns nicht mehr treffen.«

Allein der Gedanke, ihn nicht mehr zu sehen, zerriss sie innerlich. »Nein«, stieß sie aus, und hielt ihn an seinem Unterarm fest. Er hätte sich losreißen können, wenn er es gewollt hätte. Doch er stand nur da und starrte auf die Stelle, wo ihre Hand auf seiner Haut lag. Sein Brustkorb hob und senkte sich heftig und seine Kiefermuskeln zuckten.

»Du solltest dich von mir fernhalten.«

»Das kann ich nicht mehr.«

Er schluckte hörbar und wandte sich zu ihr um. »Phee«, stieß er ihren Namen gequält und flehentlich zugleich aus.

»Bleib bei mir«, bat sie tonlos.

Verzweifelt schloss er die Augen. Schloss sie von seinem inneren Kampf aus. Als er sie wieder öffnete, konnte sie nichts darin erkennen.

Ihre Hände zitterten und sie befeuchtete sich die Lippen.

Kräftig stieß er die Luft aus und streckte ihr die Hand entgegen. Nach kurzem Zögern ergriff sie sie. Sie war kühl, weich und hart zugleich. Und so groß, dass ihre regelrecht darin verschwand. Seine andere legte sich in ihren unteren Rücken und zog sie bis zu einem halben Meter zu sich heran. Mit leichtem Druck dirigierte er sie sich mit ihm zu bewegen. Ihr Herz raste.

»Nicht auf die Füße sehen. Schau mir in die Augen.«

Sie könnte in ihnen versinken und den goldenen Splittern stundenlang nachjagen. Sein sengender Blick hielt sie gefangen, ließ sie alles um sich herum vergessen.

»Du kannst das sehr gut.«

Die Resonanz des tiefen Grollens, das seine Worte begleitete, breitete sich in ihrem ganzen Körper aus.

»Das sagst du mir genau in dem Moment, wo ich dir auf die Zehen getreten bin?«, versuchte sie zu scherzen, obwohl ihr ganzer Körper unter Hochspannung stand. Die Wärme seiner Hand in ihrem Rücken schien sich durch ihre daunengefütterte Jacke zu brennen.

Seine Mundwinkel wanderten leicht nach oben. »Ich wollte dir zuvorkommen, bevor du das Handtuch wirfst.«

»Das würde ich niemals tun«, sagte sie leise. Wenn es nach ihr ginge, könnte er ewig so weiter mit ihr tanzen.

War der Abstand zwischen ihnen am Anfang noch eine halbe Armlänge, so passte mittlerweile kein Blatt mehr zwischen sie. Jede Stelle ihres Körpers, die er berührte, stand lichterloh in Flammen. Ihr Atem vermischte sich. Sie hielt es kaum aus.

Ihre Hand, die sie zu Anfang ihres Tanzes auf seinen Arm gelegt hatte, wanderte weiter nach oben, trafen auf nackte Haut. Er erschauerte und zog zischend die Luft ein.

Ihr Blick hing an seinen Lippen. Als er sie befeuchtete, kribbelte es heiß in ihrem Unterleib. Ihr Atem wurde flacher.

»Phee«, flüsterte er bittend. Allerdings wusste sie nicht, um was er sie bat. Dass sie Kraft fand, sich von ihm zu lösen, weil er es nicht mehr konnte, oder die restliche Entfernung zwischen ihnen zu überwinden, weil er es nicht wagte.

»Küss mich«, stieß sie aus und sein Mund senkte sich bereits auf ihren, bevor ihr bewusst wurde, was sie da von sich gegeben hatte. Zuerst war es nur eine zarte, zögernde Berührung. Nur ein Versprechen nach mehr. Sie wollte mehr.

Ihre Hände suchten Halt an seinen Schultern, bevor sie auf Wanderschaft gingen und sich in seinen Nacken legten, um Damian noch dichter an sich zu ziehen. Sie streckte sich ihm entgegen, stellte sich auf die Zehenspitzen und hatte das Gefühl, den Boden unter den Füßen zu verlieren. Doch er hielt sie. War ihr Anker in einer Welt, die um sie herum zersplitterte, bis nur noch sie beide existierten.

Als sie ihren Mund öffnete, kam er ihrer Einladung umgehend nach. Seine Zunge rieb über ihre. Ein Stöhnen erklang, von dem sie nicht wusste, ob es von ihm oder ihr gekommen war. Seine Finger gruben sich leidenschaftlich in ihr Haar. Heiß und hart drückte sich seine Erregung gegen ihren Bauch.

Hitze schwappte wellenartig durch ihren Körper. Baute sich zu einem alles verzehrenden Feuer auf. Sie legte ihren Kopf schräg. Seine Reißzähne kratzten zart über ihre Haut.

Schwer atmend riss er sich abrupt von ihr los und stolperte rückwärts. Das Entsetzen hatte sich tief in seine Gesichtszüge gegraben.

»Das war ein Fehler«, stieß er atemlos aus.

Fehler? Ihr Gehirn schien dieses Wort nicht erfassen zu können. Irritiert blinzelte sie. Noch immer spürte sie den Druck seiner Lippen auf ihren. Ihr Körper schien zu zerspringen. Ihr Brustkorb hob und senkte sich, während sie versuchte zu Atem zu kommen.

»Wir sollten uns nicht mehr sehen«, sagte er mit einem frostigen Ton, der sie bis ins Mark traf. Seine Hände waren zu Fäusten geballt und sein Gesicht eine wutverzerrte Maske.

Die Hitze in ihrem Körper wurde von einer eisigen Welle hinweggefegt.

Er ließ sie stehen und ging. Verschmolz mit der Nacht, ohne sich ein einziges Mal zu ihr umzudrehen.

Minutenlang starrte sie fassungslos in die Dunkelheit, in die er verschwunden war. Unfähig sich zu bewegen. Ihre Haut war so empfindlich, dass jede kleine Windböe, jede Reibung ihrer Kleidung sich anfühlten, als würden Hände sie liebkosen. Ihre Beine gaben nach und sie ließ sich zittrig zurück auf die Mauer sinken.

Sie hatte keine Ahnung, was da gerade passiert war, aber ihr Inneres stand völlig Kopf. Noch immer raste ihr Herz. Ihr Verstand sagte ihr, dass er recht hatte. Dass es ein Fehler war. Er war nicht einmal ein Mensch.

Aber es tat weh. Es tat so verdammt weh, dass er sie verlassen hatte. Als hätte er ein Stück aus ihr herausgerissen und mitgenommen.

***

Was habe ich getan?

Obwohl es verboten war, seinen Posten zu verlassen, ging er immer weiter, tiefer in den Wald. Bis er außerhalb ihres Sichtfeldes war und zu rennen begann.

Mit einem Satz sprang er über die gesicherte Mauer, landete auf der Straße und wich mit einem Hechtsprung in die nächsten Büsche aus, als Scheinwerferlicht ihn erfasste. Das Hupen des Fahrzeugs ließ er schnell hinter sich, während er weiterlief. Es spielte keine Rolle in welche Richtung. Hauptsache weg. Weg von ihr. Würde er auch nur einmal stehen bleiben, würde er dem Drang, zu ihr zurückzukehren, sofort folgen. Es hatte ihn bereits all seine Willenskraft gekostet, nicht seinem Verlangen, seine Zähne in ihr weiches Fleisch zu versenken, nachzugeben und sich stattdessen von ihr zu lösen.

Seine Reißzähne pochten im selben Takt wie ein anderes seiner Körperteile. Er hätte sie fast gebissen. Oder mit ihr geschlafen. Oder beides. Der Wunsch, sich mit ihr zu vereinen, brannte lichterloh in ihm.

Es war falsch, auch wenn ihre Lippen so süß wie das Versprechen nach einem warmen Sommertag schmeckten. Es war falsch, egal wie sehr er sie begehrte. Wie sehr er sie in diesem Moment brauchte. Wie sehr sein Instinkt ihm sagte, es sei richtig.

Lucas hatte ihn gewarnt. Hatte ihm geraten sich von ihr fernzuhalten.

Er konnte fühlen, wie er sich immer weiter von ihr entfernte, wie sich die Verbindung zwischen ihnen bis zum Zerreißen spannte. Um jeden Schritt, der ihn weiter von ihr fortbrachte, musste er immer härter kämpfen. Ihm war übel. Er fiel auf die Knie, vergrub die Klauen in die gefrorene Erde und zog sich weiter, bis er sich übergab. Auch wenn er nicht zu ihr zurückwollte, um sie vor sich und seinen animalischen Gelüsten zu beschützen, wusste er bereits, dass er sich genauso wenig von ihr fernhalten konnte wie aufhören zu atmen. Er würde immer für sie da sein. Ein Schatten ihres Lichts. Mehr nicht. Mehr durfte er niemals sein.

21

Die ganze Nacht hatte Phee kein Auge zu bekommen und kaum war sie eingeschlafen, weckte Alena sie bereits. Mit einem undefinierbaren Grunzen drehte Phee sich zur Wand und ignorierte ihre Mitbewohnerin.

»Hey, steh auf. Es ist Samstag.«

»Genau deswegen kann und will ich ja weiterschlafen«, grummelte Phee und zog das Kissen über ihren Kopf.

»Wir wollten heute doch in die Stadt dein Kleid kaufen«, erinnerte Alena sie.

»Du wirst wunderschön sein.«

Eine Welle aus Schmerz schwappte über sie hinweg. Sie hatte das Gefühl, an ihm zu ersticken. Ihre Finger krallten sich in die Bettwäsche und drückte sie fester gegen ihre Brust, als könnte sie das Loch dort füllen. Zittrig atmete sie ein.

»Phee? Ist alles in Ordnung?«

Sie zog die Nase hoch, schüttelte die Verzweiflung ab, kämpfte sich aus der Decke und schwang die Beine aus dem Bett. »Natürlich. Warum fragst du?«

Alena musterte sie besorgt. »Deine Augen sind ganz rot.«

»Ich habe mir gestern wohl einen Zug geholt«, erklärte Phee ausweichend, stand auf und sammelte schnell ihre Sachen zum Anziehen zusammen, während sie Alenas investigativem Blick auswich.

»Hat Jaro irgendwas getan oder gesagt, was dich verletzt hat?«, fragte Alena mit eisiger Wut.

Phee, die gerade die Klinke heruntergedrückt hatte, um ins Bad zu flüchten, verharrte einen Moment. »Es ist nichts Wichtiges«, erklärte sie stumpf, riss die Tür auf und flüchtete über den düsteren Flur ins Badezimmer.

Es war ihr egal, was ihre Mitbewohnerin dachte, aber es war besser, wenn sie gegenüber Jaro einen Verdacht hegte, als der Wahrheit auch nur ansatzweise auf die Spur zu kommen.

Für einen Moment lehnte sich Phee mit dem Rücken an die Tür des Bads, ließ den Kopf in den Nacken sinken und schloss die Augen, nur um sie sofort wieder zu öffnen und sehnsüchtig nach oben zu sehen.

Rotgolden ergoss sich warmes Licht in den Raum, das den Aufgang der Sonne ankündigte. Es war, als könnte sie spüren, wie Damian auf dem Dach saß und in Richtung des Horizontes nach Osten spähte und sich langsam in Stein verwandelte.

So nah und doch unerreichbar.

Niedergeschlagen drückte sie sich von der Tür weg. Ein Blick in den Spiegel offenbarte ihr ihr ganzes Elend. So dunkle Augenringe hatte sie nicht einmal besessen, nachdem Ben mit ihr Schluss gemacht hatte. Sie war viel zu verärgert gewesen, weil dieser Feigling es per Textnachricht getan hatte. Weil er ihr fremdgegangen war.

Sie hatte ihre Gefühle unter Zorn begraben und tat es auch diesmal. Er hatte sie einfach stehen lassen. War gegangen, ohne sich einmal umzudrehen. Als wäre dieser Kuss, der sie tief erschüttert hatte, ohne Bedeutung. Aber das war er nicht. Nicht für sie. Die leise Stimme, die ihr sagte, dass es ihm genauso ging, ignorierte sie.

Frisch geduscht und angekleidet gesellte sie sich zu den anderen und zwang sich zu einem Lächeln, um sich nichts anmerken zu lassen.

Sie waren zu viert. Neben Alena und Darjana kam auch Johana mit. Phee war überrascht. Auch wenn Johana in den letzten Tagen immer öfter mit ihnen zusammen gewesen war, konnte sie die Abneigung von Darjanas Mitbewohnerin ihr gegenüber deutlich wahrnehmen.

Sie mussten ein Stück bis zur nächsten U-Bahnstation laufen, wo sie ellenlange Rolltreppen in die Tiefe beförderten, damit sie in eine Bahn in Richtung Stadt steigen konnten. Die anderen unterhielten sich die gesamte Fahrt über, während sie schweigend aus dem Fenster ins schwarze Nichts starrte und versuchte nicht an Damian und ihren Kuss zu denken. Funktionierte so hervorragend, als würde man versuchen mit einer Steinschleuder einen Panzer aufzuhalten. In der Spiegelung der Scheibe konnte sie erkennen, wie Alena sie mehrfach besorgt musterte.

»Weißt du mittlerweile, welches Kleid du zum Ball tragen möchtest?«

Phee bemerkte erst, dass Johanas Frage an sie gerichtet war, als sich alle drei Augenpaare neugierig auf sie richteten. »Ähm ... keine Ahnung. Um ehrlich zu sein, bin ich am überlegen, ob ich überhaupt hingehe.«

»Das meinst du nicht ernst?«, kommentierte Alena ihre Überlegung mit einem leicht warnenden Unterton.

»Bälle sind nicht so meins«, bemerkte Phee und wurde von einer Durchsage unterbrochen.

»Wir müssen hier raus.« Alena nahm ihre Handtasche und stand auf, wie auch die anderen. Gemeinsam drängten sie sich durch die stehenden Fahrgäste zum Ausgang.

»Du musst zu dem Ball gehen«, erklärte Darjana nachdrücklich, während sie die Rolltreppe nach oben fuhren.

»Wieso? Immerhin ist sie keine von uns«, bemerkte Johana und kassierte von Alena einen aufgebrachten Blick.

»Natürlich gehört sie zu uns.«

Johana sah sich um, ob ihnen niemand zuhörte, und beugte sich dichter zu ihnen. »Sie hat nicht mal Kräfte«, flüsterte sie.

Phee musste sich auf die Zunge beißen, um nichts zu erwidern. In diesem Moment war sie Jaro dankbar, dass er ihr Erwachen nicht an die große Glocke gehängt hatte.

Die Rolltreppe war zu Ende und Johana sprang mit zufriedener Miene über den letzten Absatz.

Da die Menschen aus dem Gebäude drängten, sagte Alena erst etwas dazu, als sie hinaus ins Freie traten. »Phee, du bist eine Den, sonst hätte mein Bruder dich niemals bei uns aufgenommen.«

»Findest du sein Auftreten in letzter Zeit nicht seltsam?«, bemerkte Johana.

Als Alena nicht sofort etwas erwiderte, beobachte Phee ihre Mitbewohnerin genau. Sie wirkte unzufrieden. »Er steht unter enormem Druck wegen des Festes.«

»Man könnte meinen, er veranstaltet dieses Fest zum ersten Mal.«

Darjana drehte sich genervt zu ihnen um und ging ein paar Schritte vor ihnen her. »Können wir bitte das Thema wechseln? Ich würde heute gerne einfach einen schönen Tag mit euch verbringen.«

»Ich bin für Darjanas Vorschlag. Hat dich Domek eigentlich schon gefragt?«, wandte sich Phee an Johana, die sofort rot anlief und so energisch den Kopf schüttelte, dass ihre rotblonden Locken in alle Richtungen flogen.

»Manche Männer sind einfach Feiglinge«, bemerkte Alena spöttisch.

»Das ist wohl wahr«, stimmte Phee zu. »Ben – mein Ex – hat mit mir per Textnachricht Schluss gemacht.« Die anderen reagierten mit Bestürzung und verlangten, dass Phee mehr erzählte. Mehr von ihrem Leben an einer anderen Schule. Als wären sie ausgehungert nach einem Leben außerhalb der Mauern des *Hnízdo*.

Die meisten Geschäfte, die sie abklapperten, waren Brautmodengeschäfte, die auch elegante Abendkleidung führten. Phee fühlte sich unwohl in ihrer Haut, als sie ein teures Kleid nach dem anderen vorführen musste, das die anderen Frauen jeweils kommentierten. Allerdings herrschte Gruppenzwang, denn auch Darjana, Alena und Johana präsentierten jede Kreation, die sie anprobierten, als wären sie auf dem Catwalk. Es dauerte zwar eine Weile, aber am Ende empfand Phee sogar Spaß dabei.

Johana wurde bereits im zweiten Laden fündig und suchte sich ein voluminöses, rotes Chiffonkleid mit goldenen Stickereien aus, das sie wie eine Prinzessin aussehen ließ. Eindeutig nichts für Phee. Alena entdeckte ein weißes Traumkleid, bei dem der seidige Stoff an Brust und Taille silbern verziert war und dessen Rückenausschnitt bis zum Po eindeutig verboten gehörte. Auch Darjana entschied sich für ein atemberaubendes Kleid, das mit seinen sanften Pastellfarben ihre Haut zum Strahlen brachte.

Fehlte nur noch Phee.

»Vielleicht sollten wir mal etwas Dunkles ausprobieren«, schlug Alena vor und tippte sich nachdenklich ans Kinn, während sie Phee umrundete.

»Bei der Haut?«, fragte Johana unsicher.

»Ich stehe hier und kann euch hören.«

»Bisher hat dir keines der Kleider gefallen, die wir vorgeschlagen haben, und gesagt, was du stattdessen willst, hast du auch nicht«, kommentierte Darjana aus dem Hintergrund. »Hier. Ha! Ich hab was!«, rief sie kurz darauf triumphierend und hielt eine dunkelblaue Robe in die Höhe, die die Verkäuferin sorgsam aus der Plastikhülle befreite.

»Es ist sehr ... schlicht«, bemerkte Alena zweifelnd.

»Sag doch gleich langweilig.« Phee nahm der hilfsbereiten Verkäuferin den glänzenden Stoff ab und verschwand in der Umkleide.

Er fühlte sich weich und kühl an. Wie Damians Schwingen. Atemlos zog sie ihn über und zupfte an den Trägern ihres BHs, damit alles richtig saß. Bei jeder Bewegung glitt der Stoff wie ein zarter Kuss über ihre Haut. Sie liebte vor allem seine dunkelblaue Farbe mit dem seidigen violetten Schimmern, abhängig davon, wie das Licht darauf fiel, das sie an Damians Hautton erinnerte.

Nervös trat sie aus der Umkleide. Die anderen hatten ihre Köpfe zusammengesteckt und tuschelten. Darjana entdeckte sie als Erste. Ihre Mund öffnete sich leicht. »Wow.«

Die anderen beiden Frauen erstarrten. »Da werden einige vor Neid erblassen«, bemerkte Alena und zog beide Augenbrauen überrascht nach oben.

»Das!«, sagte Johana und zeigte energisch mit dem Zeigefinger auf sie. »Genau das!«

»Das was?«, fragte Phee verwirrt und drehte sich zu dem großen Spiegel. Für einen Moment erkannte sie sich selbst nicht. Ihre hellen Augen schienen regelrecht zu leuchten. Der weiche Stoff fiel locker um ihre Figur und betonte zugleich ihre Kurven. Sie hatte heute schon etliche Kleider anprobiert, aber keines hatte sich so richtig angefühlt wie dieses.

»Die Jungs werden sich darum reißen, mit dir zu tanzen«, prophezeite Johana.

Phees Magen verknäulte sich. Verlegen presste sie die Lippen aufeinander. Damian hatte recht. Das hier war etwas anderes. Noch immer spürte sie seine Hände auf ihrem Körper, als er sie im Kreis herumgewirbelt hatte, sie wollte mit niemand anderes tanzen als mit ihm. »Ich kann das nicht tragen.«

»Warum denn nicht?«

»Es passt wie angegossen.«

Alle redeten gleichzeitig auf sie ein.

Sie schüttelte nur den Kopf und flüchtete zurück in die Kabine. Eine der jungen Frauen kam ihr nach. Es war Alena, die sie wie ein Habicht die Maus taxierte. »Wenn du das Kleid nicht kaufst, kaufe ich es und werde dich an dem Abend betäuben und es an dir festkleben.« Mit einem kräftigen Zug schloss sie die Vorhänge. Ihre Schritte entfernten sich.

In diesem Moment wurde Phee bewusst, dass sie wirklich eine Freundin in ihr gefunden hatte. Tränen traten in ihre Augen, weil sie nicht wusste, wie sie damit umgehen sollte.

Sie kaufte das Kleid, während die anderen voll bepackt mit Tüten und Taschen am Eingang warteten.

»Wir müssen uns beeilen, sonst kommen wir zu spät zu deiner Verabredung mit deiner Freundin«, erklärte Alena mit einem Blick auf die Uhr.

Als sie bei dem gemütlichen Café ankamen, saß Caro bereits an einem kleinen Tisch am Fenster und winkte ihr begeistert zu. Phee umarmte ihre Freundin, die sie von Kopf bis Fuß musterte. »Du siehst irgendwie beschissen aus. Lassen die dich dort nicht schlafen?«

Lachend legte Phee Mantel, Schal und Handschuhe ab und setzte sich Caro gegenüber. »Doch, aber ...« Sie warf einen Blick zu den anderen und fuhr sich nervös mit der Zunge über die Lippen. »Ich habe jemanden kennengelernt«, sagte sie leise.

Caro beugte sich vor. »Warum hast du mir das bisher verschwiegen? Ich will alles wissen. Wie ist er? Sieht er gut aus? Habt ihr es schon miteinander getrieben?«

Phee verdrehte die Augen. »Du bist unmöglich.«

»Das ist eine wichtige Frage.«

Nervös rieb sie sich die Hände und bestellte eine heiße Schokolade mit Sahne. »Es ist nicht so einfach.«

Als sie schwieg verzog Caro das Gesicht. »Muss ich dir jetzt alles aus der Nase ziehen? Wie sieht er aus?«

»Er ist … sehr groß und muskulös. Vielleicht ein wenig gewöhnungsbedürftig.«

Verwundert runzelte Caro die Stirn. »Gewöhnungsbedürftig?«

»Am Anfang hatte ich ein wenig Angst vor ihm.«

Die Falten auf ihrer Stirn gruben sich tiefer. »Muss ich mir Sorgen machen? Ich weiß doch, dass du eher auf die gefährlicheren Typen stehst.«

Phee schüttelte den Kopf und zog die Unterlippe zwischen ihre Zähne. »Er ist ganz anders, als man auf dem ersten Blick denken könnte. Sehr sanftmütig, ehrlich, vielleicht ein wenig überfürsorglich und einfach immer für mich da, wenn ich ihn brauche.«

»O Mann. Dich hat's ja echt erwischt«, begeisterte sich Caro.

Phees Magen verknotete sich. Bisher hatte sie sich nicht einmal getraut den Gefühlen gegenüber Damian einen Namen zu geben, doch Caros deutliche Worte ließen sie diese nicht mehr länger leugnen. Sie hatte sich verliebt. In einen Gargoyle. Wie bescheuert konnte man sein? Verzweifelt vergrub sie ihr Gesicht in den Händen.

»Oh«, stieß Caro aus. »Er erwidert deine Gefühle nicht. Das tut mir leid.«

Tief atmete Phee ein und rührte mit dem Löffel in ihrer heißen Schocklade. »Ich denke, er erwidert schon meine Gefühle, aber … die Umstände sind nicht ideal.« Das war die Untertreibung des Jahrhunderts.

»Was soll das bedeuten?«

Phee starrte auf ihre Hände. »Wir können nicht zusammen sein«, gestand sie sich selbst ein. Etwas, das ihr von vorneherein unbewusst klar gewesen war, weswegen sie sich auch ihre aufkeimenden Gefühle für Damian die ganze Zeit nicht eingestanden hatte.

»Und warum? Ist er älter? Hat er eine andere?«

Weil er kein Mensch ist! Wobei sie ja auch mittlerweile keiner mehr war. Phee presste die Lippen widerwillig aufeinander. Im Gegensatz zu ihr würde er auffallen wie ein bunter Hund. Gemeinsam ins Kino gehen, in die Eisdiele oder einfach nur ein Spaziergang in der Stadt wären unmöglich.

»Er ist verheiratet?«, riet Caro weiter.

Phee atmete schwermütig aus, weil ihre Freundin nie erraten würde, was das Problem war. Offensichtlich verstand Caro das als Eingeständnis. »Er ist verheiratet! Verdammt, Phee.« Sie sah schockiert aus. Doch dann schien sie sich zu besinnen. »Das ist ein Grund, aber kein Hindernis.«

»Dein Ernst?«, fragte Phee und nahm einen kräftigen Schluck aus der großen Tasse. Der heiße Kakao strömte ihre Speiseröhre hinunter und vertrieb die Kälte in ihrem Inneren.

»Will er seine Frau für dich verlassen?«

»Es ist komplizierter als das.«

»O mein Gott. Jetzt weiß ich es. Deswegen hast du mir auch bisher nichts davon erzählt und hast vorhin so misstrauisch deine neuen Freundinnen angesehen. Sie dürfen es nicht erfahren. Richtig?«

Irritiert blinzelte Phee. »Was weißt du?«

»Er ist dein Lehrer.«

Es war hoffnungslos. »Können wir bitte über was anderes reden? Wie geht es denn deinem Lover?«

Zum Glück ließ sich Caro erweichen und wechselte ihr zuliebe das Thema. Allerdings war die gemeinsame Zeit viel zu schnell vorbei. Zum Abschied umarmten sie sich.

Auf dem Weg zur U-Bahn blieb Johana plötzlich stehen. »Scheiße«, murmelte sie, ließ ihre Taschen stehen und machte auf dem Absatz kehrt.

»Was ist los?«, fragte Alena.

»Ich hab mein Handy in dem Café liegen lassen«, erklärte Johana und rannte los.

»Beeil dich, wir sind schon spät dran!«, rief Darjana ihr nach und sah auf ihr Handydisplay. »Das könnte knapp werden.«

Misstrauisch begutachtete Phee den wolkenverhangenen Himmel. Es war bereits jetzt schon fast dunkel. »Können die Nocs eigentlich auch bei solchem Wetter raus?«

»Solange wir uns immer in der Nähe von genügend Menschen aufhalten, wagen sie es eigentlich nicht, uns anzugreifen«, erklärte Alena, wirkte aber nicht wirklich überzeugt. »Nehmt die Sachen und geht schon mal vor. Ich warte hier auf Johana.«

Phee hatte ein ganz mulmiges Gefühl. Sie und Darjana teilten die Einkaufstaschen zwischen sich auf und gingen langsam in Richtung U-Bahn-Station. Wiederholt sah Darjana zurück und auf ihr Handy. Bei der Station warteten sie eine ganze Weile. Menschen hasteten an ihnen vorbei. Mehrfach kamen ankommende Fahrgäste in einem Schwall aus dem Untergrund.

»Sollten wir nicht besser fahren?«, fragte Phee.

Darjana wirkte unsicher. »Ich weiß nicht. Ah, da sind sie.«

Phee wandte sich erleichtert um und entdeckte die beiden jungen Frauen, die im Zickzack den Passanten auf dem Gehweg auswichen und auf sie zurannten.

Schwer atmend blieben sie vor ihnen stehen. Johana hielt ihr Handy triumphierend in die Höhe. »Ich habe es gefunden.«

»Das hat aber lange gedauert«, bemerkte Darjana verschnupft.

»Erinnert ihr euch noch an die Palme in der Ecke?«, fragte Alena genervt und Darjana nickte, während Phee sich den Gästeraum ins Gedächtnis rief. An den Wänden hatten mehrere größere Grünpflanzen gestanden. »Es lag in der Erde.« Sie wandte sich dem Eingang der U-Bahnstation zu und eilte die Stufen hinab.

»Wie ist es denn dahin gekommen?«, fragte Phee irritiert und folgte ihr.

»Muss mir aus der Jacke gefallen sein, als ich aufgestanden bin«, erklärte Johana mit einem Unterton, der deutlich machte, dass sie nicht weiter darüber reden wollte. Sie rannten die Rolltreppe herunter.

»Zum Glück sind wir früh genug los und die Bahnen fahren regelmäßig«, bemerkte Darjana und erstarrte, sodass sie alle in sie hineinliefen. »Was ist?«, fragte Alena, fing aber sofort an zu fluchen, als ihr Blick auf die Anzeigetafel fiel.

Ein helles Band lief am unteren Rand durch. Auch wenn Phee die tschechischen Worte nicht so schnell lesen konnte, schwante ihr bereits Übles. Das Gefühl bestätigte sich, als der Schriftzug in Englisch wiederholt wurde.

»Da steht, es kommt zu Verzögerungen.« Beunruhigt spielte Darjana mit ihrem Zopf.

»Toll, das sehe ich auch«, bemerkte Johana spitz. »Allerdings steht da nicht wie lange.«

»Und was machen wir jetzt?«, fragte Phee beunruhigt.

»Wir haben ja noch etwas Zeit«, sagte Alena mit einem Blick auf die Uhr. Allerdings wirkte sie fahrig.

Phee sah in die Richtung, aus der der Zug normalerweise einfahren würde. Die Schienen verloren sich in einem schwarzen Nichts. Hier schien keine Sonne. Der Klumpen in ihrem Magen wurde größer. Waren nicht die unterirdischen U-Bahntunnel ein ideales Habitat für Vampire?

Daran hatte sie auf der Hinfahrt gar nicht gedacht. Nervös befeuchtete sie sich die Zunge. »Ähm … schlafen die Nocs genauso wie die Soumraks tagsüber? Also, sodass sie ganz sicher nicht aufwachen können?«

Irritiert musterte Johana sie. »Wie kommst du denn jetzt darauf?«

»Nicht dass sie uns in diesen Tunneln auflauern können«, erklärte Phee und zeigte in die Finsternis.

»Woher sollen wir wissen, was diese Monster tagsüber treiben? Aber wir sind ja nicht dumm. Denkst du wirklich, wir hätten den Bau dieser Tunnel zugelassen, wenn wir dadurch in Gefahr geraten würden? Natürlich wurden entsprechende Maßnahmen ergriffen, um zu verhindern, dass sich die Nocs hier unten wohlfühlen können.«

»Und was für Maßnahmen?«

»Als ob mich das interessieren würde«, entrüstete sich Johana.

»Wahrscheinlich wird es dennoch bereits dunkel sein, wenn wir zu Hause ankommen«, bemerkte Darjana unsicher.

»Ich ruf meinen Bruder an«, erklärte Alena, holte ihr Handy aus der Tasche und trat einen Schritt zur Seite.

»Wir könnten doch ein Taxi nehmen?«, schlug Phee unsicher vor.

Alena schüttelte den Kopf und hielt den Zeigefinger nach oben. Phee biss sich auf die Unterlippe. Kurz darauf legte sie auf. »Wir sollen mit der Bahn fahren und im Bahnhof warten, bis wir abgeholt werden.«

22

Während der gesamten Fahrt herrschte nervöses Schweigen. Phee kam es vor, als würde ein Elefant auf ihrem Brustkorb sitzen. Ihr Puls schnellte in die Höhe, als der Waggon an ihrem Ziel hielt. Laut ihrem Handy ging die Sonne in diesem Moment unter. Wortlos stiegen sie aus und warteten.

Phee lief die ganze Zeit unruhig auf und ab und kaute nervös auf ihrer Unterlippe, bis sie Blut schmeckte. Den anderen ging es nicht besser.

Plötzlich stieß Alena einen Seufzer der Erleichterung aus und eilte zur Treppe, die Novák mit Jaro im Schlepptau herabkam. Während er sie mit finsterem Gesicht musterte, der ihnen ein gehöriges Donnerwetter versprach, sobald sie sicher zu Hause wären, grinste Jaro schadenfroh.

»Ich parke in der zweiten Reihe, daher beeilt euch«, erklärte Novák mit unterdrückter Wut und schnappte sich einige Taschen. Jaro tat es ihm gleich.

»Warum freust du dich so?«, fragte Phee leise, während er hinter ihr auf der Rolltreppe stand.

»Herr Anděl wird euch deswegen die Hölle heiß machen.«

»Danke, dass du mich daran erinnerst«, zischte sie.

»Gern geschehen.« Er grinste immer noch über das ganze Gesicht.

Übellaunig wandte sich Phee ab und betrachtete Alenas Rücken, die vor ihr lief. Zügig eilten sie zu dem verbeulten Audi von Novák. Während Jaro ihre Einkaufstaschen im Kofferraum verstaute, quetschten sie sich zu viert auf die Rückbank. Phee saß Alena fast schon auf dem Schoß.

Novák startete den Motor. Seine Wut war fast greifbar. »Ich hoffe, euch ist klar, dass ihr bis zur Sonnenwende das Anwesen nicht mehr verlassen dürft«, erklärte er autoritär und Phee zog den Kopf ein, wie auch die anderen drei Mädchen, die schuldbewusst dreinschauten.

Unsicher sah sie zum Fenster hinaus und bemerkte den Schatten in der

Luft. Einer der Gargoyles folgte ihnen. In ihrem Magen entstand ein Flattern. Konzentriert versuchte sie in der Dunkelheit zu erkennen, ob es sich um Damian handelte.

Plötzlich erklang ein lautes Geräusch. Der Wagen wackelte und begann zu schlingern. Unsanft wurde sie gegen die Innenverkleidung der Tür gedrückt. Der Fensterheber bohrte sich in ihre Nieren. Ein leises Keuchen kam von Alena, während Darjana und Johana aufschrien. Das Fahrzeug stoppte abrupt und Phee wurde gegen den Beifahrersitz geschleudert.

Die beiden Männer im vorderen Teil des Fahrzeugs fluchten ausgiebig.

Für einen Moment erhellten die Scheinwerfer einen dunkel gekleideten, schmächtigen Mann, der vor dem Fahrzeug hockte. Seine Augen waren blutrot, sein graues Gesicht eine hässliche Fratze mit tiefen Furchen. Die scharfen Reißzähne blitzen auf, als er das Maul weit aufriss. Dieses Geschöpf hatte kaum Ähnlichkeit mit dem Noc in der dunklen Gasse.

Sämtliches Blut sackte in Phees Beine, während ihr der Atem stockte.

Noch bevor ihr Gehirn wirklich begreifen konnte, was sie da sah, landete Damian vor dem Wesen, das sich sofort auf ihn stürzte. Wie ein Wahnsinniger schlug es mit Klauen nach dem Wächter. Auch wenn Damian den Hieben geschmeidig auswich, zuckte sie bei jedem Angriff zusammen. Ein weiterer Gargoyle landete neben Damian, doch bevor dieser eingreifen konnte, machte der kurzen Prozess und riss dem Wesen brutal die Kehle heraus. Zuckend brach es auf der Straße zusammen.

Damians Kopf ruckte herum. Seine Augen schienen zu glühen, als er sie durchdringend ansah. Blut tropfte von seinen Klauen, sein Gesicht eine furchterregende Maske. In diesem Moment ähnelte er dem Monster in der Gasse, das ihr entgegengestürzt war. Die Erinnerungen versetzten sie zurück zu jenem Moment und erneut nahm ihr die Panik, die sie damals durchlebt hatte, die Luft zum Atmen. Sie konnte seinen Blick nur fassungslos erwidern. Erneut spürte sie den Druck seiner Lippen auf ihren und wusste gar nicht mehr, was sie dabei empfinden sollte. Sie war unfähig ihre Angst unter Kontrolle zu bekommen.

Niedergeschlagen wandte er sich ab, rannte los und verschwand innerhalb von Sekunden in der Dunkelheit, während der andere Gargoyle die Leiche schulterte und ihm folgte. Ihre Gedanken stoben in tausend Richtungen. Jaro sagte etwas, aber die Worte verhallten in ihrem Inneren, ohne dass sie sie begriff. Immer wieder sah sie Damians Gesicht vor sich, wie er seine Reißzähne gebleckt hatte. Wie seine Augen befriedigt geleuchtet hatten, als der Vampir tot zusammengebrochen war. Galle stieg in ihrer Kehle auf.

Erst als sie hielten und sie regelrecht aus dem Fahrzeug herauspurzelte, weil Alena die Tür geöffnet hatte, merkte Phee, dass sie zurück auf dem Schulgelände waren. Ihre Beine waren nachgiebig wie Gummi. Sie musste sich an der Karosserie festhalten, damit sie nicht stürzte.

Das Grinsen war aus Jaros Gesicht verschwunden, als er zu ihr trat. »Ist alles in Ordnung?«, fragte er besorgt. Seine Hand näherte sich ihrem Arm, dabei konnte sie seine Nähe kaum ertragen.

Panisch stieß sie ihn zur Seite. »Geh weg. Geht alle weg!«, schrie sie und stolperte davon.

Alles drehte sich. Ihre Hand griff ins Leere, als sie versuchte sich irgendwo festzuhalten.

***

Die Witterung von Pavel stieg ihm in die Nase, als er auf dem Gelände des *Hnízdo* landete. Der alte Recke trat mit missmutiger Miene auf ihn zu. »Was ist vorgefallen?«

Lucas traf ein, noch bevor Damian die Frage beantworten konnte. Pavel stieß ein Zischen aus, als er den Leichnam des Nocs bemerkte, den Lucas geschultert hatte. Er übergab ihn einen der anderen Soumraks, damit er verbrannt werden konnte, wie es üblich war.

»Ein Noc im Blutrausch«, erklärte Damian mit einem Blick auf das Wesen. Sein Magen verknotete sich bei dem Anblick der tiefen Wunden, die von seinem Kontrollverlust zeugten.

In dem Moment, als der Noc auf die Motorhaube gesprungen war, um das Fahrzeug zum Halten zu zwingen und die Passagiere darin anzugreifen, war bei ihm eine Sicherung durchgebrannt. Bei dem Gedanken, dass Phee verletzt werden könnte, hatte er sich nicht zurückhalten können. Er war selbst wie ihm Blutrausch gewesen.

»Damit war zu rechnen, so dicht beim Haus.«

Das fand Damian nicht, denn gerade um das Anwesen, in dem sich die Den aufhielten, patrouillierten sie jeden Abend. Früher hatte Damian nie an den Worten seines Alphas gezweifelt, doch Lucas Worte hallten in ihm wider. Fragend warf er seinem Freund einen Blick zu, der allerdings nur unmerklich den Kopf schüttelte. »Er hat den Wagen angegriffen, aber wir konnten ihn aufhalten«, erklärte dieser.

»Gut«, sagte Pavel und musterte die blutigen Klauen von Damian.

Verzweifelt ballte er die Hände zu Fäusten, bei der Erinnerung daran, wie verstört Phee ihn angesehen hatte.

Noch immer war Damian aufgewühlt. Sie hatte ihn gesehen, hatte gesehen, was er in Wahrheit war: ein Monster.

»Ihr könnt gehen«, erklärte Pavel.

Sofort wandte sich Damian ab und stapfte in Richtung des Vordereingangs. Man hörte zuschlagende Autotüren.

»Damian!«, rief Lucas. Sein Unterton sagte deutlich, wie unzufrieden er mit seinem Verhalten gewesen war. Aber das interessierte Damian in diesem Moment nicht.

»Ich muss sie sehen.«

»Ich halte das für keine gute Idee.«

Ein Knurren stieg in Damians Kehle auf. Er drängte sich an Lucas vorbei. Was sein Freund wohl davon halten würde, wenn er ihm erzählte, dass er sie gestern erst geküsst hatte?

Sein Mund wurde trocken. Sehnsucht ließ seine Haut kribbeln, wurde jedoch im selben Atemzug von Verzweiflung hinweggeschwemmt. Gestern hatte sie ihn noch voller Leidenschaft angeblickt, doch vorhin war ihr Blick leer und voller Furcht gewesen.

Damian sah gerade noch, wie Phee Jaro zur Seite stieß und auf wackligen Beinen vor ihm flüchtete. Allein der Gedanke, dass der junge Mann in ihrer

Nähe war, setzte ihm zu. Noch immer zirkulierte das Adrenalin durch seine Adern. Frustriert ballte er seine Hand zur Faust.

Schnell marschierte er auf den jungen Den zu, der sich in Bewegung gesetzt hatte, um ihr zu folgen.

Lucas hielt ihn fest. »Tu das nicht. Du schaufelst dir nur dein eigenes Grab.«

»Verschwinde«, grollte Damian, riss sich los und schnitt Jaro den Weg ab, der überrascht zu ihm aufsah. »Damian?«

»Ich denke, sie würde jetzt lieber allein sein«, erklärte er und versuchte sich zurückzuhalten, um aus dem anderen Mann, mit dem Phee oft ihre Zeit verbrachte, nicht Hackfleisch zu machen. Wenn er ihm auch nur ein Haar krümmen würde, könnte er sie nicht mehr beschützen.

Jaro sah ihn durchdringend an. »Ich muss eh zu Kasimir, pass auf sie auf«, erklärte er nach kurzem Zögern.

»Ich werde auf sie achten«, versprach Damian und zwang sich dazu, sich zu verbeugen.

Der Kies knirschte unter Jaros Turnschuhen, als er in Richtung Herrenhaus eilte. Hinter ihm erklang ein erleichtertes Aufatmen. »Das war knapp.«

»Ich hatte mich unter Kontrolle.«

»Hmm.« Ungläubig starrte ihn Lucas an, nachdem er jedoch keine Reaktion zeigte, schüttelte er den Kopf. »Wir sehen uns später.«

Erleichtert atmete Damian auf, als der andere Soumrak gegangen war, und folgte Phees Witterung.

Er fand sie auf dem kleinen Mauerabsatz, wo sie tags zuvor getanzt hatten. Sie hatte ihre Beine dicht an den Körper gezogen und ihre Arme darum geschlungen. Sie war so blass, dass ihre Haut wässrig wirkte. Der Schock über das, was sie gesehen hatte, war ihr deutlich anzusehen. Selbst von hier konnte er ihr Zittern erkennen. Bei dem Anblick verspürte er ein unangenehmes Ziehen in seiner Brust und rieb darüber.

Plötzlich sah sie auf. In ihren Augen glitzerten Tränen. Sie schluckte, wandte aber nicht den Blick von ihm ab.

Unsicher und vorsichtig näherte er sich ihr, obwohl er wusste, dass er es nicht tun sollte.

»Du hast ihn getötet«, sagte sie tonlos.

Ihm brach das Herz. Entmutigt blieb er stehen und schloss für ein paar Sekunden die Augen, um sich zu sammeln. »Das ist meine Aufgabe.« Vielleicht sah sie jetzt, was er in Wahrheit war. Weswegen sie sich von ihm fernhalten sollte.

Warum ich besser gehen sollte.

Das Problem war, er konnte es nicht. Er wollte es gar nicht.

»Warum sah er so anders aus als der damals in der Gasse?«, fragte sie leise. Noch immer trübte der Schrecken ihre Augen.

Fest ballte er seine Hände zu Fäusten, um sie nicht in seine Arme zu ziehen. »Er war im Blutrausch. Irgendwann werden die Nocs vor Hunger verrückt und unberechenbar. Ich musste … ihn töten.«

Überraschend stand sie plötzlich auf und schlang ihre zarten Arme um seinen Oberkörper. »Ich hatte Angst um dich.«

Sein Atem stockte. Dann erwiderte er ihre Geste, rieb sein Gesicht an ihrem Haar, auch wenn er wusste, dass das das Dümmste war, was er tun konnte. Dennoch sog er den süßen Duft, der von ihr ausging, tief in seine Lungen und genoss den Moment.

Sie waren sich so nah, dass er ihren Atem auf seiner Haut spürte. Seit er ihre Lippen gekostet hatte, konnte er an nichts anderes denken, als sie erneut zu erobern.

Aber er würde diesen Moment, in dem sie so verletzlich war, niemals ausnutzen. Er würde einfach für sie da sein. Sie halten und beschützen.

***

Aufgebracht öffnete Jaro die Tür zu Kasimirs Büro, ohne anzuklopfen. Sofort verstummte das Gespräch zwischen Novák und seinem Onkel. Die beiden Männer wirkten ungehalten, allerdings wusste Jaro nicht, ob es daran lag, dass er ungefragt hereingeplatzt war, oder ob es eher der Tatsache geschuldet war, dass sie angegriffen worden waren.

Nicht weit von ihrem eigenen Heim entfernt. Unfassbar.

»Wie geht es den Mädchen?«, fragte Kasimir.

»Den Umständen entsprechend. Um Phee mache ich mir etwas Sorgen.« Noch immer sah er ihre vor Schock geweiteten Augen.

Alena und die anderen Mädchen waren zwar auch sehr verschreckt gewesen, doch sehr viel gefasster. Kein Wunder, wenn man sein Leben lang mit dem Wissen aufgewachsen war, das dies jederzeit geschehen konnte.

»Sie ist tough und wird das genauso verkraften wie die anderen.« Novák lehnte sich zurück und streckte seine Beine aus. »Vielleicht wird ihnen das eine Lehre sein, damit sie das nächste Mal nicht so leichtsinnig sind.«

»Es war nicht ihre Schuld. Soweit ich weiß, war es eine Verkettung unglücklicher Umstände, die dazu geführt haben, dass sie es nicht mehr vor Einbruch der Dämmerung geschafft haben zurückzukehren«, bemerkte Jaro.

Kasimir beugte sich vor und stützte die Ellenbogen auf dem Tisch ab. »Zu schade, dass Phees Kräfte nicht erwacht sind.«

Etwas schwang in Kasimirs Stimme mit, dass Jaro beunruhigt aufhorchen ließ. Ein eisiger Schauder lief ihm den Rücken hinab. Sein Onkel würde nicht wirklich so weit gehen, oder? »Ist das etwa dein Werk?«, fragte er ohne Umschweife.

Erbost sprang Novák von seinem Stuhl auf. Noch bevor er sich über sein unverschämtes Auftreten ereifern konnte, brachte ihn sein Onkel mit einem Fingerzeig zum Schweigen.

»So denkst du von mir?«

Jaro knirschte mit den Zähnen. Vielleicht irrte er sich und war zu weit gegangen. »Natürlich nicht.« Dennoch rumorten die Zweifel in ihm. »Ich bin nur besorgt. Alena hätte verletzt werden können.«

»Seit wann interessiert dich das Wohl meiner Schwester?«, fragte er harsch.

Schon immer, dachte er, doch er sagte es nicht laut, denn er hatte dank seines Vaters früh gelernt, dass tiefe Freundschaftsbande ein wunder Punkt sein konnten.

»Wir sind mittlerweile zu wenige, um auch nur einen von uns verlieren zu dürfen«, sagte er stattdessen.

Offensichtlich war es genau das, was Kasimir hören wollte, denn in seinen

Augen blitzte Anerkennung auf. »Da hast du leider recht. Umso wichtiger, dass Phee endlich ein vollwertiges Mitglied unserer Gesellschaft wird.« Mit einem Kopfnicken bedeutete er seinen Schoßhund zu verschwinden, der sich sofort verabschiedete und mit finsterem Gesicht den Raum verließ. Die Tür schloss sich mit einem leisen Klick.

Jaro war sich nicht sicher, wie er Kasimirs Aussage einordnen sollte. Irgendwie sagte ihm sein Instinkt, dass es bei Phee um mehr ging als ein weiteres Mitglied ihrer Gemeinschaft. »Was ist so besonders an ihr?«

»An Phee?«

Jaro nickte.

»Solange sie noch keine Fähigkeiten besitzt: nichts. Ich habe dir genügend Zeit gegeben, diese zu wecken, aber du hast mich enttäuscht. Mal wieder.« Die ruhige Fassade des Mannes, den Jaro seit seiner Geburt kannte, bröckelte und er blickte nun in das Antlitz eines Mannes, der zu allem bereit war, um seine Ziele zu erreichen. »Die Wintersonnenwende wird bald stattfinden, wir haben keine Zeit mehr für Spielchen.«

Erneut regten sich bei Jaro Zweifel. Bisher hatte Kasimir nicht abgestritten, dass er für diesen ganzen Schlamassel verantwortlich war. Im Gegenteil, seine Worte klangen eher wie ein Eingeständnis. »Was geschieht zur Wintersonnenwende?«, fragte er beunruhigt.

Kasimir lehnte sich in seinem Sessel zurück, faltete die Hände und sah ihn lange abschätzig an. Mit jeder Sekunde wurde Jaro unruhiger.

»Du bist alt genug, dass du es sowieso bald erfährst. Unser Blutzoll wird fällig.«

Eine dunkle Vorahnung kroch Jaro eiskalt über den Rücken. »Blutzoll? Ich verstehe nicht …«

»Natürlich nicht. Du warst gerade mal ein paar Tage alt, als der letzte große Angriff auf unser Heim erfolgte. Sie hätten uns überrannt. Bis dahin hatten wir die Kämpfe von dieser Zuflucht fernhalten können, doch in dieser Nacht mussten wir uns eingestehen, dass wir …« Er verstummte und ein Schatten huschte über sein Gesicht. Aufgewühlt fuhr er sich durch das dichte schwarze Haar. »Sie hätten uns ausgelöscht«, erklärte er tonlos. »Aber das wollten sie gar nicht. Sie wollen nur unser Blut, also versprach dein Vater ihnen jedes Jahr zur Wintersonnenwende Blutzoll zu zahlen. Im Gegenzug versprachen sie uns in Ruhe zu lassen.«

Jaro fühlte sich, als wäre er in ein bodenloses Loch gefallen. Es war ein Schock. Er wusste, dass es schlecht um ihr Volk stand. Aber dass die Dinge bereits so katastrophal standen, hatte er nicht einmal geahnt. Das musste er erst einmal verdauen. Verzweifelt beugte er sich vor und stützte seine Arme auf den Knien ab. »Aber wirklich in Frieden lassen sie uns nicht.«

»Das sind nur Einzelgänger.«

»Und was hat Phee mit alldem zu tun?«

Mit einem Seufzen stand Kasimir auf, verschränkte die Hände hinter dem Rücken und begann auf- und abzulaufen. »Sie verlangen sie als Blutzoll.«

Jaros Kopf ruckte hoch. »Was? Warum ausgerechnet sie?«

Kasimir blieb stehen und sah ihn eindringlich an. »Das ist genau die Frage, die ich mir seit ihrem Auftauchen ebenfalls stelle. Und wir können das nur herausfinden, wenn endlich ihre Kräfte erwachen. Ich hoffe, du verstehst jetzt, warum dies so wichtig ist.«

»Natürlich, ich …« Jaro stockte. Beinahe hätte er seinem Onkel verraten, dass Phees Fähigkeiten längst erwacht waren, allerdings war da immer noch diese kleine Stimme in seinem Inneren, die ihm deutlich zu verstehen gab, dass irgendetwas nicht stimmte. In letzter Zeit hatte sich Kasimir verändert, hatte ihn zu oft belogen. Konnte er ihm wirklich trauen? Die Wahrheit würde er wohl nur erfahren können, wenn er herausfand, was an Phee so anders war. »Ich werde tun, was ich kann.«

»Nein. Ich werde das nun in die Hand nehmen. Konzentriere dich auf deine Prüfungen. Sobald du diese abgeschlossen hast, werden wir nach Rumänien reisen, wo ich dich in alle Mysterien unseres Volkes einweihen werden.«

Jaro furchte die Stirn. »Was ist in Rumänien?«

»Das wirst du dann erfahren. Geh jetzt.«

Noch mehr Geheimnisse? Kasimirs unbeugsamer Blick sagte Jaro jedoch deutlich, dass er nichts Weiteres von ihm erfahren würde. Unwillig stand er auf, schloss die Tür hinter sich und stand ratlos einen Moment im Flur, da er nicht wusste, was er als Nächstes tun sollte. Er fühlte sich so hilf- und machtlos. Belogen und betrogen. Seine Gedanken rotierten. Wie von selbst glitten seine Fingerspitzen über die Einstichstellen in seiner Armbeuge, wo er jeden Monat Blut abgenommen bekam wie jeder Den. Wie selbstverständlich war er davon ausgegangen, dass es dazu benutzt werden würde, um sie zu schützen, um die Mauern mit Bannkreisen gegen die Nocs zu stärken, doch nun wusste er es besser. Er war nicht mehr als eine Milchkuh, die regelmäßig gemolken wurde. Wutentbrannt donnerte er mit der Faust gegen die Wand.

»Was hat dich denn wieder so auf die Palme gebracht?«

Überrascht sah Jaro zu Emil, der gerade den Flur hinunterkam und ihn amüsiert musterte.

»Lass mich einfach in Ruhe«, entgegnete Jaro und stapfte an ihm vorbei. Allerdings folgte ihm Emil. »Regst du dich jetzt allen Ernstes so auf, nur weil du zur Rettung einiger Jungfrauen in Nöten ausrücken musstest?«

»Ich will jetzt nicht darüber reden.« Mit schnellen Schritten eilte Jaro an einer Soumrak vorbei, die gerade den Boden wischte.

»Ach komm, erzähl, was da vorgefallen ist.« Ein Scheppern erklang. »Pass doch auf«, erzürnte sich Emil.

Als Jaro sich umdrehte, trat sein Mitbewohner gerade nach der Soumrak. Der verwirrte Zorn in seinem Inneren fand ein neues Ziel.

»Diese dreckigen Viecher!«, schimpfte Emil und trat noch einmal zu.

Das Blut rauschte in Jaros Ohren. Er hörte gar nicht mehr, was Emil ihm noch erzählte. Fuchsteufelswild griff er den Jungen am Kragen und donnerte ihn gegen die Wand. »Verpiss dich!«

Emil versuchte seine Hand von sich fortzuziehen. »Alter, komm mal runter!«

Ein Keuchen erklang hinter ihm, das ihn erstarren ließ. Langsam wandte er sich um. Am Ende des Flures stand sie. Ihre Blicke verfingen sich ineinander und er verspürte das sehnsüchtige Ziehen, dass ihn immer überkam, wenn er sie sah. In ihren wundervollen braunen Augen stand Trauer. Sein Magen verknotete sich. Sie drehte sich um und war kurz darauf um die nächste Ecke verschwunden. Verdammt.

Er ließ Emil los und eilte ihr nach. Sein Herz schlug wie verrückt. Kaum war er um die Ecke gelaufen, stieß er jedoch mit Alena zusammen.

»Jaro, kann ich mit dir reden?«, fragte sie. Ihre kühle und fokussierte Stimme ließ darauf schließen, dass ihm das, was sie ihm zu sagen hatte, nicht gefallen würde. Erst ihr Bruder, Emil und dann sie. Heute war mal wieder ein bescheidener Tag. Frustriert ballte er die Hände. »Worum geht's?«

»Was hast du mit Phee gemacht?«, fragte sie mit einer Spur Besorgnis in der Stimme.

Verwundert runzelte er die Stirn. »Was meinst du? Ich wollte ihr nur helfen, sie wirkte durcheinander nach dem Angriff.«

»Ich meine gestern.«

»Gestern? Wir hatten wie gewöhnlich Training.« Er brauchte einen Moment, bis er sich daran erinnerte, dass er sie ja gestern gefragt hatte, ob sie mit ihm zum Ball gehen wollte. »Hat sie irgendetwas gesagt?«

Alena holte Luft, doch dann schloss sie den Mund und schüttelte den Kopf.

»Was genau wirfst du mir dann vor?«

»Ich kenne dich lange genug. Ich weiß, wie gemein du sein kannst.«

Abwehrend verschränkte er die Arme vor der Brust. »Und?«

»Du kannst sie nicht leiden.«

Genervt verdrehte er die Augen. »Warum denkt das eigentlich jeder?«

»Weil du dich ihr gegenüber noch arschiger verhältst als mir gegenüber. Und das will schon was heißen.«

Es tat weh, dass sie so empfand. Es war jedoch besser so. Für sie. »Wenn du meinst«, sagte er nur, wandte sich ab und wollte gehen.

»Jaro, ich weiß, dass wir uns in letzter Zeit nicht mehr verstanden haben.«

Er lachte bitter. »In letzter Zeit? Seit der zweiten Klasse, würde ich sagen.«

»Ich habe dein Geheimnis immer bewahrt.« Die Herausforderung in ihrer Stimme ließ ihn erstarren.

Das hatte sie. Und obwohl sie es kannte, verachtete sie ihn nicht einmal. Zumindest nicht deswegen. Dass sie es ausgerechnet jetzt aufs Trapez brachte, sagte viel aus.

Er atmete tief durch und lehnte sich lässig mit der Schulter an die Wand. »Erzähl mir, was passiert ist.«

»Sie war gestern Abend total durch den Wind und wollte mir auch nicht sagen, was vorgefallen war. Als ich sie nach dem Training mit dir gefragt habe, hat sie ausweichend geantwortet.«

»Ich habe sie nur gefragt, ob sie mit mir zum Ball geht«, gestand er und bedauerte sofort, dass er es zugegeben hatte.

Alena klappte der Mund vor Überraschung auf. »Du hast was?«

Er seufzte. »Ich habe sie nur aus einem Impuls heraus gefragt. Sie wird sich doch nicht wegen dieser belanglosen Frage aufgeregt haben?«

»Sie war nicht belanglos und das weißt du auch, also hör auf dir selbst etwas vorzumachen.« Sie lächelte zaghaft. »Sie ist meine Freundin«, sagte sie in einem Ton, der ihn aufhorchen ließ. Alena schloss nicht schnell Freundschaften. Nicht seit er sie damals verletzt hatte.

Kapitulierend atmete er tief ein und stieß sich von der Wand ab. »Ich werde sehen, was ich herausbekomme«, sagte er und wandte sich ab, um nach Phee zu suchen. Alles schien sich nur noch um dieses Mädchen zu drehen, das wie aus dem Nichts aufgetaucht war.

»Jaro«, rief sie ihm nach und er blickte fragend über seine Schulter zurück. »Danke.«

Er nickte ihr zu und ging. Vermutlich saß Phee irgendwo draußen auf einer Bank und haderte mit ihrem Leben, wie sie es oft tat. Selbst bei Regen ging sie jeden Abend spazieren, also trabte er durch die schwach beleuchtete Parkanlage, die um diese Zeit leer war.

Nur einen der Wächter entdeckte er halb verborgen in der Nähe einiger blattloser Sträucher. Zum Glück war es Damian, der ihm sicherlich sagen konnte, wo sich Phee aufhielt. Erst auf dem zweiten Blick wurde Jaro jedoch bewusst, dass der Soumrak mit seinem breiten Körper diese abschirmte.

Überrascht trat er zurück hinter die Hecke und beugte sich leicht vor. Kräftige Böen, die aus der Richtung des Soumraks kamen, brachten das Gehölz zum Knarzen. Ein Grund, warum Damian ihn wahrscheinlich nicht längst bemerkt hatte. Außerdem schien er vollkommen auf Phee fixiert zu sein. Die beiden standen so nah beieinander, dass sie sich fast berührten. Jaro kam sich wie ein Voyeur vor, der gerade in einen intimen Moment platzte.

Damian hob den Kopf und schaute in seine Richtung. Sein Gesicht wirkte völlig versteinert und seine Hände waren zu Fäusten geballt. Er sagte irgendetwas zu Phee, die zusammenzuckte, als hätte er sie geschlagen, und ging.

23

Verwirrt und traurig blickte Phee Damian nach. Noch immer vermisste sie seine starken Arme, die er nur zögernd und leider viel zu kurz um sie gelegt hatte, bevor er wieder auf Abstand zu ihr gegangen war. Die Kluft zwischen ihnen schien sich seit ihrem Kuss noch mehr verbreitert zu haben. Sie hatte mit ihm darüber reden wollen, doch er war so steif, grimmig und unnahbar gewesen, dass sie es einfach nicht über sich gebracht hatte. Lebhaft sah sie vor ihrem inneren Auge, wie das Blut von seinen scharfen Klauen tropfte. Innerlich fühlte sie sich zerrissen.

»Was wollte er von dir?«, fragte Jaro plötzlich hinter ihr und sie fuhr erschrocken herum. »Nichts.«

»Hat dieses Monster dir etwas getan?«, fragte er mit unverhohlener Aggressivität in der Stimme.

»Nenn ihn nicht Monster. Er ist mein Beschützer«, entgegnete sie erbost.

Jaro winkte ab. »Er ist ein Geschöpf der Hölle. Nicht mehr als ein Tier. Das solltest du nicht vergessen.«

Alles in ihr sträubte sich bei seinen Worten.

Er verschränkte die Arme vor seiner Brust. »Wenn er dir blöd kommt, weise ihn in seine Schranken.«

»Er ist zwei Köpfe größer als ich.«

»Und? Er ist an dich gebunden. Er muss deinen Befehlen gehorchen.«

Bei seinen Worten bekam Phee ein ganz flaues Gefühl im Magen. »Was meinst du damit?«

»Was ist an ›Er muss deinen Befehlen gehorchen‹ denn so schwer zu verstehen? Er ist wie ein Hund. Sag zu ihm *Sitz* und er setzt sich hin.«

»Küss mich.«

O Gott. Sie hatte ihm befohlen sie zu küssen. Entsetzen breitete sich in ihr aus. Auf einmal ergab Damians abweisendes Verhalten Sinn. Sie hatte eine rote Linie überschritten und ihre Freundschaft mit Füßen getreten.

Am liebsten hätte sie sich geohrfeigt. Da regte sie sich über die Den und ihr selbstherrliches Verhalten gegenüber den Gargoyles auf und was machte sie? Das hätte ihr jemand auch mal früher sagen können.

Verärgert über sich selbst schloss sie einen Moment die Augen und wandte sich ab, um zu gehen.

»Warte«, sagte Jaro und hielt sie am Arm fest.

»Was ist?« Irritiert musterte sie seine Hand und Jaro ließ sie sofort los. Er wirkte etwas nervös.

»Alena macht sich Sorgen um dich ... ich auch«, gestand er.

Ihr Magen verknotete sich. Trocken schluckte sie. »Wegen vorhin, ich weiß, dass du mir nur helfen wolltest, aber ... in dem Moment war mir alles zu viel und ich wollte allein sein.«

»Das verstehe ich. Das meinte ich allerdings nicht«, erklärte Jaro rang nervös die Hände. Irgendwie wurde sie langsam misstrauisch.

»Und was dann?« Verwirrt runzelte sie die Stirn.

»Du ... also ich ... ähm ...«, stammelte er. So kannte sie ihn gar nicht.

»Jetzt spuck es schon aus.«

Er verdrehte die Augen. »Verdammt, Alena meinte, du seist gestern Abend so seltsam gewesen.«

Alles in ihr erstarrte. Auch jetzt spürte sie ein Echo ihres Schmerzes und zugleich Schuldgefühle, weil sie nicht erkannt hatte, dass er sie gar nicht hatte küssen wollen. Allerdings konnte sie das Jaro schlecht erzählen. »Es war nichts«, erwiderte sie ausweichend.

»Wirklich. Ich wollte dir nicht auf die Füße treten mit meiner Frage.«

»Welche Frage?«

Seine Gesichtszüge entgleisten. »Ob du mit mir zum Ball gehst?«

Verlegen rieb sie sich über den Nacken. »Oh. Das habe ich ehrlich gesagt vergessen.«

»Du hast es vergessen?«, fragte er entgeistert. Sein Mund stand einige Sekunden fassungslos offen, bevor er ihn zuklappte. »Und was war dann los?

Ist irgendetwas mit deinen Kräften vorgefallen?«, fragte er unbeherrscht und verschränkte die Arme vor der Brust.

Verdammt. Wie erklärte sie jetzt nur ihr gestriges Verhalten? »Ich hatte mit meiner Mutter telefoniert.« Das war zwar gelogen, aber er würde wohl kaum ihr Handy überprüfen. »Wir hatten einen Streit. Sie ist nicht begeistert, dass ich hier bin.« Zumindest das entsprach der Wahrheit.

Einige Sekunden sah er sie bewegungslos an. Nur die Kiefermuskeln zuckten. Er schnaubte und schüttelte ungläubig den Kopf. »Rede mit Alena. Sie hat sich wirklich Sorgen gemacht«, sagte er leise und ging. »Wir sehen uns morgen beim Training.«

Phee stieß sämtliche Luft aus der Lunge und ließ ihren Kopf in den Nacken fallen. Über ihr blinzelten Sterne in der klaren Nacht und zwischen den Ästen konnte man eine schmale Mondsichel erkennen. Leise pfiff der Wind über den Park.

»Damian«, rief sie leise, auch wenn sie kaum Hoffnung hatte, dass er noch in der Nähe war. Seufzend holte sie das Handy aus der Tasche und schaute auf die Uhr. Es war längst Zeit fürs Abendbrot, also würde sie wohl zuerst mit Alena sprechen, bevor sie sich auf die Suche nach Damian begab. Da sie keine Ahnung hatte, wo er steckte, wäre es wahrscheinlich sinnvoller, wenn sie ihn kurz vor Sonnenaufgang abfangen würde. Allerdings hasste sie den Gedanken, so lang zu warten. Sie wollte ihn sehen.

Alena war nicht schwer zu finden, sie saß auf ihrem Bett und war so vertieft in ihr Buch, dass sie es nicht einmal bemerkte, als Phee ihr gemeinsames Zimmer betrat. Selbst als Phee direkt neben ihr stand, starrte sie noch auf die Seiten, allerdings war ihr Blick seltsam leer.

»Hey«, sagte Phee und Alena zuckte erschrocken zusammen. Der dicke Wälzer landet mit einem dumpfen Schlag auf dem Boden.

»Ich habe dich gar nicht hereinkommen hören«, stellte Alena fest, klaubte das Buch vom Parkett und legte es auf ihren Nachttisch.

»Kein Problem. Wollen wir zusammen zum Essen gehen?«, schlug Phee vor.

»Ich habe ehrlich gesagt keinen Appetit.«

»Geht mir genauso.« Phee warf sich auf ihr Bett und schloss für einen Moment die Augen.

»Das heute muss ein Schock für dich gewesen sein. Für mich war es das jedenfalls und dabei sollte ich eigentlich an den Gedanken gewöhnt sein, von einem blutrünstigen Noc angefallen zu werden.«

Phee drehte sich zur Seite und stützte den Kopf mit dem Ellenbogen ab, damit sie ihre Mitbewohnerin besser sehen konnte. »Bist du schon mal von einem angefallen worden?«

Alena schüttelte den Kopf. »Glücklicherweise nicht.«

Sie setzte sich an den Rand der Matratze und zog ein Bein unter ihren Körper. »Ich habe die Sachen, die du heute gekauft hast, in den Schrank gehängt«, erzählte Alena zurückhaltend.

»Danke«, erwiderte Phee und ein bedrückendes Schweigen senkte sich über den Raum. Es war, als hätten sie ein stilles Übereinkommen getroffen, nicht mehr über den Angriff des Nocs zu sprechen. »Ich habe vorhin Jaro getroffen.«

»Konntet ihr die Sache klären?«

»Dass ich gestern so niedergeschlagen war, hatte nichts mit ihm zu tun. Ich hatte ehrlich gesagt total vergessen, dass er mich gefragt hat.«

Alenas Augen wurden groß. »Hast du ihm das etwa gesagt?«

»Ich befürchte, sein Ego hat einen ziemlichen Dämpfer bekommen«, gestand Phee zerknirscht.

Alena riss ungläubig den Mund auf. »Ich hätte zu gern sein Gesicht gesehen.«

Phee zog eine entsetzte Grimasse. Alena lachte und sie stimmte mit ein. »Okay, und warum warst du gestern dann so down?«, fragte ihre Mitbewohnerin, nachdem sie sich wieder beruhigt hatten.

Unsanft landete Phee auf dem harten Boden der Realität.

Weil ich mich in einen Mann mit Flügeln, Hörnern und Reißzähnen verliebt habe.

Wie bescheuert konnte man sein?

Aufgewühlt wich Phee Alenas Blick aus und stieß die Luft aus. Auch wenn sie sich mittlerweile besser verstanden, würde sie der Den niemals Damians Leben anvertrauen, indem sie ihr erzählte, was vorgefallen war. Stattdessen tischte sie ihr dieselbe Lüge wie Jaro auf und erzählte ihr von den Problemen, die sie mit ihrer Mutter hatte. Aus der Ferne betrachtet und nach den letzten Wochen erschienen ihr die Streitigkeiten mit ihr immer unbedeutender und kindischer.

»Wir haben beide Fehler gemacht«, gestand sie sich selbst ein.

»Weißt du, ich verstehe, dass das alles nicht einfach war. Zugleich beneide ich dich darum, dass du noch eine Mutter hast.« Mittlerweile saßen sie gemeinsam auf einem Bett und lackierten sich gegenseitig die Fußnägel.

Phee zuckte zusammen und der Pinsel glitt über Alenas Haut. »Tut mir leid.« Und damit meinte sie nicht nur den grünglitzernden Strich. Eine Erinnerung blitzte auf. Sand, Sonne und das stürmische Meer, so weit man sah. Als sie klein gewesen war, waren sie fast jedes Wochenende zu dem Campingplatz an die Ostsee gefahren. Ihre Mutter hatte ihr immer ihr Lieblingsessen gemacht.

Alena räusperte sich. »Ich denke, es ist normal, dass Teenager gegen ihre Eltern rebellieren.«

Als Phee nach dem Nagellackentferner griff, zitterten ihre Finger. »Das Problem ist, dass sie wahrscheinlich gar nicht meine Eltern sind.«

»Wahrscheinlich nicht«, stimmte ihr Alena mitfühlend zu. Ein lautes Summen erklang, als ihr Handy auf dem Nachttisch vibrierte. Kurz las sie die Nachricht und stieß genervt die Luft aus. Als sie aufsah, wirkte sie, als hätte sie ein schlechtes Gewissen.

»Was ist los?«

»Darjana fragt, ob ich heute bei ihr übernachten kann, sie will nicht allein schlafen nach dem heutigen Vorfall«, erklärte sie zerknirscht. »Du kannst natürlich auch mitkommen«, beeilte sie sich hinzuzufügen.

»Nee, lass mal«, winkte Phee ab. Sie hatte keine Lust darauf, das fünfte Rad am Wagen zu sein. Außerdem bot ihr das die ideale Gelegenheit, ungestört mit Damian zu sprechen. »Wahrscheinlich würde ich mich am Ende eh nur mit Johana in die Wolle bekommen.«

»Die ist gar nicht da, sondern will bei ihrem Freund übernachten«, erklärte sie und verdrehte die Augen. »Ich will aber auch nicht, dass du dann allein bist.«

»Ich bin sowieso so müde, dass ich jeden Moment einschlafe. Geh ruhig.«

»Bist du dir sicher?« Zweifelnd musterte Alena sie.

Demonstrativ gähnte Phee und streckte sich. »Jep. Ich gehe noch Zähne putzen und werde mich dann aufs Ohr hauen.«

»Wenn was ist, schreib mir sofort eine Nachricht«, befahl Alena und Phee versprach es ihr, bevor sie ins Badezimmer ging.

Sie war wirklich müde, als sie sich ins Bett kuschelte. Allerdings lag sie noch lang wach in ihrem Bett und drehte sich von einer Seite auf die andere. Immer mehr schöne Erinnerungen, die sie mit ihrer Mutter verbanden, fielen ihr ein. Sie hatten jeden ersten Adventssonntag Plätzchen gebacken. Am liebsten hatte Phee die Entenform zum Ausstechen benutzt. Auch wenn ihre Mutter immer wollte, dass sie auch die anderen Formen benutzte, hatte sie ihr sogar drei verschiedene Größen geholt, als die Ente eines Tages nicht mehr auffindbar gewesen war. Ihr Vater hatte ihr immer heimlich Geld für Süßigkeiten zugesteckt, ohne dass ihre Mutter es bemerkt hatte. Zumindest hatte sie das lange Zeit geglaubt, bis sie sie mal belauscht hatte, als ihre Mutter ihn darum gebeten hatte. Früher hatte sie sich auch immer die Zeit genommen, ihr bei den Hausaufgaben zu helfen.

Sie vermisste sie. Betrübt rollte sie sich wie ein Embryo zusammen und dachte an Damian. Sie sehnte sich nach seiner tröstlichen Umarmung.

»Ich wage es nicht, dich zu berühren … weil ich dann nie mehr damit aufhören könnte.« Gänsehaut überzog ihre Arme, als sie sich an seine heiseren Worte erinnerte, an die Sehnsucht in seinem Blick. Sie konnte sich doch nicht alles eingebildet haben?

Irgendwann gab sie es auf, Schlaf zu finden. Sie hatte das Gefühl, als würde ihr Körper von innen brennen. Bedrückt zog sie sich warm an, schnappte sich eine Wolldecke und schlich sich durch den Flur, über die Treppe nach unten. Der Salon, in dem ein riesiger Fernseher stand, war glücklicherweise leer. Sie machte es sich auf der breiten Couch gemütlich und wartete. Wenn

Damian kurz vor der Morgendämmerung zurückkam, sah er immer noch nach ihr, bevor er aufs Dach kletterte.

»Hey.« Etwas rüttelte sie an der Schulter und sie sah verwirrt auf. »Damian?« Im ersten Moment wusste sie nicht, wo sie sich befand, bis ihr alles wieder einfiel.

»Was machst du hier?« Er sah nicht gerade begeistert aus.

Offensichtlich war sie am Ende doch noch eingeschlafen. Ein zarter Streifen helleren Blaus zeichnete sich bereits am Horizont ab. Träge rieb sie sich die Augen und richtete sich auf. »Ich muss mit dir reden.«

Er hockte sich vor sie und musterte sie besorgt. »Kann das nicht bis heute Abend warten? Du bist völlig übermüdet und solltest besser ins Bett gehen.« Seine Finger näherten sich ihrer Wange, als wollte er darüberstreichen, doch im letzten Moment ließ er es sein und ballte sie stattdessen zusammen.

»Es tut mir leid. Ich wusste das nicht. Ich wollte dich nicht bedrängen.«

»Mich bedrängen?«, echote er verwirrt.

»Der Kuss«, erklärte sie. Noch immer wirkte er durcheinander. »Ich wollte dich nicht dazu zwingen.«

Er blinzelte ungläubig. »Du denkst, du hättest mich dazu gezwungen?«

Unsicher biss sie sich auf die Innenseite ihrer Wange. »Musst du nicht tun, was ich sage? Wegen dieser magischen Verbindung?«

Sein verwirrter Gesichtsausdruck sprach Bände.

»Na ... wenn ich dir jetzt befehle zu springen, musst du gar nicht springen?« Sie würde Jaro sowas von kalt machen.

»Du hast gedacht, ich müsste all deine Befehle ausführen? Und du hättest mich daher dazu gezwungen, dich zu küssen?«

»Irgendwie klingt das total lächerlich, jetzt wo du es noch mal wiederholt hast«, gab sie zu und wäre am liebsten im Boden versunken.

Ein Lächeln legte sich auf seine Lippen. »Das stimmt. Vor allem wenn man bedenkt, dass ich in meinem Leben noch nie etwas so sehr gewollt habe, wie dich zu küssen«, hauchte er sehnsuchtsvoll. Seine Hand schwebte über ihrer Wange. Sie wollte sich hineinschmiegen, doch er zog sie weg. Er stieß den

Atem aus und lehnte seine Stirn an ihre. »Aber das ist falsch. Wir sind zu verschieden.«

Eine leise Stimme in ihrem Inneren flüsterte, dass er recht hatte. Dass das zwischen ihnen eigentlich nicht existieren durfte. Zugleich schrie ihr Herz vor Schmerz auf. »Das ist mir egal.«

Er ließ sich zurücksinken und schüttelte den Kopf. »Das sollte es nicht. Sie würden das niemals erlauben. Ich kann nicht zulassen, dass du dich in Gefahr bringst.«

»Lass uns fliehen«, schlug sie vor.

Die Muskeln in seinen Kiefern zuckten. Sein Blick wanderte zu den Fenstern, wo sich der Himmel in der Ferne golden färbte. »Denkst du wirklich, sie würden uns gehen lassen? Wie weit würden wir kommen? Sobald die Sonne aufgeht, werde ich zu Stein. Eine Statue, die leicht zu zerstören ist.« Er blickt sie wieder an und erhob sich. »Ich muss gehen. Der Tag bricht an.«

»Sehen wir uns heute Abend?« Deutlich konnte sie die Antwort in seinem Gesicht sehen, in dem sich Bedauern, aber auch eine harte Entschlossenheit spiegelten. Bekümmert sah sie zur Seite und als sie wieder aufschaute, war er längst fort.

***

Seine Muskeln brannten, so sehr spannte er sie an. Damian verfluchte sich selbst, dass er abermals zu ihr gegangen war, obwohl er es eigentlich besser wissen sollte und sich jedes Mal vornahm, dass er es nicht wieder tun würde. Doch es war, als wäre sie ein Magnet. Kam er ihr zu nahe, wurde er unweigerlich zu ihr hingezogen.

Im Augenwinkel bemerkte er eine Bewegung. Sein Spiegelbild blickte ihm verachtend aus dem dunklen Glas einer Vitrine entgegen. Deutlich hob sich der weiße Schmelz seiner Reißzähne von seiner Haut ab. Links und rechts von seinem Kopf ragten die Spitzen seiner Flügel über seine Schultern.

Unbewusst fuhr er mit den Fingern über eines der beiden Hörner, die ihm aus der Stirn wuchsen.

Er trat zurück und konnte auch einen Teil seiner Beine sehen, die mehr an ein Tier als an einen Menschen erinnerten.

Wie konnte sie nur irgendetwas für ihn empfinden? So sehr, dass sie sogar bereit war gemeinsam mit ihm zu fliehen.

Aber das war unmöglich.

Verzweifelt starrte er auf die Innenfläche seiner großen Pranken. Auf den ersten Blick schienen sie menschlich zu sein, doch wenn er sie drehte, erkannte man deutlich die spitz zulaufenden schwarzen Klauen. Wie sehr wünschte er sich ein Mensch zu sein, nur damit er mit ihr zusammen sein konnte.

Er konnte seinen eigenen Anblick kaum ertragen, wandte sich ab und entdeckte Lucas, der am Ende des Flurs auf ihn wartete. Seine Miene drückte Ungeduld aus. »Verdammt, wo bleibst du? Die Sonne geht gleich auf und du hättest längst deinen Bericht abliefern sollen.« Schuldbewusst senkte Damian den Blick. »Warum frag ich überhaupt?« Lucas schüttelte den Kopf und stieß seufzend die Luft aus. »Pavel hat dich gesucht.«

»Hast du ihm gesagt, wo ich bin?« Damian straffte seine Schultern und folgte dem anderen Soumrak nach draußen.

»Vielleicht hätte ich das besser tun sollen.« Lucas warf ihm einen vorwurfsvollen Blick zu, bevor er die Sprosse der rostigen Metallleiter ergriff, die bis aufs Dach führte. Kraftvoll schwang er sich nach oben. Damian erklomm die Leiter nach ihm und sprang mit einem Satz über die Brüstung aufs Dach. Die meisten seiner Brüder und Schwestern standen bereits auf ihren Plätzen, wo sie den Sonnenaufgang erwarteten. Damians Herzschlag verlangsamte sich bereits. Viel Zeit blieb ihnen nicht mehr.

»Damian«, rief Pavel und eilte auf ihn zu. »Wo warst du? Du hättest längst zurück sein sollen.«

Ergeben senkte Damian den Kopf. »Ich habe noch mal nach meinem Schützling gesehen.«

Pavel erstarrte. »Darüber sprechen wir heute Abend«, zischte er erbost nach einigen Sekunden, wandte sich ab und nahm seine Position zum Schlafen ein.

»Wo ist eigentlich Milan?«, fragte Lucas neben ihm.

Obwohl es ihm langsam schwerfiel sich zu bewegen, sah sich Damian um. »Ladislav, der mit ihm gemeinsam auf Patrouille war, ist auch nicht da«, stellte er beunruhigt fest.

»Hoffentlich sind sie in Sicherheit.«

»Ich hoffe auch.« Eine ungute Vorahnung breitete sich langsam in seinem Bauch aus. Er streckte seine Flügel aus und sah dem Morgen entgegen.

Plötzlich hallte ein Schrei durchs Haus, der ihm das Blut in den Adern gefrieren ließ. *Phee.* Er wollte zu ihr stürmen, aber es war zu spät. Die Sonne blinzelte über den Horizont und auch die letzte Zelle seines Körpers gefror zu Stein.

24

Entsetzt und fassungslos schlug Phee die Hände vor den Mund. Durch die Tür des Zimmers, das sich neben Alenas und ihrem befand, bot sich ihr ein Blick des Grauens. Der Raum mit den beiden Betten war rotgesprenkelt. Seltsam verdreht lagen mehrere Körper übereinander, als hätten die zwei Soumraks die beiden Bewohnerinnen des Zimmers noch versucht zu schützen.

Die Gargoyles waren übersät mit Wunden. Ihr Ausdruck leidverzehrt. Langsam nahm das dunkle Blau der Haut einen gräulichen Farbton an, als würde sie von der Sonne gebleicht werden. Risse bildeten sich in den Gesichtern, auf den Armen, den Flügeln, verästelten sich immer weiter. Erst brachen kleine Stücke weg. Dann immer größere. Immer mehr. Immer schneller. Zurück blieb nur Staub, der sich auf die zwei toten Mädchen legte. Eine von ihnen streckte ihre Hand hilfesuchend in Richtung der Tür.

Phees ganzer Körper begann unkontrolliert zu zittern. Sie wollte sich bewegen, wollte fliehen, doch sie war vollkommen erstarrt. Türen wurden in der Nähe geöffnet. Ein erschrockenes Keuchen erklang neben ihr, gefolgt von einem Schrei. Sie nahm es gar nicht richtig wahr, konnte den Blick nicht von den toten Augen abwenden, die sie anstarrten. Immer mehr Bewohner kamen. Weitere Schreie, Tränen und auch Flüche. Chaos brach aus, schien wie ein Wirbelsturm alles um sie herum zu erfassen, während sie in seinem Auge stand und sich nicht von der Stelle bewegen konnte. Ihr Gehirn verweigerte jeglichen zusammenhängenden Gedanken.

Plötzlich erklang ein unterdrücktes Keuchen aus dem blutgetränkten Schlachthaus. Ein leichtes Beben durchlief den Körper des Mädchens, das hinter dem anderen lag und von dem Phee nur den Hinterkopf sehen konnte. Der Staub von ihrer Brust rieselte herunter, als sie erneut hustete.

Phee dachte nicht nach, handelte einfach. »Sie atmet noch!«, brüllte sie in das Chaos und stürzte in das Zimmer. Ihre flauschigen Pantoffeln fanden kaum Halt in der Pfütze aus Blut und sogen sich sofort voll.

Sie ließ sich neben das Mädchen auf die Knie sinken und strich ihr die Haare aus dem Gesicht, auf dem sich Blut und Staub zu einer klebrigen Masse verbunden hatten. Trübe Augen sahen sie an. Sie hustete erneut und ihr Körper bäumte sich auf. Phees Hände wurden feucht. Erst jetzt bemerkte sie die beiden Fleischwunden an ihrem Hals, aus denen ein Rinnsal aus ihrem Blut floss. Schnell presste sie ihre Hände darauf und sah verzweifelt auf. »Helft mir!«

Alle schienen sie nur irritiert zu mustern. Anděl, der im Türrahmen stand, fixierte sie ungläubig. Auch einige Lehrer waren da, die die verstörten Schüler und Schülerinnen zurückdrängten. Jaro tauchte hinter dem Schulleiter auf. Seine Augen weiteten sich bei dem Anblick, der sich ihm bot.

»Töte mich.«

»Was?«, fragte Phee entsetzt und sah zu dem Mädchen, das die Worte heiser ausgestoßen hatte.

»Töte mich«, wiederholte es. Ihre Lider flatterten.

»Warum hilft ihr niemand?«, schrie Phee.

»Ihr ist nicht mehr zu helfen«, erklärte Anděl kühl.

Ungläubig sah Phee zu Jaro, der direkt neben ihm stand. Seine Zähne mahlten aufeinander. »Das waren Nocs.«

Wenn interessierte das? »Sie lebt noch.«

»Sie ist schon lange tot«, erklärte er leise und wandte sich an Anděl. »Wie konnten die Nocs hier eindringen?«

Blut rauschte in ihren Ohren. Die Frage war doch eher, wie konnte er behaupten, dass die Schülerin längst tot sei, wo Phee deren Leben deutlich unter ihren Fingern spürte? »Wir müssen ihr doch helfen!«, rief sie verzweifelt.

»Jaro, bring sie raus«, befahl Anděl hart.

»Warum hilft ihr keiner?« Sie konnte es nicht verstehen.

Jaro kam auf sie zu und sah sie voller Mitleid an. »Komm«, forderte er, packte sie am Oberarm und zog sie von der verletzten Den fort.

»Nein. Nein! Sie lebt noch!« Phee wehrte sich, doch sein Griff war unbarmherzig.

»Beruhig dich«, zischte er in ihr Ohr. Sie schlug um sich. Seine Arme schlangen sich um ihren Oberkörper und hoben sie hoch, sodass sie in die Luft trat. »Du kannst nichts mehr tun.« Er trug sie aus dem Raum und ihr Widerstand schwand genauso wie ihre Hoffnung.

»Wieso?«

Er stellte sie im Flur wieder auf ihre eigenen Füße, die unter ihr nachgaben. Sofort legte er seinen Arm um ihre Taille und stützte sie.

»Ich dachte, wir sind hier sicher«, flüsterte sie.

Er sagte nichts, öffnete die Tür und erstarrte. »Scheiße.«

Helles Sonnenlicht strömte durchs offene Fenster. Der Wind spielte mit den weißen Stoffschals. Die Schranktüren waren geöffnet, Kleidung lag verstreut auf dem Boden, genauso wie ihr Handy, auf dessen Display sich nun ein ganzes Spinnennetz von Rissen zog. Ihr Bett war zerwühlt.

»Phee.« Er musste den Namen dreimal wiederholen, bevor sie reagierte. »Wenn du nicht willst, dass ich in deiner Unterwäsche herumwühle, solltest du dir selbst etwas heraussuchen.« Wie eine Puppe reagierte sie. Hinterfragte nicht mal seine Aussage, wie sie es normalerweise getan hätte. Sie griff einfach in die Schublade und zog irgendetwas heraus. Jaro sog tief die Luft in die Lunge und blickte an die Decke, während er ihr eine Hose und einen Pullover über den Arm hängte und sie wieder aus dem Zimmer schob.

Noch immer standen einzelne Leute vor dem Raum. Phee vermied es, dorthin zu sehen, und starrte auf ihre Füße, während Jaro sie über den Flur dirigierte.

»Wasch dir das Blut ab«, befahl er und führte sie in das Badezimmer. Bei ihrem eigenen Anblick im Spiegel zuckte sie zusammen. Alles war voller Blut, es klebte an ihren Fingern, an ihrer Kleidung und ihrem Haar. Plötzlich kippte alles um sie herum zur Seite.

Ihr Magen hob sich. Ihre Beine gaben unter ihr nach und sie brach auf allen vieren zusammen. Sie übergab sich an Ort und Stelle. Selbst als sich nichts mehr in ihrem Magen befand, würgte sie noch weiter. Tränen brannten in ihren Augen.

Eine Hand fing einige verirrte Strähnen vor ihrem Gesicht ein, steckte sie ihr hinter das Ohr und strich beruhigend über ihren Rücken. Die tröstliche Geste war kaum zu ertragen. Sie rollte die Schulter nach hinten. »Geh weg«, schniefte sie. Ihre Nase war verstopft und ihre Muskeln zitterten vor Überanstrengung. Speichel lief ihr aus dem Mundwinkel und sie wischte ihn mit dem Handrücken fort. Erschöpft ließ sie sich zur Seite fallen und setzte sich mit dem Rücken an die Wand.

Sie wollte allein sein, allerdings war Jaro immer noch da und hielt ihr mit ausdrucksloser Miene einen Becher mit Wasser entgegen. »Hier.«

Zornig stieß sie seine Hand zur Seite. »Warum habt ihr sie nicht gerettet?«

Seufzend ließ er sich mit etwas Abstand zu ihr auf den Boden gleiten, lehnte sich an die Wand und zog die Füße an den Körper. Lässig legte er die Arme auf den Knien ab, hielt den Becher mit zwei Fingern am oberen Rand und ließ ihn leicht schaukeln, während er ihn betrachtete. »Wenn ein Noc dich beißt und dein Blut trinkt, vergiftet er dich gleichzeitig. Sie war in dem Moment tot, als er mit seinen Zähnen ihre Haut am Hals durchstoßen hat.«

Alles in ihr sträubte sich bei seinem ruhigen Ton. »Habt ihr kein Gegenmittel für so was? Ich dachte, ihr seid ach so überlegen. Hätte man das Gift nicht heraussaugen können wie bei einem Schlangenbiss? Oder seid ihr euch zu fein dafür?«

»Das ist verboten«, sagte er leise.

»Warum?«

»Es ist zu gefährlich.« Er zuckte mit den Schultern, als würde es ihn nicht weiter interessieren.

»Wie kannst du nur so gefühllos bei alldem bleiben?«, fuhr sie ihn an.

Sein zorniger Blick traf sie wie ein Dolchstoß. »Wenn ich jetzt durchdrehe so wie du, ist keinem geholfen. Vor allem nicht dir«, stieß er wutschäumend hervor und wirkte über seinen eigenen Ausbruch erschrocken. Sofort verschloss sich sein Gesicht wieder und er stand auf. Er wirkte genauso kalt wie zuvor, doch nun wusste sie, dass in ihm ein Sturm tobte.

Beunruhigt schluckte sie. »Entschuldige.«

»Schon okay«, sagte er, stellte den Becher am Rand des Waschbeckens ab und reichte ihr die Hand, die sie einen Moment verdattert anstarrte, bevor sie

sie ergriff und sich vom Boden helfen ließ. »Das ist es nicht. Ich habe mich aufgeführt wie eine Idiotin.«

»Das tust du, seit du hier bist«, bemerkte er trocken. Sie boxte ihn auf den Arm. »Au.«

»Das kann gar nicht wehgetan haben.« Sie spülte mit dem Wasser ihren Mund aus und spuckte es aus. Erneut sah sie ihr Spiegelbild und Tränen stiegen in ihre Augen, als sie an die beiden toten Mädchen dachte. »Wie konnte das nur passieren?«

»Geh unter die Dusche und wasch dir endlich das Blut ab. Danach können wir ...« Weiter kam er nicht, denn die Tür öffnete sich.

Alena platzte herein und erstarrte. »Oh. Ich ...« Ihre Augen wurden groß bei Phees Anblick und stürzte sich auf sie, um sie in eine feste Umarmung zu ziehen. »Dem Licht sei Dank, dir ist nichts passiert!«

»Warum sollte mir etwas passiert sein?«, fragte Phee irritiert.

»Ich dachte schon, sie hätten dich ebenfalls ...«

»Alena«, unterbrach Jaro sie warnend, doch es war zu spät.

Plötzlich fügten sich die Teile in Phees Kopf zusammen. Das offene Fenster. Der durchwühlte Raum. Ihre Sachen, die überall verteilt lagen. Ihr wurde eiskalt. »Sie sind meinetwegen gekommen.«

»Warum sollten sie? Du bist noch nicht einmal erwacht«, bemerkte Alena.

Entsetzt sah sie zu Jaro, der ihr jedoch nicht in die Augen sehen konnte. Seine Kiefermuskeln waren bis zum Zerreißen gespannt. Er wusste es. Er dachte genauso. Sie war schuld.

»Wenn ich nicht ... dann ... dann hätten sie ...« Sie brachte kaum einen zusammenhängenden Satz heraus. Schwer atmend musste sie sich auf das Waschbecken stützen. »Sie könnten noch leben.«

»Phee. Nicht. Tu dir das nicht an«, beschwor Alena sie.

Jaro schnaubte. »Warum nicht? Sie hat doch recht. Sie könnten noch leben!« Mit jedem Wort wurde er lauter.

Alena sah genauso entsetzt aus, wie Phee sich fühlte. »Was soll das? Das ist nicht Phees Schuld.«

»Scheiße«, fluchte Jaro und donnerte die Faust gegen die Wand.

Schuldbewusst zuckte Phee zusammen, als hätte er sie geschlagen.

»Ich …« Er schüttelte den Kopf, fuhr sich aufgebracht durchs Haar und stürmte aus dem Raum.

Phee fühlte sich, als wäre ein Hurrikan über ihr hinweggezogen. Sie war vollkommen ausgebrannt. Ihr Blick fiel auf ihre Hände. Hände, an denen immer noch Blut klebte. Ihr Atem beschleunigte sich. Panisch schrubbte sie ihre Haut unter heißem Wasser im Waschbecken, doch sie entdeckte immer mehr Spuren des grauenvollen Ereignisses an sich. Nicht schnell genug konnte sie ihre Klamotten loswerden. Zwecklos, selbst auf ihrer Haut und in ihrem Haar klebte die mittlerweile harte Masse aus Staub und Blut.

Erst unter der Dusche kamen die Tränen, mischten sich mit dem Wasser, bis auch das letzte Fitzelchen ihrer Emotionen hinausgeschwemmt wurde und nur noch Leere zurückblieb.

Als sie aus der Dusche stieg, war Alena nicht mehr da, das Erbrochene fortgewischt und auf dem Regal lagen Handtücher und ordentlich zusammengefaltete Kleidung.

Sie zog sich an, verließ das Badezimmer und blieb überrascht stehen. Jaro lehnte mit vor der Brust verschränkten Armen an der gegenüberliegenden Wand und sah ihr zerknirscht entgegen. »Geht es dir besser?«

Verzweifelt ballte sie ihre Hände zu Fäusten, presste die Lippen aufeinander und schüttelte den Kopf.

Seufzend stieß er sich von der Wand ab. »Wir müssen reden.« Er packte ihre Hand, zog sie hinter sich her zu ihrem Zimmer und schloss die Tür hinter ihnen. Die Spuren der Verwüstung waren längst beseitigt. Phee nahm ihr Handy vom Tisch. Es sah aus, als wäre jemand draufgetreten, glücklicherweise funktionierte es noch.

»Wo ist Alena?«

»Ich habe sie gebeten etwas zu Essen und Tee für dich zu besorgen.«

»Ich bin überrascht, dass sie dieser Bitte nachgekommen ist, nachdem du vorhin so ausgerastet bist«, sagte sie bitter. Eigentlich konnte sie ihm nicht einmal einen Vorwurf deswegen machen.

»Ich habe ihr gesagt, dass ich mich bei dir entschuldigen möchte.«

Überrascht sah sie ihn an. Er wich ihrem Blick aus und rang die Hände. Sein ganzer Körper war so steif wie ein Brett.

»Wo bist du gewesen?«

Ihr Magen sackte eine Etage tiefer. »Das ist eine seltsame Entschuldigung.«

»Beantworte einfach meine Frage«, blaffte er.

»Soll das jetzt ein Verhör werden?«

»Sag es mir doch einfach.«

»Warum? Denkst du etwa, ich hätte was mit dem Angriff zu tun?«

»Nicht du«, stieß er verzweifelt aus und sah sie so eindringlich an, dass ihr ganz mulmig zumute wurde. »Ich verstehe einfach nicht, wie diese Monster in unser Heim eindringen konnten. Trotz der ganzen Sicherheitsmaßnahmen, trotz der Soumraks, die uns beschützen sollten. Niemand hat etwas gehört oder gesehen.«

»Du weißt, wer es war«, wurde ihr bewusst.

»Ich habe eine Vermutung.« Für einen Moment sah sie den Schmerz und eine bodenlose Enttäuschung in seinen Augen, bevor er sie schloss und sich erneut durch das Haar raufte, das noch strubbeliger war als sonst.

Eiskalt kroch ein Schaudern über Phees Rücken. Er glaubte doch nicht wirklich, dass Alena von dem Angriff gewusst und sie deswegen allein im Zimmer zurückgelassen hatte?

»Alena hat bei Darjana geschlafen. Sie hat mich sogar eingeladen mitzukommen.« Phee konnte es nicht glauben, doch Jaros schuldbewusster und zugleich wutschäumender Gesichtsausdruck ließ kaum eine andere Interpretation zu. Phee hatte das Gefühl zu ersticken. Ihre Gedanken kreisten kontinuierlich um die Frage: Warum?

Jaro schüttelte verneinend den Kopf und begann im Raum auf- und abzutigern. »Ich kenne Alena, seit sie klein ist. Sie würde das nie tun.« Aber in seinem Gesicht standen Zweifel.

»Und wer sonst?« Noch bevor das letzte Wort ihren Mund verlassen hatte, fiel es ihr wie Schuppen von den Augen. »Anděl.« Jaro hatte sie gewarnt – vor Anděl, hatte ihr geholfen ihre Kräfte und ihre Gedanken zu verbergen – vor

Anděl. Der Leiter des Internats war Alenas Bruder und hätte niemals ihr Leben riskiert. »Du denkst, Anděl will mich töten lassen? Von Nocs?«

Aufgebracht schlug er mit der Faust in die Hand, presste missmutig die Lippen aufeinander und mied ihren Blick.

»Aber ... aber warum?«

»Er will dich nicht töten. Er will, dass deine Kräfte erwachen«, brauste er auf und wirbelte zu ihr herum. »Er weiß immer noch nicht, dass sie längst erwacht sind.« Er wandte den Blick ab und seine Schultern sackten herab. »Hätte ich es ihm gesagt, wären Saskia und Leni vielleicht noch am Leben. Ich bin schuld, dass das passiert ist. Ich. Er hat mir befohlen dich in Lebensgefahr zu bringen, damit deine Kräfte erwachen. Ich hätte nie damit gerechnet, dass er so weit gehen würde.« Aufgewühlt rieb er sich über das Gesicht, ließ sich erschöpft auf ihr Bett fallen und vergrub den Kopf in den Händen.

Phee hatte das Gefühl, von einer Abrissbirne getroffen zu werden. Ihr Magen zog sich auf Kirschkerngröße zusammen.

Entsetzt ließ sie sich neben ihm aufs Bett sinken. »Und was machen wir jetzt?«

Er ließ seine Hände fallen und atmete schwer aus. »Ich überlege mir etwas.«

»Und was?«

»Das weiß ich nicht.«

Klar, und während er nachdachte, würde sie draufgehen. Sie musste hier verschwinden. Sofort. Egal wie.

Jaro faltete die Hände in den Nacken und ließ sich nach hinten fallen. »Ich weiß eigentlich gar nichts mehr.« Er schüttelte den Kopf. »Je mehr ich erfahre, desto weniger will ich irgendwann Kasimirs Nachfolger werden«, erklärte er bitter.

»Dann lass es doch.«

Das Geräusch, das er ausstieß, konnte sich nicht zwischen Lachen und Schnauben entscheiden. »Als ob ich die Wahl hätte. Es ist meine Pflicht. Wegen meines Blutes.«

Bevor Phee ihn deswegen weiter ausfragen konnte, öffnete sich die Tür und er saß aufrecht und steif an der Kante des Bettes.

Alena, kam mit einem großen Tablett durch die Tür, die ihr Darjana aufhielt. »Ihr habt euch wieder vertragen«, stellte sie mit einem zaghaften Lächeln fest, das nicht ihre Augen erreichte. Darjana wirkte blass und verstört.

»Ja, aber ich sollte jetzt gehen«, erklärte er kurz angebunden, stand auf und stürmte an ihren beiden Mitschülerinnen vorbei.

Alena sah ihm mit offenem Mund nach und stellte das Tablett auf den Tisch, bevor sie sich schwungvoll zu ihr umdrehte. »Was läuft da zwischen euch?«

Irritiert blinzelte Phee. »Gar nichts«, sagte sie und erhob sich ebenfalls vom Bett. Das Ganze war viel zu viel, um es in so kurzer Zeit verarbeiten zu können.

Darjana goss eine Tasse Tee ein und hielt ihr die weiße Keramik, auf der golden das Schulwappen prangte, entgegen.

»Ich bin doch nicht blöd. Er hat dich sogar zum Ball eingeladen«, bemerkte Alena und nahm sich ein Croissant von einem Teller mit Gebäck.

»Er hat was getan?«, fragte Darjana erschrocken. Die Tasse wackelte gefährlich und Tee tropfte auf den Boden. »Das hat er nicht ernst gemeint«, entgegnete sie und nahm Darjana den Tee ab.

»Es tut mir leid«, sagte diese leise.

»Schon okay.« Phee nahm die Tasse entgegen und umklammerten das Material, das langsam warm wurde.

Sofort traten Tränen in Darjanas Augen. »Wenn ich nicht angerufen hätte ...«

»Dann wäre jetzt Alena tot«, sagte Phee tonlos und starrte ins Leere. »Und ich.« Wenn sie nicht auf Damian im Salon gewartet hätte. Wie sehr sie sich in diesem Moment wünschte, dass seine starken Arme, in denen sie sich immer sicher gefühlt hatte, sie tröstlich umschlossen. Aber er war nicht da, konnte sie tagsüber nicht vor Anděl beschützen.

»Ich muss gehen«, erklärte sie mit belegter Stimme, stellte die Tasse ab und schnappte sich ihre Jacke.

»Phee? Wo willst du hin?«, fragte Alena.

»Raus. Nur noch raus hier«, erklärte sie und warf die Tür hinter sich zu.

25

Mit schnellen Schritten eilte Phee die Treppe ins Foyer hinunter. Eine gespenstische Stille herrschte im ganzen Gebäude. Sie traf so gut wie keine Schüler auf den Gängen, was ihr sehr entgegenkam.

Unsicher sah sie sich um, keiner war da. Zum Glück hatte sie Jaro oft genug dabei beobachtet, wie er die versteckte Tür zum Kellergewölbe geöffnet hatte. Ihre Finger zitterten nicht, als sie die Leiste der Holzvertäfelung in der Ecke herausnahm und den darunter versteckten Mechanismus betätigte. Ihr Herz schlug nicht einmal schneller, als die kleine Tür unterhalb der Treppe aufschwang und die dunklen Stufen freilegte. Sie war vollkommen ruhig. Ihr Geist seltsam klar. Fokussiert auf nur eine Sache: ihre Flucht. Würde sie auch nur einen anderen Gedanken zulassen, würde sie zusammenbrechen.

Sie trat hinein, wartete, bis die Tür sich mit einem leisen Schleifen wieder schloss, und formte in ihrer Hand eine schwache Lichtsphäre, die ihr den Weg beleuchtete.

Schon vor Wochen hatte sie die Garage entdeckt. Der riesige Raum, in dem sich neben Nováks verbeultem Kombi noch sieben weitere Fahrzeuge befanden, lag unterhalb der Tennisplätze. Eine steile Rampe führte nach oben und war mit einem Rolltor gesichert. Der Eingang befand sich in dem Teil des Kellers, in dem die Vorratsräume lagen.

Leise schlich sie sich durch die düsteren Gänge und horchte auf jedes Geräusch. Als sie Stimmen vernahm, löschte sie die Lichtsphäre und drückte sich dicht an die Wand.

Einen Moment lang näherten sich ihr Schritte, dann entfernten sich die Besitzer der Stimmen wieder und Phee schlüpfte durch die schwere Metalltür, die die Garage vom restlichen Haus abtrennte. Die kühlen Betonwände, in denen sich die Maserung der Holzverschalung verewigt hatte, war eindeutig neueren Ursprungs als die alten Gewölbe unterhalb des Anwesens.

Misstrauisch beäugte Phee die Kamera, die am Eingang zum Tor hing. Aber sie hatte wohl keine andere Wahl. Sie hatte noch fünf Stunden, bis die Sonne unterging, und in dieser Zeit musste sie so weit wie möglich von hier fort. Er würde ihr folgen. Entschlossen schnappte sie sich eine Fernbedienung und drückte den kleinen roten Knopf, woraufhin das Rolltor quietschend nach oben fuhr. Hoffentlich konnte sie damit auch das Schmiedeeiserne Tor am Eingang öffnen, sonst würde ihre Flucht ein sehr frühes Ende nehmen.

In der Ecke standen mehrere Motorräder. Eine alte Suzuki und zwei neuere Zweiräder. Zum Glück hatte Bens älterer Bruder Thomas ein altes Bike besessen, dass er regelmäßig kurzschloss, weil er den Schlüssel mal wieder vergessen hatte. Nun machte es sich das erste Mal in ihrem Leben bezahlt, dass er ihr gezeigt hatte wie – und auch wie man die schwere Maschine fuhr. Das Dröhnen des Motors hallte laut von den Wänden wider. Sie klappte das Visier des Helms herunter und gab Gas.

Wie erhofft glitten die beiden Flügel des schwarzen Tores am Eingang langsam auseinander und sie fuhr hindurch in die Freiheit. Einen kurzen Moment überlegte sie, ob sie zu Caro fahren sollte, verwarf den Gedanken sofort, als die Bilder der toten Mädchen erneut in ihr hochstiegen. Sie wollte ihre Freundin nicht in diese ganze Scheiße mit hineinziehen. Wenn sie Glück hatte, könnte sie mit der Tankfüllung vielleicht bis nach Berlin kommen, allerdings glaubte sie nicht daran.

Unsicher studierte sie die Schilder, auf denen Orte standen, die ihr nichts sagten. Bei ihrer spontanen Flucht hatte sie nicht bedacht, dass sie sich in dieser Stadt überhaupt nicht auskannte. Sie wusste nur, dass sie nach Norden musste, aber wo zur Hölle lag Norden?

Die Sonne stand viel zu hoch und wurde von dichten grauen Wolken verdeckt, sodass sie sich daran nicht orientieren konnte. Sie hielt an einer Ampel, die gerade auf Rot sprang, klappte ihr Visier auf und sprach eine Passantin an, die mit ihren Taschen wartete. Zum Glück war ihr Tschechisch mittlerweile gut genug, sodass sie sich kurz den Weg beschreiben lassen konnte.

Natürlich war sie erst mal komplett in die falsche Richtung gefahren. Ihr Danke ging in dem Hupen des Fahrzeugs hinter ihr unter, das sie darauf aufmerksam machte, dass es längst wieder grün war. Schnell fuhr sie weiter.

Obwohl sie in der Stadt sehr viel langsamer unterwegs war, fror sie bereits nach kurzer Zeit, weil der Wind eisig an ihren viel zu dünnen Klamotten zerrte. Phee biss die Zähne zusammen, schlängelte sich durch den Verkehr und folgte den Symbolen zur Autobahnauffahrt. Die zweispurige Straße, die durch Prag verlief, ähnelte eher einer Bundesstraße. Bei dem Anblick des Verkehrsschildes, auf dem Dresden bereits ausgeschildert war, durchströmte Hoffnung sie.

Noch bevor sie die Stadt verließ, hielt Phee an einer belebten Tankstelle. Zum Glück steckte ihr Portemonnaie noch vom gestrigen Einkauf in ihrer Jackentasche. Viel Geld war es nicht, aber es reichte, um zu tanken und einen warmen Kaffee zu kaufen. Vereinzelte Schneeflocken wirbelten durch die Luft, als sie das niedrige Gebäude wieder verließ.

Mit jedem zurückgelegten Kilometer durch die nasskalte Landschaft spürte sie immer mehr den Druck der Geschehnisse, die auf ihr lasteten und die sie in die hinterste Ecke ihres Verstandes schob. Stattdessen versuchte sie sich auf den Verkehr vor sich zu konzentrieren. Allerdings machte sich der fehlende Schlaf langsam bemerkbar.

Mittlerweile herrschte dichtes Schneegestöber, als hätte sich sogar der Himmel gegen sie verschworen. Da die anderen Fahrzeuge vorsichtig fuhren, drosselte sie ihre Geschwindigkeit, auch wenn sie am liebsten so schnell wie möglich die Grenze nach Deutschland überquert hätte.

Langsam färbte sich der Himmel dunkler und sie wurde immer unruhiger. Bald würde die Sonne untergehen. Sie wusste, dass Damian ihr folgen würde, genauso wie die Nocs.

Panik schnürte ihr die Luft ab. Es war, als würden sich Stahlseile immer enger um ihre Brust ziehen. Sie verdrängte die Angst, verdrängte ihre Befürchtungen auch bezüglich Damian. Er hatte zwar gesagt, dass sie nicht fliehen konnten, aber bei den gegebenen Umständen würde er einen Weg finden. Das wusste sie. Er würde sie beschützen.

Das Scheinwerferlicht durchschnitt die Dunkelheit und beleuchtete den Schnee, den der Wind an den Rand der Fahrbahn geweht hatte. Wenigstens hatte es mittlerweile aufgehört zu schneien. Immer weniger Fahrzeuge waren auf der Straße. Ihr Herz klopfte wie wild.

Er fiel geradewegs aus dem Himmel einige Meter vor ihre Maschine, landete auf seinen Füßen und richtete sich zu seiner beeindruckenden Größe auf. Mit einem erschrockenen Schrei trat Phee auf die Bremse, sodass diese quietschten, und versuchte gleichzeitig auszuweichen. Das schwere Motorrad kippte und drohte sie unter sich zu begraben. Alles ging so schnell, sie konnte kaum seinen Bewegungen folgen, als er ihr entgegensprang. Klauen blitzten auf und das Gefährt wurde regelrecht in zwei Hälften zerteilt. Flügel legten sich schützend um sie. Seine Arme umfingen sie, noch bevor sie den Boden berührte. Metall schabte über den Asphalt und schlug Funken. Das Vorderrad drehte sich als einziges, während alles andere bereits zum Stillstand gekommen war.

Atemlos lag sie auf seinem Körper, während er sie mit seinen Armen und Flügeln in einen sicheren Kokon hüllte. Sie spürte seinen Herzschlag unter ihren Fingerspitzen. Die zuckenden Muskeln. Bei dem Gedanken, was hätte passieren können, zog sich alles in ihr zusammen. Er hätte verletzt werden können.

»Bist du völlig verrückt geworden?«, keuchte sie.

Kurz presste er sie fest an sich, bevor er sie losließ und sie sich auf seiner Brust abstützen konnte, um ihn anzusehen. »Ich hätte dich überfahren können!«, brüllte sie ihn an.

Ein tiefes Knurren kam aus seiner Kehle, das seinen ganzen Brustkorb zum Vibrieren brachte. Unverwandt starrte er sie an. Seine Augen schienen rot zu glühen, wie in jener Gasse, als sie ihn das erste Mal gesehen hatte und er ihr wie ein aus der Hölle entstiegener Dämon vorgekommen war.

Sie schluckte beunruhigt. Sein ganzes Wesen schien ein Ausdruck von Zorn.

Wortlos richtet er sich auf und sie beeilte sich von ihm herunterzurutschen. »Bist du verletzt?«, fragte sie unsicher und wagte einen Blick zu den

Resten des Motorrads, die er im nächsten Augenblick packte und über die Böschung schleuderte. Langsam beunruhigte sein ungewöhnliches Verhalten sie. »Damian?«

»Komm«, forderte er mit einem Knurren und hielt ihr die Hand entgegen. Er wirkte, als könnte er jeden Moment seine Beherrschung verlieren.

»Was ist los?«

»Komm«, sagte er noch mal und sie hatte das Gefühl zu schrumpfen. Aber sie hatte keine Angst. Vertraute ihm bedingungslos und ergriff daher seine Hand. Sofort zog er sie an seine Brust, schob seinen anderen Arm unter ihre Beine und lief los. Fort von der Straße. Er sagte den ganzen Weg kein Wort. Die sehnigen Muskeln seines Körpers waren zum Zerreißen gespannt.

»Du bist sauer, weil ich geflohen bin«, stellte sie fest.

Auch wenn er genauso stoisch wie sonst wirkte, sprachen seine angespannten Kiefermuskeln und die gekrümmten Krallen an seinen Flügeln eine ganz andere Sprache. Seine Brust hob und senkte sich heftig. Sie hielt seinen wortlosen Vorwurf langsam nicht mehr aus. »Los, halt mir eine Standpauke.«

»Das steht mir nicht zu.«

»Das ist doch Bullshit!« Sie hatte so die Nase voll davon, dass er nie mit der Sprache rausrückte. »Verdammt, lass mich sofort runter.« Wütend presste sie ihre Hände gegen seine Brust und er kam ihrem Wunsch nach. Mit einem Knurren ließ er sie an sich hinabgleiten und begann aufgebracht auf- und abzumarschieren. »Du bist völlig unterkühlt und hättest verletzt werden können.«

»Du hast dir Sorgen gemacht?« Ein warmes Gefühl stieg in ihrer Brust auf.

Er sagte eine ganze Weile nichts und wich dann ihrem Blick aus. »Natürlich. Ich bin dein Wächter«, sagte er kühl.

Seine Worte waren wie ein Schlag ins Gesicht. Dumpfer Schmerz nahm sie gefangen. »Mehr nicht?«

Feurig sah er sie an und wandte sich dann ab, um weiter über das schneebedeckte Feld zu stapfen. Sie ertrug die unsichtbare Mauer nicht, die er zwischen ihnen hochzog. Wollte sie mit aller Macht zerschmettern. Unwillig ballte sie ihre Hände zu Fäusten. »Und jetzt gibst du einfach auf.«

Er erstarrte und senkte seinen Kopf. Auch seine Hände waren zu Fäusten geballt. »Mach es mir nicht schwerer, als es sowieso schon ist.«

Ihr Herz brach. Er versuchte nicht einmal für sie zu kämpfen. »Hat dir unser Kuss denn gar nichts bedeutet?«, fragte sie mit belegter Stimme.

»Verdammt, Phee.« Er wirbelte zu ihr herum, riss sie in seine Arme und presste seine Lippen leidenschaftlich auf ihre.

Sie wurde hinweggefegt von ihren Emotionen. Hungrig griff sie in sein Haar, stellte sich auf die Zehenspitzen und kam ihm mit ihrer ganzen Begierde entgegen. Sein Knurren füllte ihren Mundraum, während er ihn mit seiner Zunge eroberte.

Doch schon im nächsten Moment löste er sich schwer atmend. Pure Verzweiflung lag in seinen Augen. »Ich sollte dir gegenüber nicht so empfinden.« Er strich ihr über das Haar und betrachtete jeden Zentimeter ihres Gesichts, als wollte er sich jedes noch so kleine Detail davon einprägen. »Phee, du bedeutest mir alles.« In ihrem Inneren herrschte ein Tumult. Sie reckte sich ihm entgegen, um sich erneut in seinem Kuss zu verlieren. Allerdings wandte er den Kopf ab und starrte schmerzerfüllt in die Dunkelheit. »Wir müssen zurück.«

Ihr Inneres wurde von Eiswasser geflutet und sämtliche Feuer erloschen. »Was?« Für einen Moment war sie so überrascht, dass sie nicht reagierte, bevor sie anfing sich gegen ihn zu stemmen, als er sie erneut auf die Arme nehmen wollte. »Nein. Vergiss es.« Sie konnte nicht glauben, dass er sie nach allem, was geschehen war, dennoch zurückbringen wollte.

»Phee, sei vernünftig.«

»Vernünftig?«, explodierte sie aufgebracht. »Ich hätte nicht gedacht, dass du mich nach allem, was geschehen ist, zurückbringen willst. Ich dachte, du beschützt mich!«

»Das tue ich doch. Sie würden dich töten!«, brauste er auf. »Verdammt. Ich würde es nicht ertragen, dich zu verlieren«, stieß er aus und dämpfte ihre Wut.

»Wenn ich fliehe, können die Den mir nichts mehr anhaben.«

»Die Den? Ich rede von den Nocs.«

»Die Nocs? Aber die …«

»Wir müssen los«, schnitt er ihr das Wort ab, nahm sie einfach auf die Arme und rannte los.

Sie stieß einen erschrockenen Schrei aus und schlug gegen seine Brust, was allerdings nur dazu führte, dass ihr die Hand wehtat. »Willst du denn gar nicht wissen, warum ich geflohen bin?«

Er knurrte. »Du willst, dass ich genau das tue, was du für richtig hältst. Genauso wie damals im Wald, als du mich dazu überredet hast, dass ich lesen und schreiben lerne. Aber ich sagte dir bereits, dass es kein Entkommen gibt. Nicht für uns.«

Ihr blieb die Luft weg. »Ernsthaft? So denkst du von mir?«

Er blickte weiterhin nur stur gerade aus, während er über das weite Feld lief. Ihr wurde plötzlich bewusst, dass sie ihn genauso vorverurteilte. Dabei war sie immer noch der festen Überzeugung gewesen, dass er sie nie absichtlich in Gefahr bringen würde.

»Du weißt es nicht«, wurde ihr mit einem Mal klar.

Verwirrt sah er sie an. »Was weiß ich nicht?«

»Vom Angriff der Nocs heute Nacht.«

***

Damian geriet ins Stolpern und blieb stehen. »Wovon sprichst du? Ich hätte doch von einem Angriff erfahren.« Wobei das nicht stimmte, wenn er genauer darüber nachdachte. Als er erwacht war, hatte Kasimir bereits auf ihn gewartet und ihm den Befehl gegeben, sie zurückzubringen. Er hatte sich sofort in die Luft geschwungen, ohne auch nur eine Sekunde zu zögern. Er war wie ein Wahnsinniger in ihre Richtung geeilt.

Betroffen hörte er nun zu, was ihm Phee berichtete. Er konnte kaum atmen, als sie ihm von dem Massaker erzählte, das direkt in dem Zimmer, das an ihrem grenzte, geschehen war.

»Ladislav und Milan«, sagte er stumpf, als ihm bewusst wurde, was mit den beiden Wächtern geschehen war, die am Morgen nicht an ihrem Platz gestanden hatten.

»Waren das ihre Namen?«

Er nickte und fühlte den Widerhall ihres Schmerzes in sich. »Sie sind einfach zu Staub zerfallen«, flüsterte sie und vergrub ihren Kopf an seiner Schulter.

Fest nahm er sie in die Arme, strich ihr beruhigend mit den Händen über ihren Rücken und vergrub sein Gesicht in ihrem Haar, während sie an seiner Brust weinte. Ihre zarten Schultern bebten und ein Schluchzer schüttelte sie. Sie hatte in den letzten Wochen so viel durchgemacht. Sanft hauchte er einen Kuss auf ihr Haupt.

»Wie konnte das nur passieren?« fragte sie mit belegter Stimme und sah ihn mit rotgeäderten und feuchten Augen an. Er würde alles für sie tun. »Das wüsste ich auch gerne. Ich habe nichts gewittert. Es wurde kein Alarm geschlagen.«

»Das hat Jaro auch gewundert.«

Bei dem Namen des Den, der immer um sie herumscharwenzelte, stieg ein erbostes Knurren in seiner Brust auf. Er konnte nicht anders. Phees Nase kräuselte sich missmutig und er riss sich zusammen. »Was hat er noch gesagt?«

»Er denkt, es war Anděl«, sagte sie und Damian erstarrte. Er hatte mit allem gerechnet, nur nicht damit. Seine Muskeln spannten sich kampfbereit an. »Wie kommt er darauf?«

Die Gründe, die sie ihm darlegte, waren zwar nur Indizien, jedoch stichhaltig. Sollte Kasimir tatsächlich für diesen Frevel verantwortlich sein, würde er ihn töten.

»Jetzt verstehst du, warum ich nicht zurückkann. Lass mich gehen«, bat sie.

Unsichtbare Klauen gruben sich in sein Herz. »Ich kann nicht«, sagte er rau.

Deutlich stand die Enttäuschung in ihren Augen. »Das heißt, du willst es nicht.« Sie dachte, er verriet sie. Verzweifelt schloss er die Augen. »Du verstehst das nicht.« Wenn er könnte, würde er sie wegbringen, weit weg von all den Schrecken.

»Dann erklär es mir.«

Tief atmete er ein und aus. »Weißt du noch, als du dachtest, ich hätte dich nur geküsst, weil du es mir befohlen hast?« Es war für ihn immer noch unbegreiflich, wie sie auch nur auf den Gedanken hatte kommen können, dass sie ihm so was befehlen musste, so sehr, wie er sie begehrte.

»Das war dumm von mir, du musst gar nicht meinen ...« Ihre Pupillen weiteten sich und das Blut wich aus ihrem Gesicht. »Aber du musst seinen Befehlen gehorchen.«

Er nickte und presste die Zähne zusammen. »Es ist seine spezielle Gabe. Der Grund, warum er die Den anführt. Wir sind nur seine Marionetten. Er lässt die Fäden lang genug, damit wir unseren Pflichten nachkommen, doch tanzt einer aus der Reihe, kennt er keine Gnade. Jeder, der sich gegen die Den auflehnt, ist kurz darauf tot. Wir würden nicht weit kommen, bevor sie uns einholen. Sobald die Sonne aufgeht, würden sie meinen wehrlosen Körper zerschmettern. Kasimir findet jeden von uns.«

Bedauernd legte er seine Hand an ihre Wange und sie schmiegte sich sofort vertrauensvoll hinein. »Es ist zu spät. Sie kommen.« Sein Blick wanderte gen Süden, wo bereits die Schatten einiger seiner Brüder am nachtschwarzen Firmament auftauchten. Erneut nahm er sie auf seine Arme. Diesmal wehrte sie sich nicht, als er einen Hügel hinauflief und sich mit einem Sprung in die Luft katapultierte, wo er die Schwingen ausbreite, um ihnen entgegen zu segeln.

»Ich kann sie dir abnehmen«, bot einer von ihnen an, doch Damian schüttelte nur den Kopf. Er würde sie nicht einen Moment früher loslassen, als er musste.

Noch bevor sie das Tor zum Schulgelände erreichten, schlossen sich weitere Soumraks ihrem Geleitschutz an und umzingelten sie. Damian landete in der Einfahrt vor der großen Treppe, auf der bereits Pavel und Kasimir standen und ihnen ungeduldig entgegensahen. Vorsichtig ließ Damian Phee hinunter und trat einen Schritt von ihr fort. Kurz erhaschte er einen Blick auf Kasimirs ungehaltenes und hasserfülltes Gesicht, bevor er, wie es sich gehörte, auf ein Knie sank.

»Wie konntest du zulassen, dass sie das Gelände verlässt?«, fragte Pavel scharf. Damian senkte den Kopf, damit der alte Kämpfer nicht seine rebellischen Gedanken in seinen Augen sehen konnte. Seine ganze Gestalt war angespannt wie die Sehne eines Bogens. Bereit jederzeit aufzuspringen, um sie zu schützen. Und sei es mit seinem Leben.

26

Phee wurde eiskalt, als Damian sich von ihr entfernte. Allerdings hatte das nicht nur damit zu tun, dass sie die Wärme seiner Arme vermisste.

Auf den Stufen zum Internatsgebäude wartete ein regelrechtes Tribunal auf sie. Herausfordernd reckte sie das Kinn und sah Anděl fest in die Augen, der ein verkniffenes Gesicht zog.

Jaro stand hinter ihm und schüttelte unmerklich den Kopf. Entweder um ihr zu signalisieren, dass er sich getäuscht hatte und Anděl nicht der Bösewicht in diesem Spiel war, oder um ihr zu bedeuten keinen Blödsinn zu machen.

»Es tut mir leid wegen meines Versagens«, erklärte Damian neben ihr.

So wie er dort kniete, die Faust auf sein Herz gepresst, den Kopf ergeben gesenkt und mit dem Umhang, den seine Flügel bildeten, erinnerte er sie an einen heroischen Ritter, der vor seinem König kniete.

»Welche Strafe findest du für dein Vergehen angemessen?«, fragte der alte Gargoyle scharf, der an der anderen Seite von Anděl stand und Damian bereits zuvor angesprochen hatte.

Strafe? Ihr stockte der Atem.

Damian zögerte, sie konnte die Anspannung in der Luft regelrecht greifen. »Zehn Peitschenhiebe«, stieß er zwischen zusammengebissenen Zähnen aus.

Phee hatte das Gefühl, ihr würde der Boden unter den Füßen weggezogen. »Nein.«

»Zwanzig«, stimmte der alte Mann zu. »Jeden Abend nach dem Erwachen. Eine Woche lang.«

»Was?« Entsetzt starrte sie auf Damian, der ergeben nickte. »Er konnte doch nichts dafür.«

Sie wollte zu ihm, aber Anděl packte ihren Unterarm, verdrehte ihn und zog sie dicht an seinen Körper. »Er ist für deinen Schutz verantwortlich«, herrschte er sie an und hielt sie erbarmungslos fest. Ein leises Knurren erklang.

»Aber er hat geschlafen und …«

»Das spielt keine Rolle«, unterbrach er sie harsch. Unsanft stieß er sie von sich, direkt in Jaros Arme. »Bring sie auf ihr Zimmer.«

Das Knurren aus Damians Richtung schwoll zu einem Grollen an. Entsetzt musste sie zusehen, wie mehrere Soumraks sich auf ihn stürzten. Er wirkte wie ein wildgewordenes Tier. Fauchte und knurrte, schnappte nach den anderen Wächtern, schlug mit Klauen und Flügeln nach ihnen.

Auch sie versuchte sich zu befreien. »Lass mich los!«

»Phee, du machst es nur noch schlimmer«, zischte ihr Jaro ins Ohr und zerrte sie die Treppe hoch. »Komm.«

»Jaro. Warte«, bemerkte Anděl. In seine Augen war ein zufriedener Glanz getreten, als hätte er etwas Erfreuliches entdeckt. »Sie soll zusehen.«

»Das halte ich für keine gute Idee.«

»Mich interessiert nicht, ob du das für eine gute oder für eine schlechte Idee hältst. Ich sagte, sie soll zusehen.«

Jaro zuckte spürbar zusammen. Sein schraubstockartiger Griff um ihren Oberarm wurde noch schmerzhafter. Leise fluchte er, während Phee ein Wechselbad der Gefühle erlebte.

In aller Seelenruhe ging Anděl durch den herrschenden Tumult zu Damian und stellte sich vor den tobenden Gargoyle. »Hör auf dich zu wehren und geh auf die Knie«, befahl er.

Sofort gaben Damians Beine unter ihm nach und er kippte nach vorn. Die anderen Soumraks ergriffen seine Flügel und Arme, richteten ihn auf, sodass er zu Anděl aufsehen musste, und hielten ihn in dieser Position.

»Fangt an«, befahl Anděl, doch sein Blick war nicht länger auf den Gargoyle zu seinen Füßen gerichtet, sondern einzig auf sie.

»Damian«, flüsterte Phee. Sie fühlte sich so hilf- und machtlos. Stumme Tränen brannten auf ihren Wangen. Fest sah er ihr in die Augen. Offenbarte ihr nur durch seinen Blick seine Gefühle. Sein Kopf war stolz erhoben.

Mit einem hässlichen Reißen zerrten sie ihm das Shirt vom Oberkörper. Einer der Soumraks entrollte ein langes Stück Leder und ließ es durch die Luft sausen. Galle stieg Phee den Hals hinauf, als das Knallen der Peitsche erklang. Verzweifelt wandte sie sich ab, doch Anděl packte ihr Kinn und zwang sie erneut in Damians Richtung zu blicken. »Sieh hin. Du musst begreifen, dass deine Taten Konsequenzen haben.«

Der Soumrak holte aus und erneut knallte die Peitsche. Tränen traten in ihre Augen. Sie biss sich auf die Lippe, damit sie nicht laut aufschrie. Damian zuckte unter dem Hieb zusammen und wurde nach vorn geworfen. Erneut holte der Gargoyle aus und ließ das Leder auf Damians Rücken niedergehen. Die Flughaut einer seiner wunderschönen Flügel riss.

Etwas explodierte in ihr. Ein greller Lichtschein ging von ihr aus und erhellte das Anwesen, als wäre ein Blitz in sie eingeschlagen. Ihr Körper vibrierte vor Energie. Allerdings hatte sie keine Ahnung, wie sie sie einsetzen konnte. Ihr Herz raste. Ihr Blickfeld trübte sich rot.

»Phee!« Das Letzte was sie hörte, bevor sie zusammenbrach, war sein verzweifeltes Brüllen.

***

Jaro hatte das Gefühl, selbst in ein tiefes Loch zu fallen, als er Phee auffing. Er konnte nicht fassen, von was er gerade Zeuge geworden war. Diese Macht. Diese Energie, deren Reste auch jetzt noch die Luft um sie herum elektrisch auflud. Eine unheimliche Stille lag auf dem Platz, alle schienen wie erstarrt.

Und alles nur weil der Soumrak verletzt worden war. Erschüttert glitt sein Blick zu Damian, der immer noch von den anderen Soumraks festgehalten wurde. Selbst in ihren versteinerten Gesichtern konnte Jaro Spuren von Entsetzen und Verwirrung über die Geschehnisse erkennen. Am deutlichsten war der Ausdruck von Bestürzung in der Miene von Lucas, der die Peitsche geschwungen hatte.

Doch am verstörendsten waren Damians Augen, in denen mannigfaltige Gefühle leuchteten. Wut, Verzweiflung, Schmerz, Leidenschaft, Hoffnungslosigkeit, aber auch Liebe. Er setzte sich nur nicht gegen die anderen

Soumraks zur Wehr, weil Kasimir ihn zur Untätigkeit verdammt hatte. Wie sehr Jaro in diesem Moment mit ihm mitfühlte.

Schuldbewusst wandte er seinen Blick ab, nahm Phee auf seine Arme und hob sie vorsichtig hoch. Das Licht in ihr verlosch bereits und ließ ihre Haut fahl und grau zurück.

Sein Onkel trat an sie heran und legte erstaunt seine Hand an Phees Wange. »Was für eine unerwartete Überraschung.« Er wirkte mehr als zufrieden.

Übelkeit regte sich in Jaro.

»Bring sie in den gelben Salon.«

Ohne eine Miene zu verziehen, stieg Jaro die Treppen hinauf. Jemand hielt ihm die schwere Eingangstür auf. Noch bevor er hindurchgetreten war, hörte er erneut das Pfeifen der Peitsche. Er konnte nur hoffen, dass sein Onkel sich dazu entschied, Damian am Leben zu lassen. Es würde sie zerstören, wenn er sterben würde. Sein ganzes Inneres verkrampfte sich.

Mit dem Ellenbogen drückte er die Türklinke zum gelben Salon hinunter und stieß die Tür mit dem Fuß auf. Der Raum hieß so, da die Wände mit einer klassischen Tapete mit goldgelben Mustern bedeckt waren.

Vorsichtig legte er Phee auf die Couch und steckte ein Kissen unter ihren Kopf. Ihr Atem war flach und ihre Haut ungewöhnlich kalt. Sie wirkte so zerbrechlich.

Wer war sie, dass eine solche Macht in ihr steckte?

Schritte erklangen hinter ihm und er drehte sich zu seinem Onkel um, der die Tür schloss und sich hinter die freistehende Couch stellte. Jaro war schockiert über die Gier in seinen Augen, während er Phee betrachtete. »Jetzt hast du das, was du wolltest«, sagte er bitter. »War es das wert?«

Eiskalte Augen taxierten ihn. »Hätte ich gewusst, dass ich nur ihren Wächter bedrohen muss, damit ihre Kräfte erwachen, wäre das alles anders verlaufen. Du solltest dich doch um sie kümmern. Warum ist dir nicht schon früher ihre verabscheuungswürdige Verbindung zu dem Soumrak aufgefallen?«

Wenn Jaro ihm bereits früher mitgeteilt hätte, dass ihre Kräfte erwacht waren, wäre auch alles anders verlaufen. Die Schuldgefühle zermalmten ihn.

»Aber ich sollte sie nicht vierundzwanzig Stunden sieben Tage die Woche überwachen.«

Überraschenderweise lenkte Kasimir nach einer Weile ein. »Du hast recht. Das war mein Fehler.«

Ein Klopfen erklang. Die Tür wurde geöffnet und Kamila, die Krankenschwester trat ein. Sie hielt ein Tablett mit Spritzen, Kanülen und verschiedene andere Utensilien. Entsetzt sah Jaro zu seinem Onkel. »Du willst ihr in ihrem Zustand Blut abnehmen?«

»Du kannst gehen.« Kasimir wandte sich ab.

Zähneknirschend kam Jaro dem Befehl nach.

***

Sie reglos auf den Armen des anderen Mannes zu sehen war fast schmerzhafter als die weiteren Schläge, die auf Damians Rücken niedergingen. Warm lief das Blut über seine Haut. Er wollte zu ihr, wollte sie vor alldem beschützen, doch er konnte sich nicht wehren, konnte sich nicht bewegen. Die Wut auf sich selbst, weil er sie in Gefahr gebracht hatte, betäubte das Brennen der Wunden.

»Bringt ihn aufs Dach«, befahl Pavel.

Erbarmungslos wurde er hochgezerrt. Seine Muskeln waren steif, weil er versucht hatte sich mit aller Macht Kasimirs Befehl zu widersetzen. Nur mühsam schleppte er sich vorwärts, als ihn seine Brüder zu der Leiter führten. Lucas stützte ihn. »Es tut mir leid«, sagte er leise.

Damian nickte nur stumm und hob den Arm. Schmerzenswellen durchliefen seinen Körper und er biss die Zähne zusammen, während er sich hochzog. Der Aufstieg war in seinem Zustand anstrengend und die reinste Qual. Erschöpft fiel er auf alle Viere, sobald er oben ankam. Sein Atem ging stoßweise. Mit letzter Kraft und Lucas' Hilfe kroch er noch einige Meter weiter an den Rand des Daches, wo er sich mit dem Oberkörper gegen die Brüstung lehnen konnte.

»Ich muss gehen«, erklärte Lucas und sah ihn mitleidig an. »Kann ich noch etwas tun?«

»Sieh nach ihr«, stieß er erschöpft aus.

»Damian, ich halte das ...«, begann Lucas ungehalten, doch Damian unterbrach ihn.

»Bitte. Ich muss wissen, dass es ihr gut geht.«

Lucas mahlte unwillig mit den Kiefern, nickte dann aber und ging. Damian schloss die Augen und versuchte den Schmerz auszublenden. Als der Kies knirschte, schaut er auf. Cas kam mit einer großen, dampfenden Schüssel, die nach frischem Wasser roch, langsam auf ihn zu. »Du solltest besser nicht mit mir gesehen werden.«

»Ich will deine Wunden reinigen«, sagte sie leise.

»Das brauchst du nicht.« Es würde noch eine Weile dauern, bis die Sonne aufging und er sich in Stein verwandelte. Dann würde er eh nichts mehr spüren und am Abend vollständig geheilt und bei neuen Kräften erwachen. Nur um erneut dieses Martyrium zu erleben.

Sie ignorierte ihn. Nie hatte sie auf ihn gehört mit dem Kommentar, sie sei die Ältere von ihnen beiden. Dabei waren es nur zehn Minuten. Von ihnen war sie schon immer die Rebellischere gewesen. Damals hatte man es ihr nur durchgehen lassen, da sie noch ein Kind gewesen war und es so wenige Weibchen ihrer Art gab.

Keuchend sog sie die Luft ein, als sie sich hinter ihm niederließ.

»So schlimm?«

»Ich habe schon Schlimmeres gesehen«, sagte sie trocken und tupfte vorsichtig mit einem warmen Tuch über das freigelegte Fleisch. Es brannte höllisch und er zuckte zusammen, auch wenn er versuchte sich nicht zu bewegen.

»Was bedeutet sie dir?« In ihrer Stimme schwang ein leiser Vorwurf mit.

Zumindest kam es ihm so vor. Was kein Wunder wäre, wenn man bedachte, dass er ihre aufkeimende Freundschaft mit einem Den damals rigoros unterbunden hatte. Sie hatte sich seitdem verändert, war nun folgsam und demütig. »Es tut mir leid, was ich damals getan habe.«

Der Druck ihrer Finger auf seine Verletzung nahm zu. Zischend sog er die Luft zwischen die Zähne und verkrampfte sich. Sofort verschwand ihre Hand von seinem Rücken und sie tauchte das Tuch ins Wasser. »Es war richtig«, sagte sie zögerlich.

»Das war es nicht. Ich habe dein Vertrauen missbraucht und dich verraten.«

Einen Moment verharrte sie, dann versorgte sie weiter schweigend seine Wunden. Nicht ein Gramm seiner schwerwiegenden Schuldgefühle nahm sie ihm ab.

Die Witterung von Pavel lag bereits in der Luft, noch bevor dieser auf dem Dach landete. »Geh, Cassandra«, befahl er harsch.

Schnell erhob sich seine Schwester und eilte wortlos davon.

Der wilde Blick des älteren Soumraks bohrte sich in seinen. Alles in ihm lehnte sich gegen diesen Mann auf, in dem er vor einigen Wochen noch einen Vater gesehen hatte. »Du hast uns alle in Gefahr gebracht«, sagte Pavel scharf. »Was, denkst du, passiert, wenn die Den uns nicht mehr vertrauen? Sie werden uns alle töten.«

Damian knirschte mit den Zähnen. Früher hatte er gedacht, dass Pavel alles für ihr Volk tun würde, doch mittlerweile war er sich dessen nicht mehr sicher.

Pavel besaß Macht, weil er Kasimirs Befehle folgte. Unter anderem sie zu unterdrücken. Lucas' Worte fielen ihm wieder ein. Er hatte ihn gewarnt, aber er war zu blind gewesen, es zu erkennen. »Das würden sie niemals tun. Sie sind auf uns angewiesen. Auf unsere Kraft.«

»Diesem Irrtum hat auch schon dein Vater aufgesessen. Sie brauchen nicht uns, sondern nur Wesen wie uns. Du vergisst, dass sie jederzeit Neue unseres Volkes erschaffen können.«

»Und warum haben sie dann seit Jahren keine anderen erweckt?« Sein Blick glitt zu den leblosen Statuen, die auch in der Nacht nicht erwachten.

»Das haben wir deinem Vater zu verdanken. Durch seinen Verrat haben sie angefangen uns zu misstrauen. Wir waren in ihren Augen zu viele.«

Also hatten sie Angst vor ihnen.

»Du kannst froh sein, dass du für deinen Ausbruch nicht sterben wirst. Kasimir will, dass du lebst. Warum auch immer. Aber glaube mir, ich werde dafür sorgen, dass du seine Entscheidung bereust.«

***

Als sie wieder zu sich kam, fiel ihr erster Blick auf die mit Stuck und Goldornamenten verzierte Decke mit einem Kronleuchter, der über und über mit geschliffenem Glas behangen war, in dem sich das Licht brach. Regungslos betrachtete sie die regenbogenfarbenen Reflektionen, während die schrecklichen Erinnerungen an Damians Bestrafung in ihr auflebten und sie in den Abgrund aus Verzweiflung zerrten.

Das leichte Knarzen der Dielen und die gleichmäßigen Atemzüge mehrerer Personen verrieten, dass sie nicht allein im Raum war.

»Wo ist Damian?«, fragte sie tonlos, ohne das Spiel des Lichts auch nur eine Sekunde aus den Augen zu verlieren. Erst als ihr niemand antwortete wandte sie ihren Kopf und bemerkte Anděl. Lässig stand er neben dem Fenster, die Arme vor der Brust verschränkt, und studierte sie mit einer Mischung aus Neugier und Verachtung, die ihr kalte Schauder über den Rücken jagte. Nicht einmal Damians dämonisches Aussehen hatte ihr jemals so viel Angst eingejagt, wie es der Leiter der Schule in diesem Moment tat, nur indem er sie wortlos anstarrte. Es war, als würde er ihr Herz in der Hand halten und es langsam zerquetschen. Mit einem Satz sprang sie vom Sofa, auf dem sie lag, und wollte zur Tür hechten. Sofort drehte sich alles und sie stützte sich auf einen nahen Tisch ab.

»Setz dich wieder«, befahl er mit einem berechnenden Lächeln, das nicht seine Augen erreichte. »Du würdest sowieso nicht weit kommen. Damian würde dich überall finden und zurückbringen.« Neben der Tür, die aus dem Zimmer führte, stand eine junge Frau, die sie mitleidig ansah.

Phee schluckte ihre Angst hinunter und wandte sich mit geballten Händen und vorgeschobenem Kinn Anděl zu. »Wo ist er?« Ihr widerspenstiger Ton ließ seine Mundwinkel nur weiter nach oben wandern ließ. »Er erholt sich von seinen Verletzungen. Wenn du willst, dass er nicht erneut bestraft wird, solltest du tun, was ich verlange.«

Sein eisiger Tonfall ließ ihr Inneres erstarren. Steif nahm sie Platz.

»Diesmal entnehmen wir dein Blut auch auf ganz gewöhnliche Weise«, erklärte er ironisch. Er nickte der jungen Frau zu, die daraufhin zu ihr kam.

Verkrampft lächelte sie, während sie ihr den Pullover hochrollte. »Streck deinen Arm aus.« Prüfend klopfte sie auf die Venen. Offenbar fand sie eine passende und band ihr den Arm ab.

Phee schluckte, als sie die Kanüle ergriff, und sah zu Anděl, während die junge Frau die Nadel in ihren Arm stach. Allein bei seinem Anblick wurde ihr ganz anders. »Was hast du damit vor?«

»Plötzlich so vertraulich?« Seine schnarrende Stimme ließ sie den Rücken durchdrücken.

»Ich habe nur jeglichen Respekt vor dir verloren.« Die Krankenschwester warf ihr einen erschütterten Blick zu.

Anděl lächelte wehmütig. »Unter anderen Umständen würde ich deine Respektlosigkeit nicht hinnehmen. Aber ich weiß, dass nur die Angst aus dir spricht.« Sein Blick wanderte zu dem Schlauch, der an ihrem Arm hinunterhing und durch den ihr roter Lebenssaft floss. »Im Blut liegt unsere wahre Macht.«

Er stieß die Luft aus und taxierte sie durchdringend. »Was wärst du bereit für diejenigen zu tun, die du liebst?«

Eiswasser schien durch ihre Adern zu fließen. Sie musste an Damian denken. Ihre Unterlippe zitterte. »Alles.«

»Siehst du, wir sind gar nicht so verschieden. Ich würde auch alles für mein Volk tun. Ich will es retten.« Ein Lächeln erhellte sein Gesicht. »Und du bist der Schlüssel.«

Wie betäubt verließ Phee das Zimmer, nachdem die Schwester ihr die Nadel entfernt und ein Pflaster auf die Wunde geklebt hatte. Sie hatte das Gefühl, jeden Moment zusammenzubrechen. Sie war machtlos und gefangen in einer ausweglosen Situation.

Und stand ausgerechnet Jaro gegenüber. In seiner typischen Pose, die Arme vor der Brust verschränkt und ein Fuß gegen die Wand gestemmt, an der er lehnte, sah er ihr entgegen.

Der Druck in ihrem Inneren nahm noch weiter zu. Sie schluckte und ging an ihm vorbei. Offensichtlich verstand er den Wink mit dem Zaunpfahl nicht und folgte ihr wortlos. Als sie fast bei ihrem Zimmer angekommen war und er immer noch kein Wort gesagt hatte, drehte sie sich gereizt zu ihm um. »Verdammt, was willst du?«

Sein Unterkiefer bewegte sich hin und her. Er zog die Schultern hoch und steckte seine Hände in die Hosentasche. »Ich wollte nur sehen, wie es dir geht.«

»Wie soll es mir schon gehen?« Sie verzog angewidert das Gesicht. »Beschissen.« Ihre Emotionen kochten hoch. Angst und Wut. »Damian wurde verletzt!«, schrie sie ihn an.

»Und? Er ist nur ein Soumrak«, sagte er kalt.

»Du bist so ein Arschloch.« Sie stieß kräftig gegen seine Brust, doch es brachte ihn nicht mal ins Wanken. Außer sich vor Zorn trommelte sie auf seine Brust.

Er wehrte sich nicht. Tränen strömten ihr aus den Augen.

Irgendwann legten sich Arme um sie und zogen sie an seine Brust, sodass ihre Arme zwischen ihren Körpern gefangen waren.

»Du musst dich von ihm fernhalten. Vergiss ihn. Es ist die einzige Möglichkeit, sein Leben zu retten.«

Sie stieß ihn von sich und stolperte zurück. »Ich hasse dich! Ich hasse euch alle!«, brüllte sie, stürmte in ihr Zimmer und warf die Tür kräftig hinter sich zu. Verzweifelt lehnte sie sich dagegen. Ihre Augen brannten.

»Du bist wieder da«, murmelte Alena verschlafen und nahm ihr Handy vom Nachttisch.

Phee schluckte die Tränen hinunter. »Wie spät ist es?«

»Kurz nach eins.« Alena legte das Telefon wieder weg und setzte sich an den Rand des Bettes. Noch immer trug sie die Kleidung vom Morgen. Sie bemerkte Phees irritierten Blick und sah an sich hinab. Müde rieb sie sich über das Gesicht. »Eigentlich wollte ich wach sein, wenn du wiederkommst. Ich habe mir Sorgen um dich gemacht. Warum bist du nur weggelaufen? Die Nocs hätten dich erwischen können.«

Mit leerem Blick starrte Phee ihre Mitbewohnerin an und fragte sich, ob sie wirklich nicht wusste, was ihr Bruder tat. Desillusioniert drückte sich von der Tür ab und schlurfte zum Bett. »Ich bin müde und würde gern schlafen.«

Alena wirkte unsicher. »Okay. Wir können morgen reden.«

Phee nickte. Würde sie nur ein Wort sagen, würde sie den Kampf gegen die Tränen verlieren. Zitternd nahm sie sich ihr Schlafshirt, ging noch mal ins Badezimmer und legte sich dann ins Bett. Alena schlief längst wieder.

In ihren Ohren hallte noch immer das Knallen der Peitsche nach, die auf bloße Haut traf. Allein bei der Erinnerung hatte sie das Gefühl, sich übergeben zu müssen, und presste bebend die Hand vor den Mund. Die Tränen ließen sich jedoch nicht zurückhalten. Unaufhörlich strömten sie aus ihren Augen. Sie fühlte sich so machtlos. Als sie unterdrückt aufschluchzte, stand sie auf, um Alena nicht zu wecken, zog sich an und schlich zur Tür.

Leise huschte sie auf den Flur und erstarrte. Ihr Magen zog sich sehnsüchtig zusammen, als sie die schattenhafte Gestalt in der Nähe entdeckte. Doch es war nicht Damian.

»Was ist mit Damian?«, flüsterte sie. Ihre Stimme war von den vielen Tränen noch ganz rau.

Der Soumrak trat aus dem Schatten. In seinen Augen stand Hass. »Ich wüsste nicht, was dich das angeht, Den.«

Sie zuckte bei der Bezeichnung zusammen. »Wir sind Freunde.«

Bedrohlich kam er auf sie zu und blieb direkt vor ihr stehen, sodass sie den Kopf in den Nacken legen musste. »Er erholt sich von den Verletzungen, die er deinetwegen erhalten hat. Tun Freunde so etwas?«, fragte er höhnisch. Es war wie ein Schlag ins Gesicht.

»Ich wollte das nicht.« Ein Kloß bildete sich in ihrem Hals. Ihre Unterlippe bebte. »Ich muss ihn sehen.«

»Willst du, dass er stirbt?«

»Natürlich nicht.«

»Dann lass ihn in Ruhe. Ignoriere ihn, wie es alle deiner Art mit uns tun. Wenn nicht, bist du am Ende für seinen Tod verantwortlich.« Der Gargoyle wandte sich ab und ging. Seine Worte hallten in ihr nach. Ihre Bedeutung war ein Dolchstoß in ihr Herz, der auch die letzte Hoffnung tötete.

Mehrfach hatte Damian ihr gesagt, dass sie sich nicht mehr sehen durften, da es zu gefährlich sei, doch sie hatte ihn und die Gefahr ignoriert. Jetzt bezahlte er dafür den Preis.

27

Phee war Alenas Wecker aus der Hölle noch immer nicht losgeworden. Allerdings unternahm sie auch keinen Versuch dahingehend. Sobald er klingelte, war sie wach, als hätte jemand einen Schalter umgelegt. Gähnend setzte sie sich an die Bettkante und streckte sich. Automatisch wanderte ihr Blick zum Fenster und ein sehnsüchtiges Ziehen erfasste ihren Körper. Zugleich nahm ihr das Engegefühl im Hals die Luft zum Atmen. Drei Wochen war es nun her. Bekümmert sah sie weg, sperrte den Schmerz fort. Sie stand auf, schlurfte ins Bad, putzte sich die Zähne und zog sich an. Alena tänzelte die ganze Zeit um sie herum.

»Wie kann man nur am frühen Morgen so gut gelaunt sein?«, murrte Phee und schlüpfte in ihre Hausschuhe.

»Letzter Schultag vor den Ferien.« Und somit der letzte Tag vor dem großen Fest morgen. Ihre Freundin war seit ein paar Tagen noch überdrehter und anstrengender als sonst.

»Komm schon.« Ungeduldig hielt Phee die Tür auf, damit sie pünktlich zum Frühstück kamen. Alena verließ summend das Zimmer. Mit einem mulmigen Gefühl sah Phee noch einmal zurück zum Fenster. Die dicken Vorhänge hatte ihre Mitbewohnerin bereits zur Seite gezogen, sodass sie einen Blick in die Dunkelheit erhaschen konnte. Erneut überkam sie ein vertrautes Kribbeln und die Sehnsucht zerriss sie beinahe.

Entschlossen wandte sie sich ab, schloss die Tür hinter sich und folgte Alena in den Aufenthaltsraum, in dem bereits Darjana und Johana auf sie warteten und bei ihrem Anblick sofort anfingen begeistert zu quietschen. »Letzter Schultag.« Offensichtlich war das das heutige Mantra.

Vorfreude lag wie ein frischer Frühlingswind in der Luft und reizte Phees angespannte Nerven wie das Kratzen von Fingernägeln an einer Tafel. Von der bedrückenden Atmosphäre, die die ersten Tage nach dem Angriff der Nocs geherrscht hatte, war mittlerweile nicht mehr viel übrig. Alle waren zu ihren täglichen Routinen zurückgekehrt, die nur noch durch die Vorbereitung auf das Wintersonnenwendenfest durcheinandergebracht wurden.

Als wäre nichts geschehen. Bitterkeit stieg in ihrer Kehle auf. Für alle lief das Leben normal weiter, während ihres in Scherben lag.

Schon seit Tagen trafen Den ein, die mit ihnen dieses bedeutende Ereignis zelebrieren wollten. Die Flure füllten sich mit immer mehr Leben. Es gab kaum noch einen Ort in dem weitläufigen Anwesen, wohin man sich zurückziehen konnte.

Was Phee allerdings auch gar nicht vorhatte. Sie vermied es wie die Pest. Mittlerweile hatte sie etliche zaghafte Freundschaftsbande geknüpft, sodass sie immer von Leuten umgeben war. Selbst eine der Trainingseinheiten mit Anděl oder seinem Vertreter Novák waren ihr lieber, als allein zu sein und Gefahr zu laufen, ins Grübeln zu kommen und an Damian zu denken. Sie vermisste ihn so sehr, dass es wehtat.

Ihr Leben ähnelte mehr und mehr der Zeit, bevor sie in die düstere Welt der Lichtwesen entführt worden war. Sie besaß Freunde, mit denen sie Filme ansah, mit denen sie sich heimlich abends zu Partys traf oder bei schönem Wetter draußen spazieren ging. Manchmal lachte sie sogar mit ihnen. Und genau wie früher fühlte sie sich dabei die ganze Zeit einsam und verloren. Nur dass es ihr dieses Mal deutlich bewusst war und sie es nicht anders wollte, denn es war alles nur Fassade.

»Oh, da ist Domek mit seinem Vater«, bemerkte Johana aufgeregt und zeigte auf das Vater-Sohn-Gespann, das in diesen Moment den Raum betrat. Man hätte die beiden auch für Geschwister halten können.

»Sie sind alle so verdammt jung«, bemerkte Phee. Entweder besaß man als Den keine hohe Lebenserwartung oder … »Ich hoffe, dass liegt daran, dass wir ab einem bestimmten Zeitpunkt nicht mehr altern.«

Alena lachte. »Das wäre echt praktisch. Aber nein. Der Ball ist die ideale Gelegenheit, um einen neuen Partner zu finden, weswegen sich neben den Eltern der Schüler vor allem Ledige den Ball nicht entgehen lassen.«

Johana beugte sich leicht vor und hob bedeutungsvoll die Augenbrauen. »Was denkst du, warum so viele von uns im September Geburtstag haben?«

»Scheinbar wollen sie nicht mit alten Traditionen aus der Schulzeit brechen.«

Seit Tagen gab es kein anderes Thema mehr als wer mit wem. Phee hätte sich am liebsten Stöpsel in die Ohren gesteckt, weil sie es nicht länger hören konnte. Dennoch fand sie es seltsam, dass ihr bisher noch kein einziger Den begegnet war, der älter als vierzig war. Nicht einmal einer der Lehrer.

»Ich verstehe immer noch nicht, warum du Jaros Einladung nicht angenommen hast.« Alena seufzte und kam damit auf eines ihrer Lieblingsthemen zu sprechen.

Phee verdrehte genervt die Augen. »Hör auf mich verkuppeln zu wollen.« In der Hinsicht war Alena genauso penetrant wie Caro. »Außerdem hänge ich an meinem Leben.«

»Ich weiß, dass Savka sehr fies sein kann. Aber mittlerweile hat sie es wohl aufgegeben Jaro rumkriegen zu wollen.« Unsanft stieß Alena sie mit dem Ellenbogen in die Seite und deutet mit dem Kinn in eine Richtung. Im Hintergrund erklangen Pfiffe und frivoles Grölen. Phee fielen fast die Augen aus dem Kopf, als sie sah, wie Savka Emil die Zunge in den Hals steckte. Darjana kicherte. »Offenbar hat sie bei den Proben Geschmack daran gefunden.«

»Wen spielen sie noch mal? Titania und den Esel?«, fragte Johana spitz.

»Der war fies. Hermia und Lysander«, erklärte Phee, die in den letzten Wochen oft bei den Proben vorbeigeschaut hatte.

Ihr Blick glitt zurück zu dem Paar und traf dabei auf Jaros, der gerade den Raum betreten hatte und sich umsah. Ihr ganzes Inneres erstarrte zu Eis.

Jedes Mal, wenn sie ihm begegnete, wurde sie daran erinnerte, wie die Peitsche … Ihr Herzschlag beschleunigte sich. Schnell verdrängte sie den quälenden Gedanken und sah weg. »Wie läuft das morgen noch mal ab?«

Alena maß sie abschätzend. »Willst du mir nicht endlich erzählen, was zwischen euch vorgefallen ist?«, fragte sie, statt auf ihre Frage einzugehen. Sie war eindeutig genervt.

»Warum interessiert dich das eigentlich so brennend? Ich dachte, du kannst ihn nicht leiden.«

Das freudige Lächeln in Alenas Augen verschwand und machte einer tiefen Traurigkeit Platz. »Es gab eine Zeit, da war er mein bester Freund.« Sie seufzte. »Ich dachte, ich hätte ihn für immer verloren. Bevor ihr euch zerstritten habt, war er fast wieder der unbeschwerte Junge von damals.«

»Toll. Das heißt, du möchtest mich nur mit ihm verkuppeln, damit du deinen besten Freund wiederbekommst.«

»Das stimmt doch gar nicht. Es wäre nur ein kleiner Bonus«, gestand sie. »Ihr wärt so ein schönes Paar.«

»Vergiss es, das wird nie passieren.« Mal davon abgesehen, dass sie seinen Anblick kaum ertrug, ging er ihr auch aus dem Weg. In seinen Augen konnte sie deutlich seine Schuldgefühle ihr gegenüber erkennen. Fest ballte sich ihre Faust um das Messer in ihrer Hand, mit dem sie vorhin noch das Brötchen beschmiert hatte. Krampfhaft versuchte sie erneut nicht daran zu denken, weswegen sich dieser Mistkerl schuldig fühlte. Dieses Mal dauerte es einen Augenblick, bis sie sich so weit unter Kontrolle hatte, dass sie das Messer zurück auf ihren leeren Teller legen und die Sachen zu dem dafür vorgesehenen Wagen bringen konnte. Sie ging zurück in ihr Zimmer, um ihre Schulsachen zu holen. Zum Glück waren auch die Lehrer mehr mit den Festivitäten beschäftigt und nicht damit, sie noch mit besonders fiesem Stoff zu malträtieren. Dafür aber mit mehr Hausaufgaben als gewöhnlich.

Nach dem Mittagessen trennte sie sich von den anderen. »Wir treffen uns später in der Bibliothek.«

»Hast du etwa noch Training heute?«, fragte Darjana verwundert.

»Schon die ganze Woche nicht. Sowohl Anděl als auch Novák treffen sich wohl mit einigen alten Bekannten«, erklärte Phee. Bei dem Gedanken an dieses sogenannte Training schauderte es sie. Es war so anders als das, was Jaro mit ihr gemacht hatte. Statt zu lernen, wie sie das Licht in sich bändigen konnte, musste sie ständig alles mit ihrem eigenen Blut beschmieren und irgendwelche Formeln aufsagen.

»Und wo willst du dann hin?«, fragte Alena irritiert.

»Krankenstation«, erwiderte sie, winkte zum Abschied und lief zu dem düsteren Zimmer am Ende des Flures. Die Tür war noch geschlossen und sie nahm auf dem Stuhl daneben Platz.

Hoffentlich dauerte es nicht zu lang. Nervös rang sie die Hände und studierte den kunstvollen Druck der Tapete. Erst von Nahem konnte man die detailreichen Jagdszenen erkennen. Eigentlich eine sinnfreie Beschäftigung. Hauptsache, sie dachte nicht nach.

Die Klinke wurde heruntergedrückt. Sofort sprang Phee auf und wäre beinahe in Jaro hineingelaufen, der aus dem Raum kam. »Wir sehen uns morgen«, sagte er freundlich. Dann bemerkte er sie. Verschiedene Emotionen huschten über sein Gesicht. Bedauern, Schmerz und Schuld, aber auch Zorn und Hass, die am Ende zu einer eisigen Maske verschmolzen. Grob drängte er sich an ihr vorbei. Seine festen Schritte wurden schnell leiser. Stahlseile legten sich um ihre Brust und zogen sich zu. Auch wenn er nicht allein dafür verantwortlich war, dass Damian ausgepeitscht worden war, konnte sie ihm nicht verzeihen.

»Phee?«, fragte Kamila. »Alles in Ordnung?«

»Natürlich.« Steif setzte sie sich auf die Liege und ließ das wöchentliche Prozedere, bei dem zunächst ihre Vitalwerte geprüft und im nächsten Schritt ihr Blut abgenommen wurde, über sich ergehen. »Du siehst immer noch blass aus.«

»Ist das ein Wunder, wenn ihr mir ständig Blut abzapft?«

Kamila seufzte. »Nimmst du auch jeden Abend die Tabletten, die ich dir gegeben habe?«

»Ja.« Ohne das Beruhigungsmittel würde sie kein Auge zubekommen.

»Okay, dann sind wir fertig.« Sie lächelt ihr aufmunternd zu. Phee hüpfte von der Liege und verabschiedete sich. »In einer Woche sehen wir uns wieder«, rief Kamila ihr noch nach.

Mit schnellen Schritten eilte Phee zur Bibliothek, wo sie sich mit den anderen traf, um noch einen Teil der Hausaufgaben zu machen, bevor die Winterferien anfingen. Zum Glück war das Berechnen von Rotationsvolumen anspruchsvoll genug, dass sie an nichts anderes denken konnte. Dennoch verschwammen pausenlos die Zahlen und Buchstaben vor ihrem Auge.

»Phee?«

»Hmm?«, überrascht sah sie vom Bildschirm auf.

»Wir sind fertig und wollen uns mit Domek und Krystof treffen und einen Filmmarathon starten. Kommst du mit?«, fragte Alena.

Darjana grinste. »Es stehen zur Auswahl *Der Herr der Ringe, Avatar* oder *Nachts im Museum.*«

Verdattert zog Phee ihre Nase kraus. »Was ist denn das für eine Mischung?«

Alena zuckte die Schultern. »Es gibt Popcorn.«

»Die kenne ich eigentlich alle schon. Geht allein. Vielleicht komm ich später nach. Ich bin mit den Aufgaben auch fast fertig«, murmelte sie und widmete sich erneut ihrer Integralrechnung. Nachdenklich kaute sie auf dem Stift.

Sie war so vertieft in ihre Aufgaben, dass ihr erst auffiel, dass die Sonne längst untergangen war, als es bereits dunkel wurde. Alles in ihr zog sich zusammen. Unentschlossen sah sie vom Monitor auf und zum Fenster, vor dem der Schreibtisch stand. Ihre Finger lagen untätig auf der Tastatur. Ihr Herz klopfte ihr bis zum Hals und ihr ganzer Körper schien zu summen. Sie hatte das Gefühl, beobachtet zu werden. Abends hatte sie das immer.

Nervös schluckte sie. Auch wenn sie wusste, dass sie es eigentlich nicht tun sollte, riss sie die Vorhänge zur Seite. Links und rechts hatte er die Klauen in die Wand geschlagen und stemmte die Füße gegen das Mauerwerk. Ihre Blicke trafen sich und verhakten sich ineinander. Seine Augen waren so düster, dass sie fast schwarz wirkten. Keine goldenen Funken, die in ihnen tanzten. Deutlich traten seine Muskeln und Sehnen hervor. Bei seinem Anblick brach alles über sie herein, was sie die letzten drei Wochen eisern versucht hatte aus ihrem Kopf zu verbannen. Sie hörte den Knall der Peitsche, sah wie erneut das Leder auf seine Haut traf und sie zum Platzen brachte.

Hilflos rang sie die Hände, kämpfte gegen die Tränen. Sie konnte nichts dagegen tun. Nichts außer sich von ihm fernhalten und hoffen, dass ihm dieses Schicksal mittlerweile erspart blieb.

Doch jede Faser in ihrem Körper zog es zu ihm hin. In ihr brannte eine namenlose Sehnsucht, die ihr Angst machte.

Sie wollte bei ihm sein. Wollte ihn berühren, mit ihm reden. Sie hielt es nicht länger aus.

Noch bevor sie das Fenster öffnen konnte, um mit ihm zu sprechen, löste er seine Klauen aus dem Gemäuer und stieß sich gleichzeitig mit den Füßen ab. Einige Sekunden fiel er in die Dunkelheit, ohne ihren Blick auch nur einen Moment loszulassen, dann drehte er sich in der Luft, streckte seine gewaltigen Schwingen aus und glitt in die Nacht.

Verzweifelt presste sie ihre Fäuste gegen den Bauch und lehnte die Stirn an das kühle Glas. Sie vermisste ihn so sehr, dass sie das Gefühl hatte, ihr Herz würde in tausend Stücke gerissen.

Am liebsten hätte sie ihre Wut über diese Ungerechtigkeit hinausgeschrien. Stattdessen sperrte sie sie fest in sich ein. Betäubte ihre Gefühle, denn wenn sie es nicht tat, würde sie zusammenbrechen.

Es dauerte eine ganze Weile, bis sie sich so weit gefangen hatte, dass sie zu den anderen gehen konnte. Apathisch setzte sie sich in eine Ecke und starrte auf die Folge von Bildern, deren Inhalt sich ihr nicht erschloss, während sie erneut Stück für Stück eine Maske aufsetzte, als wäre nichts geschehen, wie sie es schon seit drei Wochen tat. Am nächsten Morgen waren ihre Tränen längst getrocknet.

Den Vormittag über waren alle Klassenräume geöffnet. In jedem Raum hingen, lagen, standen die Erzeugnisse der Kunststunden. Manche Arbeitsgemeinschaften führten die Ergebnisse ihrer monatelangen Arbeit vor. Überall gab es Häppchen, verschiedene Limonaden und Kinder spielten auf den Fluren.

Für den Nachmittag war eine Talentschau geplant und das Theaterstück würde im bereits geschmückten Ballsaal aufgeführt werden, bevor dieser dann kurz nach der Abenddämmerung von den Soumraks für den Ball leergeräumt werden würde.

Ein dumpfer Knall schreckte sie hoch. Alle verstummten und blickten unsicher aus dem Fenster und reckten neugierig ihre Hälse. Es schien von draußen gekommen zu sein.

Getuschel wurde laut. Hier und da hörte Phee das abwertende Wort

Soumrak. Mit einer dunklen Vorahnung drängte sie sich durch ihre Klassenkameraden und presste ihre Nase an die kühle Scheibe, um zu sehen, was die anderen so interessant fanden. Auf dem dunklen Pflaster und den Stufen, die zum Eingangstor hinaufführten, lagen verstreut helle Steinbrocken. Deutlich konnte man noch Teile eines Flügels und die Hälfte eines Gesichtes ausmachen.

Damian.

Eine unsichtbare Hand schien sich um ihren Hals zu legen und fest zuzudrücken.

Nicht Damian.

Der Geschmack von Galle kroch ihren Hals empor. Panisch wirbelte sie herum und stürzte aus dem Klassenraum. Es war ihr egal, was die anderen in diesem Moment dachten.

»Phee, wo willst du hin?«, rief Alena ihr nach.

Bitte lass es nicht Damian sein.

Sie würgte. Salzige Flüssigkeit brannte in ihren Augen. So schnell ihre Füße sie trugen, rannte sie zu dem Eingang des Geheimgangs, der aufs Dach führte. Sie zitterte so sehr, dass sie den Mechanismus erst nach zwei Versuchen betätigen konnte. Sie hechtete die steile Treppe durch den Turm nach oben. Immer zwei Stufen auf einmal nehmend, während sie sich an den Mauern abstützte.

Bitte nicht Damian.

Atemlos stieß sie die Tür auf. Die grelle Sonne blendete sie.

Bitte nicht er.

Mit der Hand beschattete sie ihre Augen und schaute sich atemlos um. Ihr Herz schien ihr aus der Brust zu springen. Die Panik raubte ihr jeglichen Verstand.

Eine Bewegung zwischen den Statuen ließ sie in die Richtung sehen. Sie erstarrte, konnte nicht glauben, wer gerade vom Rand des Daches zurückkehrte. Brennende Wut loderte auf. »Jaro, ich hätte es wissen müssen. Du verdammtes Schwein!«, schrie sie und stürzte sich auf ihn.

Er fing ihre Fäuste ab. »Was ist denn in dich gefahren?«

»Du warst es. Du bist dafür verantwortlich!«

Als sie weiterhin auf ihn einschlug, packte er ihr Handgelenk, wirbelte sie herum, sodass ihr Rücken gegen seine Brust gepresst wurde. Wie eine Zange hielten seine Arme sie umfangen. »Du kannst nicht mehr klar denken. Beruhig dich, Phee.«

»Mich beruhigen? Du hast ihn umgebracht!«, schrie sie und versuchte ihn zu treten, doch er hob sie einfach hoch.

»Was regst du dich so auf? Es war nur ein Soumrak.«

Sie konnte nicht fassen, wie kalt er war. »Nur ein Soumrak?« Der Zorn und der Schmerz der letzten drei Wochen explodierten in ihr und sie begann sich noch verbissener zu wehren. »Du bist so ein arrogantes Arschloch. Du Mistkerl! Du bist ein Schwein! Er war ein Lebewesen! Im Gegensatz zu dir. Du bist ein Monster! Ihr seid alle Monster!« Die Worte gingen in ihrem Schluchzen unter. Durch den Tränenschleier sah sie nichts. Sie spürte nur, wie Jaro sie durch die Gegend trug und sie dann einfach losließ. Unsanft landete sie auf dem groben Kies.

»Du warst nie wirklich eine von uns.« In seiner Stimme lag eine bittere Note, die sie ignorierte.

Schniefend wischte sie sich mit dem Handrücken den Schnodder von der Nase. »Gott sei Dank. Ich möchte ungern mit so einem Vollidioten wie dir oder all den anderen in eine Schublade gesteckt werden«, zischte sie.

»Du wirst auch nie eine von uns sein. Niemals. Du solltest verschwinden, solange du noch kannst!«, brüllte er.

Es war ein Witz. »Wenn ich es könnte, wäre ich schon längst über alle Berge. Aber dann würden sie ihn erneut verletzen.« Sie würden ihm befehlen sie zu jagen.

»Vergiss ihn endlich und nimm dein verfluchtes Schicksal an!« Er schnaubte und ging. Ließ sie einfach wie ein Stück Dreck zurück. Ihr war eiskalt. Tränen sammelten sich in ihren Augen. Warum hatte er das getan? Warum?

Verzweifelt kämpfte sie dagegen an zusammenzubrechen. In ihr herrschte nur Leere. Sie schlang ihre Arme um sich, damit sie nicht zersprang. Dann entdeckte sie ihn. Damian stand direkt vor ihr. Erneut benetzten Tränen ihre Augen, dieses Mal jedoch aus Erleichterung. Trostsuchend schlang sie ihre Arme um seine Hüften.

Doch er war nur aus Stein. Kalt und leblos.

28

Jaro streckte sein Kinn nach oben und band sich die dunkelblaue Krawatte. Er konnte sich selbst kaum in die Augen sehen. Immerhin wusste er, was sein Onkel plante. Wäre Novák nicht auf dem Dach gewesen, hätte er Phee warnen können. Aber er zweifelte daran, dass sie selbst dann geflohen wäre. Nicht wenn Damian dadurch in Gefahr geriet. An ihrer Stelle hätte er nicht anders gehandelt.

»Ich bekomm das einfach nicht hin«, jammerte Emil und schaute ihn hilfesuchend an. Die Krawatte, die an reifen Weizen erinnerte und auf den goldgelben Farbton von Savkas Kleid abgestimmt war, hing ihm wie ein Strick um den Hals.

Es hatte etwas Prophetisches. Jaro grinste. »Vielleicht solltest du es so lassen, dann kann dich Savka daran wie an einer Leine führen.«

»Haha. Hilfst du mir?« Der Arme war so aufgeregt und durcheinander, dass ihn seine Angebetete endlich erhört hatte, dass er sein Hemd falsch zugeknöpft hatte.

»Natürlich. Aber zuerst solltest du dein Hemd richtig anziehen.«

»Oh.« Mit einem Seufzer betrachtete sich Emil im Spiegel.

Mit zittrigen Fingern korrigierte er den Fehler und Jaro band ihm die Krawatte neu. »So, fertig.«

Sein Mitbewohner presste die Lippen aufeinander und sah ihn über das Spiegelbild unsicher an. »Bist du sauer, dass ich mit Savka zum Ball gehe?«

»Warum sollte ich?«, fragte Jaro verwirrt und kämmte sich noch mal sein widerspenstiges Haar.

»Na ja, ich dachte …«

»Hör auf zu denken. Meinen Segen habt ihr. Vielleicht lässt sie mich dann endlich mal in Ruhe.« Und hoffentlich dann auch Phee. Bei dem Gedanken an

Savkas eifersüchtiges Gebaren schüttelte er verärgert den Kopf. Es war so unnötig. Jaro hatte keinerlei romantische Absichten gegenüber Phee. Ja, er fand sie hübsch – was er wahrscheinlich Savka gegenüber nie hätte erwähnen dürfen, und nett – zumindest nachdem er sie näher kennengelernt hatte. Auf eine gewisse Art fühlte er sich sogar zu ihr hingezogen, aber eher wie zu einer Schwester, denn sein Herz war längst vergeben.

So wie ihres. Vielleicht war genau diese Gemeinsamkeit das, was ihn mit ihr verband. Sie teilten den gleichen Schmerz. Die gleiche Verzweiflung. Wenn er sie ansah, sah er ein Spiegelbild seiner eigenen Gefühle. Allerdings hatte er schon vor langer Zeit gelernt sie sehr gut unter seinem grenzenlosen Zorn zu verbergen, der nun auch in ihr wütete.

Ihre Wut war ihm vertraut. Sein einzig wahrer Freund.

Nach seinem Abschluss würde er die ganze Wahrheit über sein Volk erfahren und hoffentlich endlich den Soumraks helfen können.

Doch dieses Ziel würde er niemals erreichen, wenn sein Onkel auch nur ansatzweise ahnen würde, dass er einen anderen Plan verfolgte, als in seine Fußstapfen zu treten.

Für Phee wäre es dann dennoch zu spät. Und auch für Damian. Es würde ihr das Herz brechen, ihn zu verlieren. Aber in der aktuellen Situation war Jaro einfach machtlos.

»Bist du fertig?«, fragte er Emil, der plötzlich aussah wie ein Reh im Scheinwerferlicht.

»Sie wird dich schon nicht fressen.« Hoffte er wenigstens.

Gemeinsam gingen sie im ersten Stock zu der großen Treppe im Foyer. Die jüngeren Schüler, die noch nicht an dem Ball teilnehmen durften, sagten ihnen, wann sie dran waren.

Sie würden links hinabgehen, während ihre Begleitung von der rechten Seite kommen würde. Auf halber Höhe vereinten sich die Stufen der beiden Aufgänge. Da er keine Begleitung hatte, würde ihm irgendwer zugelost werden.

Er reckte sich, um über das Geländer spähen zu können. Das großzügige Foyer war voller Leute, die sich aufgeregt unterhielten. Durch die großen

Fenster konnte man sehen, wie der große Feuerball den Himmel in Brand setzte, kurz bevor er hinter dem Horizont verschwand und die längste Nacht des Jahres begann.

Nacheinander wurden ihre Namen aufgerufen. Emil trat nervös von einem Bein aufs andere. Er war direkt vor ihm an der Reihe und ging die Stufen hinunter bis zu dem großen Absatz in der Mitte. Beinahe wäre er noch gestolpert. Durch den dunklen Samtvorhang trat Savka und schritt elegant auf ihn zu. Sie ergriff den von Emil angebotenen Ellenbogen und ließ sich wie eine Königin von ihm die Treppe hinunterbegleiten. Nun war er an der Reihe. Es interessierte ihn nicht, für wen er den Kavalier spielen musste. Wie vom Donner gerührt starrte er nach oben, als Phee heraustrat. Unsicher zupfte sie an dem sehr gewagten Ausschnitt ihres dunkelblauen Kleides, das im Licht schimmerte und sich wie fließendes Wasser zu bewegen schien, während sie auf ihn zuging. Ihr Haar war hochgesteckt und mit der Blüte eines weißen Weihnachtssterns verziert.

Im Hintergrund steckte Alena grinsend den Kopf durch den Vorhang und hob beide Daumen. Offensichtlich war das ihr Werk. Er würde sie erwürgen.

Als Phee vor ihn trat und ihn mit ihrem Trotz ansah, als wollte sie ihm bei nächster Gelegenheit einen Dolch durch die Rippen stoßen, brauchte er einen Augenblick, bis er seine Manieren wiederfand. Galant verneigte er sich und hielt ihr den Ellenbogen entgegen, bis sie sich einhakte.

»Du siehst wunderschön aus«, flüsterte er.

»Ich hasse dich«, entgegnete sie genauso leise. Sie konnte ihn gar nicht so sehr hassen wie er sich in diesem Moment selbst.

Er atmete tief ein, wandte den Blick ab und stieg mit ihr gemeinsam den Rest der Treppe hinunter. Der Weg erschien ewig. Worte der Warnung formten sich in seinem Kopf. Doch keines wollte seinen Mund verlassen.

Sobald sie unten angekommen waren, ließ sie ihn los und marschierte davon. Es war zu spät. Einen Moment sah er ihr bedauernd nach, bevor er in die entgegengesetzte Richtung marschierte. Niemanden interessierte, wie es ihm ging. Wie er sich fühlte. Machtlos.

Wutschnaubend schlug er mit der Faust gegen die Mauer.

»Jaro?«

Ihre Stimme würde er jederzeit erkennen, auch wenn sie schon seit Jahren nicht mehr miteinander gesprochen hatten. Erstaunt wirbelte er herum und stand ihr plötzlich gegenüber. »Cassie.«

Das rabenschwarze seidige Haar reichte ihr bis zu den Hüften, der Ton ihrer Haut war wenige Nuancen heller als die ihres Zwillingbruders Damian. Ihre Flügel lagen wie ein Umhang um ihre zarten Schultern. Gierig nahm er jedes Detail von ihr in sich auf und ballte fest die Hände zu Fäusten, um der Sehnsucht, sie wenigstens einmal zu berühren, nicht nachzugeben. Einzig ihre demütige Haltung hielt ihn zurück und zerrte an seiner kaum noch vorhandenen Beherrschung und ließ die Wut wieder hochkochen.

»Ist alles in Ordnung?«

»Was sollte schon sein?« Misstrauisch sah er sich um, ob jemand sie beobachtete.

In ihrem Blick lag Traurigkeit, die ihn schmerzte. Mehrfach öffnete sich ihr voller Mund, als wollte sie etwas sagen. Ihre kleine Zunge huschte über ihre vollen Lippen, um sie zu befeuchten, und riss ihn in sein Verderben. Er trat einen Schritt auf sie zu, wollte sie in seine Arme reißen.

»Ich wollte dir das schon seit Tagen sagen«, begann sie und er verharrte in der Bewegung.

»Was?«

Sie schluckte und senkte den Blick. »Ich werde mich demnächst paaren.«

»Warum?« Ihre Worte trafen ihn wie eine Abrissbirne.

»Du weißt so gut wie ich, dass das zwischen uns niemals eine Zukunft besaß.«

Mit nur einem Satz zerschlug sie seine Hoffnungen. Trat alles, was er ertragen hatte, mit Füßen. Es war, als würde sie mit ihren zarten Klauen sein Herz zu Hackfleisch verarbeiten. All seine Pläne implodierten bei ihren Worten. Niemals hatte er daran gedacht, dass sie nicht auf ihn warten würde. Dass sie nicht mehr an ihn glauben würde.

»Du hast recht, also warum erzählst du mir das?« Seine Stimme war scharf wie Rasierklingen und die Soumrak zuckte zusammen. Er hasste es, hasste sie, weil sie nicht mehr das wilde Mädchen war, mit dem er durch die Nacht gejagt war. »Dachtest du etwa, ich würde dich aufhalten oder dich bitten es nicht zu tun? Du bist nur eine dreckige Soumrak. Eine *Malý*. Mich interessiert nicht, was du tust.« Er wollte sie verletzen. Wollte sich am liebsten das Herz aus der Brust reißen. »Sprich mich nie wieder an.«

Er wandte sich ab und ging. Enttäuschung und Wut rauschten durch seine Adern. Als er an einer Anrichte vorbeikam, auf der einige Flaschen Spirituosen standen, um daraus Cocktails zu mixen, nahm er sich zwei Flaschen Vodka. Das war zwar keine Lösung, aber zumindest würde es den Schmerz in seiner Brust eine Weile betäuben.

***

Noch immer tat Phee der Kiefer weh, so sehr hatte sie ihre Zähne zusammenbeißen müssen, um dem Impuls, Jaro die Faust ins Gesicht zu schmettern, nicht nachzugeben. Zum Glück war er, sobald sie die Treppe verlassen hatten, verschwunden, sonst hätte sie für nichts mehr garantieren können. Und das wäre fatal gewesen. Sie durfte nicht auffallen.

Ihr Blick glitt zu Anděl. Er war in einem Gespräch mit zwei anderen Den. Lachte sogar, allein bei dem Anblick kam ihr die Galle hoch.

Tief atmete sie durch und sah zu dem großen Fenster. Die Dunkelheit verschlang die letzten Reste des Lichts. Alles in ihr kribbelte. In dem heutigen Durcheinander würde sie hoffentlich keiner bemerken. Atemlos zögerte sie, als sie an das Risiko dachte, aber nach dem Schock vor wenigen Stunden musste sie ihn sehen. Musste seinen Puls unter ihren Fingern spüren, um ganz sicher zu sein, dass er noch lebte. Sonst würde sie noch verrückt werden.

Also reiß dich am Riemen.

Ungeduldig wartete sie, bis Alena und Darjana ebenfalls den Spießrutenlauf auf dieser Treppe absolviert hatten – den sie pflichtbewusst mit ihrem Handy festhielt – und zu ihr stießen. Aufgeregt plapperten sie durcheinander.

»Du warst der absolute Hingucker.«

»Jaro ist regelrecht die Kinnlade runtergefallen, als du die Stufen herunterkamst.«

»Er war nicht der Einzige. Hast du gesehen, wie Savkas Gesichtszüge bei deinem Anblick entgleist sind?«

Hitze breitete sich in ihren Wangen aus. Nervös zupfte Phee an ihrem Ausschnitt, der eindeutig zu tief geraten war.

»Ihr wart viel eleganter.« Sie sah nur dank ihrer beiden Freundinnen so herausgeputzt aus. Entschlossen hakte sie sich bei den beiden unter. »Und was machen wir jetzt?«

»Das Büffet plündern und den Punsch probieren«, schlug Alena vor.

»Und dann die ganze Nacht tanzen«, ergänzte Darjana.

»Mir tun jetzt schon meine Füße weh.« Phee stöhnte bei dem Gedanken an die hochhackigen Schuhe, zu denen Alena sie überredet hatte.

Auf dem Weg zum Ballsaal begegneten ihnen häufig Soumraks. Ergeben deuteten sie eine Verbeugung an und boten ihnen auf Silbertabletts Häppchen oder gefüllte Sektgläser an. Phee nahm ein Glas und nippte vorsichtig daran.

An diesem Abend hatten sich sogar die Gargoyles herausgeputzt. Dabei hatten sie keinen Grund zu feiern. Während die Tage wieder länger wurden, wurden die Nächte kürzer und somit auch die Zeit, in der sie nicht gefangen im Stein waren.

Das Schlimmste war, dass sie unablässig seine Nähe spürte, die ihr Sehnen nach ihm noch verstärkte. Sie musste ihn sehen. Musste ihn berühren. Sie konnte kaum an etwas anderes denken. Unauffällig sah sie sich nach ihm um. Ihr Herz setzte jedes Mal aus, sobald ein Soumrak in ihr Blickfeld geriet.

Sie hatte den Sekt nicht mal zur Hälfte ausgetrunken, als bereits die ersten nach einem Tanz fragten. »Komm schon«, forderte Alena sie auf und schob sie regelrecht dem Den entgegen, dem sie bisher noch nie auf der Schule begegnet war.

»Ich bin Ludek«, stellte er sich lächelnd vor und ergriff ihre Hand.

»Phee«, erwiderte sie und überlegte fieberhaft, wie sie ihn schnell wieder loswerden konnte.

»Ich kann mich gar nicht an dich erinnern. Dabei bin ich erst letztes Jahr mit dem Abschluss fertig geworden.«

»Das könnte daran liegen, dass ich die Neue bin.«

Er kam aus dem Takt und sie trat ihm auf den Fuß. »Entschuldige. Ich bin nicht sehr geübt.« Was sie erneut unter Beweis stellte. »Ich glaube, ich sollte besser gehen.«

Er wollte sie noch aufhalten, doch sie schlüpfte schnell zwischen zwei Paaren hindurch und tauchte in der Menge unter. Alena und Darjana standen nicht mehr dort, wo sie sie zurückgelassen hatte. Letztere entdeckte sie jedoch auf der Tanzfläche. Was ihr nur recht war, denn sie würde jetzt auf die Suche nach ihrem Gargoyle gehen.

Sie konnte es nicht mehr ertragen. Alle lachten. Alle freuten sich, während ihr Herz vor Sehnsucht verging. Sie vermisste ihn so sehr, dass es schmerzte. Dass sie das Gefühl hatte, nicht mehr atmen zu können.

Sie trat auf die Terrasse, die ebenfalls festlich geschmückt war. Durch ein Netz aus Lichterketten und Wolken konnte man den Mond sehen. Weihnachtliche Girlanden waren um die Brüstung geschlungen und kleine Feuerschalen standen überall herum und verbreiteten eine angenehme Wärme. Es roch nach Glühwein und Zimt.

Für einen Moment erhaschte sie einen Blick auf Damian und ihr wurde der Boden unter den Füßen weggezogen. Seine Wangen waren hohl und in seinen Augen brannte ein wildes Feuer.

Alles in ihr zog sie in seine Richtung, doch kaum trat sie einen Schritt auf ihn zu, wandte er sich ab und verschwand in die Nacht. Wie ein Stachel bohrte sich die Enttäuschung in ihre Seele. Ein hohes Lachen erklang neben ihr und malträtierte ihre Ohren. Die Freude der anderen war unerträglich.

Tränen brannten in ihren Augen. Fast blind stürzte sie die Stufen hinab, auf denen der nächtliche Frost glitzerte, und lief panisch den Weg hinunter. Der eisige Wind ließ sie frösteln. Suchend sah sie sich um.

Als sie am Rand des Waldes angelangt war, tauchte er plötzlich vor ihr auf und sah sie wütend an, als wollte er sie nur mit seinem Blick zur Rückkehr bewegen.

Wortlos stürmte sie auf ihn zu, warf sich an seine Brust und vergrub ihren Kopf an seinen Hals. Presste ihre Lippen auf die pochende Schlagader. Der gleichmäßige Rhythmus seines Pulses schaffte es, sie zu beruhigen.

Zuerst war er wie erstarrt, doch dann schlangen sich seine Arme um ihren Körper. Tränen der Erleichterung traten in ihre Augen.

»Du solltest nicht hier draußen sein«, grollte er.

»Du weißt, dass ich nicht immer das tue, was ich sollte.«

Seine Brust füllte sich mit Luft, als er tief einatmete, bevor er sie wieder von sich schob. »Du bist außer dir. Was ist geschehen?« Einen winzigen Augenblick trübte Besorgnis seine Augen, bevor sie wieder hart wurden.

»Ich habe dich vermisst. Als ich die Statue sah, dachte ich … Ich dachte …« Sie konnte den Gedanken nicht laut aussprechen, aber anscheinend verstand Damian sie auch so und drückte sie noch fester an sich.

»Marek«, flüsterte er.

»Das tut mir leid.«

»Es ist nicht deine Schuld.«

Ihr Herz brach bei seinen kühlen Worten. »Warum? Warum tut jemand so was?«

»Ich weiß es nicht.« Seine Brust hob sich, als er erneut kräftig einatmete, allerdings kannte sie ihn mittlerweile gut genug, um zu erkennen, wie aufgewühlt er war.

»Du sagst mir nicht die Wahrheit.«

»Sie haben ihn dafür verantwortlich gemacht, dass die Nocs unsere Verteidigung überwinden konnten.«

Ihr wurde ganz anders zumute, als sie an die beiden Mädchen dachte. Sie musterte seine »Du denkst, er trägt keine Schuld daran.«

Er schüttelte den Kopf und schob sie von sich. »Geh. Uns darf niemand zusammen sehen«, sagte er so kalt, dass es sie fröstelte.

Sie wollte ihn umarmen und küssen. Ihn trösten. Ihn einfach nur halten. »Ich vermisse dich.« Ihre Stimme war nur ein Hauch. Dennoch hörte er sie, ballte die Hände zu Fäusten.

Seine Nase hielt er witternd in die Luft. »Es kommt jemand.«

Er war so schnell verschwunden, dass sie sich einen Augenblick lang fragte, ob sie sich ihn nur eingebildet hatte. Schritte knirschten im Kies.

Schnell trat sie die Flucht an und eilte zurück zum Haus. Jetzt, wo sie wieder halbwegs nüchtern war und klar denken konnte, fragte sie sich, was sie geritten hatte, ohne Jacke hinaus in die Kälte zu rennen.

Plötzlich trat ihr jemand in den Weg. »Jaro?!« Erschrocken wich sie vor ihm zurück. Seine finstere Miene verhieß nichts Gutes. »Was machst du hier?«

»Dasch könnte ich disch fragen? Willscht du zu Damian? Du wirscht nischt glülülsch …« Er lallte und schwankte leicht. Bei dem sauren Geruch, der ihr aus seiner Richtung entgegenschlug, wurde ihr übel.

»Was?«

»Isch hab dich beobachtet. Wie du ihn beobachtet hascht.«

Phees Nackenhaare stellten sich auf.

»Du hast getrunken.«

»Und? Tun dasch heute nicht alle? Darf isch nicht ein Mal dasch tun, worauf ich Luscht hab?«

Er griff in ihr Haar und sie schlug seine Hand fort. »Lass das.«

Er schwankte kurz zur Seite und richtete sich wieder auf.

»Ach, aber den dreckigen Schoumrak behandelscht du zuvorkommender als misch.«

»Er ist auch wesentlich netter als du.«

»Du gibscht es also su. Hast du ihn geküsst?«

»Das geht dich ein Scheiß an.«

Er lachte, dann verstummte er abrupt und kippte wie ein gefällter Baum vornüber ins Blumenbeet. Irritiert starrte sie ihn an, bevor sie sich wieder auf den Weg zurück zum Gebäude machte.

Allerdings überkam sie schon nach wenigen Metern das schlechte Gewissen. Sie konnte ihn nicht in diesem Zustand allein in der Eiseskälte hier draußen liegen lassen. Er würde erfrieren. »Vollidiot!«

Also machte sie fluchend kehrt und versuchte Jaro aus dem Beet zu ziehen. Er murmelte unverständliche Sachen. »Du musst mir schon ein bisschen helfen«, schimpfte sie. Seine Hand landete auf ihrem Busen. »Ich hoffe wirklich für dich, dass du so betrunken bist, dass du gerade nicht weißt, was du tust.«

»Wasch?«

»Vergiss es.«

»Eigentlich mag isch disch.«

»Das sagtest du schon mal.«

»Isch habe nicht verdient, dass du nett bist. Isch kann disch nicht retten.« Der Rest ging in einem Haufen Zischlauten unter. Er verlor das Gleichgewicht und zog sie fast mit auf den Boden. Langsam machte sie sich Sorgen um ihn. Er wirkte verzweifelt und voller Schmerz. Irgendetwas belastete ihn schwer. So schwer, dass er sich völlig zugedröhnt hatte. Und sie befürchtete, dass sie daran eine Mitschuld trug. Sie hatte ihn mit Vorwürfen überschüttet, statt zu sehen, dass er ebenfalls litt. »Wenn du wieder nüchtern bist, sollten wir mal ein ernstes Wort miteinander sprechen.«

»Du bischt wie isch. Wir sollten uns susammentun.« Abrupt blieb er stehen und sie geriet aus dem Gleichgewicht. Seine Hand legte sich in ihren Nacken und zog sie zu sich. Sie wollte von ihm abrücken, aber er war stärker. Hielt sie fest und presste seine nach Alkohol schmeckenden Lippen auf ihre.

Ein kräftiger Windstoß zerrte an ihren Sachen und war die einzige Warnung, bevor Damian sich neben sie fallen ließ und sie mit einem seiner Flügel hinter sich schob. »Dafür wirst du sterben.« Seine Augen loderten vor Wut. Er wirkte wie ein düsterer Racheengel, der gekommen war, um sie zu retten.

»Damian nicht.«

»Du wagscht's, dich mir entgegenschustellen?« Jaro, dieser Vollidiot musste ihn auch noch verhöhnen.

»Ich beschütze sie.«

»Etwa auch vor mir? Isch bin kein Nosch. Isch bin ein Den. Ein höheres Wesen. Eine Art Gott. Verschtehst du das?«

»Damian. Er ist betrunken. Er weiß nicht, was er da sagt.«

Die Anspannung war fast greifbar.

»Damian, lass uns bitte gehen.«

Sein brennender Blick bohre sich in ihren. Seine Reißzähne wirkten größer als sonst.

»Damian, bitte«, flüsterte sie und legte ihre Hand auf seine Brust, die sich in einem schnellen Rhythmus hob und senkte. »Er hat dich geküsst!« Das Knurren in seiner Kehle klang wie weitentferntes Donnergrollen.

»Aber ich nicht ihn.«

Fest sah sie ihm in die Augen, bis die Wut langsam aus seinen wich. »Er hatte dennoch kein Recht dazu«, sagte er und trat einen Schritt zurück.

Sofort nutzte Jaro seinen Rückzug. »Du gehscht erscht, wenn isch dasch sage.« Brutal zog er sie zu sich.

»Jaro, hör auf«, zischte Phee ihn an.

Drohend bleckte Damian seine Zähne. Ihr Magen zog sich vor Angst zusammen.

»Komm, greif misch an. Tu esch!«, rief Jaro herausfordernd. »Komm schon, du Mischgeburt! Sie wird dir nie gehören. Wenn ich Käschi nicht haben darf, warum sie dann dich?«

Die ganze Situation entglitt ihr. »Damian, hör nicht auf ihn.«

»Du wirscht sie nicht immer beschützen können. Nicht sobald der Tag anbricht. Dann gehört sie mir.«

Wutentbrannt brüllte Damian auf und stürzte sich auf den betrunkenen Den. Jaro stolperte nach hinten und fiel. Ein ekelerregendes Knacken erklang, als sein Kopf auf die Einfassung des Beetes krachte. Eine unheimliche Stille trat ein. Phee stockte der Atem. Wie gebannt starrte sie auf Jaro und wartete, dass er sich wieder bewegte. Dass er sie wieder verhöhnte. Ihr Kopf war vollkommen leer.

Auch wenn Phee nichts in dem fahlen Licht erkennen konnte, so nahm sie auch den Hauch von Metall in der Luft wahr. Blut. »Scheiße.«

Auch Damian starrte entsetzt auf den leblosen Körper. Sie konnte nicht erkennen, was er dachte. Sie wusste nur, dass, wenn jemand sie hier finden würde, er genauso enden würde wie Marek. In Trümmern auf den Steinen vor dem Haus. Ihr Blick wanderte zurück zum Anwesen. Im Licht, das aus dem Ballsaal drang, konnte sie einige Schatten erkennen, die offenbar auf sie aufmerksam geworden waren und sich nun auf sie zubewegten.

»Damian, du musst hier weg.« Sie zog an seinen Arm. »Los.«

Er stand fest wie ein Fels.

»Damian, bitte.«

Damian sah immer noch auf die leblose Gestalt hinab. »Nein.«

Er sah sie mit diesen undurchdringlichen Augen an. »Ich bin dafür verantwortlich.«

Ihre Lippen bebten. »Ich will dich nicht verlieren. Ich darf dich nicht verlieren. Ich dachte heute schon einmal, dass ich dich verloren habe.« Bei dem Gedanken begann sie zu hyperventilieren. »Du hast mir versprochen immer für mich da sein. Egal, was passiert. Wenn du mir das antust, werde ich dir das nie verzeihen. Niemals.«

29

Ihre Verzweiflung ließ ihn nicht kalt. Er hatte ihr noch nie etwas abschlagen können. Auch wenn eine Flucht unmöglich war, so konnte er sie wenigstens von hier fortbringen. In Sicherheit. Die Wachen befanden sich heute nur auf dem Gelände.

»Bitte«, flehte sie erneut und presste ihre Lippen auf seine Haut. »Tu mir das nicht an. Ich ertrag das nicht noch einmal.«

Das Echo ihrer Verzweiflung hallte in ihm wider. Er überlegte nicht länger. »Nicht ohne dich«, erklärte er entschlossen, nahm sie auf seine Arme und sprintete los. Ihre Hände krallten sich in seinen Nacken. Fest umschloss er mit seinen Flügeln ihren Körper. Der seidige Stoff ihres Kleides, das ihn noch in seinen Träumen verfolgen würde, rieb über seine Haut und sorgte für ein sinnliches Gefühl. Sie so zu halten fühlte sich so richtig an. Er würde alles für sie tun. Mit einem Satz sprang er über die Mauer und rannte über die Straße. Mehrere Autos hupten.

Seine Gedanken ähnelten einem Sturm. Er musste sie in Sicherheit bringen. Nur wo?

Als sie geflohen war, war sie auf dem Weg nach Norden, zurück nach Deutschland, gewesen, also schlug er die gleiche Richtung ein, mied belebte Straßen und hielt sich am Fluss. Sie mussten irgendwie aus dieser Stadt hinauskommen, ohne gesehen zu werden. Die einzige Möglichkeit bestand darin, sich in die Lüfte zu erheben, allerdings würde er sie dann nicht mehr mit seinen Flügeln vor der Kälte schützen können.

Eine vertraute Witterung stieg ihm in die Nase und er stieß ein zorniges Knurren aus. Sie waren schneller da, als er gedacht hatte. Er blieb stehen und stellte sie ab.

»Was ist los?«, fragte sie unsicher.

»Nocs.« Es waren mehr als zwei. Sie mussten auf der Lauer gelegen und das *Hnízdo* die ganze Zeit beobachtet haben. Es ärgerte ihn, dass er dieses Risiko eingegangen war. »Sie jagen uns.«

In ihre Augen trat Angst.

»Ich beschütze dich.« Er würde sie in Sicherheit bringen. Fort von Kasimir.

Sie legte ihre Hand an seine Wange. »Das weiß ich.«

»Steig auf meinen Rücken und halte dich gut fest.«

Kaum lagen ihre Arme um seinen Hals und ihre Beine um seine Hüften, sprang er in die Höhe und grub knirschend die Klauen in die Wand. Noch fester presste sie sich an seinen Körper. Ihr Kleid war über ihre Beine hochgerutscht. Ihr Geruch umnebelte seine Sinne. Ihre Nähe berauschte ihn. Schon den ganzen Abend war er erregt. Seit er sie das erste Mal in diesem Kleid gesehen hatte. Aber jetzt war nicht die Zeit dafür. Er versuchte, nicht ihren Duft wie ein Süchtiger tief einzuatmen, und sah stattdessen zurück in die Tiefe. Mindestens vier Nocs konnte er unter sich ausmachen, die ihnen folgten.

Auch sie sah zurück. Er konnte es an der Gewichtsverlagerung ihres Körpers spüren. Sein Puls schnellte in die Höhe bei dem Gedanken, dass sie das Gleichgewicht verlieren könnte.

»Sieh nicht runter.« Sofort presste sie ihr Gesicht an seinen Rücken. Ihr warmer Atem streichelte seine Haut. *Verdammt, konzentrier dich.*

Er stieg weiter hinauf. Bis er die Dachkante erreichte und sich auf den Giebel hinaufkatapultierte. Mit Phee musste er sehr viel vorsichtiger agieren. Zum Glück konnten die Nocs nicht fliegen.

Schnell lief er den Giebel entlang und sprang in die Höhe und breitete seine Flügel aus. Phee stieß einen leisen Schrei an seiner Schulter aus, als sie ein Stück in die Tiefe fielen, bevor er auf dem Aufwind entlangglitt und durch die Luft segelte. So erreichten sie den Rand der Stadt sehr schnell. Allerdings spürte er deutlich, wie sie vor Kälte zitterte.

Er landete auf einem Hochhaus und ließ sie hinab. »Wir müssen dir warme Kleidung besorgen.«

»Denkst du, wir haben sie abgehängt?«, fragte sie mit klappernden Zähnen und schlang die Arme um ihren Körper.

Unzufrieden warf er einen Blick zurück. »Ich denke nicht.«

»Dann weiter. Ich halte das aus.«

Dieses Mal nahm er sie wieder auf die Arme, versuchte sie, soweit es ging, vor der beißenden Kälte zu schützen.

***

Ihr Körper war schon ganz steif gefroren. Ihre Finger spürte sie kaum noch, dennoch klammerte sie sich fest um seinen Hals. Wenn sie die passende Kleidung getragen hätte und es wärmer gewesen wäre, hätte sie diesem Ausflug etwas Positives abringen können. Doch so schlug ihr das Herz aus Angst bis zum Hals. Die Finsternis schien sie beide zu verschlucken. Immer wieder sah sie vereinzelt die Scheinwerfer einiger Autos zwischen den Bäumen aufblitzen. Auch kleinere Städte konnte sie von weit oben erkennen. Sie hatte keine Ahnung, wo Damian sie hinbrachte, aber das war auch egal, Hauptsache, er war bei ihr. Feiner Regen hing wie Nebel in der Luft. Es kam ihr so vor, als wäre es wärmer geworden, vielleicht bildete sie es sich aber auch ein. Sein kräftiger Herzschlag trommelte gleichmäßig gegen ihr Ohr und sie fühlte sich vollkommen entspannt.

Die Lichter einer größeren Stadt tauchten in der Ferne auf, die geschwind näherkamen. Damians Atem wurde angestrengter und ein leichter Schweißfilm bedeckte seine Haut. Sie waren seit Stunden unterwegs.

»Du brauchst eine Pause.«

»Ich werde mich ausruhen, wenn die Sonne aufgeht.«

Sie segelten über einige Wohnhäuser hinweg. Sie waren so weit oben, dass Autos und Bäume wie Spielzeuge wirkten. Im Stadtzentrum waren einige ältere Gebäude in goldenes Licht getaucht, die ihr vertraut vorkamen.

Plötzlich traf etwas Damian mit einer Wucht, die sie in ihrem ganzen Körper spürte. Damians Muskeln spannten sich unter ihren Fingerspitzen. Sie taumelten. Sein linker Flügel wirkte wie ein kaputter Regenschirm.

»Halt dich gut fest!«, rief er.

»Noch fester und ich erwürge dich!«, fauchte sie, aber aus ihr sprach nur Angst. Er grub seine Klauen in die Mauer und bremste so den Fall.

Mit einem Krachen landeten sie beide in einem Stapel Müll. Noch im Flug drehte sich Damian so, dass er unter ihr zum Liegen kam. Dennoch blieb ihr die Luft weg. Das rechte Bein brannte wie Feuer. Dank der dämlichen Schuhe war sie umgeknickt.

Knurrend drehte sich Damian, sodass sie plötzlich unter ihm lag. Tief sah er ihr in die Augen. »Bleib hinter mir.«

Er richtete sich auf, warf den Kopf in den Nacken und stieß ein Brüllen aus, dass ihr das Blut gefrieren ließ.

Einer seiner Flügel stand seltsam ab und sie befürchtete, dass er gebrochen war. Mit Klauen und Zähnen ging Damian auf die Nocs los. Sie konnte zehn Gegner zählen. Alle ähnelten sie dem seltsamen Wesen, das ihnen vors Auto gesprungen war. Fahle Haut riss, als Damian mit seinen Klauen hindurchfuhr. Seine Flügel glitten wie Sensen durch die Luft. Entsetzliche Schmerzensschreie erklangen. Schockiert wich sie zurück, bis sie die Mauer in ihrem Rücken spürte. Angst lähmte sie. Sie versuchte sie abzuschütteln. *Denk nach. Denk nach.* Sie war nicht völlig machtlos.

Entschlossen schob sie sich an der Mauer nach oben, bis sie stand, auch wenn ihre Beine so nachgiebig waren wie die Sitzfläche des Sessels bei ihrer Oma. Einer ihrer Absätze war abgebrochen. Blind streifte sie mit den Zehen die Schuhe aus, während sie Damian nicht aus den Augen ließ. Immer wieder griffen die blutrünstigen Kreaturen ihn an. Verletzten ihn. Ihre Hand zitterte, als sie sie nach vorn ausstreckte. Helles Licht bildete sich auf ihrer Handfläche.

Die Wesen der Dunkelheit fauchten und schrien auf. Erleichterung durchströmte sie. Zu früh. Weitere Nocs drangen in die Gasse ein und umzingelten sie. Eiskalte Finger legte sich um ihr verletztes Bein und rissen mit aller Gewalt daran. »Damian!« Schreiend fiel sie vornüber und das Licht erlosch.

Das Brüllen von Damian hallte von den Mauern der kleinen Gasse. Das Gebrüll einer tödlichen Bestie.

Es war zu spät. Sie spürte einen stechenden Schmerz an ihren Beinen. Das darauffolgende Schmatzen ließ sie würgen. Ein Knurren erklang ganz nah. Der Noc gab einen unwilligen fauchenden Laut von sich. Kurz darauf wurde er von ihr fortgerissen. Die Wunden an ihrem Bein, wo er die Zähne in sie geschlagen hatte, rissen noch weiter auf. Ihre Haut fühlte sich feucht an. Sie gab ein Stöhnen von sich. Etwas drückte gegen die Wunde. Sie hob den Kopf, um zu sehen, was da los war. Damian saß neben ihrem Bein. Er war über und über mit Blut besudelt und sah sie mit vor Entsetzen geweiteten Augen an.

»Geht es dir gut?«, fragte sie.

Er nickte und sie ließ den Kopf wieder nach hinten fallen. Sie war so müde.

»Phee, bleib bei mir. Phee!«

Sie konnte kaum noch die Augen aufhalten.

»Ich lieb dich«, hauchte sie und glitt in die Finsternis.

ENDE von Band 1

Danksagung

Was würde ich nur ohne euch tun?

Wahrscheinlich gäbe es diese Geschichte nicht ohne all die Menschen in meinem Leben, die mich unterstützen, motivieren und mir Mut machen. Danke dafür.

Danke an das Team von Impress, vor allem Nicole und Janina, dass ihr an diese Geschichte glaubt und ihr diese Chance gebt.

Danke an meine lieben Kolleginnen, allen voran Nicole für die Denkanstößen, wenn ich mal nicht weiterwusste, an Laura für den Austausch, an meine liebe Karin, die immer ein offenes Ohr hat, und an Hanna, dass du mir wieder gezeigt hast, wohin ich gehen möchte. Danke dir, Diana, dass du dir wieder die Zeit genommen hast, die gröbsten Fehler zu finden. Danke Christina, dass du mir einen anderen Blickwinkel ermöglicht hast.

Danke an meine Lektorin, Carolin, die dieser Geschichte noch den letzten Schliff verpasst hat.

Impress

Die Macht der Gefühle

Impress
Ein Imprint der Carlsen Verlag GmbH
November 2022

Lektorat: Carolin Diefenbach
Umschlagbild: shutterstock.com / © OlenaN / © Klavdiya Krinichnaya / © vovan / © Triff / freepik.com / © nattha99 / © kues1 / © kjpargeter / © keng_1980 / © PurnamaPurmoon / © rawpixel / © user4932979
Umschlaggestaltung: M.D. Hirt
ISBN 978-3-551-30488-9
www.impressbooks.de